# 악부시집
## 청상곡사 2

# 악부시집
## 청상곡사 2

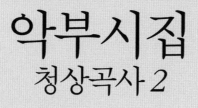

곽무천 지음

주기평·서용준·김수희·홍혜진
임도현·이욱진 역해

學古房

# 목차

## 강남농 江南弄

# 서곡가西曲歌와 강남농江南弄에 대하여

## 1. 청상곡사清商曲辭

청상곡사는 청상악清商樂의 가사를 가리킨다. 청상악은 청악清樂이라고도 하는데, 한위육조漢魏六朝 시기 궁중과 민간에서 유행한 음악이다. 이러한 청상악의 가사는 송宋 곽무천郭茂倩의 ≪악부시집樂府詩集≫에서 주로 '상화가사相和歌辭'와 '청상곡사清商曲辭'에 수록되었고, '무곡가사舞曲歌辭'나 '잡곡가사雜曲歌辭'의 일부에도 수록되어 있다. 따라서 청상곡사는 일반적으로 청상악의 가사를 가리키지만, ≪악부시집≫은 이를 악부시 분류의 한 명목으로 사용한다. 북위北魏 때 중원구곡中原舊曲과 남방 민가를 통틀어 칭한 청상악을 '청상곡사'로 따로 분류한 것인데, 아마도 곽무천은 한위漢魏 이래의 청상악과 이를 구분하고자 한듯하다.

한위漢魏 이래의 청상악은 북위 이래의 새로운 청상악과 구분하여 청상구곡清商舊曲이라 칭하는데, 이 또한 원래는 북방에서 유행한 민가였다. 그런데 조조曹操(155-220)를 비롯한 위魏의 황제들이 한의 속악俗樂, 즉 청악清樂을 애호하고, 또 그 가사 창작에도 적극적으로 참여하면서, 청악은 청상삼조가시清商三調歌詩, 대곡大曲 같은 궁중 음악으로 활용된다. 하지만 동진東晉 이후 그동안 궁중 아악으로 기능한 청상구곡은 점차 소멸의 길을 걷는다. 이에 대해 예악禮樂을 바로 세우고자 한 왕승건王僧虔(426-485)은 "또 지금의 청상악은 사실 (조조의) 동작대銅雀臺에서 비롯되었다. …그런데 지금은 인정人情이 변하고 음악 취향이 바뀌어 점차 다시 쇠락하니 십여 년 동안 사라진 것이 절반이 된다.(又今之清商, 實由銅雀…而情變聽改, 稍復零落, 十數年間, 亡者將半)"라며 안타까워하였다.

 이처럼 점차 사라지던 청상구곡은 남방 민가와 통합되면서 다시 새 활력을 얻는다. 북위北魏의 효문孝文, 선무宣武 두 황제는 회한淮漢 지역과 수춘壽春을 평정하고 거기서 악곡과 악기樂伎를 거두는데, 이로 인해 청상구곡은 다시 궁중 음악의 면모를 되찾게 된다. "강남에 전해지던 중원의 구곡, 즉 <명군>, <성주>, <공막>, <백구> 등, 그리고 강남의 오성과 형초의 서곡, 이를 통틀어 청상곡이라 이른다. 조정에서 연회를 열면 이 청상악을 겸하여 연주한다.(江左所傳中原舊曲, 明君聖主公莫白鳩之屬, 及江南吳歌荊楚西聲, 總謂淸商. 至於殿庭饗宴兼奏之)"라는 ≪위서魏書·악지樂志≫의 기록은 청상구곡이 당시의 남방 민가와 더불어 청상악 안에 포함되고, 또 이 청상악이 북위의 궁중 음악으로 활용되었음을 알려준다. 이러한 청상악은 청상구곡과 남방 민가, 즉 오성서곡의 음악적 융합이 빚어낸 결과라고 할 수 있다. 다시 말해 청상구곡의 상화가는 오성서곡의 영향을 받아 민가의 본색과 대중성을 회복하고, 또 오성서곡은 상화가의 영향을 받아 보다 완정한 음악 형태를 갖춘 것인데, 이는 궁중 아악과 민간 속악의 통합이라고 할 수 있다.

 이러한 북위의 청상악 개념은 청상서淸商署 제도와 더불어 양梁, 진陳을 거쳐 수대隋代로 이어지고 또 당 초까지 전해진다. "진 이래의 새 악곡이 대체로 수집되었는데, 수나라 초기에 모두 청악으로 분류된다. 당나라 무후 때에 이르러 옛 악곡 중 남은 것은 … 단지 63곡뿐이다.(晉以來新曲頗總, 隋初盡歸淸樂, 至唐武后時, 舊曲存者, … 止六十三曲)"(≪벽계만지碧雞漫志≫) 곽무천은 이러한 북위의 청상악 개념을 그 이전으로 되돌려서 다시 청상구곡과 청상신성으로 구분한 후, 청상구곡은 대체로 '상화가사'로, 청상신성은 '청상곡사'로 분류하였다. 악곡의 유행 시기와 지역, 공연 방식과 기능, 거기에 가사의 내용과 형식 및 작가와 향유 계층 등이 모두 달랐기에 이를 한 범주로 묶어 서술하기 어려웠을 것이다.

## 2. 서곡가西曲歌

### 2.1. 오성가곡吳聲歌曲과의 차이

서곡가는 오성가곡과 함께 청상곡사의 주류를 이룬다. 서곡가는 보통 오성가곡과 병칭되는데, 둘 다 단편短篇 정가情歌라는 공통점은 있지만 여러 면에서 차이가 존재한다. 우선 서곡은 오성과 그 유행 시기가 다르다. 서곡은 동진東晉과 남조 송宋의 양대에 나온 오성에 비교하여 다소 늦은 시기에 출현한다. 서곡은 크게 무용과 함께 부르는 무곡舞曲과 악기 반주로 부르는 의가倚歌로 나뉘는데 무곡이 먼저 나왔다. 무곡 중 8수는 작자와 창작 시기를 파악할 수 있는데, 이중 가장 이른 작품은 <석성악石城樂>이다. <석성악>은 남조 송의 장질臧質이 지었는데, 그가 석성이 있는 경릉竟陵에서 관리로 있던 시기가 원가元嘉 8년(431) 이후이니, 이 작품은 송 초의 작품이 된다. 그리고 나머지 무곡은 모두 "예전에 16명이 추었는데, 양나라 때 8명이 추었다.(舊舞十六人, 梁八人)"라는 《고금악록古今樂錄》의 기록이 있는데, 양나라 때 기존 무곡을 크게 개편했음을 알려준다. 그렇다면 서곡 중의 무곡은 남조 송초부터 양나라에 이르는 기간에 출현하였고, 이보다 늦은 의가는 제량齊梁 시기에 나온 것으로 추정할 수 있다.

다음으로 서곡은 유행 지역과 음악성 면에서 차이를 보인다. 《악부시집》은 《고금악록古今樂錄》를 인용하여 "서곡가는 형荊, 영郢, 번樊, 등鄧의 지역에서 나와서 그 소리와 절주, 송성과 화성이 오가와 다르다. 그러므로 그 지방색에 의거하여 서곡이라고 한다.(西曲歌出于荊郢樊鄧之間, 而其聲節送和與吳歌亦異, 故□其方俗而謂之西曲云)"라고 하였다. 여기서 말하는 '형荊'은 지금의 호북성湖北省 강릉현江陵縣, '영郢'은 호북성 의창현宜昌縣, '번樊'은 호북성 양번시襄樊市, '등鄧'은 하남성河南省 등현鄧縣에 해당한다. 이 지역들은 대체로 남조의 도읍이었던 건강(建康, 지금의 강소성 남경南京)의 서쪽에 위치하는데, 서곡의 '서'는 그래서 붙은 말이다. 따라서 오성이 강남 지역의 건강을 중심으로 한다면, 서곡은 그 서쪽, 즉 장강長江과 한수漢水 유역, 특히 강릉江陵을 중심으로 한다.

서곡의 음악적 특성은 현재 오성서곡의 악곡이 전하지 않아 구체적인 면모를 알 수 없다. 다만 전하는 가사를 통해 그 음악 형태를 대략 추정할 수 있는데, 우선 서곡은 오성에 비해 다양한 체식體式을 보인다. 오성은 대부분 5언 4구인데, 서곡은 5언 4구와 더불어 7언 2구, 4언 4구, 5언과 3언이 섞인 잡언 3구 혹은 6구 등 다양한 형태가 공존한다. 특히 3, 5언의 잡언체는 장단長短 구식을 이루는데, 이는 제언齊言에 비해 악곡의 리듬과 선율에 변화가 많다고 인식된다. 따라서 서곡은 오성과 비교할 때 변화 많고 현란한 음악이라고 할 수 있다. 물론 서곡에도 5언 4구가 많은데, 그 이유는 오성의 영향으로 이해할 수 있다. 서곡은 오성에 비해 늦게 나왔고, 또 서곡의 작자가 대체로 황실의 종친인 관계로 정치적 지위의 변화에 따라 수도와 경기권으로 전파되기도 하였다. 그래서 수당隋唐 문인은 간혹 서곡을 오가吳歌로 오인하기도 했는데, ≪악부시집≫ 또한 이런 배경에서 오성가곡 다음에 서곡을 안배한 것으로 보인다.

　서곡의 음악적 특성은 화성和聲의 운용에 있다. ≪악부시집≫은 '상화가사'의 대곡大曲에 대해 "또한 오성서곡이 앞에 화성이 있고 뒤에 송성이 있는 것과 같다.(亦猶吳聲西曲 前有和後有送也)"라고 설명했는데, 이를 통해 오성서곡의 음악적 특성이 화성과 송성의 운용에 있음을 알 수 있다. 서곡은 송성의 운용이 두드러진 오성에 비해 화성의 운용이 두드러진다. 서곡의 화성은 주로 가곡歌曲의 앞에 오는데, 이는 매 구 끝에 오는 상화가의 화성과 다르고, 또 앞에 오는 점은 같으나 음악적 성격은 다른 상화 대곡의 '염艶'과도 다른 것이다. 따라서 서곡은 가곡 앞의 화성이 음악적 특성이라고 할 수 있다.

　서곡의 화성은 원래 민간가곡에서 유래한 것인데, 처음에 문인이 가사를 쓸 때 이를 작품에 반영했다고 할 수 있다. 예컨대 석성의 젊은이들이 발을 구르며 노래할 때 그 화성에 '근심하지 말아라(忘愁, 혹은 막수莫愁)'라는 말이 있었는데, 이 모습을 보고 쓴 장질의 <석성악>에는 "손가락 걸고 근심 잊으라며 발을 구르네.(挽指蹋忘愁)"의 구절이 있다. 또 양양에서 밤에 여성들이 노래할 때 그 화성에 '양양에 오니 밤마다 즐겁네(襄陽 來夜樂)'라는 말이 있었는데, 이 노래를 듣고 쓴 유탄의 <양양악>에는 "사람들은 양양이 즐겁다 말하지만, 즐거움이 생겨도 내가 머물 곳은 아니지.(人言襄陽樂, 樂作非儂處)"라는 구절이 있다. 이처럼 서곡의 화성은 민간가곡에서 유래하여 대체로 장단 구식이고 음악적 변화도 많으며, 또 그 연행 방식상 여러 사람이 함께 불러 그 어기 또한 강하다. 그래서 악곡을 대표하는 명칭이 되기도 하고, 이를 기반으로 악곡의 개편이 이루어지기도 한다. 현재 악곡의 소실로 인해 그 음악적 면모는 파악할 수 없지만, 위의 예시를 통해 서곡의 화성이 해당 가사의 내용에도 일정한 영향을 미쳤다고 볼 수 있다.

## 2.2. 공연 예술로서의 면모

서곡은 공연 예술의 면모를 지닌다. ≪악부시집≫은 ≪고금악록≫을 인용하여 서곡을 무곡, 의가, 무곡겸의가舞曲兼倚歌의 세 유형으로 나누고, 또 양나라 때 무용의 규모가 축소되었음을 밝히고 있다. 이런 기록은 서곡이 양나라 때 궁중 음악 기관에 의해 정리되고 개편되면서 궁중에서도 공연되었을 것이라는 추측을 가능하게 한다. 즉 양나라 전후로 서곡이 민간에서뿐만 아니라 궁중에서도 공연되었을 수 있다는 것이다.

첫째, 서곡 중의 무곡은 ≪고금악록≫에 의하면 16곡이라고 한다. 이중 작가와 창작 시기를 알 수 있는 작품은 총 8곡인데, <석성악>, <오야제烏夜啼>, <수양악壽陽樂>, <양양악>, <서오야비西烏夜飛>, <고객악估客樂>, <양반아楊叛兒>, <양양답동제襄陽蹋銅蹄>이다. 나머지 무곡은 모두 "예전에는 16명이 추었는데, 양나라 때는 8명이 추었다.(舊舞十六人, 梁八人)"라는 기록이 있다. 서곡 중의 무곡이 당시 어떻게 공연되었는지 정확히 알 수 없지만, 가사를 통해 무용 형태를 대략 짐작할 수 있다.

서곡 중의 무곡은 대개 봄에 젊은이들이 함께 어울려 춤을 추던 형태인 것으로 보인다. <석성악>에는 꽃을 꽂고 "손가락 걸고 근심 잊으라며 발을 구르네.(挽指蹋忘愁)"라는 구절이 있는데, 여기서 '답蹋'은 여러 사람이 동시에 발을 구르면서 추는 것이고, '망수忘愁'는 <막수악莫愁樂>의 해제에 의하면 화성和聲이라고 한다. 즉 여러 사람이 발을 함께 구르면서 화성을 함께 노래하는 장면이라고 할 수 있다. 이러한 답가踏歌는 '제지蹋 地' 혹은 '제장蹋場'의 표현으로 볼 때 그 장소가 별도로 있었다고 볼 수 있다. 답가의 상황은 <강릉악江陵樂>을 통해 파악되는데, "답가하는 곳에 푸른 풀 자라네(蹋場生青 草)", "땅이 좁아서 임은 술띠가 끊어지고, 발을 구르다 새빨간 비단 치마가 찢어졌네.(盆

隘歡細斷, 蹋壞絳羅裙)" 등의 구절로부터 답가용 제장이 풀밭이고 또 비좁은 곳이었음을 짐작할 수 있다. 답가가 아니더라도 청춘남녀가 춤추며 즐기는 장면은 쉽게 찾아진다. 즉 <오야제>의 "노래하고 춤추는 여러 젊은이(歌舞諸少年)", <예악翳樂>의 "다 같이 <예악> 춤을 추네요(相將舞翳樂)" 등등. 이로부터 서곡의 무곡을 누가, 어디서, 그리고 어떻게 즐겼는지 대충 짐작해볼 수 있다.

다음으로 의가倚歌는 ≪고금악록≫에서 <청양도靑陽度>를 설명할 때 사용한 용어로서, "모두 방울 달린 북을 사용하는데, 현악기는 없고 피리는 있다.(悉用鈴鼓, 無弦有吹)"고 한다. 의가는 원래 한나라 때부터 있던 가창 형태로서, 한 사마천司馬遷의 ≪사기史記≫에 "슬 소리에 맞춰 노래한다(依瑟而歌)"라는 말이 나온다. 이에 대해 당 사마정司馬貞은 ≪사기색은史記索隱≫에서 "노랫소리가 슬의 소리에 어우러져 서로 의지하는 것이다.(歌 聲和于瑟聲, 相依倚也)"라고 풀이하였다. 즉 노래와 악기 연주가 동시에 이뤄지는 형태 라고 볼 수 있다. 이러한 가창 형태는 제량 시기에 유행한 것으로 추정된다. 남조 송의 상화相和는 "현악기와 관악기가 교대로 상화하고, 박자를 이끄는 사람이 노래한다.(絲竹 更相和, 執節者歌)"라고 하는데, 악기 종류, 악기 연주와 노래의 관계 면에서 의가와 확연히 다르다. 즉 의가는 관현악기가 아니라 타악기와 관악기를 연주하고, 악기 연주 후에 노래하는 것이 아니라 이를 동시에 진행한다. 이러한 의가의 가창 형태는 노래의 가창을 보다 중시하는 것으로, 가사의 내용과 성정性情을 보다 직접적으로 전달하는 효과가 있다. 그리고 "동혼후가 함덕전에서 생을 불며 노래로 <여아자>를 불렀다.(帝在 含德殿吹笙歌作女兒子)"라는 ≪남제서南齊書·동혼후본기東昏侯本紀≫의 기록을 보면, 제 나라 말에 이미 궁전에서도 의가를 즐겼음을 알 수 있다. 그렇다면 의가는 제량시기 민간과 궁중에서 모두 행해지던 가창의 한 형태라고 할 수 있다.

## 3. 강남농江南弄

### 3.1 양 무제의 예악 제정과 가시歌詩의 창작

　　예악은 신분 질서를 유지하고 사회 통합을 촉진하는 데 큰 작용을 해온바 역대 제왕의 중시를 받아왔다. 새로운 나라를 건국한 경우, 예악은 더욱 중시되었다. 즉 새로운 나라는 새로운 예의禮儀가 필요하고, 새로운 예의는 또 새로운 음악이 필요하며, 새로운 음악은 그에 맞는 새로운 가사가 필요하다. 양 무제가 예악 제정에 힘쓴 배경에는 이러한 역사 경험이 자리한다고 볼 수 있다. 실제로 양 무제는 양나라 건국 이후 이교二郊, 태묘太廟, 명당明堂, 삼조三朝 등 각종 예의마다 새로운 음악을 제정하고 여기에 새로운 가사를 짓게 한다. 이러한 궁중 아악雅樂의 새 가사는 주로 심약(沈約, 441-513)에 의해 창작되었고, 이는 《악부시집》의 교묘가사郊廟歌辭와 연사가사燕射歌辭에 수록되어 전한다.

　　양 무제는 예악 제정의 일환으로서 궁중 오락에 사용되는 음악도 정비한다. 즉 속악俗樂을 개편하고 그 가사도 창작한 것인데, 당시 유행하던 오성과 서곡, 특히 서곡을 주로 개편하였다. 이러한 서곡의 개편과 가사의 창작은 양 무제의 <강남상운악> 14수가 대표적이다.

　　《고금악록》에 말하기를, 양 천감 11년(512) 겨울 무제가 서곡을 고쳐 <강남상운악> 14곡을 지었는데, <강남농> 7곡은 첫째는 <강남농>, 둘째는 <용적곡>, 셋째는 <채련곡>, 넷째는 <봉적곡>, 다섯째는 <채릉곡>, 여섯째는 <유녀곡>, 일곱째는 <조운곡>이라 한다. … 또 심약이 4곡을 지었는데 … 이 또한 <강남농>이라 이른다고 한다. (古今樂錄曰, 梁天監十一年冬, 武帝改西曲, 製江南上雲樂十四曲, 江南弄七曲, 一曰江南弄, 二曰龍笛曲, 三曰採蓮曲, 四曰鳳笛曲, 五曰採菱曲, 六曰遊女曲, 七曰朝雲曲 … 又沈約作四曲, … 亦謂之江南弄云)

　　《고금악록》에 말하기를, <상운악> 7곡은 양 무제가 지어서 서곡을 대신하게 하였다. … 생각건대 <상운악>에는 또 늙은 호인 문강의 가사가 있는데, 주사의 작품이다. 범운의 작품이라고도 한다.(古今樂錄曰, 上雲樂七曲, 梁武帝製, 以代西曲. … 按上雲樂, 又有老胡文康辭, 周捨作, 或云范雲)

위의 두 기록은 서곡의 개편 사실과 악곡 명칭 및 관련 작품을 간략히 제시하지만 몇몇 중요한 사실을 알려준다. 먼저 양 무제가 서곡을 개편 대상으로 삼은 점이다. 서곡은 도성 서쪽의 노래이므로 도성의 노래인 오성보다 지위가 낮은데, 서곡에 대한 양 무제의 이러한 활동은 서곡의 지위를 한층 높였을 것이다. 다음으로 악곡과 가사가 부합한다는 점이다. <강남농> 7곡은 가사의 형식이 모두 일치한다. 이로 볼 때 하나의 악곡에 7수의 가사를 붙인 것인데, 이러한 창작 방식은 악곡과 가사가 부합해야 가능한 일이다. <상운악> 7곡도 이와 대동소이할 것으로 짐작된다. 셋째 서곡은 5언 4구인데 이를 잡언雜言과 많은 구수句數의 체식體式으로 변화시킨 점이다. 이러한 장단長短 구식句式과 많은 구수, 그리고 악곡이 먼저 존재하고 그에 맞춰 가사를 쓴 점은 후대 사詞의 남상濫觴이라고 칭해진다. 넷째는 문인의 창작이 대두된다는 점이다. 양 무제의 <강남농> 7수는 심약의 <강남농> 4수로 이어지고, <상운악> 7수는 주사의 <상운악>으로 이어진다. 심약의 <강남농>은 양 무제의 <강남농>에 비해 작품 수도 적고 세부 작품명도 다르지만, 내용도 유사하고 형식도 일치한다. 당시에 이미 강남농으로 불렸다 하니 양 무제의 <강남농>과 한 범주로 인식된 듯하다. 주사의 <상운악>은 양 무제의 <상운악>과 작품명만 일치할 뿐 그 밖의 면모는 크게 다르다. 아마도 《수서隋書·악지樂志》의 양삼조梁三朝 공연 44 '사자가 안식국 공작, 봉황, 꽃사슴을 인도하고 호무가 올라와서 <상운악> 가무를 연결하여 기예를 한다.(設寺子導安息孔雀鳳凰文鹿胡舞登連上雲樂歌舞伎)'라는 기록으로 인해 이를 양 무제의 <상운악>과 관련지은 듯하다. 이러한 황제 중심의 문학 활동은 문인의 가사 창작을 더욱 활발해지게 하였다.

## 3.2 양 무제의 〈강남상운악江南上雲樂〉 14수

양 무제의 <강남상운악> 14수는 <강남농江南弄> 7수와 <상운악上雲樂> 7수를 가리킨다. 이는 서곡을 개편한 악곡에 새로 쓴 가사인데, 악곡의 실전으로 인해 그 음악적 면모는 자세히 알 수 없다. 다만 그 음악적 면모는 다음의 두 방법을 통해 추정해볼 수 있다. 하나는 ≪고금악록≫에서 <강남농>(제1수)과 <방제곡方諸曲>(제4수)이 삼주운 (三洲韻)이라고 한 근거를 살펴보는 것이고, 다른 하나는 <강남농>과 <상운악>의 형식적 특징을 통해 그 음악성을 귀납해보는 것이다.

우선 '삼주운'에서 '삼주'는 서곡 <삼주가三洲歌> 3수를 가리키고, '운'은 대개 압운押韻 상황이라고 이해된다. <삼주가>는 파릉(巴陵, 지금의 호북성 악양岳陽) 강가에서 상인들 이 부르던 노래인데, 화성과 가사의 압운 상황이 일치하여 화성을 통해 압운 상황을 살펴볼 수 있다. <삼주가>의 화성은 "세 물 섬이 강어귀에서 떨어져 있는데, 물이 요조함 을 좇아 물 섬 옆으로 흐른다. 기쁨이 즐거움과 함께 왔지만, 길이 그리워하네.(三洲斷江 口, 水從窈窕河傍流. 歡將樂共來, 長相思)"인데, '구口'와 '류流', '래來'와 '사思'의 압운 자를 써서 두 운부韻部를 합쳐서 압운하였다.

이러한 압운 상황과 <강남농>(제1수), <방제곡>(제4수)을 비교하면, <강남농>은 화성 이 "봄 길에, 아름답게도 비단옷 여인이 나와 있네.(陽春路, 娉婷出綺羅)"인데, '로路'와 '라羅'로 압운하였고, <방제곡>은 화성이 "방제 위에서, 안타깝게도 기뻐하고 즐기다가 길이 그리워한다네.(方諸上, 可憐歡樂長相思)"인데, '상上'과 '사思'로 압운하였다. 압운으 로 사용한 이 네 글자는 <삼주가>의 화성과 비슷하거나 일치하는데, 그렇다면 두 작품 또한 <삼주가>의 화성이 조성하는 음악적 성조聲調를 기반으로 한다고 볼 수 있다.

그런데 이러한 "삼주운"의 작품은 14수 가운데 단 두 수뿐이다. 따라서 <삼주가>의 화성과 <강남상운악> 간의 연결 고리는 압운 이외의 것에서 찾아야 한다. 다시 <삼주 가>의 화성으로 돌아가 보면, 이는 작품 앞에서 그 내용을 이끌고, 5/7/5/3의 장단長短 구식句式을 취한다. 이러한 화성의 면모는 <강남농>과 <상운악>의 형식적 특징과 관련 지어 볼 수 있다. 먼저 <삼주가>의 화성은 청상곡사(서곡)의 화성이 대개 음악적 기능을 수행하는 것과 달리 작품의 내용과도 연결된다. <삼주가>의 화성은 요조함을 좇는 사내 들이 삼주로 흘러들기에, 기쁨을 주던 이도 여기로 떠나 길이 그리워하게 된다는 내용이 다. <삼주가> 3수는 내용이 하나로 이어지는 연작시인데, 한마디로 삼주로 떠난 임을 그리워하는 노래라고 할 수 있다. <삼주가>의 화성과 가사 내용이 대체로 일치한다.

<강남농> 7수의 화성 또한 작품의 내용과 긴밀하게 연결된다. 예컨대 <채련곡採蓮曲>의 화성은 "연 따는 물가, 아름답게 미인이 춤추네.(採蓮渚, 窈窕舞佳人)" 인데, 그 내용은 연 따는 여인이 채련곡을 노래하는 상황을 전하고 있으며, <채릉곡採菱曲>의 화성은 "마름 노래 부르는 여인, 패옥 풀어주며 강 북쪽에서 노네.(菱歌女, 解佩戲江陽)" 인데, 그 내용은 젊은 여인이 아름답게 치장하고 나와서 채릉가를 부르며 임 오기를 바라는 모습을 노래한다. 다른 작품도 이와 마찬가지인데, 그중 몇몇 작품은 작품명과 화성, 그리고 작품 내용이 모두 연결되기도 한다.

　다음으로 <삼주가> 3수의 화성은 5/7/5/3의 장단 구식인데, 정작 <삼주가> 3수는 모두 5/5/5/5의 제언齊言 구식이다. <강남농>과 <상운악>의 화성이 대체로 3언과 5언이 섞인 장단 구식이고 2구로 구성된다는 점을 고려하면, <삼주가>가 아니라 그 화성의 영향을 받은 것으로 볼 수 있다. 그런데 <강남농>과 <상운악>은 이러한 장단 구식을 화성뿐만 아니라 작품 전체에 확대 적용하고 있다. 즉 <강남농>은 7/7/7/3/3/3/3의 체식이고 <상운악>은 대체로 3/3/3/3/5/5/4/5의 체식인 것이다. 짧은 3언부터 5언 혹은 다소 긴 7언까지 변화 많은 장단 구식을 7구, 8구의 긴 편폭 안에서 취하는데, 이는 가사뿐만 아니라 악곡의 리듬과 선율에 그만큼 변화가 많다는 것을 의미한다.

　이처럼 서곡의 개편은 화성을 중심으로 이루어진다고 추정할 수 있다. 서곡의 화성은 본래 가사의 앞에서 음악적 분위기를 조성하는데, 양 무제는 이를 본받으면서도 가사의 내용과 긴밀하게 연관시키고, 또 가사의 형식상 구식과 구수에 다양한 변화를 주는 등 화성을 다양하게 그리고 적극적으로 활용한다. 그 결과 양 무제의 <강남상운악>은 매 구의 끝에서 의미 없는 음을 반복하거나 혹은 가사 내용 앞에서 음악적 분위기를 선도하는 기존의 화성과 달리, 문학적 기능 또한 겸하고 있다. 가창의 음악적 기능을 담당하는 화성에다 문학적 숨결을 불어 넣은 것이 양 무제 서곡 개편의 한 축이라고 볼 수 있다. 이러한 화성은 양 무제 이후 더 이상 문인 작품에 활용되지 않지만, 제1구인 기구起句가 작품 전체를 포괄한다거나 잡언체와 많은 구수를 취한 경우에는 양 무제가 <강남상운악>에서 선보인 화성의 흔적이 아닌가 곰곰이 생각해보아야 할 것이다.

## 4. 문인화文人化의 두 방향, 아雅와 속俗

서곡과 강남농은 민간 가요와 문인 악부시로 나뉘는데, 그중 문인 악부시는 민간 가요가 문인에 의해 수집되고 이를 모방하다 창작하는, 일련의 문인화 과정을 보여준다. ≪시경詩經≫과 한漢 악부시樂府詩가 일찍이 보여주었듯이, 이러한 문인화는 대체로 아문학雅文學을 지향한다. 서곡과 강남농 또한 이러한 아화雅化를 따르지만, 이와는 조금 다른 경향을 나타낸다. 그것은 오락성을 추구한다는 점이다. 남조 시기 궁중과 지방 도시에는 오락문화가 발달했는데, 이로 인해 문인들도 세속적인 즐거움을 추구하였다. 그래서 서곡과 강남농은 문인 작품이라고 하더라도 비교적 속된 경향을 띠는데, 이는 남조 문인 악부시의 색다른 매력이라고 할 수 있다.

이러한 속된 경향은 두 가지 면에서 찾아진다. 하나는 오락적인 풍속을 다룬다는 점이다. 서곡은 신흥 도시의 오락적인 풍속을 노래한다. 영가지란永嘉之亂 이후 한수와 장강 유역에는 신흥 도시들이 빠르게 성장하는데, 이 도시를 중심으로 유희적인 풍속이 유행한다. 봄날 청춘 남녀의 답청 놀이를 노래한 <강릉악江陵樂>, '양양에 오니 밤마다 즐겁네(襄陽來夜樂)" 라는 여인들의 노랫소리를 듣고 지은 <양양악襄陽樂>, 젊은이들이 거침없이 활달하게 노래하는 광경을 보고 지은 <석성악石城樂> 등등. 강릉, 양양, 경릉 등 신흥 도시에서 도시민의 유희적인 일상을 즐거운 시선으로 그려낸다. 강남농은 주로 연이나 마름 따는 젊은 여성의 노래를 통해 강남을 아름답고 화려하게 그려낸다. 아름다운 강남 수경水景의 묘사, 일하는 여성의 역동적인 매력, 남녀의 농밀한 수작酬酢 등등. 이처럼 다채로운 매력 덕분에 채련곡採蓮曲과 채릉곡採菱曲은 당송唐宋 시기에도 여전히 문인의 사랑과 관심을 받는다.

다른 하나는 신선 세계에 대한 동경과 추구를 들 수 있다. 도시의 풍요로운 일상을 즐기려는 심리는 이를 지속하고 연장하려는 의식, 즉 '불로장생不老長生'이나 신선 세계에 대한 추구로 이어질 수 있다. 여기에 당시 남녀의 연애 풍속이 가미되면서 다양한 신선 설화 가운데 애정 관련 고사故事에 집중하게 된다. 즉 무산신녀巫山神女, 소사簫史와 농옥弄玉, 강비江妃 이녀二女 등 애정과 관련한 신선 설화를 자주 노래한다는 것이다. 특히 강남농이 이를 집중적으로 다루는데, 이로부터 남조 황제와 귀족 문인들이 선호하던 오락성이 무엇인지 구체적으로 파악할 수 있다. 이처럼 강남농은 애정과 관련한 신선 설화를 제재로 하여 천상과 지상을 넘나드는 상상력, 아름답고 화려한 표현 등을 구사하여 낭만주의 문학의 진면모를 보여준다.

# 서곡가 西曲歌

≪고금악록≫에 말하기를, "서곡가에는 <석성악>, <오야제>, <막수악>, <고객악>, <양양악>, <삼주>, <양양답동제>, <채상도>, <강릉악>, <청양도>, <청총백마>, <공희악>, <안동평>, <여아자>, <내라>, <나가탄>, <맹주>, <예악>, <야도낭>, <장송표>, <쌍항전>, <황독>, <황영>, <평서악>, <반양지>, <심양악>, <백부구>, <발포>, <수양악>, <작잠사>, <양반아>, <서오야비>, <월절절양류가>의 34곡이 있다. <석성악>, <오야제>, <막수악>, <고객악>, <양양악>, <삼주>, <양양답동제>, <채상도>, <강릉악>, <청총백마>, <공희악>, <안동평>, <나가탄>, <맹주>, <예악>, <수양악>은 모두 무곡이다. <청양도>, <여아자>, <내라>, <야황>, <야도낭>, <장송표>, <쌍항전>, <황독>, <황영>, <평서악>, <반양지>, <심양악>, <백부구>, <발포>, <작잠사>는 모두 의가이다. <맹주>, <예악>도 의가이다."라고 하였다. 살펴보건대 서곡가는 형, 영, 번 등 지역의 사이에서 나왔는데 그 소리와 박자와 송성과 화성이 오가(오성가곡)와 다르니 그래서 그 지방색에 따라서 그것을 서곡이라고 하였다.

≪古今樂錄≫曰, 西曲歌有<石城樂><烏夜啼><莫愁樂><估客樂><襄陽樂><三洲><襄陽蹋銅啼><採桑度><江陵樂><青陽度><青驄白馬><共戲樂><安東平><女兒子><來羅><那呵灘><孟珠><翳樂><夜度娘><長松標><雙行纏><黃督><黃纓><平西樂><攀楊枝><尋陽樂><白附鳩><拔蒲><壽陽樂><作蠶絲><楊叛兒><西烏夜飛><月節折楊柳歌>三十四曲.[1] <石城樂><烏夜啼><莫愁樂><估客樂><襄陽樂><三洲><襄陽蹋銅蹄><採桑度><江陵樂><青驄白馬><共戲樂><安東平><那呵灘><孟珠><翳樂><壽陽樂>並舞曲. <青陽度><女兒子><來羅><夜黃><夜度娘><長松標><雙行纏><黃督><黃纓><平西樂><攀楊枝><尋陽樂><白附鳩><拔蒲><作蠶絲>並倚歌.[2] <孟珠><翳樂>亦倚歌. 按西曲歌出於荊郢樊鄧之間,[3] 而其聲節送和與吳歌亦異,[4] 故

□其方俗而謂之西曲云.[5]

**주석**

1) 三十四曲(삼십사곡) : 본문에서 언급한 작품명의 수는 33개이다. 뒤의 의가에 포함되어 있는 <야황夜黃>을 포함해서 34개인 것 같다.

2) 倚歌(의가) : 악기 반주에 맞추어 부르는 노래. ≪고금악록≫에 따르면 의가는 타악기인 영鈴과 고鼓로 반주하고 현악기는 쓰지 않는다고 했다.

3) 荊郢樊鄧(형영번등) : 형, 영, 번, 등의 지역. 형荊은 형주荊州지역으로 전국시대 초楚나라의 별칭이며 지금의 호북성湖北省 지역이다. 영郢은 초나라의 도성이었며 송나라 때는 영주郢州였고 지금의 호북성 강릉江陵부근이다. 번樊은 번성樊城으로 지금의 호북성 양번襄樊이다. 등鄧은 지금은 하남성河南省 등주鄧州로 호북성이 아니지만 초나라의 현이었고 옛날부터 번성과 함께 번등樊鄧이라고 자주 불렸다. 그래서 형영번등은 모두 옛 초나라 지역을 가리키는 말이다.

4) 送和(송화) : 송성送聲과 화성和聲. 화성은 청상악에서 중심 노래가 시작하기 전에 부르는 짧은 노래이고 송성은 중심 노래가 끝나고 부르는 노래이다. 그러나 정확한 정의가 있는 것이 아니라서, 전문연구자에 따라 화성과 송성의 실체에 대해 주장하는 바가 다르다.

5) □其方俗(□기방속) : 그 지방색에 따라. 판본에 따라 궐문인 □는 있는 곳도 있고 없는 곳도 있다.

# 1. 석성악 石城樂

《당서·악지》에 말하기를, "<석성악>이란 송의 장질이 지은 것이다. 석성은 경릉에 있다. 장질이 일찍이 경릉 태수가 되어 성 위에서 바라보다 여러 젊은이들의 노래가 유창하고 시원한 것을 보고 이 곡을 지었다."라고 하였다. 《고금악록》에 말하기를, "<석성악>은 옛날에 16명이 춤을 췄다."라고 하였다.

≪唐書·樂志≫曰, <石城樂>者, 宋臧質所作也.[1] 石城在竟陵.[2] 質嘗爲竟陵郡, 於城上眺矚,[3] 見羣少年歌謠通暢,[4] 因作此曲. ≪古今樂錄≫曰, <石城樂>舊舞十六人.

---

**주석**

1) 臧質(장질) : 남조南朝 송宋의 관리이자 장수. 여러 곳의 자사刺史와 태수太守를 역임하여 많은 치적을 쌓았고 군대를 이끌어 나라의 안팎으로 공도 많이 세웠으며 효무제孝武帝 유준劉駿(송문제宋文帝 유의륭劉義隆의 아들)이 형인 유소劉劭를 물리치는 것에도 공을 세웠다. 그러나 나중에 유의선劉義宣(유의륭의 동생)의 반란에 연루되어 유준과 대립하다가 죽임을 당하였다.

2) 竟陵(경릉) : 송나라 때의 군郡이름으로 영주郢州에 속하였다. 지금의 호북성湖北省 종상鍾祥과 천문天門 부근이다.

3) 眺矚(조촉) : 높은 곳에 올라 멀리 바라보다.

4) 通暢(통창) : 유창하고 시원하다. 여기에서는 노래의 곡조가 시원시원하다는 뜻으로 보인다.

**1-1**

生長石城下,[1]　　　석성 아래에 살아서

| | |
|---|---|
| 開窗對城樓. | 창을 열면 성루를 마주해요. |
| 城中諸少年,[2] | 성 안의 여러 청년들이 |
| 出入見依投.[3] | 드나들며 관심을 보이지요. |

1) 石城(석성) : 지금의 호북성 종상鍾祥 부근에 있으며 삼국시대 오吳나라에서 만든 성이다.

2) 諸少年(제소년) : 여러 젊은이들. 판본에 따라 '미소년美少年'으로 된 곳도 있다.

3) 依投(의투) : 도와주려는 뜻. 여기에서는 청년들의 여자에 대한 관심을 의미한다.
   이상 두 구는 "성 안의 청년들이 드나들며 내게 도움을 받네요."라고 해석할 수도 있다.

석성 부근에 사는 여인에게 성 안에 사는 많은 젊은 남자들이 관심을 보이는 내용이다.

### 1-2

| | |
|---|---|
| 陽春百花生, | 따스한 봄날 피어난 온갖 꽃을 |
| 摘揷環髻前.[1] | 꺾어서 둥글게 땋은 머리 앞에 꽂았네. |
| 捥指蹋忘愁,[2] | 손가락 걸고 춤을 추며 시름도 모르고 |
| 相與及盛年.[3] | 서로 함께 하며 성년에 이르렀네. |

1) 環髻(환계) : 고리모양으로 둥글게 말아 땋은 머리.

2) 捥指(완지) : 손가락을 꼭 걸다.
   蹋(답) : 발을 구르다. 춤을 추다.
   忘愁(망수) : 시름을 모르다. 시름을 잊다. ≪악부시집≫의 <막수악莫愁樂>의 해제에서 인용
   한 ≪당서·악지≫에 따르면 <석성악>의 화성에 '망수'가 들어있다고 하였는데, 여기서
   거론한 화성이 이 구를 가리키는지 여부는 알 수 없다.

3) 盛年(성년) : 젊은들이 한창 좋을 때를 가리킨다. 여기에서는 남녀를 특정하지 않는다.

**해설**

여인이 봄날 예쁘게 단장하고 즐겁게 춤을 추는 모습이다. 석성악이 옛날에 16명이 춤을 추는 음악이었다는 것을 상기시킨다.

## 1-3

| 布帆百餘幅,[1] | 무명 돛은 백여 폭인데 |
| 環環在江津.[2] | 사람들이 둥글게 둥글게 강나루에 모였네. |
| 執手雙淚落, | 손을 잡는데 두 줄기 눈물 떨어지니 |
| 何時見歡還. | 어느 때야 돌아오실 임을 만날까요. |

**주석**

1) 布帆(포범) : 무명 돛.
   百餘幅(백여폭) : 매우 큰 배를 가리킨다.
2) 環環(환환) : 둥근 모양. 올망 졸망. 이별을 하느라 사람들이 무리지어 둥글게 모인 모양.
   江津(강진) : 강 나루. 경릉 지역에는 장강의 지류인 한수漢水가 흐른다.

**해설**

여인이 강에서 사랑하는 남자와 이별을 한다. 이제 아주 큰 배가 떠나려는데, 송별을 위해 모인 사람들이 여기저기에 올망졸망 모여있다.

## 1-4

| 大艑載三千,[1] | 큰 배는 삼천 석을 실어서 |
| 漸水丈五餘.[2] | 물에 1장 5척이 넘게 잠기네. |

水高不得渡,<sup>3)</sup>　　물이 높아 건널 수 없어서

與歡合生居.<sup>4)</sup>　　임과 함께 살았으면.

1) 艑(편) : 큰 배. ≪형주풍토기荊州風土記≫에 따르면 편 한 척이 곡식 만 곡斛을 싣는다고 하였다.

　　三千(삼천) : 곡식 삼천 석石.

2) 漸水(침수) : 배가 물에 뜰 때 배의 무게 때문에 아랫 부분이 물 속에 잠기는 것을 가리킨다.

　　丈五餘(장오여) : 1장 5척이 넘는다. 대략 4.5m가 넘는다.

3) 水高(수고) : 물이 높다. 강의 파도가 높다는 것을 가리킨다.

4) 生居(생거) : 살다. 생활하다.

　떠나는 임을 잡을 방법이 없는 여인은 배에 짐이 너무 많고 강의 파도가 거세서 배가 떠나지 못하길 바란다.

## 1-5

聞歡遠行去,　　　임께서 멀리 떠나 가신다는 말을 듣고

相送方山亭.<sup>1)</sup>　　그대 전송하러 방산의 정자에 왔네.

風吹黃蘗藩,<sup>2)</sup>　　바람이 황벽나무 울타리에 불어오니

惡聞苦離聲.<sup>3)</sup>　　괴로운 이별의 소리 어찌 들으랴.

1) 方山亭(방산정) : 방산의 정자. 이별의 장소이나 어느 곳인지는 모른다.

2) 黃蘗(황벽) : 황벽나무. 운향과에 속하는 낙엽교목으로, 황경나무라고도 한다. 나무의 속껍질이 황색이고 쓴 맛이 난다. 시에서 괴로운 마음을 표현할 때 자주 썼다.

3) 惡(오) : 어찌. 어떻게.

**해설**

　방산정에서 송별을 하는 모습이다. 바람소리가 마치 슬픈 이별의 음악처럼 들린다.

(서용준)

# 2. 오야제 烏夜啼

《당서·악지》에 말하기를, "<오야제>란 송 임천왕 유의경이 지은 것이다. 원가 17년 (440)에 팽성왕 유의강을 (강주자사로) 예장으로 보냈다. 유의경은 당시에 강주자사였는데 유의강이 진에 도착하자 서로 만나서 울었다. 문제가 듣고는 그것을 꾸짖어서 의경을 불러 돌아오게 하니 매우 두려워했다. 기첩이 한밤중에 까마귀가 우는 소리를 듣고 서재의 문을 두드리며 말하길, '내일 분명히 사면이 있을 겁니다.'라 하였다. 그 해에 남연주자사로 바뀌어 임명되니 이 때문에 노래를 지었다. 그래서 그녀가 화답하길 '밤마다 낭군께서 오시길 바라네.', '창을 닫아서 창이 열리지 않는구나.'라고 하였다. 지금 전하는 가사는 아마도 유의경의 본 뜻이 아닌 것 같다."라고 하였다. 《교방기》에 말하기를, "<오야제>는 이렇게 생겼다. 원가 28년(451. 유의강 사망년)에 팽성왕 유의강이 죄를 지어 추방되었다. 행렬이 심양에 이르자, 강주자사 형양왕 유의계가 머물도록 만류하여 연회를 하며 술을 마셔 열흘이 지나도 떠나지 않았다. 문제가 듣고는 화를 내어 모두 가두었다. 회계공주가 누나였는데 일찍이 문제와 연회를 즐기다가 자리에서 일어나 절을 하였다. 문제가 그 뜻을 알지 못하여서 친히 그녀를 말렸다. 공주가 눈물을 흘리며 말하기를, '차자는 늙어서까지도 폐하께 용서받지 못할까 두렸습니다.'라 하였다. 차자는 유의강의 어릴 적 자이다. 문제는 장산을 가리키며 말하기를, '결코 그렇지 않을 것입니다. 아니라면 초녕릉을 배반하는 것입니다.'라고 하였다. 무제가 장산에 묻혔기에 죽은 아버지의 능을 가리켜 맹세한 것이다. 그리고 남은 술을 봉해서 유의강에게 보내며 또한 말하기를, '어제 회계의 누나와 술을 마시다가 즐거움에 동생이 생각나서 마시던 술을 보낸다.'라 하여 마침내 그를 용서하였다. 사자가 아직 심양에 도착하지 못했는데 형양왕부의 하인이 두 왕이 갇힌 궁실을 두드리며 말하기를, '어제 밤에 까마귀가 밤에 울었으니 관청에서 분명히 사면이 있을 것입니다.'라고 하였다. 얼마 후에 사자가 와서 두 왕이 석방이 되니 이 노래가 있게 되었다."라고 하였다. 살펴보건데 사서에서 임천왕 유의강이 강주자사가 되었다고 하였는데 형양왕 유의계가 강주자사였다고 말한 것은 잘못 전해진 것이다. ≪고금악록≫에 말하기를, "<오야제>는 옛날에 16명이 춤을 췄다." 라고 하였다. ≪악부해제≫에 말하기를, "또한 <오서곡>이 있는데 이것과 같은 것인지 모르겠다."라고 하였다.

≪唐書 · 樂志≫曰, <烏夜啼>者, 宋臨川王義慶所作也[1] 元嘉十七年, 徙彭城王義康 於豫章[2] 義慶時爲江州, 至鎭, 相見而哭. 文帝聞而怪之[3] 徵還慶大懼[4] 伎妾夜聞 烏夜啼聲[5] 扣齋閤云[6] 明日應有赦. 其年更爲南兗州刺史, 因此作歌. 故其和云[7] 夜夜望郎來, 籠窗窗不開[8] 今所傳歌辭[9] 似非義慶本旨. ≪敎坊記≫曰, <烏夜啼> 者, 元嘉二十八年, 彭城王義康有罪放逐. 行次潯陽, 江州刺史衡陽王義季[10] 留連 飮宴[11] 歷旬不去[12] 帝聞而怒, 皆因之. 會稽公主[13] 姊也, 嘗與帝宴洽[14] 中席起 拜[15] 帝未達其旨, 躬止之. 主流涕曰, 車子歲暮, 恐不爲陛下所容. 車子, 義康小字 也. 帝指蔣山曰, 必無此, 不爾, 便負初寧陵[16] 武帝葬於蔣山, 故指先帝陵爲誓. 因 封餘酒寄義康, 且曰, 昨與會稽姊飮, 樂, 憶弟, 故附所飮酒往, 遂宥之[17] 使未達潯 陽, 衡陽家人扣二王所囚院曰, 昨夜烏夜啼, 官當有赦. 少頃使至[18] 二王得釋, 故有 此曲. 按史書稱臨川王義康爲江州, 而云衡陽王義季, 傳之誤也. ≪古今樂錄≫曰, <烏夜啼>, 舊舞十六人. ≪樂府解題≫曰, 亦有<烏棲曲>, 不知與此同否.

주석

1) 義慶(의경) : 유의경劉義慶(403-404). 송宋 무제武帝의 조카로 소제少帝(무제의 장남)보다 형뻘 이다. 어려서부터 능력을 인정받아 중앙의 벼슬과 형주자사荊州刺史(원가 10년), 강주자사江 州刺史(원가 17년), 남연주자사南兗州刺史(원가 18년)를 역임하다 원가21년 병사하였다. 남연 주자사가 된 다음 유명한 知人小說인 ≪세설신어世說新語≫를 만들었다.

2) 義康(의강) : 유의강劉義康(409-451). 송 무제의 넷째 아들로 문제文帝의 동생이다. 문제에 반대하는 신하들에 의해 황제 감으로 받들어졌으나 원가 17년에 유배되었고 원가 22년에 庶人으로 강등당한 다음 원가 28년에 사약을 받았다.

3) 文帝(문제) : 유의륭劉義隆(407-453). 송 무제의 셋째 아들. 태자였던 유의부劉義符가 소제少帝가 된 다음 신하들에 의해 쫓겨난 뒤 황제로 모셔졌다. 그는 다른 형제들을 정적으로 의식했고 신하들의 반란을 경계하였다. 태자인 유소劉劭(왕으로 인정받지 못하고 원흉元凶이라고 불렀다.)에게 살해당했다. 문제가 다스리던 원가 시대는 정치적으로는 공포 정치의 분위기도 있었으나 국력이 가장 강하고 문화적으로도 흥성한 시기여서 '원가지치元嘉之治'라는 말을 듣는다.

4) 徵還慶大懼(징환경대구) : 판본에 따라 '징환택대구徵還宅大懼'라고도 되어있는데 "불러서 집에 돌아가게 하니 크게 두려워했다."는 뜻이다.

5) 伎妾(기첩) : 가무기 출신의 시첩.

6) 齋閤(재합) : 서재의 문. 서재.

7) 和(화) : 화답하다. 노래하다. 연구자에 따라 '화성和聲'으로 보는 견해도 있으나, 여기 나오는 시구들이 화성이라는 객관적인 근거가 없다.

8) 夜夜望郞來, 籠窗窗不開.(야야망낭래, 농창창불개) : 이 두 구는 서로 이어진 구가 아니다. 두 구의 운韻이 같기 때문이다. 이들이 같은 시의 구인지, 다른 시의 구인지도 분명하지 않으나 그 내용으로 보면 서로 다른 시의 구일 가능성이 더 크다.

9) 歌辭(가사) : <오야제 8수>를 가리킨다.

10) 義季(의계) : 유의계劉義季(415-447). 무제武帝의 일곱째 아들. 원가 16년 유의경의 뒤를 이어 형주자사가 되었고 원가 21년 유의경이 병사하자 남연주자사가 되었다. 원가 24년에 사망하였다. 유의강의 몰락을 경계 삼아 평생을 술로 보냈다고 한다.

11) 留連(유연) : 머물도록 붙들다.

12) 歷旬(역순) : 열흘을 넘기다.

13) 會稽公主(회계공주) : 유흥제劉興弟(약383-444). 무제武帝의 큰 딸이며 문제와 유의강의 누나다. 남편인 서규지徐逵之는 무제가 송을 세우기 전에 전쟁에서 사망했다. 문제가 회계공주로 봉하였다. 그녀는 원가 22년에 사망하였다.

14) 洽(흡) : 무르익다. 흡족하다.

15) 中席(중석) : 상석上席. 문제의 누나이기 때문에 상석에 자리한 것으로 보인다.

16) 初寧陵(초녕릉) : 무제의 능 이름. 지금의 강소성江蘇省 남경시南京市 기린문麒麟門 밖에 있었다고 한다.

17) 宥(유) : 용서하다.

18) 少頃(소경) : 짧은 시간. 얼마 뒤에. 잠시 후에.


## 2-1 오야제 8수 烏夜啼八首

### 2-1-1

| | |
|---|---|
| 歌舞諸少年, | 노래하고 춤추는 여러 젊은이들 |
| 娉婷無種迹.[1] | 아름다운 이는 종적이 없네. |
| 菖蒲花可憐,[2] | 창포는 꽃이 사랑스럽다고 |
| 聞名不曾識. | 이름은 들었으나 알아본 적이 없구나. |

**주석**

1) 娉婷(빙정) : 어여쁜 자태. 또는 미녀.

　種迹(종적) : 종적. 자취. 이 구는 '아름답게 춤을 추며 발자국을 남기지 않는다'로 해석할
수도 있다.

2) 菖蒲(창포) : 창포.

3) 識(식) : 알아 보다. 알고 지내다.

**해설**

　젊은이들이 모여서 춤을 추며 노래를 하고 있다. 이 시는 전체적으로 춤을 추는 젊은이들의
모습일 수도 있고, 제2구 또는 제3구에서 제4구까지가 젊은이들이 부르는 노래의 내용일
수도 있다.

### 2-1-2

| | |
|---|---|
| 長檣鐵鹿子,[1] | 긴 돛대의 쇠 도르래 |
| 布帆阿那起.[2] | 무명 돛이 천천히 올라가네. |

詫儂安在間,[3]　　당신께 말하니 그 안에서 편안히 계시길

一去數千里.[4]　　한번 떠나면 수천 리를 가실 테니.

**주석**

1) 鐵鹿子(철록자) : 돛을 올리거나 내릴 때 쓰는 쇠로 된 활차.

2) 布帆(포범) : 무명으로 만든 돛.

　阿那(아나) : 느릿느릿한 모습.

3) 詫(차) : 고하다.

4) 數千里(수천리) : 수천 리. 임이 매우 먼 길을 떠나간다는 것을 알려준다.

**해설**

　배를 타고 멀리 떠나는 임이 무사히 다녀오기를 비는 노래이다. 이 시는 〈청상곡사清商曲辭 · 오성가곡吳聲歌曲〉의 〈오농가懊儂歌〉제8수와 제4구의 '수천리'만 빼고 동일하다. 〈오농가〉에 는 '삼천리三千里'라고 되어있다.


**2-1-3**

辭家遠行去,　　집을 떠나 멀리 가버리시니

儂歡獨離居.　　나와 당신만이 유독 헤어져 사는군요.

此日無嗁音,[1]　　오늘은 까마귀 우는 소리 없지만

裂帛作還書.[2]　　비단을 찢어 답신을 씁니다.

**주석**

1) 嗁音(제음) : 까마귀 우는 소리. 여기에서는 임이 온다는 좋은 소식을 암시한다.

2) 裂帛(열백) : 비단을 찢다. 여기에서는 서신을 쓸 준비를 한다는 뜻이다.

　還書(환서) : 답장으로 보내는 서신.

**해설**

외로운 여인에게 기쁜 소식을 알려주는 까마귀도 오지 않는다. 임을 그리워하는 여인은 아직 소식이 오기 전에 미리 답장을 쓴다.

**2-1-4**

| 可憐烏臼鳥,[1] | 가련하구나 오구 새가 |
| 强言知天曙. | 기어이 날 밝을 것을 알리다니. |
| 無故三更啼,[2] | 까닭 없이 한밤중에 울어서 |
| 歡子冒闇去.[3] | 내 임이 어둠 무릅쓰고 떠나셨네. |

**주석**

1) 烏臼鳥(오구조) : 오구 새. 까마귀와 비슷하게 생겼고 새벽에 잘 울어서 섞어서 부르기도 하였다. 온정균溫庭筠의 <서주사西州詞>에 "문 앞의 오구 나무, 슬프게도 날이 밝으려하네. 검고 작은 새가 날아갔다 날아왔다, 낭군께서 아침 배를 따라 떠나시네.(門前烏臼樹, 慘澹天將曙. 鴉鶒飛復還, 郎隨早帆去)"라고 하였다. <오성가곡吳聲歌曲·독곡가讀曲歌>에서 "길게 우는 닭을 쳐서 죽이고, 오구 새를 탄알로 없애야지.(打殺長鳴鷄, 彈去烏臼鳥)"라고 하였다.

2) 三更(삼경) : 한밤중. 밤 11시에서 새벽 1시.

3) 歡子(환자) : 사랑하는 사람에 대한 호칭으로, 보통은 여자가 남자를 부를 때 많이 쓰였다. 冒闇(모암) : 어둠을 무릅쓰다.

**해설**

날아 밝으면 사랑하는 사람과 이별을 해야 하는 여인에게 이 밤은 너무나 소중한 시간이다. 그러니 날이 밝았음을 알리는 새 소리가 결코 반가울 수 없는데, 이 검고 작은 새는 새벽도 아니고 한밤중에 울어대서 사랑하는 사람이 너무 일찍 떠나버렸다.

**2-1-5**

| 烏生如欲飛,[1] | 까마귀의 본성은 날고 싶으면 |
| 二飛各自去.[2] | 둘이 날다가도 각자 떠나가는지. |

生離無安心,　　생이별에 편안한 마음 없어서
夜啼至天曙.3)　　날 밝을 때까지 밤새 우는구나.

주석

1) 烏生(오생) : 까마귀의 타고난 본성.
2) 二飛(이비) : 함께 날다.
3) 天曙(천서) : 날이 밝다. 새벽.

해설

짝을 버리고 떠나간 까마귀가 그리워서 남겨진 까마귀가 밤새 울었다.

## 2-1-6

籠窗窗不開,1)　　창을 닫아서 창이 열리지 않고
蕩戶戶不動.2)　　지게문을 흔들어도 문이 움직이지 않네.
歡下葳蕤籥,3)　　그대가 사랑의 자물쇠를 풀어버려서
交儂那得往.4)　　나에게 주지만 내가 어찌 갈 수 있으리.

주석

1) 籠窗(농창) : 창을 가리다. 창을 닫다.
2) 蕩(탕) : 흔들다.
3) 下(하) : 자물쇠를 풀다. 여기에서는 상대방에게 이별을 고하는 것을 의미한다.
　葳蕤籥(위유약) : 사랑의 자물쇠. 위유쇄葳蕤鎖와 같다. 위유쇄는 연인 사이를 이어주는 고리
　나 자물쇠이다. ≪태평광기太平廣記≫에 "건안 연간에 하간태수 유조의 부인이 사망하였다.
　나중에 태수가 꿈에 한 부인을 보니 그에게 와서 다시 한 쌍의 고리를 주었다. 태수가
　그 이름을 모르자 부인이 말하기를, '이것은 위유쇄(아름다운 고리)입니다. 금실로 서로
　이었는데 사람이 구부리고 펼 수 있으니(잠그고 열 수 있으니) 참으로 진귀한 물건입니다.
　저는 이제 떠나야 해서 이것으로 당신과 작별을 하니 결코 남에게 말하지 마십시오.'라
　했다.(建安中河間太守劉照婦亡. 後太守夢見一婦人, 往就之, 又遺一雙鎖. 太守不能名, 婦曰,

33

此薆蕧鎭也. 以金縷相連, 屈伸在人, 實珍物. 吾方當去, 故以相別, 慎無告人)"고 나온다. 위유
薆蕧을 위유葳蕤라고도 써서 위유쇄가 되었다.
4) 邪得往(나득왕) : 어찌 그대를 떠날 수 있으리.

**해설**

제1, 2구에서 화자는 사랑하는 사람을 찾아왔으나 그의 집은 창과 문이 굳게 닫혔다. 그대는
사랑의 자물쇠를 풀고 이별을 통고했지만 나는 결코 그대를 떠날 수 없다.

## 2-1-7

| | |
|---|---|
| 遠望千里烟,[1] | 천 리까지 자욱한 안개를 멀리 바라보니 |
| 隱當在歡家.[2] | 보이지 않는 곳에 응당 그대의 집이 있으리. |
| 欲飛無兩翅, | 날고 싶어도 두 날개가 없으니 |
| 當奈獨思何. | 홀로 그리워하는 것을 어쩔 수 없네. |

**주석**

1) 千里烟(천리연) : 천 리까지 드리워진 안개.
2) 隱(은) : 보이지 않는 곳.
3) 奈何(내하) : 어쩔 수 없다. 해결할 방법이 없다.

**해설**

보이지 않은 먼 곳에 그리운 임이 살지만 화자는 그곳에 갈 방법이 없다. 그래서 그저
홀로 그리워할 뿐이다.

## 2-1-8

| | |
|---|---|
| 巴陵三江口,[1] | 파릉의 삼강의 어귀 |
| 蘆荻齊如麻.[2] | 갈대는 삼처럼 가지런하네. |
| 執手與歡別,[3] | 손을 잡고 그대와 이별을 하니 |
| 痛切當奈何. | 이 애통하고 비통함을 어떡해야 할까요? |

34

1) 巴陵(파릉) : 군郡 이름. 지금의 호남성湖南省 악양岳陽 부근이다.

   三江口(삼강구) : 삼강의 어귀. 삼강은 초楚 지역으로 흐르는 장강의 세 지류를 뜻하며, 삼강의 통로는 악양의 북쪽에 동정호洞庭湖가 장강과 연결되는 부근이다.

2) 蘆荻(노적) : 갈대와 물억새.

   齊如麻(제여마) : 삼처럼 가지런하다. 빽빽하게 많다는 뜻으로 사람은 이별을 하는데 갈대는 한곳에 모여있다는 것이다.

해설

서로 사랑하는 연인은 이별을 하는데 자연은 무심하게도 한창 우거져 있다.


## 2-2 오야제 烏夜啼

양梁 간문제簡文帝

| 綠草庭中望明月, | 초록 풀 정원 안에서 밝은 달을 바라보고 |
| 碧玉堂裏對金鋪.[1] | 푸른 옥 집 안에서 황금 문고리를 마주한다. |
| 鳴弦撥捩發初異,[2] | 줄을 울리고 채를 놀리니 소리는 시작부터 빼어난데 |
| 挑琴欲吹衆曲殊.[3] | 금을 튕기고 피리를 불려하니 보통 노래와 다르네. |
| 不疑三足朝含影,[4] | 삼족오가 아침에 빛을 머금는 것을 의심하지 않고 |
| 直言九子夜相呼.[5] | 다만 아홉 마리 까마귀가 밤에 서로 부르며 울었다 말하네. |
| 羞言獨眠枕下淚, | 홀로 잠자며 배개에서 눈물 흘렸다 말하기 부끄러워 |
| 託道單棲城上烏. | 홀로 깃들이는 성 위의 까마귀에게 기탁하여 말하네. |

주석

1) 金鋪(금포) : 황금으로 장식한 문 손잡이. 포鋪는 문 고리를 물고있는 짐승의 머리를 가리키는데 보통 호랑이, 거북이, 이무기, 뱀 등의 형상이다. 문고리로 문 전체를 가리키기도 한다.

35

2) 撥捩(발렬) : 비파를 연주하는 채를 놀리다.

3) 挑琴(도금) : 금을 탄주하다. '도挑'는 탄주하는 방법의 하나이다.

4) 三足(삼족) : 삼족오. 해에 산다는 전설의 까마귀. 삼족오가 빛을 머금는 것은 해가 뜨는 것을 의미한다.

5) 九子(구자) : 까마귀 새끼 아홉 마리. 양梁나라 유효위劉孝威의 악부시 <오생팔구자烏生八九子>에 "성 위의 까마귀는 1년에 새끼 아홉 마리를 낳네.(城上烏, 一年生九雛)"라고 하였다.

**해설**

이 시는 연회의 음악 연주와 노래 가사의 내용을 교차해서 묘사하였다. 시의 화자는 제1, 2구의 화려한 장소에서 기인의 연주를 감상하였는데 제3, 4구에서 그 음악의 뛰어남에 대해 묘사했고 제5~8구에서 그 노래의 내용에 대해 표현했다.

## 2-3 오야제 烏夜啼

양梁 유효작劉孝綽

| 鵾弦且輟弄,[1] | 곤계의 비파현은 잠시 연주를 그쳤고 |
| 鶴操暫停徽.[2] | 학의 금곡도 잠시 연주를 멈췄다. |
| 別有啼烏曲,[3] | 특별히 우는 까마귀의 노래가 있으니 |
| 東西相背飛. | 동서로 등지고 날아갔다고 한다. |
| 倡人怨獨守,[4] | 가기는 독수공방을 원망하니 |
| 蕩子遊未歸.[5] | 집 떠난 남자가 떠나서 아직 돌아오지 않아서이지. |
| 忽聞生離曲,[6] | 문득 생이별의 노래를 듣고 |
| 長夜泣羅衣. | 긴 밤 비단 옷에 눈물 흘렸네. |

**주석**

1) 鵾弦(곤현) : 곤계의 힘줄로 만든 비파줄.

輟弄(철농) : 연주를 그치다.

2) 鶴操(학조) : 학의 금곡. <별학조別鶴操>를 가리키며 이별의 슬픔을 노래하는 금곡이다.

停徽(정휘) : 연주를 멈추다.

이상 두 구는 <오야제>의 연주가 뛰어나 다른 종류의 음악들이 멈췄다는 뜻이다.

3) 別(별) : 별도로. 특별히.

啼烏曲(제오곡) : <오야제>를 의미한다.

4) 倡人(창인) : 악기. 가기.

5) 蕩子(탕자) : 집을 멀리 떠나서 돌아오지 않는 남자.

6) 生離曲(생리곡) : 생이별을 노래하는 곡. <오야제>를 의미한다.

**해설**

　제1, 2구는 <오야제>의 연주가 매우 뛰어나다는 것을 보여준다. 제3~6구는 <오야제> 공연
의 내용인데, 제3, 4구는 <오야제>에 나오는 까마귀가 서로 이별했다는 것을 알려주고 제5,
6구는 여인이 독수공방을 하며 돌아오지 않는 사람을 원망한다는 내용이다. 제7, 8구에서
화자는 <오야제> 노래를 듣고 감동하여 밤새 눈물을 흘린다.


## 2-4 오야제 2수 烏夜啼二首
### 북주北周 유신庾信

**2-4-1**

| 促柱繁弦非子夜,[1) | 줄을 급하게 당긴 빠른 연주는 <자야가>가 아니며 |
|---|---|
| 歌聲舞態異前溪.[2) | 노래의 소리와 춤의 모습은 <전계가>와 다르구나. |
| 御史府中何處宿[3) | 어사부 안에서는 어디에 묵을까? |
| 洛陽城頭那得棲.[4) | 낙양성 성벽에는 어떻게 깃들일 수 있으리? |
| 彈琴蜀郡卓家女,[5) | 금을 튕기는 것은 촉군 탁씨 집안의 딸이요 |
| 織錦秦川竇氏妻.[6) | 비단을 짜는 것은 진천 두씨의 아내라네. |

詎不自驚長淚落,<sup>7)</sup>　　어찌 스스로 놀라 오래도록 눈물 흘리는 것 아니리오

到頭啼烏恒夜啼.<sup>8)</sup>　　결국 까마귀는 언제나 밤에 울겠지.

**주석**

1) 促柱(촉주) : 당긴 거문고 기둥. 거문고 기둥을 당기면 현이 팽팽해져 소리가 높아진다.

　　繁弦(번현) : 어지러운 금의 줄. 매우 빠른 연주를 의미한다.

　　子夜(자야) : <자야가>. 이별을 슬퍼하는 오성가곡吳聲歌曲의 악부시.

2) 前溪(전계) : <전계가>. 사랑을 노래하는 오성가곡의 대표적인 무곡舞曲.

3) 御史府(어사부) : 한漢 이후로 계속 설치된 조정의 감찰기관으로 서한西漢 때는 어사부라고 하였고 동한東漢 이후에는 어사대御史臺라고 불렸다. 이 어사대의 별칭이 오대烏臺이다. 한대에 어사대에 있던 측백나무에 까마귀가 매우 많이 있어서 어사대를 오대라고 불렀다고 하는데, 어사대의 어사들을 비하하는 의미도 있었다고 한다.

　　何處宿(하처숙) : 어디에서 잘까. 한나라 애제哀帝 때에 어사부의 관사에 있는 우물이 모두 말랐는데 어사부의 나무에 살던 까마귀 수천 마리가 수개월 동안 오지 않아서 나이 든 사람들이 이상하게 여겼다고 한다.

4) 洛陽城頭(낙양성두) : 낙양성의 성벽 위. 한나라 환제桓帝 때의 동요에 "성 위의 까마귀, 꼬리는 반드시 도망가야지.(城上烏, 尾必逋)···"라는 내용이 있었다. 이 이야기의 풀이에 낙양성에 사는 까마귀는 욕심이 많아서 아랫 까마귀의 먹을 것을 빼앗았다고 한다.

5) 蜀郡(촉군) : 옛 촉 지역이며 지금의 사천성四川省 지역이다.

　　卓家女(탁가녀) : 탁문군卓文君을 가리킨다. 남편인 사마상여司馬相如가 첩을 두려 하자 금을 연주하며 그를 탓하는 <백두음白頭吟>을 지어 그를 저지시켰다고 한다.

6) 秦川(진천) : 현대의 섬서성陝西省 서쪽과 감숙성甘肅省 진령秦嶺 이북의 평원지대를 폭넓게 가리킨다. 고대에 진秦나라에 속했기 때문에 진천이라고 불렀다.

　　竇氏妻(두씨처) : 소혜蘇蕙를 가리킨다. 그녀의 남편인 전진前秦의 진주자사秦州刺史 두도竇滔는 임지를 옮기면서 아내인 소혜에게 절대로 달리 아내를 맞이하지 않겠다고 약속하였으나 뒤에 그 약속을 어기려하였다. 그러자 소혜가 비단을 짜며 그 위에 회문시回文詩(비단 위에 돌아가며 수놓은 시문의 내용이 전후가 이어지면서 끊어지지 않는 시)를 짜넣은 <선기도璇璣圖>를 지어 보내니 두도가 포기했다고 한다.

7) 詎不(거불) : 어찌 아니겠는가?

8) 到頭(도두) : 언제나. 결국.

해설

　　시인은 〈오야제〉의 금곡 연주와 노래와 무용을 감상했는데 이 이별의 음악은 그가 아는 다른 금곡이나 무곡과는 그 수준이 달랐다. 제3~6구는 그가 감상하는 〈오야제〉의 내용을 기존의 다른 유명한 이야기에 빗댄 것이다. 제3, 4구는 까마귀가 편안하게 깃들일 수 없었던 옛날 이야기를 빌려와서 〈오야제〉의 까마귀가 깃들일 곳 없이 슬퍼한다는 것을 표현하였다. 제5, 6구는 중국 고대 문학에서 사랑하는 사람에게 배신당한 대표적인 여인들의 이야기를 가져와서 이 〈오야제〉 역시 버림당한 여인의 슬픔이 담겨있다는 것을 나타냈다. 마지막 제7, 8구에서 시인은 그녀가 눈물을 흘리는 것은 이별에 의한 슬픔이 자신에게 이미 사무쳤기 때문이라고 밝히며 까마귀가 밤에 우는 한 여인은 언제나 슬플 것이라고 이야기하였다.

## 2-4-2

| | |
|---|---|
| 桂樹懸知遠,[1] | 계수나무는 높이 걸려 멀다는 걸 알겠고 |
| 風竿詎肯低.[2] | 바람 속의 대나무는 어찌 기꺼이 낮추어 주겠는가. |
| 獨憐明月夜,[3] | 달 밝은 밤에 홀로 가련하니 |
| 孤飛猶未棲. | 외로이 날며 여전히 깃들이지 못하네. |
| 虎賁誰見惜,[4] | 호분에서 누가 동정해줄 것이며 |
| 御史詎相攜.[5] | 어사대에서 어찌 서로 끌어주겠는가. |
| 雖言入弦管,[6] | 비록 음악 속으로 들어갔다 말하지만, |
| 終是曲中啼.[7] | 결국은 곡 안에서도 우는구나. |

주석

1) 懸(현) : 높이 걸리다. 우뚝 솟았다.

　　知遠(지원) : 멀다는 것을 알다. 여기에서는 까마귀가 계수나무가 너무 높아서 깃들이기에는 멀다는 것을 안다는 뜻이다.

2) 風竿(풍간) : 바람 속의 대나무. 바람에 흔들리지만 굽히지 않는 모습이다.

低(저) : 가지를 낮게 드리우다. 여기에서는 까마귀가 깃들일 수 있게 대나무가 낮추어 준다는 뜻이다.

3) 獨憐(독련) : 홀로 가련하다. ≪예문류취藝文類聚≫에는 '독래獨來'라고 되어있는데 '홀로 오다'의 뜻이다.

4) 虎賁(호분) : 왕궁을 호위하거나 왕의 거동을 호위하는 일을 담당하는 관청. 그 책임자를 호분중랑장虎賁中郞將으로 삼았다. 이곳의 병사들은 모두 할관鶡冠(할새의 꽁지깃으로 만든 관)을 썼다. 할새는 죽을 때까지 싸우기 때문에 무사에게 어울리는 새인데, 그 색이 검은 색이어서 까마귀와 비슷한 점이 있다.

5) 御史(어사) : 어사대御史臺(감찰기관)을 가리킨다. 어사대는 오대烏臺라고도 불렸다.

　相攜(상휴) : 서로 끌어주다.

6) 言(언) : 사람들이 말하다.

　弦管(관현) : 음악. 여기에서는 <오야제>를 의미한다.

7) 曲中啼(곡중제) : 곡 안에서 울다. 노래의 제목인 <오야제>의 의미를 활용한 표현이다. 버림받고 외로운 까마귀가 의지할 곳이 없어 노래 속으로 들어갔지만 결국은 노래 속에서도 울게되었다는 뜻이다.

**해설**

　이 시 역시 시인이 <오야제> 공연을 감상하고 시인 자신의 감회를 서술한 것이다. 제1, 2구에서 계수나무와 대나무는 까마귀에게 안식처를 제공하지 않는다. 제3, 4구에서 까마귀는 달밤에 쉬지 못하고 가련하게 날면서 쉴 곳을 찾는다. 제5, 6구에서 까마귀는 조정에서도 도움을 받지 못하는데, 시인은 까마귀를 연상시킬 수 있는 조정의 장소를 활용하였다. 끝내 현실에서 버림 받아 안식처를 찾지 못한 까마귀는 제7, 8구에서 <오야제> 노래 속으로 들어갔다는데, 결국 노래 속에서도 울고만 있다.

## 2-5 오야제 烏夜啼

　　　당唐 양거원楊巨源

**可憐楊葉復楊花,**[1]　　어여쁜 버들잎과 버들솜이

雪淨烟深碧玉家.[2]　　눈처럼 깨끗하고 안개처럼 자욱한 푸른 옥의 집.
烏棲不定枝條弱,[3]　　까마귀 깃들이지 못하니 가지가 약해서인데
城頭夜半聲啞啞.[4]　　성 위에서 한밤중에 아아 소리낸다네.
浮萍搖蕩門前水,[5]　　부평초가 문 앞의 물에서 흔들리니
任罥芙蓉莫墮沙.[6]　　그물을 쳐서라도 부용을 모래에 떨어지지 않게 하라.

## 주석

1) 復(부) : 그리고. 또.

   楊花(양화) : 버들솜.

2) 碧玉家(벽옥가) : 푸른 옥으로 된 집. 여기에서는 버드나무를 가리킨다.

3) 定(정) : 안착하다.

   枝條(지조) : 나뭇가지. 이 시에서는 버드나무 가지를 가리킨다. <오성가곡吳聲歌曲·독곡가
   讀曲歌 89수> 제76수에서 '버드나무는 까마귀를 숨길 만 하네.(楊柳可藏烏)'라고 했듯이
   버드나무에 까마귀가 깃들이는 것은 남녀 사이의 애정사를 암시한다.

4) 啞啞(아아) : 까마귀 소리의 의성어.

5) 浮萍(부평) : 부평초. 남편의 잡생각이나 바람기를 비유한다.

   搖蕩(요탕) : 크게 흔들리다.

6) 任罥(임견) : 새 잡는 그물에 맡기다. 그물을 치다. 그물로 덮어서 붙들다.

   芙蓉(부용) : 부용꽃. 남편을 비유한다. 부용꽃이 모래에 떨어지는 것은 남편이 바람을 피우는
   것을 의미한다.

## 해설

　깨끗한 버들잎과 버들솜과 같은 아내가 있음에도 남편은 자꾸 밤에 밖으로 나가려 한다.
그래서 남편을 단단히 단속해서 바람을 피우지 못하게 하라고 말하는 것이다. 마지막 제5,
6구를 새 막는 그물을 쳐서 까마귀가 부용에 접근하지 못하게 하라고 해석할 수도 있다.
이 경우에 주인공인 여인은 정결하고 고귀한 사람이고 까마귀는 이 여인에게 추근대는 무뢰
한이다. 그리고 부용꽃은 그녀가 이상적으로 바라는 연인상으로 이해할 수 있다.

## 2-6 오야제 烏夜啼

당唐 이백李白

| | |
|---|---|
| 黃雲城邊烏欲棲, | 누런 구름이 피어나는 성 가에 까마귀 깃들이려고 |
| 歸飛啞啞枝上啼. | 돌아와 날며 가지 위에서 아아 울어댄다. |
| 機中織錦秦川女,[1] | 베틀에서 비단을 짜던 진천의 여인은 |
| 碧紗如烟隔窗語.[2] | 푸른 비단은 안개 같은데 창 너머로 말을 한다. |
| 停梭悵然憶遠人,[3] | 베틀 북을 멈추고 슬프게 멀리 떠난 사람을 생각하고 |
| 獨宿孤房淚如雨. | 외로운 방에 홀로 자며 비처럼 눈물 흘린다. |

**주석**

1) 秦川女(진천녀) : 진천의 여인. 전진前秦의 진주자사秦州刺史 두도竇滔의 아내인 소혜蘇蕙를 가리킨다. 그녀의 이야기는 유신庾信의 <오야제>에 나왔었다.

2) 碧紗(벽사) : 푸른 비단. 여기에서는 창을 만든 천을 가리킨다.
   隔窗語(격창어) : 창 너머로 말을 하다. 까마귀에게 기쁜 소식을 가져왔는지 물어보는 것이다.

3) 梭(사) : 베틀 북.
   悵然(창연) : 매우 슬픈 모습.

**해설**

이 시는 돌아오지 않는 임을 기다리는 여인이 방안에서 천을 짜다가 창문 너머로 까마귀에게 임의 소식이 왔는지 물어보는 내용이다. 당연히 까마귀는 소식을 전하지 않고 그녀는 밤새 홀로 슬퍼한다.

## 2-7 오야제 2수 烏夜啼二首
### 당唐 고황顧況

### 2-7-1

| | |
|---|---|
| 玉房掣鎖聲翻葉,[1] | 옥방에 자물쇠를 푸니 소리가 잎을 흔들고 |
| 銀箭添泉遶霜堞.[2] | 은화살에 샘물 더해지니 서리가 성가퀴를 두른다. |
| 畢逋發刺月銜城,[3] | 까마귀 퍼덕이고 달빛이 성을 삼켰는데 |
| 八九雛飛其母驚.[4] | 8, 9마리 새끼 새 날아가 그 어미가 놀란다. |
| 此是天上老鴉鳴,[5] | 이것은 천상의 늙은 까마귀가 우는 것이니 |
| 人間老鴉無此聲. | 인간세상의 늙은 까마귀에게는 이런 소리가 없다. |
| 搖雜佩,[6] | 패옥들을 흔들고 |
| 耿華燭,[7] | 화려한 초를 밝히고 |
| 良夜羽人彈此曲,[8] | 좋은 밤 선인이 이 곡을 연주하니 |
| 東方瞳瞳赤日旭.[9] | 동쪽 하늘 훤하게 붉은 해가 빛나네. |

**주석**

1) 玉房(옥방) : 옥으로 장식한 방. 옥황상제나 신선의 거처. 여기에서는 연회장을 가리키는 것으로 보인다.
   掣鎖(철쇄) : 자물쇠를 풀다.
   翻葉(번엽) : 자물쇠 푸는 소리가 나뭇잎을 흔들며 들린다.
2) 銀箭(은전) : 은으로 장식한 물시계의 시침. 그래서 물시계를 뜻한다.
   遶霜堞(요상첩) : 서리가 에워싼 성가퀴(성 위에 낮게 쌓은 담).
3) 畢逋(필포) : 까마귀의 별칭.
   發刺(발랄) : 새가 날개를 퍼덕거리는 소리.
4) 八九雛飛(팔구추비) : 까마귀는 한 번에 새끼를 아홉 마리 정도 낳는다고 한다. 그 새끼들이 떠나버려 그 어미 까마귀가 슬퍼한다는 뜻이다.
5) 此(차) : 이것. 여기에서는 제3, 4구에서 까마귀가 우는 것.

6) 雜佩(잡패) : 몸에 쓰는 여러 패옥들의 총칭. 여기에서는 여인(가기)의 화려한 자태를 형용하
   였다.

7) 耿(경) : 불을 붙이다. 역시 가기가 공연을 진행하는 모습이다.

8) 羽人(우인) : 신선.

8) 曈曈(동동) : 날이 점차 밝아오는 모양.

**해설**

　이 시는 밤새 연회에서 〈오야제〉 연주를 감상하는 모습을 그려냈다. 제1, 2구는 시간이
밤이 되었다는 것을 알린다. 제3~6구는 〈오야제〉 공연의 내용인데, 제3, 4구는 까마귀가
슬피 우는 것을 들려주고 제5, 6구에서는 그 수준을 평가한다. 제7~10구는 연회의 모습을
그린 것으로 가기가 연주를 하는 동안 날이 밝는다.

### 2-7-2

| | |
|---|---|
| 月出江林西, | 달은 강 숲 서쪽에서 나오고 |
| 江林寂寂城鴉啼. | 강 숲 적막한데 성에는 까마귀가 운다. |
| 昔人何處爲此曲, | 옛 사람은 어디에서 이 노래를 만들었는가? |
| 今人何處聽不足. | 지금 사람은 어디에서 들어도 부족한가? |
| 城寒月曉馳思深,[1] | 성은 차갑고 달은 밝은데 치달리는 생각은 깊기만 한데 |
| 江上靑草爲誰綠.[2] | 강가의 파란 풀은 누구를 위해 푸르른가? |

**주석**

1) 馳思(치사) : 외곬로 달리는 생각. 치념

2) 靑草(청초) : 풀은 보통 근심, 상념 등을 비유한다. 풀이 자라듯이 그리움이 커지기 때문이다.

**해설**

　이 시 역시 밤에 연회에서 〈오야제〉 연주를 감상하는 모습을 그렸다. 제1, 2구는 시간적
배경이기도 하고 〈오야제〉 연주의 내용이기도 하다. 제3, 4구는 〈오야제〉 연주를 들은 시인의
반응이다. 마지막 제5, 6구에서 시인은 〈오야제〉가 노래하는 슬픈 정서에 영향을 받아서

시인 스스로의 그리움의 감정을 노래하였다.


## 2-8 오야제 烏夜啼
### 당唐 이군옥李羣玉

| | |
|---|---|
| 曾波隔夢時,[1] | 몇 층 파도가 꿈을 가로막는데 |
| 一望青楓林. | 푸른 단풍 숲을 한 번 바라보네. |
| 有鳥在其間, | 새가 그 사이에 있어서 |
| 達曉自悲吟. | 새벽이 되도록 홀로 슬프게 우네. |
| 是時月黑天, | 이 때에 달은 하늘에서 어두워지고 |
| 四野烟雨深. | 사방 들판에는 안개와 비가 심하네. |
| 如聞生離哭, | 생이별의 울음 소리 들은 듯 한데 |
| 其聲痛人心. | 그 소리가 사람의 마음을 아프게 하네. |
| 悄悄夜正長,[2] | 근심스러운 밤은 참으로 길어서 |
| 空山響哀音. | 빈 산에는 슬픈 소리가 울리네. |
| 遠客不可聽,[3] | 먼 곳에서 온 나그네는 슬퍼서 들을 수 없으니 |
| 坐愁華髮侵.[4] | 인하여 시름이 흰머리로 스며드네. |
| 旣非蜀帝魂,[5] | 이미 촉제의 혼이 아니니 |
| 恐是桓山禽.[6] | 아마 환산의 새일 것이라. |
| 四子各分散, | 자식 넷이 각자 흩어졌기에 |
| 母聲猶至今. | 어미의 울음 소리가 여전히 지금까지 들리네. |


### 주석

1) 曾波(층파) : 몇 층으로 겹친 파도. '증曾'은 '층層'과 통한다. ≪전당시≫에는 '층파層波'로 되어있는데 같은 뜻이다.

   隔夢(격몽) : 꿈을 가로막다. 잠을 못이룬다는 뜻이다.

時(시) : ≪전당시≫에는 '저渚'로 되어있는데 '물가'의 뜻이다.

2) 悄悄(초초) : 근심스럽고 슬픈 모습.

　馳思(치사) : 외곬로 달리는 생각. 치념

3) 遠客(원객) : 먼 곳에서 떠나 온 나그네.

4) 坐(좌) : 인하여.

　華髮(화발) : 흰머리.

　侵(침) : 스며들다.

5) 蜀帝魂(촉제혼) : 두견이. 촉제는 전설상의 촉蜀의 망제望帝인 두우杜宇이다. 두우는 나라를 빼앗기고 쫓겨나 죽었다. 그는 원통한 마음에 고향으로 돌아가길 그리워하여 죽은 뒤에 두견杜鵑이 되었다고 한다.

6) 桓山禽(환산금) : 환산의 새. ≪공자가어孔子家語≫에 환산의 새는 새끼를 네 마리 낳는데 날개가 자라면 사해로 헤어져서 어미가 슬피울며 보낸다고 했다. 환산의 새는 이별의 고통을 비유한다. 새끼를 지극히 기르는 까마귀로 이해하는 경우가 많아서 환산의 새를 환산의 까마귀라고도 한다.

**해설**

　이 시는 고향을 멀리 떠나온 나그네가 밤에 새 소리를 듣고 가족을 그리워하며 슬퍼하는 모습을 그렸다. 제1~4구에서 시인은 밤에 잠을 자지 못하다가 슬픈 새소리를 들었다. 제5~8구에서 날씨가 나빠지고 비까지 오는데 그와중에도 생이별의 울음 소리가 들리는 것 같다. 제9~12구에서 시인은 새소리에 슬퍼서 머리가 셀 정도이다. 제13~16구에서 시인은 이 새가 환산의 까마귀이며 그가 느끼는 슬픔이 고향과 혈육에 대한 그리움 때문이라고 밝혔다.

**2-9 오야제 烏夜啼**

　당唐 섭이중聶夷中

衆鳥各歸枝,　　여러 새들이 제각각 가지로 돌아갔는데
烏烏爾不棲.[1]　　까마귀야 너는 깃들이지 못하는구나.

還應知妾恨,　　역시 응당 나의 한을 알아서

故向綠窗啼.[2]　　일부러 푸른 비단 창을 향해 우는 것이겠지.

**주석**

1) 烏烏(오오) : 까마귀야. 제1구에서 '여러 새衆鳥'라고 했기 때문에 여기에서는 까마귀가 한 마리여야 한다. 그래서 '오오烏烏'를 복수로 해석하지 않고 까마귀를 부르는 것으로 해석한다. 반면 다른 한시에서 '오오烏烏'는 보통 노래를 하거나 부르거나 탄식하는 소리이다.

2) 綠窗(녹창) : 녹색 비단으로 된 창. 여인의 처소를 가리킨다.

**해설**

이 시는 여인이 자신의 슬픈 마음을 까마귀 소리에 기탁한 작품이다. 다른 새들과 달리 안식처를 찾지 못한 까마귀가 밤에 우는 것은 버림받은 여인을 동정해서이다.

## 2-10 오야제 烏夜啼

당唐 백거이白居易

城上歸時晚,　　성 위에서 돌아온 시간은 늦었는데

庭前宿處危.[1]　　마당 앞에서 자는 곳은 높다.

月明無葉樹,　　잎이 없는 나무에 달은 밝고

霜滑有風枝.[2]　　바람 부는 가지에 서리 미끄럽다.

啼澀飢喉咽,[3]　　울음소리 막히는 것은 굶주린 목구멍이 메어서고

飛低凍翅垂.[4]　　낮게 나는 것은 얼어버린 날개가 처져서이다.

畫堂鸚鵡鳥,[5]　　화려한 집의 앵무새는

冷暖不相知.　　추운지 더운지 알지 못하리라.

**주석**

1) 危(위) : 높다. 여기에서는 불안한 모습이다.

2) 霜滑(상활) : 서리가 얼어서 미끄럽다.

3) 澀(삽) : 자꾸 막히다. 더듬다.
   咽(열) : 목메다.

4) 凍翅(동시) : 추운 날씨에 얼어붙은 날개.

5) 畫堂(화당) : 화려한 집

**해설**

백거이의 이 〈오야제〉는 기존의 〈오야제〉와 내용이 다르다. 이 시의 내용은 남녀의 이별이나 고향의 그리움과는 관련이 없다. 백거이는 일종의 사회시로 보이는 이 시에서 까마귀의 고단한 삶을 한탄하며 화려한 집의 앵무새와 대비시켰다.


## 2-11 오야제 烏夜啼
### 당唐 왕건王建

| 庭樹烏, | "정원 나무의 까마귀야 |
| 爾何不向別處棲, | 너는 왜 다른 곳으로 가서 깃들이지 않고 |
| 夜夜夜半當戶啼. | 밤마다 한밤중에 문 앞에서 울어대느냐?" |
| 家人把燭出洞戶,[1] | 집 사람이 등촉을 잡고 방문에서 나와서 |
| 驚棲失羣飛落樹. | 깃들인 새 놀래켜서 무리를 잃고 날아 나무에서 떨어지네. |
| 一飛直欲飛上天, | 한꺼번에 날면 곧장 하늘까지 날아 오를 것 같지만 |
| 回回不離舊棲處. | 맴돌면서 옛 둥지를 떠나지 않네. |
| 未明重繞主人屋, | 어두운 새벽 주인의 집을 거듭 감돌다가 |
| 欲下空中黑相觸.[2] | 공중에서 내려오며 검은 것들이 서로 부딪히네. |
| 風飄雨濕亦不移, | "바람 휘몰고 비에 젖어도 결코 옮기지 않을 테니 |
| 君家樹頭多好枝.[3] | 그대 집 나무에 좋은 가지가 많아서라네." |

**주석**

1) 家人(가인) : 집안 사람. 하인·부녀자.

   洞戶(동호) : 방문.

2) 黑(흑) : 까마귀를 가리킨다.

3) 樹頭(수두) : 나무의 몸통 윗부분.

**해설**

  왕건의 이 시 역시 기존의 〈오야제〉와 많이 다르다. 밤마다 울어서 잠을 못자게 하는 까마귀들이 미워서 집의 사람이 까마귀를 쫓으려고 하는데 까마귀는 여전히 떠나지 않고 계속 집에 붙어살려고 한다. 제1～3구는 집안 사람이 까마귀에게 왜 다른 집으로 안가냐며 하는 말이다. 제4구에서 등촉을 잡고 나와 까마귀를 쫓으려 해서 제5구에서 놀란 까마귀 중에는 나무 아래로 떨어지는 것도 있지만 제6구에서 일제히 높이 날아오른 까마귀들은 제7구에서 여전히 집 위에서 맴돌고 있다. 제8구에서 음흉하게도 새벽까지 기다리던 까마귀들은 제9구에서 다투어 무더기로 나무로 돌아온다. 제10, 11구는 까마귀가 사람에게 하는 대답으로 까마귀들이 이 집을 떠나지 않는 이유를 설명한다.

**2-12** 오야제 烏夜啼

    당唐 장호張祜

| | |
|---|---|
| 忽忽南飛返, | 빠르게 남으로 날았다 돌아오는데 |
| 危弦共怨悽.[1] | 급한 현에 원망과 슬픔을 함께 하네. |
| 暗霜移樹宿, | 어둠속 서리에 나무를 옮겨 자고 |
| 殘夜遶枝啼. | 남은 밤에 가지를 맴돌며 우네. |
| 咽絶聲重敍,[2] | 메이고 끊겼다가 소리는 다시 이어지고 |
| 愔淫思乍迷.[3] | 평안하고 그윽하다가 그리움에 문득 빠져드네. |
| 不妨還報喜,[4] | 그래도 기쁜 소식을 알려줘도 괜찮았을 텐데 |

誤使玉顏低.[5]　　잘못해서 옥같은 얼굴 숙이게 하였네.

## 주석

1) 危弦(위현) : 급하게 연주하는 현.
　 怨悽(원처) : 원망과 슬픔.

2) 咽絕(열절) : 목이 메이고 소리가 끊기다. 이 시에서는 까마귀 소리를 음악 소리로 표현한 것이다.
　 敍(서) : 풀어내다. 이어지다.

3) 愔淫(음음) : 평안하고 그윽하다. 평온하다.

4) 不妨(불방) : 할 수 있다. 상관없다.
　 報喜(보희) : 기쁜 소식을 알리다.

5) 玉顏(옥안) : 여인의 얼굴을 뜻한다.

## 해설

　이 시는 〈오야제〉 연주를 감상하는 모습을 그려냈다. 제1구에서 급히 날아갔다 오는 까마귀의 모습으로 음악의 시작을 알리고 제2구에서 이 음악이 원망과 슬픔의 소리라고 밝힌다. 제3, 4구에서 안정하지 못하고 밤에 우는 까마귀의 울음소리를 이야기하고 제5, 6구에서 이에따라 음악소리가 끊어졌다 이어지고 마음은 안정되었다가 미혹된다고 묘사한다. 제7, 8구에서 기쁜 소식을 알려준다는 까마귀가 도리어 슬픈 울음으로 아름다운 여인의 마음을 아프게 했다고 한탄한다.

(서용준)

# 3. 오서곡 18수 烏棲曲十八首

## 3-1 오서곡 4수 烏棲曲四首
### 양梁 간문제簡文帝

### 3-1-1

| | |
|---|---|
| 芙蓉作船絲作絆,[1] | 연꽃으로 배를 만들고 비단실로 뱃줄을 만드는데 |
| 北斗橫天月將落.[2] | 북두칠성이 하늘에 가로놓이고 달이 떨어지려하네. |
| 採蓮渡頭礙黃河,[3] | 연을 따는 나루는 황하에 막혔고 |
| 郎今欲渡畏風波. | 낭군이 지금 건너오려 해도 바람 파도 두렵겠지. |

**주석**

1) 芙蓉(부용) : 연꽃. 여기에서는 '부용夫容'의 쌍관어로 쓰였으며 '낭군의 얼굴'이라는 뜻이다.
   絲(사) : 비단실. 여기에서는 '사思'의 쌍관어로 쓰였으며 '그리움'이라는 뜻이다.
   絆(작) : 노끈. 배를 끄는 줄.
2) 北斗橫天(북두횡천) : 북두칠성이 하늘에 가로 놓이다. 세로 놓였던 북두칠성이 하늘에서 회전하였다는 의미로 시간이 지났다는 것을 나타낸다. 이 시에서는 연꽃배를 만드느라 날이 샜다는 의미이다.
3) 渡頭(도두) : 나루.
   礙(애) : 가로막다. 가리다.

**해설**

여인은 임을 그리워하며 밤새 연꽃배를 만들었다. 그러나 그녀는 오지 않는 임을 만나러 황하를 건널 수 없고, 임도 아마 바람과 파도 때문에 강을 건너오지 못하였다.

### 3-1-2

浮雲似帳月如鉤,[1]　　뜬 구름은 휘장과 같고 달은 휘장 고리 같지만
那能夜夜南陌頭.[2]　　어찌 밤마다 남쪽 길가에서 노숙할 수 있으리오.
宜城投泊今行熟,[3]　　의성에 도달하면 이제 길은 익숙하니
停鞍繫馬暫棲宿.[4]　　안장을 멈추고 말 매고는 잠시 머물러 묵는다네.

### 주석

1) 帳(장) : 휘장. 침실의 휘장.

　　鉤(구) : 휘장 고리. 휘장을 침상의 휘장틀에 고정시키거나, 휘장틀을 고정시키는 역할을
　　하는 부착물.

2) 那能(나능) : 어찌 ~할 수 있으리.

　　夜夜(야야) : 밤마다.

　　陌頭(맥두) : 길가. 길 위.

3) 宜城(의성) : 의성. 하夏나라 때부터 기록이 보이는 오래된 도시로 교통과 상업의 요지였다.
　　현재는 호북성湖北省 양양시襄陽市에 남쪽으로 소속된 현급시縣及市인데 한수漢水가 통과한다.
　　投泊(투박) : 투숙하여 머물다. 그런데 이 부분은 다른 단어로 된 판본이 많다. ≪옥대신영玉
　　臺新詠≫에는 '온주醞酒'라고 되어있는데 '빚은 술'의 뜻이다. 이 경우 해석은 "의성의 좋은
　　술이 지금 한창 익었으니"가 된다. ≪예문류취藝文類聚≫에는 '투주投酒'라고 되어있는데
　　'두 번 빚은 술'이라는 뜻이다. ≪악부시집 · 서곡가 · 상림환常林歡≫의 곽무천 해제에는 이
　　부분을 인용하며 '두주酘酒'라고 하였는데, '9번(여러 번) 빚은 술'이라는 뜻이다. 본래 의성
　　이 미주로 유명했고 ≪악부시집≫에도 의성의 술과 관련된 내용이 많다.

　　熟(숙) : 무르익다. 완성되다.

4) 停鞍(정안) : 말 안장을 멈추다. 말을 세우다.

　　繫馬(계마) : 말을 매다.

구름과 달이 휘장과 휘장 고리 같다지만 계속된 노숙은 충분히 지칠 일이다. 이제 조금 더 가서 의성에 들어가면 그 다음 부터는 어려운 일도 없을 것이다. 그러니 오늘 밤은 노숙이 아니라 여관에 묵는다. 그리고 제3구를 '의성의 투주가 지금 한창 익었으니'로 해석한다면 제3, 4구는 여관에서 내놓을 의성 미주에 이끌려 여관에 묵으러 들어간다는 의미가 된다.

## 3-1-3

| | |
|---|---|
| 靑牛丹轂七香車,[1] | 검은 소, 붉은 바퀴, 일곱 향기의 수레가 |
| 可憐今夜宿倡家.[2] | 사랑스러운 오늘 밤 기녀의 집에 묵는다. |
| 倡家高樹鳥欲棲, | 기녀의 집 높은 나무에 까마귀가 깃들이려 하는데 |
| 羅帷翠被任君低.[3] | 비단 휘장 비취 이불 임이 내리도록 맡긴다. |

**주석**

1) 靑牛(청우) : 검은 소.

　丹轂(단곡) : 붉은 바퀴. 화려한 수레의 대칭이다.

　七香車(칠향거) : 다양한 향기가 나는 수레. 화려하고 고귀한 수레의 대칭이다. 다양한 향기가 나는 도료로 칠했거나 다양한 향기가 나는 여러 목재를 사용하여 만들었다.

2) 可憐(가련) : 사랑스럽다.

　倡家(창가) : 기녀의 집.

3) 翠被(취피) : 비취새를 수놓았거나 비취새털을 사용하여 만든 이불. 판본에 따라서는 '취장 翠帳'으로 된 곳도 있는데 '비취 휘장'의 뜻이다.

　任君低(임군저) : 임이 내리도록 내버려두다. 임이 내리도록 맡기다. 판본에 따라서 '향군저 向君低'로 된 곳도 있는데 "임을 향해 내린다"의 뜻이다.

**해설**

부유하고 화려한 신분의 남자가 기녀의 집에 행차한다. 까마귀는 나무에 깃들이고 남자는 기녀의 침실의 휘장과 이불을 내린다.

**3-1-4**

織成屛風金屈膝,<sup>1)</sup>　비단 병풍 금 고리

朱脣玉面燈前出.　붉은 입술 옥 같은 얼굴이 등불 앞으로 나오네.

相看氣息望君憐,<sup>2)</sup>　서로 마주하여 숨쉬며 임의 사랑을 바라니

誰能含羞不自前.<sup>3)</sup>　누가 부끄러워 하며 스스로 나서지 않을 수 있으리.

**주석**

1) 織成(직성) : 화려한 비단.

　屈膝(굴슬) : 문, 서랍, 병풍 등에 있는 고리나 손잡이 등의 장식물.

2) 相看(상간) : 바라보다.

　氣息(기식) : 숨을 쉬다.

3) 含羞(함수) : 얼굴에 부끄러워하는 기색을 띠다.

　自前(자전) : 스스로 앞에 나서다.

**해설**

　비단 병풍과 금 고리가 있는 화려한 기녀의 방에서 붉은 입술과 옥 같은 얼굴의 기녀가 등불 앞으로 나온다. 임을 바라보면서 숨결이 거칠어지는 그녀는 부끄러워 하면서도 대담하게 앞으로 나서며 임의 사랑을 바란다. 제3수에서 이어지는 내용으로 보인다.

**3-2** 오서곡 6수 烏棲曲六首

　　　양梁 원제元帝

**3-2-1**

幄中淸酒馬腦鍾,<sup>1)</sup>　휘장 안 맑은 술은 마노 술잔에 담겼고

裙邊雜佩琥珀龍.<sup>2)</sup>　치마 가장자리 여러 패물은 호박 용이네.

虛持寄君心不惜,<sup>3)</sup>　헛되이 가지다가 그대에게 주니 마음은 아깝지 않은데

共指三星今何夕.<sup>4)</sup>　함께 삼성을 가리키니 오늘은 어떤 밤인가.

주석

1) 馬腦鍾(마뇌종) : 마노馬瑙로 된 술잔이나 술 그릇. '마뇌馬腦', '마노馬瑙', '마노馬瑙'는 통용해 쓰였다. 마노는 석영질의 보석의 일종인데 그릇을 만들면 단단하고 마모되지 않으며 화학 약품에도 강하기 때문에 마노 술잔은 최상의 술잔이라고 할 수 있다.

2) 雜佩(잡패) : 한데 이어진 여러 패옥.

   琥珀龍(호박룡) : 호박으로 만들어진 용 모양의 패물.

3) 虛持(허지) : 헛되이 가지다.

   寄君(기군) : 그대에게 주다.

4) 三星(삼성) : 3개의 별. 보통은 이십팔수의 별자리의 삼수參宿(오리온자리)나 삼수의 세 별을 가리킨다.

   今何夕(금하석) : 오늘은 어떤 밤인가? 이 시에서는 "오늘 그대를 만났으니 좋은 날이다."의 의미이다. ≪시경·당풍唐風·주무綢繆≫에서 "칭칭감아 섶을 묶는데 삼성이 하늘에 있다. 오늘 밤은 어떤 밤인가? 이 좋은 사람을 만났다. 그대여 그대여 이 좋은 사람을 어찌할까나. (綢繆束薪, 三星在天. 今夕何夕, 見此良人. 子兮子兮, 如此良人何)"라고 하였다.

해설

부유하고 고귀한 여인이 사랑하는 임을 밤에 만났다. 그녀에게 값진 패물들은 필요가 없으니 오직 임을 만난 이 밤이 즐거울 뿐이다.

## 3-2-2

| 濃黛輕紅點花色,[1] | 짙은 눈썹먹에 옅은 붉은색 칠하고 꽃장식을 붙이니 |
|---|---|
| 還欲令人不相識.[2] | 도리어 사람에게 알아보지 못하게 할 것 같네. |
| 金壺夜水詎能多,[3] | 물시계의 밤 물이 어찌 충분히 많겠는가 |
| 莫持奢用比懸河.[4] | 은하수처럼 여겨서 너무 쓰지는 말아야지. |

주석

1) 濃黛(농대) : 짙은 눈썹먹. 눈썹먹은 고대 여인들이 눈썹을 그리는 안료로 청흑색이었다.

   輕紅(경홍) : 옅은 붉은색. 분홍색.

點花色(점화색) : 화전花鈿을 붙이다. 화전은 금은보석으로 만든 꽃 모양의 머리장식이다.

2) 令人不相識(영인불상식) : 다른 사람으로 하여금 알아보지 못하게 하다. 매우 예뻐져서 몰라볼 정도라는 뜻이다.

3) 金壺(금호) : 황금의 동이. 물시계에서 물이 흘러내리는 기구. 물시계를 의미한다.

4) 奢用(사용) : 낭비하다.

懸河(현하) : 은하수.

### 해설

화려하게 꾸민 여인이 밤에 사랑하는 임을 기다리고 있다. 여인 스스로 생각하기에도 자신이 너무 예쁘니까 임이 오면 긴 밤을 헛되이 보내지 않고 알차게 사랑하겠다고 다짐하였다.

### 3-2-3

沙棠作船桂爲楫,[1]　　사당나무로 배를 만들고 계수나무로 노를 만들어

夜渡江南採蓮葉.[2]　　밤에 강남으로 넘어가 연을 따네.

復値西施新浣紗,[3]　　새로 비단을 빠는 서시를 다시 만나서

共向江干眺月華.[4]　　함께 강가로 가서 달빛을 바라보리라.

### 주석

1) 沙棠(사당) : 해당화 나무의 일종으로 실해당實海棠과 비슷하다. 중국의 해당화 나무는 사과나무과에 속해서 키가 크며 배를 만들기에 좋은 재료이다.

桂楫(계즙) : 계수나무 노.

2) 採蓮(채련) : 연을 따는 행위는 사랑을 나누는 것을 비유한다.

3) 西施(서시) : 이 시에서는 서시만큼 아름다운 여인을 의미한다.

浣紗(완사) : 비단을 빨다. 이 시에서는 서시가 하는 행위를 상징적으로 의미한다. 전하는 말에 따르면 서시는 서민 출신으로 궁궐에 들어가기 전에 약야계若耶溪에서 빨래를 했다고 한다.

4) 江干(강간) : 강변. 강언덕.

眺(조) : 바라보다.

月華(월화) : 달빛. 달.

이 시는 남자가 밤에 배를 타고 강을 건너가서 아름다운 여인을 만나 사랑을 나누겠다고 다짐하는 내용이다. 굳이 밤에 연을 따러 가는 것은 일종의 연예 모험이라고 할 수 있는데, 그가 '다시' 만나겠다고 말하는 것으로 보면 이번이 처음이 아니라는 것을 알 수 있다.

## 3-2-4

| | |
|---|---|
| 月華似璧星如佩, | 달빛은 벽옥과 같고 별은 패물과 같은데 |
| 流影澄明玉堂內.[1] | 흐르는 빛이 옥당 안을 환하게 한다. |
| 邯鄲九枝朝始成,[2] | 한단의 아홉가지 등촉은 아침에 비로소 꺼질 것이니 |
| 金卮玉椀共君傾.[3] | 금잔과 옥사발을 그대와 함께 기울이리. |

**주석**

1) 流影(유영) : 흐르는 빛.
   澄明(징명) : 맑고 환하게 하다. ≪옥대신영≫에는 '등명燈明'으로 되어있는데 '등불이 밝히
   다'의 뜻이다.
   玉堂(옥당) : 옥으로 장식한 집. 한漢의 궁전의 이름. 궁전의 범칭.
2) 邯鄲九枝(한단구지) : 한단에서 온 가지가 9개인 촛대나 등불. 구지는 귀하고 화려한 촛대나
   등불을 가리키며 역대로 화려한 궁실이나 집안을 묘사할 때 자주 쓰였다.
   成(성) : 끝나다. 꺼지다.
3) 金卮玉椀(금치옥완) : 금잔과 옥사발.

**해설**

화려하고 아름다운 궁전에서 주연이 열린다. 촛불은 아침에나 끌 것이니 나는 그대와 밤새 술을 마실 것이다.

## 3-2-5

交龍成錦鬪鳳紋,[1]    용이 얽힌 비단에 봉황이 모인 무늬

芙蓉爲帶石榴裙.[2]    연꽃 무늬의 허리띠에 석류색 치마.

日下城南兩相望,    해 질 때 까지 성의 남쪽에서 서로 바라만 보다가

月沒參橫掩羅帳.[3]    달 가라앉고 삼성이 가로 놓이니 비단 휘장을 가리네.

### 주석

1) 交龍(교룡) : 용이 얽히다.

   鬪鳳(투봉) : 봉황이 모이다.

2) 石榴裙(석류군) : 주홍색의 치마.

   이상 두 구는 남자와 여자의 의상이며 이 시에서는 각각 남자와 여자를 가리킨다.

3) 參(삼) : 삼성. 삼성이 가로 놓이는 것은 시간이 흘렀음을 의미한다.

### 해설

   화려하고 남자와 아름다운 여자가 낮에는 서로 만나지 못하고 바라만 보았다. 이제 만난 그들은 밤이 깊어지자 함께 잠자리에 든다.

## 3-2-6

七彩隨珠九華玉,[1]    일곱 빛깔의 수후의 구슬과 아홉 꽃 무늬의 화려한 옥

蛺蝶爲歌明星曲.[2]    나비 노래 만들고 금성 곡을 만드네.

蘭房椒閣夜方開,[3]    난초 방과 산초 문이 밤이 되어 막 열리니

那知步步香風逐.    걸음걸음마다 향기로운 바람이 따름을 어찌 알았으리.

### 주석

1) 七彩(칠채) : 일곱 색.

   隨珠(수주) : 전설로 전해지는 수후隨侯의 구슬. 춘추시대에 수주隨州의 제후가 산에서 큰 뱀을 구해준 뒤에 받은 진주라고 하며 야명주夜明珠의 일종이라고 한다.

   九華玉(구화옥) : 매우 아름답고 화려한 옥.

2) 蛺蝶(협접) : 나비.

　明星(명성) : 계명성啟明星으로 금성金星.

3) 蘭房(난방) : 난초향이 나는 방. 여인이 거처하는 방의 미칭.

　椒閤(초합) : 산초향이 나는 방. 후비나 귀부인의 거처. 여인이 거처하는 방의 미칭.

**해설**

밤에 연회가 열렸다. 연회 장소와 연주 음악도 아주 고급이다. 그리고 이 연회에 아름다운 여인이 환상적으로 등장한다.

## 3-3 오서곡 烏棲曲

양梁 소자현蕭子顯

| 芳樹歸飛聚儔匹,[1] | 꽃 핀 나무에 날아와서 짝을 지어 모인 것은 |
|---|---|
| 猶有殘光半山日.[2] | 산허리에 해가 있어 아직 남은 빛이 있어서지. |
| 莫憚褰裳不相求,[3] | 치마 올리길 꺼리며 서로 구하지 않는 짓은 하지 말지니 |
| 漢皐遊女習風流.[4] | 한고산의 유녀는 풍류에 익숙하다네. |

**주석**

1) 芳樹(방수) : 아름다운 나무.

　儔匹(주필) : 짝. 반려자.

2) 半山(반산) : 산허리. 산중턱.

3) 褰裳(건상) : 치마를 걷어올리다. ≪시경·정풍鄭風·건상褰裳≫에 "그대가 사랑하여 나를 그리워하니 내 치마를 걷고 진수를 건너가리.(子惠思我, 褰裳涉溱)"이라고 나온다. 주자朱子의 주注에 "음녀가 그 사통하는 자에게 말했다(淫女語其所私者)"라고 하였다.

4) 漢皐遊女(한고유녀) : 한고산에 놀러나온 여자. 이 단어는 ≪시경·주남周南·한광漢廣≫의 구절과 ≪열선전列仙傳≫의 내용이 섞여서 전해진 것이다. <한광>에 "한수에 놀러나온 여자가 있으니 구할 수가 없도다.(漢有遊女, 不可求思)"라고 하였다. ≪열선전≫에는 주나라의 정교

보鄭交甫가 한수漢水가에서 신녀 2명을 만나 패옥佩玉을 얻는 내용이 나온다. 패옥을 가슴에 품고 몇걸음을 가니 패옥이 사라지고 그 여인들도 사라졌다고 한다. 후대에 정교보가 여인들을 만난 곳이 한수에 가까운 한고산漢皐山의 대臺로 바뀌었다. ≪한시외전韓詩外傳≫에서는 정교보의 이야기로 <한광>을 해설하였다.

해설

이 시는 사랑을 꿈꾸는 남자가 반대로 여자들에게 적극적으로 사랑의 작업에 나서길 권하는 내용이다.


## 3-4 오서곡 2수 烏棲曲二首

진陳 서릉徐陵

### 3-4-1

| | |
|---|---|
| 卓女紅粉期此夜,[1) | 탁문군이 붉게 분칠하고 이 밤을 기약했고 |
| 胡姬沽酒誰論價.[2) | 오랑캐 여인이 술을 파니 누가 가격을 따지리. |
| 風流荀令好兒郎,[3) | 풍류를 즐기는 순욱은 멋있는 남자 |
| 偏能傳粉復薰香.[4) | 옷에 유독 분칠한 듯 하고 또 향기도 훈증했네. |

주석

1) 卓女(탁녀) : 탁문군卓文君. 중국 역사의 대표적인 미녀의 하나이다.
2) 胡姬(호희) : 오랑캐 여인. 고대에는 서역 출신의 여인들이 술집에 많이 있었다. 그래서 오랑캐 여인은 보통 술을 파는 미녀를 의미했다.
3) 荀令(순령) : 순욱荀彧. 조위曹魏의 상서령尚書令이었던 순욱은 절세 미남자로 그가 머물던 곳은 여러 날 향기가 남았다고 한다. 그래서 순령향荀令香이라는 말이 생겼는데 그는 좋은 향으로 자신의 옷을 훈증했다고 한다.
   好兒郎(호아랑) : 능력이나 업적이 있는 남자.
4) 偏能(편능) : 유독 잘하다.

傳粉(부분) : 분을 바르다. 분가루를 옷에 바르다. 조위曹魏의 하안何晏은 분가루를 옷에 발랐는데 역시 미남자로 유명했다.

薰香(훈향) : 향기를 훈증하다. 훈의薰衣를 했다. 이 구는 남자에게서 좋은 향이 나는 것이 옷에 분칠도 하고 훈증도 한 것 같다고 말하는 것이다.

**해설**

이 시는 술을 파는 아름다운 여인과 좋은 향기를 풍기는 멋있는 남자가 서로 만났다는 내용이다.

**3-4-2**

| | |
|---|---|
| 繡帳羅帷隱燈燭, | 수놓은 비단 휘장이 등촉을 가리니 |
| 一夜千年猶不足. | 하룻밤이 천년이라도 도리어 부족하리. |
| 唯憎無賴汝南雞,[1] | 오직 못된 여남의 닭들이 미울 뿐이니 |
| 天河未落猶爭啼. | 은하수 아직 지지 않았는데 도리어 다투어 우는구나. |

**주석**

1) 無賴(무뢰) : 못되고 비열한 짓을 하다.

汝南雞(여남계) : 汝南에서 난 닭. 여남의 닭은 잘 우는 것으로 유명하다. 한대漢代에 낙양洛陽의 궁궐에서는 다른 닭을 기르지 않고 여남의 닭만 키웠기 때문에 여남신계汝南晨雞(여남의 새벽닭)이라는 말이 있었다.

**해설**

이 시는 사랑하는 남자와 밤을 보내느라 조금의 시간도 아까운 여인이 쓸데없이 일찍 새벽을 알리는 닭을 원망하는 내용이다.

## 3-5 오서곡 棲曲

량梁 잠치경岑之敬

| 驄馬直去沒浮雲,[1] | 총마는 곧장 떠나 뜬 구름 속으로 사라졌고 |
|---|---|
| 河渡冰開兩岸分.[2] | 황하의 나루터에 얼음 깨져 두 강언덕이 나뉘었다. |
| 鳥藏日暗行人息,[3] | 새가 숨고 해가 어두워져 길 떠난 이도 쉬는데 |
| 空棲隻影長相憶.[4] | 빈 방에 머무는 외로운 그림자가 오래도록 그리워하네. |
| 明月二八照花新,[5] | 16일의 밝은 달이 새 꽃을 비추는데 |
| 當壚十五晚留賓.[6] | 15세 술 파는 여인이 저녁되어 손님을 머물게 하네. |

**주석**

1) 驄馬(총마) : 청총마. 갈기와 꼬리가 파르스름한 흰말. 판본에 따라 '총마總馬'로 된 곳도 있는데 같은 뜻으로 보아야 한다.

2) 兩岸分(양안분) : 봄이 되어 얼음이 녹아 배가 다닐 수 있게 되었다.

3) 行人(행인) : 길을 떠나온 사람. 나그네.

4) 空棲(공서) : 빈 방에 묵다.
   隻影(척영) : 외로운 그림자.

5) 二八(이팔) : 음력 16일.
   照花新(조화신) : 달빛이 비쳐서 꽃이 새롭고 곱게 보인다. 새로 핀 꽃에 달빛이 비쳤다.

6) 當壚(당로) : 술청을 담당하다. 술을 판다는 뜻이다. 또는 술집이다. '로壚'는 술판을 올려놓는 화로 모양의 흙받침으로 일종의 술청이다.
   十五(십오) : 15세의 여인.
   晚(만) : 날이 저물다.

**해설**

이 시는 봄이 되자 길을 떠나온 나그네가 다시 돌아갈 것을 그리워하는 내용이다. 제1, 2구에서는 봄이 되어 청총마도 떠나고 배도 움직이는 따뜻하고 밝은 느낌이었지만 제3, 4구에서는 새도 숨고 해도 진데다 어둡고 외로운 느낌이다. 그런데 제5, 6구에서는 달이 새 꽃을 비추고 술을 파는 젊고 아름다운 여인이 등장해서 시의 분위기를 일신시켰다.


**3-6** 오서곡 烏棲曲

당唐 이백李白

| 姑蘇臺上烏棲時,[1] | 고소대 위에서 까마귀가 깃들일 때 |
| 吳王宮裏醉西施.[2] | 오왕의 궁안에서 서시가 술에 취했다. |
| 吳歌楚舞歡未畢, | 오나라 노래 초나라 춤에 즐거움이 끝나지 않았는데 |
| 靑山猶銜半邊日.[3] | 푸른 산은 어느새 해를 절반 삼켰다. |
| 銀箭金壺漏水多,[4] | 은 화살 금 동이에 세어나온 물이 많은데 |
| 起看秋月墜江波. | 일어나 가을 달이 강 물결에 떨어지는 걸 바라보네. |
| 東方漸高奈樂何.[5] | 동방이 점차 높아오니 즐거움을 어이 할까요. |

**주석**

1) 姑蘇臺(고소대) : 오吳나라의 누대. 지금의 강소성江蘇省 소주시蘇州市 남서쪽에 있는 고소산 姑蘇山 위에 오나라 왕 부차夫差가 지었는데 지금은 옛터만 남았다. 부차는 서시와 함께 고소대에서 항상 연회를 즐겼다고 한다.

2) 吳王(오왕) : 오나라 왕 부차夫差.

3) 猶(유) : 어느새. 벌써. ≪전당시全唐詩≫나 ≪이태백전집李太白全集≫에는 '욕欲'으로 되어있다. 半邊日(반변일) : 절반의 해. 반쯤 남은 해.

4) 銀箭(은전) : 물시계의 눈금을 가리키는 화살. 金壺(금호) : 금 동이. 물시계의 물을 저장해 흘러내리게 하는 동이.

5) 奈樂何(내락하) : 즐거움을 어떻게 할까? 여전히 즐거움을 누리고 싶다는 뜻이다.


**해설**

이 시는 고소대에서 오왕 부차와 서시가 연회를 밤새 즐기는 모습을 노래한 내용이다. 해가 밝아옴에도 여전히 즐거움을 계속하려 한다는 점에서 이전의 다른 〈오서곡〉과 비슷하다.

## 3-7 오서곡 烏棲曲

당唐 이단李端

| | |
|---|---|
| 白馬逐牛車,[1] | 하얀 말은 소 수레를 따라서 |
| 黃昏入狹斜.[2] | 황혼 녘에 좁고 기운 길로 들어서네. |
| 狹斜柳樹烏爭宿, | 좁고 기운 길 버드나무에 까마귀가 잠잘 곳을 다투지만 |
| 爭枝未得飛上屋.[3] | 가지를 다투다 얻지 못하고 지붕 위로 날아가네. |
| 東房少婦婿從軍,[4] | 동쪽 방의 젊은 아내는 남편이 군대를 따라가서 |
| 每聽烏啼知夜分.[5] | 매번 까마귀 울음을 듣고는 한밤임을 안다네. |

**주석**

1) 牛車(우거) : 소가 끄는 수레. '주거朱車'로 된 판본도 있는데 '붉은 수레'의 뜻으로 '부유한 이가 타는 수레'의 뜻이다. 이 구는 부자가 기녀를 찾는 것을 비유하였다.

2) 狹斜(협사) : 좁은 거리나 굽은 골목. 기원妓院을 가리키는 용도로 많이 쓰였다.

3) 屋(옥) : 지붕.

4) 東房(동방) : 동쪽 방. 규방.
   婿(서) : 남편.
   從軍(종군) : 군대를 따라가다. 군사가 되다.

5) 夜分(야분) : 한밤.

**해설**

　이 시는 까마귀라는 중심 모티프를 가지고 시의 분위기를 전반부와 후반부로 나누어 판이하게 진행시켰다. 전반부인 제1~4구는 전형적인 〈오서곡〉의 전개로, 부유한 남자가 저녁에 기녀의 집에 행차한다. 그래서 그 기녀의 집의 버드나무에서 까마귀들이 잠잘 곳을 다투는 것은 남자들이 기녀와 합방하려 한다는 것으로 이해할 수 있었다. 그런데 마지막 제5~6구에서 군대간 남편을 그리워하는 여자가 한밤중까지 슬퍼하며 까마귀 소리를 듣는 것으로 시의 이야기를 마침으로써 제3, 4구의 까마귀는 머물 곳을 찾지 못하고 밤새 슬피 우는 새로 바뀌었고 이 시는 마치 〈오야제〉처럼 끝을 맺었다.

**3-8** 오서곡 烏棲曲

당唐 왕건王建

章華宮人夜上樓,<sup>1)</sup>　　장화대의 궁녀는 밤에 누각에 오르고

君王望月西山頭.<sup>2)</sup>　　군왕은 서산 위의 달을 바라보시네.

夜深宮殿門不鎖,<sup>3)</sup>　　밤이 깊은 궁전은 문을 잠그지 않았는데

白露滿山山葉墮.<sup>4)</sup>　　흰 이슬이 산에 가득해서 산의 잎에 떨어지네.

**주석**

1) 章華(장화) : 장화대章華臺. 춘추 때 초楚나라 영왕靈王이 만든 이궁離宮. 장화대章華臺라고도 하고 장화궁이라고도 한다. 꼭대기에 오르려면 세 번을 쉬어야 한다고 해서 삼휴대三休臺라고 불릴 정도로 규모가 매우 크고 사치한 것으로 유명하였다. 영왕이 허리가 가는 여인을 좋아해서 영왕의 눈에 들려고 궁녀들이 식사를 거르며 살을 뺐기 때문에 세요궁細腰宮이라고도 불렸다.

   樓(루) : 장화대의 누각.

2) 西山頭(서산두) : 서쪽 산 위. 달이 서산 위에 있다는 것은 밤이 아주 깊었다는 뜻이다.

3) 宮殿(궁전) : 장화궁을 가리킨다.

   鎖(쇄) : 잠그다.

4) 白露(백로) : 임금의 은혜를 비유한다.

   墮(타) : 떨어지다.

**해설**

이 시는 밤에 궁녀가 장화대를 올라서 기다리던 왕과 만나 즐기며 왕의 은혜를 받은 것을 노래하였다.

## 3-9 오서곡 烏棲曲

장적張籍

| | |
|---|---|
| 西山作宮潮滿池, | 서산에 궁궐을 만드니 조수가 연못에 가득한데 |
| 宮烏曉鳴茱萸枝.[1] | 궁궐의 새가 새벽에 수유나무 가지에서 우네. |
| 吳姬自唱採蓮曲,[2] | 오나라 미희가 몸소 채련곡을 불러서 |
| 君王昨夜舟中宿.[3] | 군왕은 어제 밤에 배 안에서 주무셨구나. |

**주석**

1) 茱萸(수유) : 수유나무. 수유나무는 여름에 하얀 꽃이 피고 가을이 빨간 열매가 익는다.

2) 吳姬(오희) : 서시西施를 가리킨다. 또는 그만큼 아름다운 여인을 의미할 수도 있다.

3) 君王(군왕) : 오왕吳王을 가리킨다. 만약 제3구의 오희가 아름다운 여인의 비유였다면 그대로 임금을 의미한다.

**해설**

이 시는 오왕이 서시와 궁궐에서 밤새 정을 나눈 내용을 그렸다. 시의 내용은 먼저 제1, 2구에서 새벽의 궁궐 풍경을 보여주고 수유나무에서 우는 새소리를 들려준다. 이 시가 〈오서곡〉이지만 지금 우는 새가 까마귀인지는 알 수 없다. 그다음으로 연못에 뜬 군왕의 배를 보여주는데, 오왕과 서시는 이 배에서 밤을 즐겼고 그 와중에 서시는 배 안에서 사랑의 노래인 채련곡을 불렀다. 판본에 따라서 "연을 따며 몸소 노래를 불러서(採蓮自唱曲)"로 된 곳도 있다.

(서용준)

# 4. 오서곡 6수 烏棲曲六首

## 4-1 오서곡 3수 烏棲曲三首

진陳 후주後主

### 4-1-1

| | |
|---|---|
| 陌頭新花歷亂生,[1] | 길가엔 새 꽃이 흐드러지게 피었고 |
| 葉裏春鳥送春情. | 꽃잎 속 봄 새는 춘정을 보내오네. |
| 長安遊俠無數伴,[2] | 장안의 유협은 무수히 어울려서 |
| 白馬驪珂路中滿.[3] | 흰 말 검은 말이 길에 가득하네. |

**주석**

1) 陌頭(맥두) : 길가.

   歷亂(역란) : 흐드러진 모양.

2) 遊俠(유협) : 의리를 중시하고 용감한 사나이.

   伴(반) : 짝을 짖다. 어울리다.

3) 驪(여) : 검은색 말.

   珂(가) : 말을 대신 부르는 말. 본래는 말 안장 위의 고급 장식.

**해설**

　이 3수의 연작시는 젊은 남자가 여인을 만나고 헤어지는 과정을 시간 순서대로 노래하였다. 제1수는 좋은 봄날에 장안의 유협들이 서로 어울리며 멋진 말을 타고 거리를 활보하는 모습을 그렸다.

**4-1-2**

金鞍向暝欲相連,[1]　　황금 안장은 저녁까지 서로 이어진 듯한데

玉面俱要來帳前.[2]　　옥 같은 얼굴을 모두 원하니 장막 앞으로 나오네.

含態眼語懸相解,[3]　　교태를 띠고 눈빛으로 말하여 애달픈 마음을 풀어주고

翠帶羅裙入爲解.[4]　　비취 허리띠 비단 치마를 들어가서 풀어주네.

**주석**

1) 金鞍(금안) : 황금으로 장식한 안장. 여기에서는 말을 탄 유협을 가리킨다.

　　向暝(향명) : 저녁까지. 밤늦게까지.

2) 玉面(옥면) : 옥같이 하얗고 예쁜 얼굴. 여기에서는 아름다운 기녀를 의미한다.

　　俱要(구요) : 모두 원하다.

　　帳(장) : 장막. 휘장. 기원 안의 공개적인 접대 공간으로 보인다.

3) 含態(함태) : 교태를 띠다. 아름다운 자태를 지니다.

　　眼語(안어) : 눈으로 말하다. 눈으로 마음을 전하다.

　　懸解(현해) : 곤궁함을 풀어주다. 마음을 풀어주다.

4) 翠帶羅裙(취대라군) : 비취색 띠와 비단 치마. 아름다운 여인의 의복을 가리킨다.

　　入(입) : 기원 안의 개별적 장소로 들어가다.

**해설**

　저녁이 되어 장안의 유협들은 서로 함께 기원으로 말을 몬다. 특히 아름다운 기녀는 모든 유협들이 원하는 바인데, 제3구에서 그녀는 짝인 된 남자를 눈빛으로 이끌면서 그의 마음을 풀어주고 방으로 들어가서는 그를 위해 옷을 벗는다.

**4-1-3**

合歡襦薰百和香,[1]　　합환 무늬 저고리는 백화향을 훈향하였고

牀中被織兩鴛鴦.[2]　　침상 안 이불은 원앙 한 쌍을 수놓았네.

烏啼漢沒天應曙,[3]　　까마귀 울고 은하수 지니 날이 곧 밝아와

只持懷抱送郎去.[4]　　다만 속마음을 품고 사내 떠나는 걸 전송하네.

68

1) 合歡襦(합환유) : 대칭이 되는 꽃무늬를 수놓은 짧은 겉저고리.
   薰(훈) : 훈향하다. 배이게 하다.
   百和香(백화향) : 수많은 향기가 어울린 좋은 향기.
2) 被(피) : 이불.
3) 漢沒(한몰) : 은하수가 지다. 시간이 지나 새벽이 되었다는 뜻이다.
   曙(서) : 날이 밝다.
4) 懷抱(회포) : 속마음. 지난 밤에 사내에게 전해 들은 그의 속사정이나 속마음일 것이다.

**해설**

제1, 2구는 둘이 함께 보낸 밤을 암시한다. 이제 날이 밝자 남자는 기원을 떠나고 여인은 그에 대한 추억을 지닌 채 그를 보낸다.


## 4-2 오서곡

진陳 강총江總

| 桃花春水木蘭橈,[1] | 복숭아 꽃 뜬 봄물에 목란으로 만든 작은 배 |
| 金羈翠蓋聚河橋.[2] | 금 굴레 쓴 말과 비취새 덮개 수레가 황하 다리에 모였네. |
| 隴西上計應行去,[3] | 농서로 떠나는 것이 상책이라서 |
| 城南美人啼著曙.[4] | 성남의 미인은 울다가 새벽이 되네. |

**주석**

1) 木蘭(목란) : 목란. 우리나라에서는 목련木蓮이라고 부른다. 춘추시대에 명장 노반魯班이
   목란을 조각해 배를 만들었다는 전설이 있은 뒤로 목란으로 만든 배는 아름다운 배를
   뜻하는 말이 되었다.
   橈(요) : 상앗대. 작은 배를 가리키기도 한다.
2) 金羈(금기) : 금으로 장식한 말의 재갈이나 굴레. 좋은 말을 가리킨다.

翠蓋(취개) : 비취새 깃털로 만든 수레 덮개. 화려한 수레를 가리킨다.

河橋(하교) : 고유한 다리 이름(지금의 섬서성陝西省, 청해성青海省, 하남성河南省의 황하가에 각각 하교가 있다.)인지 단지 황하가의 다리를 가리키는 것인지 분명하지 않다.

3) 隴西(농서) : 농서군隴西郡. 지금의 감숙성甘肅省 부근으로 서역으로 원정을 가는 요지이며 고대의 주요 전쟁터의 하나였다. 악부시를 포함한 고대 시가에 농서로 종군을 가는 이야기가 많이 나왔다.

上計(상계) : 좋은 계책.

4) 著(착) : 이르다. 도달하다.

**해설**

이 시의 전반부는 봄에 하교에 모인 사람들의 모습을 그렸다. 매우 화려한 배로 보아 떠나는 사람이 부유하거나 신분이 높은 것으로 보이며 전송하러 나온 사람들도 모두 부유하다. 후반부는 이별에 슬퍼하는 여인의 모습을 그렸다. 남자가 멀리 떠나는 것을 막을 수 없어서 이 아름다운 여인은 밤새 슬피 울었다. 전반부와 후반부 모두 전송하는 내용이지만 그 분위가 많이 달라서 성남의 미인이 하교에도 왔는지는 알 수 없다.

## 4-3 오서곡 2수 烏棲曲二首
### 당唐 유방평劉方平

### 4-3-1

| 娥眉曼臉傾城國,[1] | 예쁜 눈썹 아름다운 얼굴은 성과 나라를 기울게 하고 |
| 鳴環動佩新相識,[2] | 우는 고리 움직이는 패물에 새로 서로 알게 되었네. |
| 銀漢斜臨白玉堂,[3] | 은하수 기울어 백옥당에 임하니 |
| 芙蓉行障掩燈光.[4] | 부용꽃 행장이 등불을 가리네. |

**주석**

1) 娥眉(아미) : 여자의 예쁜 눈썹. '아미蛾眉'와 같다.

曼臉(만검) : 아름다운 얼굴.

傾城國(경성국) : 성과 나라를 기울게 하다. 매우 아름다운 여인을 비유한다.

2) 鳴環動佩(명환동패) : 여인이 패물을 차고 움직이는 모습을 소리와 동작으로 묘사하였다.

3) 白玉堂(백옥당) : 백옥으로 만든 집. 이 시에서는 여자의 집을 가리킨다. 은하수가 기울어 백옥당에 내려왔다는 것은 밤의 시간이 흘렀다는 것을 의미한다.

4) 芙蓉(부용) : 연꽃.

行障(행장) : 들고 다닐 수 있게 만든 병풍이나 가리개.

부용 행장이 등불을 가렸다는 것은 밤새 함께 하던 두 사람이 이제 침상에 들었음을 의미한다.

이 시는 매우 아름다운 여인을 새로 사귄 남자가 밤에 그녀의 처소에서 좋은 시간을 보내다가 이제 함께 잠자리에 드는 것을 노래하였다.

## 4-3-2

| 畫舸雙艚錦爲纜,[1] | 그림 배와 쌍 거룻배는 비단으로 서로 묶었고 |
| 芙蓉花發蓮葉暗.[2] | 부용은 꽃이 피었고 연잎은 무성하네. |
| 門前月色映橫塘,[3] | 문 앞의 달빛은 횡당을 비추어 |
| 感郎中夜渡瀟湘.[4] | 낭군이 한밤에 소상을 건너오는 것을 느끼네. |

1) 畫舸(화가) : 화려하게 장식한 배.

雙艚(쌍조) : 거룻배 두 척.

纜(람) : 배를 묶는 줄. 닻줄.

2) 芙蓉(부용) : 연꽃. '낭군 얼굴'을 떠올리게 하는 쌍관어이다.

蓮(연) : 연. '그리움과 사랑'을 떠올리게 하는 쌍관어이다. 이 구에서 부용이 꽃이 피고 연잎이 무성하다는 것은 낭군과의 사랑이 한창 무르익었다는 것을 비유한 것이다.

3) 橫塘(횡당) : 고대에 오나라 수도 건업建業(지금의 남경시南京市)에 있던 제방의 이름. 뒤에

제방의 범칭으로 쓰였다.

4) 感(감) : 느끼다. 잘못 생각하다. 탓하다. 한스러워하다.(감憾)

潇湘(소상) : 소강潇江과 상강湘江의 합칭合稱. 호남성湖南省의 동정호洞庭湖 남쪽의 장강의 지류.

**해설**

  이 시는 한창 사랑에 빠진 여인이 사랑하는 임을 기다리는 것을 노래하였다. 제1, 2구에서 그녀의 눈에 들어오는 화려한 배나 연꽃과 연잎은 모두 그녀가 사랑에 빠져있다는 것을 암시한다. 제3, 4구에서 그녀는 달이 비치는 횡당에 나서는데, 사랑하는 임이 분명 소상을 지나 그녀에게 오고있다고 스스로 느낀다.

(서용준)

# 5. 막수악 莫愁樂

《당서·악지》에 말하기를, "<막수악>이란 것은 <석성악>에서 나왔다. 석성에 이름이 막수인 여자가 있었는데 가요를 잘했다. <석성악>의 화성和聲 안에 또 '망수'라는 소리가 있어서 그래서 이 노래가 있게 되었다."라고 하였다. 《고금악록》에 말하기를, "<막수악>은 또한 <만악>이라고도 하는데, 옛날에는 16사람이 춤을 췄고 양나라는 8사람이었다."라고 하였다. 《악부해제》에 말하기를, "옛 노래에 또한 막수가 있는데 낙양의 여자로 이것과 달랐다."라고 하였다.

**唐書樂志曰, 莫愁樂者, 出於石城樂. 石城有女子名莫愁, 善歌謠. 石城樂和中復有忘愁聲,[1] 因有此歌. 古今樂錄曰, 莫愁樂亦云蠻樂, 舊舞十六人, 梁八人. 樂府解題曰, 古歌亦有莫愁,[2] 洛陽女, 與此不同.**

> **주석**

1) 忘愁聲(망수성) : 망수라는 소리. 그런데 실제 《당서·악지》에서는 <석성악>의 화성에 '막수莫愁'라는 소리가 있다고 하였지 '망수'라는 소리가 있다고 하지 않았다. 도리어 《당서·악지》보다 집필 연대가 앞서는 두우杜佑의 《통전通典》에서 '망수라는 소리'가 있어서 <막수가>가 있게 되었다고 하였다. 그러나 이 《통전》에서는 <석성악>에 '망수'가 나온다고만 말했고 <석성악>의 '화성'에 '망수'가 나온다고는 하지 않았다. 그러니 아마도 곽무천郭茂倩이 스스로 판단해서 이렇게 서술한 것 같다.

2) 莫愁(막수) : 막수. 《악부시집·잡곡가사雜曲歌辭》에 양무제梁武帝의 <하중지수가河中之水歌>가 실려있는데 이 노래는 <막수가莫愁歌>라고도 불린다. 이 악부시에는 "낙양의 젊은 여자는 이름이 막수라네.(洛陽女兒名莫愁)"라고 내용이 나온다.

## 5-1 막수악 2수 莫愁樂二首

### 5-1-1

| | |
|---|---|
| 莫愁在何處, | 막수는 어디에 있나 |
| 莫愁石城西.[1] | 막수는 석성 서쪽에 있지. |
| 艇子打兩槳,[2] | 작은 배에 상앗대 두 개를 놀려서 |
| 催送莫愁來.[3] | 막수를 보내오는 것 재촉하네. |

**주석**

1) 石城(석성) : 지금의 호북성湖北省 종상鍾祥 부근에 삼국시대 오吳나라에서 만든 성이다.
2) 艇子(정자) : 작은 배.
   槳(장) : 상앗대. 배가 전진하게 하는 도구.
3) 催(최) : 재촉하다.

**해설**

　이 시는 막수를 빨리 보내오기를 재촉하는 내용이다. 짧은 노래 안에 막수라는 단어가 거듭 나와서 이 시의 노래적인 느낌을 살렸다.

### 5-1-2

| | |
|---|---|
| 聞歡下揚州,[1] | 그대가 양주로 내려간다고 들어서 |
| 相送楚山頭.[2] | 초산에서 그대를 전송합니다. |
| 探手抱腰看,[3] | 손을 뻗어서 허리를 안고 보는데 |
| 江水斷不流.[4] | 강물이 끊겨 흐르지 않기를. |

**주석**

1) 歡(환) : 사랑하는 사람에 대한 호칭. 그대.
2) 楚山(초산) : 초나라의 산. 보통은 형산荊山(현재 호북성湖北省 남장현南漳縣 부근)을 자주

가리켰다.

3) 探手(탐수) : 손을 뻗다.

抱腰(포요) : 허리를 안다. 허리를 받치다.

4) 江水斷不流(강수단불류) : 배가 떠나지 않기를 바라는 마음을 나타낸 것이다.

**해설**

이 시는 양주로 배를 타고 떠나는 사랑하는 사람을 초산 위에서 전송하는 내용이다. 둘은 서로 안고 있는데 여인은 강물이 끊겨 배가 떠나지 않기를 바란다.


## 5-2 막수악 莫愁樂

당唐 장호張祜

| 儂居石城下,[1] | 나는 석성 아래에 사는데 |
| 郎到石城遊[2] | 당신이 석성에 와서 노닐었지요. |
| 自郎石城出, | 당신이 석성을 나간 뒤부터 |
| 長在石城頭[3] | 언제나 석성 위에 있답니다. |

**주석**

1) 儂(농) : 나.

2) 郎(랑) : 남편이나 사랑하는 사람에 대한 호칭. 당신. 자기. 낭군.

3) 長(장) : 늘. 항상.

**해설**

석성 아래에 사는 여인이 석성에 온 남자를 만났다. 그러나 남자는 다시 석성을 떠났고 여자는 늘 석성 위에서 남자를 기다린다.

(서용준)

## 6. 막수곡 莫愁曲

당 唐 이하 李賀

| | |
|---|---|
| 草生龍坡下,[1] | 풀은 용 비탈 아래에 자라고 |
| 鴉噪城堞頭.[2] | 갈가마귀는 성가퀴 위에서 우네. |
| 何人此城裏, | 이 성 안의 누가 |
| 城角栽石榴.[3] | 성의 모퉁이에 석류나무를 심었는가. |
| 青絲繫五馬,[4] | 푸른 실을 다섯 마리 말에 메었고 |
| 黃金絡雙牛.[5] | 황금 굴레로 두 마리 소를 씌웠네. |
| 白魚駕蓮船, | 하얀 물고기가 연꽃 배를 끌고 |
| 夜作十里遊. | 밤에 십 리의 노닒을 하였네. |
| 歸來無人識, | 돌아와서는 아무도 알아채지 못하게 |
| 暗上沈香樓.[6] | 몰래 침향루에 오르네. |
| 羅牀倚瑤瑟,[7] | 비단을 친 침상에는 옥 금슬이 기대었고 |
| 殘月傾簾鉤.[8] | 지는 달은 주렴 고리에 기울었네. |
| 今日槿花落,[9] | 오늘 무궁화 꽃이 떨어졌으니 |
| 明朝梧樹秋. | 내일 아침에는 오동나무에 가을이 들겠지. |
| 若負平生意,[10] | 만약 당신이 평생의 뜻을 저버릴 것이라면 |
| 何名作莫愁,[11] | 어찌하여 이름이 막수가 되었겠어요? |

## 주석

1) 龍坡(용파) : 용파. 용 고개나 용 비탈. 지명으로 보이나 어디인지 알 수 없다.

2) 鴉噪(아조) : 갈가마귀가 울다.

   城堞(성첩) : 성가퀴(성 위에 낮게 쌓은 담).

   이상 두 구에서 풀이 자라고 갈가마귀가 우는 것은 사랑의 그리움을 비유한다.

3) 城角(성각) : 성 모퉁이.

   栽(재) : 심다.

   石榴(석류) : 고대 중국에서 석류는 다산과 풍요의 상징이다. 또한 석류꽃의 붉은 색과 아름다운 모습은 열정적인 사랑에 빠진 여인을 의미하였다. 그러므로 이 시에서도 성 모퉁이에 심은 석류는 여인과의 사랑을 의미하며 심은 사람은 남자가 된다.

4) 五馬(오마) : 다섯 말. 보통은 태수太守의 대칭으로 많이 쓰였다. 한漢나라 때 태수가 타던 수레를 다섯 마리 말이 끌었기 때문에 다섯 말은 태수의 수레를 대신 뜻하였고 나중에는 태수를 가리키게 되었다.

5) 絡(락) : 굴레를 씌우다.

   이상 두 구에서 푸른 실로 장식한 다섯 말과 황금 굴레를 씌운 두 소는 앞의 두 구에서 나온 석류를 심은 사람이 고귀한 사람이라는 것을 묘사하였다.

6) 沈香樓(침향루) : 누각 이름. 어디인지 모른다.

7) 羅牀(라상) : 비단 휘장을 내린 침상.

   瑤瑟(요슬) : 옥으로 장식한 슬.

8) 殘月(잔월) : 이지러진 달. 곧 져서 없어질 달.

   簾鉤(염구) : 주렴 고리. 주렴을 말아서 고정하는 고리.

9) 槿花(근화) : 무궁화 꽃. 고대 중국에서는 무궁화가 아침에 피었다가 저녁에 진다는 이유로 쉽게 변하는 마음이나 대상을 주로 비유하였다. 무궁화는 보통 여름부터 초가을까지 꽃이 핀다.

10) 若負(약부) : 만약 저버린다면. '막부莫負'라고 된 판본도 있는데 '저버리지 말아라'의 뜻이다.

    平生意(평생의) : 평생 함께하자는 뜻. 사랑의 약속.

11) 莫愁(막수) : 이 시에서는 고악부의 여인 '막수'와 '근심이 없다'는 뜻을 모두 활용한 것이다.

해설

　이하의 이 〈막수곡〉에 나오는 여인은 비록 성에 살고 사랑에 빠지기는 하지만 그 이전의
〈막부곡〉에 나오던 여인들과 신분에 차이가 있는 것 같다. 시의 제1~2구는 이 시의 여인에게
사랑의 그리움이 생겨났다는 것을 암시한다. 제3~4구에서 여인은 성 안에서 사랑에 빠졌다.
제5~6구는 이 여인이 사랑에 빠진 사람이 고귀한 신분을 지녔음을 보여준다. 제7~8구에서
여인은 그 남자와 함께 사랑의 배를 타고 아름다운 야유夜遊를 하러 간다. 제9~10구에서
여인은 남들에게 들키지 않고 자신의 거처로 돌아가는데 제11~12구는 이미 시간이 많이
지났음도 보여주지만 여인의 신분 역시 낮지 않다는 것도 보여준다. 제13~14구에서 여인은
계절이 가을이 되었다고만 말했지만 무궁화의 비유를 통해 사랑하는 남자가 마음이 바뀔지
모른다고 불안해 한다. 그래서 제15~16구에서 비록 혼잣말이지만 남자에게 사랑을 약속을
저버리지 말라고 원하는데, 만약 남자가 자신을 버린다면 여인의 이름인 '막수'가 아무런
의미가 없을 것이라고 한탄한다.

(서용준)

## 7. 고객악 估客樂[1]

≪고금악록≫에서 말하기를, "<고객악>은 제나라 무제가 지은 것이다. 무제가 즉위하기 전에 일찍이 번 땅과 등 땅을 떠돌아 다녔다. 황제에 즉위한 뒤 지난 일을 추억하면서 노래를 지었다. 악부령 유요로 하여금 관악기와 현악기를 입혀 연습하게 하였으나 끝내 성취가 없었다. 어떤 사람이 아뢰기를 보월 스님이 음률을 잘 이해한다고 하니 황제가 그에게 연주하도록 시켰으며 열흘 만에 바로 조화를 이루었다. 칙령을 내려 노래하는 자가 추억에 감개하는 소리를 중시하게 하였으며 세상에 유행하였다. 보월이 또 두 곡을 바쳤다. 황제는 자주 용주를 타고 오성강에서 노닐며 마음껏 구경하였는데, 월 땅의 붉은 베로 돛을 만들고 푸른 실로 돛줄을 만들었으며 놋쇠로 상앗대 발을 만들었다. 상앗대와 노에는 모두 울림포를 붙였는데 담황색 바지를 만들어서 줄 지어 놓은 뒤 강 속의 옷을 건져 올리도록 하였다. 오성강에는 궁전이 여전히 남아있다. 제나라 때는 춤추는 이가 열여섯 명이었고 양나라 때는 여덟 명이었다."라고 하였다. ≪당서·악지≫에서 말하기를, "양나라 때는 그 이름을 바꾸어 <상려행>이라고 하였다."라고 하였다.

≪古今樂錄≫曰, <估客樂>者, 齊武帝之所製也.[2] 帝布衣時,[3] 嘗遊樊鄧.[4] 登阼以後,[5] 追憶往事而作歌. 使樂府令劉瑤管弦被之教習,[6] 卒遂無成. 有人啓釋寶月善解音律,[7] 帝使奏之, 旬日之中,[8] 便就諧合.[9] 敕歌者常重爲感憶之聲, 猶行於世. 寶月又上兩曲. 帝數乘龍舟,[10] 遊五城江中放觀[11] 以紅越布爲帆, 綠絲爲帆繂,[12] 鍮石爲篙足.[13] 篙榜者悉著鬱林布,[14] 作淡黃袴,[15] 列開,[16] 使江中衣出. 五城, 殿猶在. 齊舞十六人, 梁八人. ≪唐書·樂志≫曰, 梁改其名爲<商旅行>.

**주석**

1) 估客樂(고객악) : 제나라 무제가 만든 것으로 떠돌아 다닐 때의 고달품을 기억하면서 지은 노래이다. 이후 많은 문인들이 이를 모방하여 시를 지었는데 대체로 상인이 돈을 벌어서 행락하는 내용이다. <고객악賈客樂>이라고는 하는데 '고객估客'과 '고객賈客'은 모두 상인을 말한다.

2) 武帝(무제) : 남조 제나라의 두 번째 황제인 소색蕭賾이다. 황제가 되기 전에 번 땅과 등 땅을 떠돌았다고 하였는데, 이에 대한 자세한 기록은 남아있지 않다.

3) 布衣(포의) : 베로 만든 옷. 평민을 가리킨다.

4) 樊鄧(번등) : 춘추시대 번나라와 등나라로 지금의 호북성 양번시襄樊市와 하남성 등현鄧縣 일대이다. 예로부터 전쟁이 많았던 곳이다.

5) 登阼(등조) : 즉위하다.

6) 樂府令(악부령) : 음악을 관장하는 관서의 장관.
   劉瑤(유요) : 생애에 관해 자세히 알려져 있지 않다.
   被(피) : 입히다. 가사에 반주를 하는 것을 말한다.

7) 啓(계) : 황제에게 알리다.
   寶月(보월) : 스님의 법명으로 생애에 관해 자세히 알려져 있지 않다.

8) 旬日(순일) : 열흘.

9) 就(취) : 이루다.
   諧合(해합) : 음악의 조화.

10) 龍舟(용주) : 용 모양으로 장식한 큰 배. 주로 황제가 타고 다니는 배를 가리킨다.

11) 五城(오성) : 지금의 안휘성 휴녕현休寧縣 인근에 있던 강의 이름.
    放觀(방관) : 마음껏 구경하다.

12) 帆縴(범견) : 돛을 매다는 줄.

13) 鍮石(유석) : 놋쇠. 또는 구리.
    篙足(고족) : 상앗대의 발.

14) 篙榜(고방) : 상앗대와 노.
    鬱林布(울림포) : 지금의 광서자치구 귀항시貴港市인 울림에서 만든 베.

15) 袴(고) : 바지.

16) 列開(열개) : 일렬로 늘어세우다.


## 7-1 고객악 估客樂
### 제齊 무제武帝

| 昔經樊鄧役,[1] | 옛날에 번 땅과 등 땅에서 일했는데 |
| 阻潮梅根渚.[2] | 매근의 물가에서 조수에 막혔지. |
| 感憶追往事, | 추억에 감개하며 옛 일을 회상하니 |
| 意滿辭不敍. | 뜻은 가득하지만 말로 펼 수 없구나. |

**주석**

1) 經(경) : 겪다.
   樊鄧(번등) : 춘추시대 번나라와 등나라로 지금의 호북성 양번시襄樊市와 하남성 등현鄧縣
   일대이다. 제나라 무제가 평민이었을 때 이곳을 떠돌았다.
2) 阻潮(조조) : 조수에 막히다. 물길이 순탄하지 않다는 말이다.
   梅根渚(매근저) : 매근하梅根河. 지금의 안휘성 귀지현貴池縣 인근을 흐른다. '매근야梅根冶'로
   된 판본도 있는데, 이는 매근하 인근의 지명으로 육조 이래로 이곳에서 구리를 주조하여
   동전을 만들었다.


**해설**

  이 시는 제나라 무제가 평민이었을 때 번등 지역을 떠돌던 것을 회상하며 지은 것인데,
당시에 대한 감개를 다 펴지 못하는 심정을 표현하였다.

## 7-2 고객악 估客樂

승려 보월釋寶月

### 7-2-1

| | |
|---|---|
| 郎作十里行, | 낭군이 십 리길을 가시니 |
| 儂作九里送. | 내가 아홉 리를 가서 송별하네. |
| 拔儂頭上釵, | 내 머리 위의 비녀를 뽑아서 |
| 與郎資路用.[1] | 노자로 쓰라고 낭군에게 주었네. |

**주석**

1) 資(자) : 보탬이 되다.

　 路用(노용) : 여행길에 쓰는 돈. 노자.

**해설**

　이 시는 낭군이 길을 가는데 멀리까지 송별을 하면서 머리 위의 비녀를 노자에 충당하라고 준다는 내용이다.

### 7-2-2

| | |
|---|---|
| 有信數寄書,[1] | 소식이 있을 땐 부쳐온 편지를 세었지만 |
| 無信心相憶. | 소식이 없자 마음으로 기억해보네. |
| 莫作瓶落井,[2] | 우물에 떨어진 물병이 되지 말지니 |
| 一去無消息. | 한번 떠나면 소식이 없을 터. |

**주석**

1) 數(수) : 세다. 헤아리다.

2) 瓶落井(병락정) : 병이 우물에 떨어지다. 다시 연결될 기약이 없는 상황을 비유한다.

이 시는 떠나간 낭군에게서 소식이 있으나 없으나 그리워하는데 소식을 계속 보내주기를 바라는 마음을 표현하였다.


## 7-3 고객악 估客樂

승려 보월 釋寶月

### 7-3-1

| 大艑珂峨頭,[1] | 큰 배에 우뚝 솟은 뱃머리 |
| 何處發揚州.[2] | 양주에서 온 배가 어디 있나? |
| 借問艑上郞, | 배 위의 사내에게 물어보건대 |
| 見儂所歡不. | "내가 좋아하는 그이를 본 적이 있는지요?" |

1) 艑(편) : 배.

珂峨(가아) : 높이 솟은 모양.

2) 揚州(양주) : 지금의 강소성 남경南京이다.

이 시는 여인이 포구로 가서 양주에서 온 배를 찾아 낭군의 소식을 묻는다는 내용이다.


### 7-3-2

| 初發揚州時, | 처음 양주를 출발하실 때 |
| 船出平津泊.[1] | 배는 평진을 나와 머물렀을 터, |
| 五兩如竹林,[2] | 풍향계는 대나무 숲과 같은데 |
| 何處相尋博.[3] | 어디서 서로 찾아서 놀이를 했을까요? |

**주석**

1) 平津(평진) : 지금의 강소성 고우高郵에 있는 나루터의 명칭. 양주 북쪽에 있다.
2) 五兩(오량) : 풍향계. 닭털 다섯 량을 넣어서 높은 장대 위에 매달아 놓은 것이다.
   如竹林(여죽림) : 대나무 숲과 같다. 풍향계 장대가 대숲과 같이 많다는 뜻으로 정박해 있는 배가 많다는 말이다.
3) 博(박) : 주사위 놀이와 같은 박희博戲를 말한다.

**해설**

이 시는 낭군이 탄 배가 양주를 출발해서 평진에 머물렀을 것인데 그곳에서는 배가 너무 많으니 낭군과 만난 이를 찾기 힘들 것이라는 내용이다. 위 시에서 양주에서 온 배를 찾아 낭군의 소식을 물어보았지만 아는 이를 못 찾았기에 여인이 스스로 위로하는 핑계이다.


**7-4 고객악** 估客樂
   진陳 후주後主

| | |
|---|---|
| 三江結儔侶,[1] | 삼강에서 짝을 맺었기에 |
| 萬里不辭遙. | 만 리도 멀다 사양하지 않네. |
| 恒隨鷁首舫,[2] | 익조 장식 배를 항상 따라다니니 |
| 屢逐雞鳴潮.[3] | 새벽닭 울 때의 조수를 누차 쫓아다니네. |

**주석**

1) 三江(삼강) : 오 땅 지역에 있는 세 강, 오강吳江, 전당강錢塘江, 포양강浦陽江을 가리킨다.
   儔侶(주려) : 짝.
2) 鷁首舫(익수방) : 익조라는 새를 뱃머리에 그린 배. 대체로 배를 가리킨다. 여기서는 남자가 타고 떠나가는 배를 말한다.
3) 雞鳴潮(계명조) : 닭이 울 때의 조수. 이른 아침의 강을 가리킨다.
   이 구는 떠나가는 남편을 아침에 여인이 자주 배웅한다는 말이다. 이와 달리 남편이 아침

일찍 뱃길을 출발한다는 것으로 볼 수도 있다.

이 시는 삼강 지역에서 짝을 만났기에 항상 멀리 뱃일을 하러 가는 남자와 아침마다 배웅하는 모습을 표현하였다.


## 7-5 고객악 估客樂

당唐 이백李白

| 海客乘天風, | 바다 나그네가 하늘의 바람을 타고 |
| 將船遠行役.[1] | 배를 몰고서 멀리 일하러 떠나가네. |
| 譬如雲中鳥, | 비유컨대 구름 속의 새와 같으니 |
| 一去無蹤跡. | 한 번 떠나가면 종적이 없구나. |

1) 將船(장선) : 배를 몰다.

이 시는 제목이 이백의 문집에는 〈고객행估客行〉으로 되어 있다. 이 시는 배를 타고 멀리 행역나간 이는 구름 속으로 날아간 새와 같아서 떠난 뒤 흔적을 찾을 수 없다는 내용이다.


## 7-6 고객악 估客樂

원진元稹

| 估客無住着,[1] | 상인은 머물러 있지 않고 |
| 有利身卽行. | 이윤이 있다면 곧장 떠나가는데, |

| | |
|---|---|
| 出門求火伴,[2] | 문을 나서서 동료를 구하고는 |
| 入戶辭父兄. | 집으로 들어와서 아버지와 형과 작별하네. |
| 父兄相教示, | 아버지와 형이 가르침을 주시길 |
| 求利莫求名. | "이윤을 구하지 명성을 구하지는 마라. |
| 求名有所避,[3] | 명성을 구하는 데는 피해야 하는 것이 있지만 |
| 求利無不營.[4] | 이윤을 구하는 데는 하지 못할 것이 없다."라고 하였네. |
| 火伴相勒縛,[5] | 동료가 강제하며 구속하기를 |
| 賣假莫賣誠.[6] | "가짜를 팔지 진심으로 팔지는 말자. |
| 交關少交假,[7] | 교유관계에서는 가짜로 교유하지 말지니 |
| 交假本生輕.[8] | 가짜로 교유하면 본업이 형편없어지리라."라고 하였네. |
| 自茲相將去,[9] | 이에 함께 떠나는데 |
| 誓死意不更. | 죽도록 뜻이 바뀌지 않겠다고 맹세하였으니, |
| 一解市頭語,[10] | 저자거리의 말을 한번 이해하자 |
| 便無鄉里情.[11] | 시골의 순박한 정은 없어졌네. |
| 鍮石打臂釧,[12] | 구리로 팔찌를 만들고 |
| 糯米吹項瓔.[13] | 찹쌀로 구슬목걸이처럼 보이게 하고는, |
| 歸來村中賣, | 돌아와서 마을에서 파는데 |
| 敲作金玉聲.[14] | 두드려서 금이나 옥 소리를 내네. |
| 村中田舍娘,[15] | 마을의 시골 아가씨는 |
| 貴賤不敢爭.[16] | 싼지 비싼지는 감히 따지지 않으니, |
| 所費百錢本,[17] | 투자한 원금은 백 전인데 |
| 已得十倍贏.[18] | 이미 열 배를 벌어들였네. |
| 顏色轉光淨, | 안색이 갈수록 밝고 깨끗해지고 |
| 飲食亦甘馨.[19] | 음식 또한 달고 향긋해졌으며, |
| 子本頻蕃息,[20] | 이익과 원금은 빈번히 늘어났고 |
| 貨賂日兼幷.[21] | 재물도 나날이 증가했네. |

求珠駕滄海,<sup>22)</sup>　　　구슬을 구하러 동쪽 바다로 가고

採玉上荊衡.<sup>23)</sup>　　　옥을 캐러 남쪽의 형산과 형산에 올랐으며,

北買党項馬,<sup>24)</sup>　　　북쪽에서는 당항의 말을 사고

西擒吐蕃鸚.<sup>25)</sup>　　　서쪽에서는 토번의 앵무새를 잡았네.

炎洲布火浣,<sup>26)</sup>　　　뜨거운 모래섬에서는 베를 불에 쬐어 말리고

蜀地錦織成.<sup>27)</sup>　　　촉 땅에서는 비단을 짜 만들었으며,

越婢脂肉滑,<sup>28)</sup>　　　월 땅 여자 종은 통통한 살이 매끈하고

奚僮眉眼明.<sup>29)</sup>　　　혜족의 남자아이 종은 눈썹과 눈망울이 맑았네.

通算衣食費,<sup>30)</sup>　　　옷값과 음식값을 통째로 계산하였으며

不計遠近程.　　　거리가 멀고 가까운지는 따지지 않았는데,

經營天下遍,<sup>31)</sup>　　　천하를 두루 다 돌아다니고는

卻到長安城.　　　돌아와 장안성에 도착했네.

城中東西市,　　　성안에는 동쪽과 서쪽에 시장이 있는데

聞客次第迎.<sup>32)</sup>　　　손님이 왔다는 말을 듣고는 차례대로 맞이하네.

迎客兼說客,　　　상인을 맞아들여 더불어 상인과 말을 하는데

多財爲勢傾.<sup>33)</sup>　　　"재물을 불리려면 권세가에 경도되어야지."라고 하네.

客心本明黠,<sup>34)</sup>　　　상인의 마음은 본래 영활하여

聞語心已驚.　　　이 말을 듣고는 마음이 매우 놀랐네.

先問十常侍,<sup>35)</sup>　　　먼저 십상시를 방문하고

次求百公卿.　　　다음으로 온갖 공경을 찾아다녔는데,

侯家與主第,<sup>36)</sup>　　　제후의 집안과 귀족의 집안에

點綴無不精.<sup>37)</sup>　　　장식을 하니 정교하지 않은 것이 없게 되었네.

歸來始安坐,　　　돌아와서 비로소 편안히 앉으니

富與王家勍.<sup>38)</sup>　　　부유함이 왕실과 겨룰 정도라네.

市卒酒肉臭,<sup>39)</sup>　　　저자의 관리는 술과 고기냄새 풍기게 하고

縣胥家舍成.<sup>40)</sup>　　　현의 관리는 집을 이루게 하였으니,

| 豈唯絕言語,[41] | 어찌 다만 말만 극진하게 하겠는가? |
| 奔走極使令.[42] | 분주히 다니며 노복을 총동원하였네. |
| 大兒販材木, | 큰 아이는 목재를 파는데 |
| 巧識梁棟形.[43] | 동량의 형태를 교묘히 알아내고, |
| 小兒販鹽鹵,[44] | 작은 아이는 소금을 파는데 |
| 不入州縣征.[45] | 주와 현의 세금은 납부하지 않네. |
| 一身偃市利,[46] | 이 한 몸 저자의 이윤 속에 편히 누웠는데 |
| 突若截海鯨.[47] | 갑자기 만약 바다의 고래를 잘라야 한다면, |
| 鈎距不敢下,[48] | 낚시 바늘을 감히 드리우지는 않았지만 |
| 下則牙齒橫.[49] | 드리우게 되었으니 이빨을 드러내게 되었지. |
| 生爲估客樂, | 태어나서 상인의 즐거움을 누렸으니 |
| 判爾樂一生.[50] | 단정컨대 그대도 한 생애를 즐길 수 있을 터, |
| 爾又生兩子, | 그대 또한 두 아들을 낳았는데 |
| 錢刀何歲平.[51] | 금전은 어느 해에나 걱정이 없을 것인가? |

## 주석

1) 估客(고객) : 떠돌아다니는 상인.

   住着(주착) : 정착하여 살다.

2) 火伴(화반) : 같이 장사를 할 동업자.

3) 有所避(유소피) : 피하는 바가 있다. 명성을 구함에 있어서 해서는 안되는 방법이 있다는
   말이다. '유'가 '막莫'으로 된 판본도 있는데 '피할 곳이 없다'는 뜻이다.

4) 無不營(무불영) : 도모하지 않을 것이 없다. 무슨 방법이든 사용한다는 말이다.

5) 勒縛(늑박) : 강제하고 구속하다.

6) 賣誠(매성) : 진심을 팔다. 진실한 마음으로 장사를 한다는 말이다.

7) 交關(교관) : 교유관계. 여기서는 동업자 간의 관계를 말하는 듯하다.

   交假(교가) : 거짓된 마음으로 교유하다. 서로 속이는 것을 말한다.

8) 本生(본생) : 본업. 장사를 가리킨다.

輕(경) : 하찮다. 여기서는 이윤이 많이 나지 않는다는 뜻이다.

이상 두 구는 "交關但交假, 本生得失輕."으로 된 판본도 있는데, "교유관계에서 다만 거짓으로 사귀게되면 본업의 득실이 적어질 것이다."라는 뜻이다.

9) 自兹(자자) : 이로부터.

相將(상장) : 함께.

10) 解(해) : 이해하다.

市頭語(시두어) : 저자거리에서 상인들이 하는 말. 상인의 생리를 가리킨다.

11) 鄉里情(향리정) : 시골의 정. 순박하고 정직한 마음을 가리킨다.

12) 鍮石(유석) : 구리 광석.

臂釧(비천) : 팔찌.

13) 糯米(나미) : 찹쌀.

吹(취) : 과장하다. 대단한 물건인 것처럼 보이게 한다는 뜻이다. '취炊'로 된 판본도 있는데, 밥을 한다는 뜻이다.

項瓔(항영) : 옥으로 만들어 목을 장식하는 장신구.

이상 두 구는 값싼 재료로 고급스럽게 보이는 물건을 만드는 것이다.

14) 金玉聲(금옥성) : 금과 옥의 소리.

이 구는 자신들이 파는 물건이 진짜인 듯이 보이게 하려는 행동을 한다는 말이다.

15) 田舍(전사) : 시골.

16) 貴賤(귀천) : 가격이 높고 낮음. 또는 물건의 가치가 높고 낮음.

17) 百錢本(백전본) : 백 전의 원금. '백전'은 적은 금액이다.

18) 贏(영) : 이익을 남기다.

19) 甘馨(감형) : 달고 향기롭다.

20) 子本(자본) : 이자와 원금.

蕃息(번식) : 증식하다.

21) 貨賂(화뢰) : 재물.

兼並(겸병) : 증가하다.

22) 滄海(창해) : 너른 바다. 여기서는 동해 바다를 가리킨다.

23) 荊衡(형형) : 형산荊山과 형산衡山. 모두 중국의 남방에 있는 산으로 앞의 형산은 화씨和氏의

벽옥이 나왔던 곳이고 뒤의 형산은 오악 중의 남악南岳이다.

24) 党項(당항) : 중국 변방 이민족의 하나이다.

25) 擒(금) : 사로잡다.

　　吐蕃(토번) : 중국 서쪽 변방 이민족이다.

26) 炎洲(염주) : 뜨거운 모래섬. 남방의 섬을 가리킨다.

　　布火浣(포화완) : 베를 불에 쬐어 표백하다. 석면포를 만드는 것이다.

27) 蜀地(촉지) : 촉 땅. 지금의 사천성 지역으로 비단이 유명하다.

28) 越婢(월비) : 월 땅의 여자 종.

　　脂肉(지육) : 통통한 몸.

29) 奚僮(해동) : 혜족의 아이 종. 혜족은 지금의 내몽고에 있던 소수민족이다.

　　이상 두 구는 상인이 이리저리 다니며 예쁜 여자 종이나 똘망한 아이 종을 구하는 모습인데,
아마도 이들 역시 매매의 대상이었을 것이다.

30) 通算(통산) : 한꺼번에 계산하다.

31) 經營(경영) : 두루 돌아다니다. '경유經遊'로 된 판본도 있는데, 뜻은 같다.

32) 聞客(문객) : 외지에서 상인이 왔다는 소식을 듣는다는 말이다.

　　次第(차제) : 차례대로. 또는 '저택에 머물게 하다'로 풀이할 수도 있다.

33) 多財(다재) : 재물을 더 많게 하다.

　　爲勢傾(위세경) : 권세가들에게 기울이다. 권세가에 힘과 신경을 쏟는다는 말이다.

34) 明黠(명힐) : 영민하고 교활하다.

35) 問(문) : 찾아뵙다.

　　十常侍(십상시) : 한나라 영제靈帝 때의 장양張讓, 조충趙忠 등 환관 12명을 가리킨다. 모두
중상시中常侍에 임명되었으며 '십'이라고 한 것은 대략의 수를 간편하게 부른 것이다. 이들
은 영제의 총애를 받고 무소불위의 권력을 행사하였으며 전횡을 저질렀다. 여기서는 당시
궁중의 권세가를 가리킨다.

36) 侯家(후가) : 제후의 집.

　　主第(주제) : 공주의 집. 또는 귀족의 집.

37) 點綴(점철) : 이리저리 엮다. 장식하다.

　　이상 네 구는 상인이 자신의 진귀한 물건으로 장안의 권세가들을 찾아다니며 물건을 팔았

다는 말이다. 이러한 행동으로 그들의 환심을 샀을 것이다.

38) 勍(경) : 경쟁하다.

39) 市卒(시졸) : 시장을 관리하는 하급관리.

40) 縣胥(현서) : 현의 관리.

　　家舍(가사) : 집.

41) 絶(절) : 다하다. 극진하게 하다.

42) 使令(사령) : 시킨 일을 처리하는 노복.

　　이상 네 구는 상인이 시장과 현의 관리들을 음식과 집으로 매수했으며 노복을 총동원하여 이들과 관계를 유지했다는 말이다.

43) 巧識(교식) : 잘 알다.

44) 鹽鹵(염로) : 소금.

45) 征(정) : 세금.

46) 偃(언) : 편안히 누워있다.

47) 突(돌) : 갑자기.

　　若(약) : 만약.

　　截海鯨(절해경) : 바다의 고래를 자르다. '해경'은 큰 이윤을 비유한다.

48) 鉤距(구거) : 갈고리. 여기서는 고래를 잡을 수 있는 낚싯바늘을 가리킨다.

49) 牙齒橫(아치횡) : 이를 가로로 드러내다. 고래가 잡힌 모습으로 보인다.

50) 判(판) : 단정하다. 판단하다.

　　爾(이) : 그대.

51) 錢刀(전도) : 돈. 예전에는 칼 모양으로 화폐를 만들었는데 유사시에는 무기로 사용했던 것으로 보인다.

　　平(평) : 평안하다. 금전에 대한 걱정이 없는 것을 말한다.

　　이상 두 구는 상대방이 장사를 하지 않으면 계속 돈걱정을 하며 살 것이라는 말이다.

**해설**

　　이 시는 상인이 온갖 술수로 부를 축적한 뒤 장안의 권세가와 결탁하여 편안히 산다는 이야기를 적었다. 이전의 〈고객악〉이 상인의 애환과 여인의 그리움을 표현한 것에 반해 이 시는 그들의 부귀권세를 과시하는 내용이다. 이는 당시 물질적 부귀만을 추구하는 세태를 비판하려는 의도인 것으로 보인다.

총 68구로 이루어져 있는데 크게 네 단락으로 나눌 수 있다. 제1~16구에서는 상인이 동업자를 구해 집을 떠나는 모습이다. 집안 식구들은 온갖 방법을 다 써서라도 이윤을 추구하라고 권계하였고 동업자는 양심을 버리고 장사하되 절대 동업자를 배신하지는 말자고 하였다. 이러한 말을 통해 상인의 도덕적 기반을 노골적으로 드러내었다. 제17~40구에서는 이들이 부를 축적하는 과정을 묘사하였다. 처음에는 가짜 물건을 만들어 이윤을 추구하였으며, 어느 정도 부를 축적한 뒤에는 사방의 귀한 물건을 구해 팔았으며 심지어 여인과 어린아이까지 매매하기도 하였다. 제41~56구에서는 이들이 장안에 들어와 권세가와 결탁하는 상황을 묘사하였다. 돈을 벌려면 장안의 권세가들과 결탁해야 한다는 말을 듣고는 궁중과 장안 시내의 권세가와 두루 사귀어서 자신의 권력을 키웠으며, 시장과 현의 관리들을 매수하여 생업에 유리하도록 한 상황을 서술하였다. 제57~68구에서는 자식들의 이야기를 하면서 타인에게 자신들의 즐거움을 과시하는 내용이다. 두 명의 자식들 역시 뛰어난 상술을 가지고 있으며 이들이 편안히 지내며 큰 권력을 휘두르고 있으니 장사의 즐거움은 뭐라 말할 수 없다. 누구라도 장사를 한다면 이런 즐거움을 누릴 것인데, 그렇지 않다면 두 명의 자식을 데리고서 언제 돈 걱정 하지 않고 편히 지낼 수 있겠는가? 이러한 질문으로 시를 마치면서 장사를 하지 않는 다른 사람들을 멸시하는 듯한 인상을 준다. 이러한 기고만장한 모습에서 또한 그들의 도덕적 품성이 드러난다.

(임도현)

## 8. 고객악 賈客樂

장적 張籍

金陵向西賈客多,[1]　　금릉에서 서쪽으로 가는 상인들 많은데
船中生長樂風波.　　배에서 나고 자라 풍파를 즐긴다.
欲發移船近江口,　　출발하려고 배를 강어귀 가까운 데로 옮기고
船頭祭神各澆酒.[2]　　뱃머리에서 신에게 제사지내며 각자 술을 뿌린다.
停杯共說遠行期,　　잔을 멈추고는 먼 길의 기약을 함께 말하는데
入蜀經蠻遠別離.[3]　　촉 땅으로 들어가고 남만을 지나기에 멀리 떠나간다.
金多衆中爲上客,　　금이 많은 이가 무리 중에서 상객인데
夜夜算緡眠獨遲.[4]　　밤마다 돈꿰미를 세느라 잠을 유독 늦게 잔다.
秋江初月猩猩語,[5]　　가을 강에 달이 갓 뜨면 성성이는 울고
孤帆夜發滿湘渚.[6]　　상수의 물가에는 밤에 떠나는 외로운 돛이 가득하다.
水工持楫防暗灘,[7]　　뱃사람이 노를 쥐고 어둠 속의 여울에 방비하는데
直過山邊及前侶.　　곧장 산 가장자리를 지나 앞의 일행에게 다가선다.
年年逐利西復東,　　해마다 이윤을 좇아 서쪽으로 또 동쪽으로
姓名不在縣籍中.[8]　　이름은 현의 장부에 올라 있지도 않다.
農夫稅多長辛苦,　　농부는 세금이 많이 오래도록 고생하니
棄業長爲販賣翁.[9]　　가업을 버리고 장사하는 늙은이가 된 지 오래 되었다.

**주석**

1) 金陵(금릉) : 지금의 강소성 남경시. 중만당 때는 지금의 강소성 진강시鎭江市인 윤주潤州를

금릉이라고 부르기도 하였다.

賈客(고객) : 상인.

2) 澆酒(요주) : 술을 뿌리다. 배의 평안한 운항을 빌며 제사를 지내는 행위이다.

3) 經蠻(경만) : 남만 지역을 지나가다. '만'은 중국의 남방 지역이다.

4) 算緡(산민) : 돈 꾸러미를 계산하다.

5) 猩猩(성성) : 원숭이의 일종. 촉 땅에 원숭이가 많다.

6) 滿湘渚(만상저) : 상수 물가에 가득하다. 상수는 남방을 흐르는 강이다. '만'이 '담澹'으로
된 판본도 있는데 맑다는 뜻이다.

7) 水工(수공) : 뱃사람.

持楫(지즙) : 노를 쥐다.

防暗灘(방암탄) : 어둠 속의 여울에 방비하다. 밤에 거센 여울에 배가 좌초될까 방비한다는
말이다.

8) 縣籍(현적) : 현의 장부. 호구와 경제상황 등을 기록한 장부이다.

9) 棄業(기업) : 가업을 버리다. 농사일을 포기한다는 말이다.

**해설**

이 시는 금릉의 상인이 촉 땅과 남방 지역을 떠돌며 험난하고 외로운 뱃길을 가는 상황을
표현하였다. 먼 지역을 다니면서 밤에도 외롭게 배를 타고 가며 때로는 여울을 만나기도
한다. 하지만 능숙하게 배를 몰아 일행을 좇아가는데, 이렇게 오래도록 상인이 된 것은 바로
농사일을 할 때 세금이 너무 많아서 진작 가업을 포기했기 때문이다. 떠도는 상인의 모습을
통해 과도하게 세금을 수탈하는 조정의 횡포를 비판하였다.

(임도현)

# 9. 고객사 賈客詞

## 9-1 고객사 賈客詞
### 북주北周 유신庾信

| 五兩開船頭,[1] | 풍향계가 뱃머리에 펼쳐지자 |
| 長檣發新浦.[2] | 높은 돛대가 신포를 출발한다. |
| 懸知岸上人,[3] | 강 언덕 위의 사람을 생각하면서 |
| 遙振江中鼓. | 멀리까지 강에서 북을 울린다. |

### 주석

1) 五兩(오량) : 풍향계. 닭털 다섯 량을 넣어서 높은 장대 위에 매달아 놓은 것이다.
2) 長檣(장장) : 높은 돛대.
   新浦(신포) : 신포라는 지명은 여러 군데 있는데 여기서는 지금의 절강성 신포현인 것으로 보인다.
3) 懸知(현지) : 추측하다. 생각하다.

### 해설

이 시는 제목이 〈강에 있는 상인에 관해 쓴 시에 화답하다(和江中賈客詩)〉로 된 판본도 있다. 신포를 출발한 배가 전송 나온 이를 생각하며 크게 북소리를 울린다는 내용이다.

## 9-2 고객사 賈客詞

### 당唐 유우석劉禹錫

| | |
|---|---|
| 賈客無定遊, | 상인은 정처 없이 떠돌고 |
| 所遊唯利並.[1] | 떠도는 곳은 오직 이윤이 있는 곳인데, |
| 眩俗雜良苦,[2] | 세속 사람을 미혹시켜 좋은 것과 나쁜 것을 섞어두고 |
| 乘時知重輕.[3] | 시류에 따라 비싼 것과 싼 것을 잘 분간하네. |
| 心計析秋毫,[4] | 마음속 계산은 가을 터럭 같이 적은 양도 따지고 |
| 捶鉤侔懸衡.[5] | 고리를 두들겨서 천칭을 수평으로 맞추어, |
| 錐刀既無棄,[6] | 송곳이나 칼끝 같은 조그만 이익도 버리지 않았기에 |
| 轉化日已盈. | 점차 변화하여 날로 이미 가득 채웠네. |
| 徼福禱波神,[7] | 복을 구하면서 파도의 신에게 기도하고 |
| 施財遊化城.[8] | 재물을 보시하며 사찰에서 노니는데, |
| 妻約雕金釧,[9] | 부인은 조각한 금팔찌를 끼고 있고 |
| 女垂貫珠纓.[10] | 딸은 구슬 꿴 채색 띠를 드리우고 있네. |
| 高貲比封君,[11] | 많은 재물은 봉읍이 있는 제왕과 나란하고 |
| 奇貨通倖卿.[12] | 기이한 재화는 총애 받는 공경과 같은데, |
| 趨時鷲鳥思,[13] | 시세를 따르니 흉악한 지조가 생각하는 것 같고 |
| 藏鏹盤龍形.[14] | 돈꿰미를 숨겨놓으니 똬리 튼 용의 형상이네. |
| 大艑浮通川,[15] | 큰 배로 사통팔달의 강을 떠다니다 |
| 高樓次旗亭.[16] | 높은 건물과 깃발 꽂은 정자에 머무는데, |
| 行止皆有樂, | 가나 멈추나 모두 즐거움만 있고 |
| 關梁似無征.[17] | 관문이나 교량을 지날 때 세금도 내지 않는 듯하네. |
| 農夫何爲者, | 농부는 무얼 하는 자이기에 |
| 辛苦事寒耕.[18] | 고생스럽게 추운 겨울에도 농사를 짓는가? |

1) 利並(이병) : 이윤과 나란하다. 이윤이 항상 있다는 말이다.

2) 眩俗(현속) : 세속 사람을 현혹시키다.

   雜良苦(잡량고) : 좋은 물건과 나쁜 물건을 섞어놓다.

3) 乘時(승시) : 시류를 타다.

   知重輕(지중경) : 가격이 높은 것과 낮은 것을 알아보다. 시중 가격의 등락을 잘 예측한다는
   말이다.

4) 秋毫(추호) : 가을의 동물 털. 아주 가늘다. 여기서는 아주 적은 양을 비유한다.

5) 捶鉤(추구) : 고리를 두들기다. 유우석의 <절편생 고단顧彖의 묘표(絕編生墓表)>에 "대저
   저울은 무게를 헤아리는 것인데 고리를 두들기는 짓을 해서는 안된다.(夫權衡所以揣輕重,
   不爲捶鉤者設也)"라는 말이 있다. 저울을 조작한다는 뜻으로 보인다.

   侔懸衡(모현형) : 천칭을 수평으로 맞추다. '현형'은 한쪽에 추를 달고 한쪽에 물건을 달아
   천칭대가 수평이 되도록 하여 무게를 재는 도구이다.

6) 錐刀(추도) : 송곳과 칼날. 아주 적은 양을 비유한다.

7) 徼福(요복) : 복을 구하다.

8) 施財(시재) : 재물을 보시普施하다.

   化城(화성) : 사찰을 가리킨다.

9) 約(약) : 묶다.

   釧(천) : 팔찌.

10) 纓(영) : 채색 띠. 여자가 시집갈 때 차는 것이다.

11) 高貲(고자) : 많은 재물.

    比(비) : 나란하다. 비슷하다.

    封君(봉군) : 봉읍을 받은 임금.

12) 通(통) : 같다.

    倖卿(행경) : 황제의 총애를 받는 고귀한 신하.

13) 趨時(추시) : 시세를 좇아가다.

    鷙鳥(지조) : 흉악한 새의 이름.

    이 시는 사나운 새가 사냥감을 생각하듯이 상인이 이윤을 항상 노리고 있다는 말이다.

14) 藏鏹(장강) : 돈꿰미를 보관하다.

盤龍(반룡) : 똬리를 튼 용.

15) 艑(편) : 배.

通川(통천) : 이리저리 통할 수 있는 강.

16) 次(차) : 머물다.

旗亭(기정) : 깃발 꽂은 정자. 술집을 가리킨다.

17) 關梁(관량) : 관문과 교량. 통행을 관리하는 곳이다.

無征(무정) : 세금이 없다.

18) 寒耕(한경) : 겨울철 농사.

<br>

**해설**

　유우석의 문집에는 이 시의 서문이 있는데, "사방의 상인들이 재물로써 서로 자웅을 겨루는데 소금을 파는 상인이 더욱 치열하다. 어떤 이가 말하기를, '상인이 기세등등하면 농부가상한다.'라고 하였는데 내가 이에 느낀 바가 있어 이 시를 짓는다.(五方之賈, 以財相雄, 而鹽賈尤熾. 或曰, 賈雄則農傷, 予感之, 作是詞)"라고 하였다. 이 시는 상인이 교활한 수단으로 부유함을 누리는 상황을 표현하였는데 이를 통해 힘들게 사는 농부의 모습을 부각시켜 불평등하고 불합리한 사회를 비판하였다.

　제1~8구에서는 상인이 속임수를 써가며 영활하게 처신하여 치부하는 모습을 서술하였으며, 제9~20구에서는 상인이 자신의 부를 자랑하며 화려한 생활을 하는 모습을 서술하였다. 마지막 두 구에서 농부가 겨울에도 고생스럽게 농사를 짓고 있는 것을 경시하는 상인의 말을 덧붙임으로써, 세금도 내지 않고 속임수로 향락을 즐기는 상인이 활개 치는 사회의 부조리함을 드러내었다.

<br>

## 9-3 고객사 賈客詞

유가劉駕

**賈客燈下起,**[1]　　상인이 등불 아래에서 일어났지만

| | |
|---|---|
| 猶言發已遲. | 그래도 출발이 이미 늦었다고 말하고는, |
| 高山有疾路,[2] | 높은 산에 빨리 갈 수 있는 길이 있어서 |
| 暗行終不疑.[3] | 어둠 속을 가면서도 끝내 의심치 않았네. |
| 寇盜伏其路,[4] | 도적이 그 길에 매복하고 |
| 猛獸來相追. | 맹수가 쫓아왔으니, |
| 金玉四散去, | 금과 옥은 사방으로 흩어지고 |
| 空囊委路歧.[5] | 빈 주머니는 갈림길에 버려졌네. |
| 揚州有大宅,[6] | 양주에 큰 집이 있지만 |
| 白骨無地歸. | 백골이 되어 돌아갈 땅이 없는데, |
| 少婦當此日, | 젊은 부인은 이 날에 |
| 對鏡弄花枝. | 거울을 마주하고는 꽃핀 가지로 장난쳤네. |

**주석**

1) 賈客(고객) : 상인.

   燈下起(등하기) : 등불 아래에서 일어나다. 날이 밝기 전에 일어났다는 말이다.

2) 疾路(질로) : 지름길.

3) 暗行(암행) : 어둠 속에서 길을 가다.

   不疑(불의) : 의심치 않다. 변고가 생기지 않을 거라고 생각한다는 말이다.

4) 伏(복) : 매복하다.

5) 空囊(공낭) : 빈 주머니.

   委(위) : 버려지다.

   路歧(노기) : 갈림길.

6) 揚州(양주) : 지금의 강소성 양주시. 번화한 도회지였다. 남조 악부를 본떴다고 한다면 당시
   에는 지금의 강소성 남경南京이었다.

**해설**

이 시는 부유함을 이룩한 상인이 뜻하지 않게 사고를 당해 죽었다는 내용이다. 날이 밝기도

전에 어두운 산길을 가다가 도적과 맹수를 만나 결국 죽게 되었다는 이야기를 서술하였다. 마지막 두 구에서는 상인이 죽던 그날 이러한 사실도 모른 채 젊은 부인이 곱게 단장하고 꽃놀이를 하는 상황을 적었는데, 이를 통해 상인의 죽음이 더욱 헛된 것으로 느껴지게 된다.

(임도현)

# 10. 양양악 襄陽樂

≪고금악록≫에서 말하기를, "<양양악>은 남조 송나라 수군왕隨郡王 유탄劉誕이 지은
것이다. 유탄은 처음에 양양군을 다스렸는데 원가 26년(449)에 또 옹주자사가 되었다.
밤에 여러 여인이 노래하는 것을 듣고서 이것을 지었는데 노래의 화성和聲 중에 '양양에
오니 밤마다 즐겁다'는 말이 있었기 때문이다. 옛날에는 춤추는 이가 열여섯 명이었는데
양나라 때는 여덟 명이었다. 또 <대제곡>이 있는데 또한 이것에서 나온 것이다. 양나라
간문제의 <옹주십곡>에 <대제>, <남호>, <북저> 등의 곡이 있다."라고 하였다. ≪통전≫
에서 말하기를, "배자야의 ≪송략≫에서, 진안후 유도산이 양양 태수가 되었을 때 정치를
잘해 백성들이 즐겁게 일하고 가구가 많아졌으며 남방 이민족이 순종하여 모두 면수沔水
가에서 살았는데 이 때문에 노래를 만들어 <양양악>이라고 불렀다고 칭송하였다."라고
하였는데 아마도 이것은 아닐 것이다.

≪古今樂錄≫曰, <襄陽樂>者, 宋隨王誕之所作也.[1] 誕始爲襄陽郡,[2] 元嘉二十六
年仍爲雍州刺史.[3] 夜聞諸女歌謠, 因而作之, 所以歌和中有襄陽來夜樂之語也. 舊
舞十六人, 梁八人. 又有<大堤曲>, 亦出於此. 簡文帝<雍州十曲>, 有<大堤>, <南湖>,
<北渚>等曲. ≪通典≫曰, 裴子野≪宋略≫稱晉安侯劉道產爲襄陽太守,[4] 有善政, 百
姓樂業, 人戶豐贍,[5] 蠻夷順服,[6] 悉緣沔而居. 由此歌之, 號<襄陽樂>. 蓋非此也.

주석

1) 隨王誕(수왕탄) : 남조 송宋나라의 수군隨郡王에 봉해진 유탄劉誕을 가리킨다. 그는 자가
휴문休文으로 송 문제文帝 유의륭劉義隆의 여섯 번째 아들이다. 아버지가 살해당하자 병사를
일으켜 효무제孝武帝를 옹립했으며, 시중侍中, 양주자사楊州刺史 등을 역임했다.

2) 襄陽(양양) : 지금의 호북성 양양시이다.

3) 雍州(옹주) : 지방행정단위 중 하나로 치소가 양양에 있었다.

4) 劉道産(유도산) : 남조 송宋나라의 대신으로 무석현령無錫縣令으로 있다가 정치를 잘해서 진안현후晉安縣侯를 세습하여 봉해졌다. 후에 영원장군寧遠將軍, 옹주자사雍州刺史, 양양태수 襄陽太守 등을 역임했다.

5) 人戶(인호) : 호구 수.
   豐贍(풍섬) : 많다.

6) 蠻夷(만이) : 중국의 변방 이민족.
   順服(순복) : 순종하고 복종하다.

## 10-1 양양악  襄陽樂

### 10-1-1

| | |
|---|---|
| 朝發襄陽城, | 아침에 양양성을 떠나 |
| 暮至大堤宿.[1] | 저녁에 대제에 이르러 묵는데, |
| 大堤諸女兒, | 대제의 여러 여인들 |
| 花豔驚郎目. | 꽃같이 어여뻐 사내의 눈을 놀래키네. |

**주석**

1) 대제(大堤) : 지금의 호북성 양양시에 있는 큰 제방이다. 동쪽에는 한수漢水가 있으며, 만산萬 山에서 토문土門, 백룡白龍, 동진도東津渡를 거쳐 양양성 북쪽의 노룡제老龍堤를 휘감아 다시 만산에 이르는데 주위가 사십여 리이다.

**해설**

이 시는 양양을 떠나 대제에 와서 머무는데 그곳의 여인이 아름다워 놀랐다는 내용이다.

**10-1-2**

| 上水郞擔篙,[1] | 물길을 올라가며 사내는 상앗대를 들고 |
|---|---|
| 下水搖雙櫓.[2] | 물길을 내려가며 양쪽의 노를 흔드는데, |
| 四角龍子幡,[3] | 네 모퉁이의 용 깃발 |
| 環環江當柱.[4] | 빙 둘러 강에서 돛대를 마주하네. |

1) 上水(상수) : 물길을 올라가다.

   擔篙(담고) : 상앗대를 들다.

2) 櫓(로) : 노. 배를 젓는 도구이다.

3) 四角(사각) : 네 모퉁이. 또는 네모난 모양.

   龍子幡(용자번) : 용을 그린 깃발.

4) 環環(환환) : 빙 두른 모양. 또는 많이 모인 모양.

   柱(주) : 기둥. 여기서는 돛대를 가리킨다.

   이상 두 구는 용 깃발을 단 큰 돛배 주위에 여러 작은 배가 둘러싼 상황으로 선단을 표현한 것으로 보인다.

이 시는 남자가 선단에 포함되어 배를 타고 물길을 오르락내리락하는 장면을 묘사하였다.

**10-1-3**

| 江陵三千三,[1] | 강릉에서 삼천 삼백 리 |
|---|---|
| 西塞陌中央.[2] | 서새산이 길 중간에 있지. |
| 但問相隨否,[3] | 그저 따라가도 되는가라고 물을 뿐 |
| 何計道里長.[4] | 어찌 길이 긴 것을 따지리오. |

1) 江陵(강릉) : 지금의 호북성 형주시荊州市로 장강 가에 있다.

三千三(삼천삼) : 당나라 유우석劉禹錫의 <강릉에서 강물을 따라 내려가던 도중(自江陵沿流道中)>에서 "삼천삼백 리 서강의 물(三千三百西江水)"이라는 말이 있는데, 대체로 강릉에서 양주까지의 거리를 삼천삼백 리로 보았던 것으로 보인다.

2) 西塞(서새) : 지금의 호북성 대야大冶 인근 장강 동쪽 기슭의 산이다.

陌(맥) : 원래는 밭두둑길을 뜻하는데 여기서는 수로를 말한다.

中央(중앙) : 중간 지점.

3) 否(부) : 문장 끝에 사용하여 의문문을 만들어준다.

4) 計(계) : 헤아리다. 따지다.

道里(도리) : 길. 여정.

**해설**

이 시는 강릉에서 양주로 가는데 멀다고 여기지 않고 그저 따라가고자한다는 내용을 적었다.

## 10-1-4

| | |
|---|---|
| 人言襄陽樂, | 사람들은 양양이 즐겁다 말하지만 |
| 樂作非儂處.[1] | 즐거움이 생겨도 내가 머물 곳은 아니지. |
| 乘星冒風流,[2] | 별빛을 타고 바람 맞서 흘러가니 |
| 還儂揚州去.[3] | 또 나는 양주로 간다. |

**주석**

1) 儂處(농처) : 내가 머물 곳.

2) 乘星(승성) : 별빛을 타다. 밤에 간다는 뜻이다.

3) 揚州(양주) : 지금의 강소성 남경南京으로 장강 가에 있다.

**해설**

이 시는 양양이 즐겁다지만 자신은 그곳에 머물지 않고 양주로 간다는 내용을 적었다.

**10-1-5**

爛漫女蘿草,<sup>1)</sup>　　무성한 여라 풀

結曲繞長松.<sup>2)</sup>　　구불구불 맺어 긴 소나무를 얽었네.

三春雖同色,<sup>3)</sup>　　봄 내내 비록 같은 색이었지만

歲寒非處儂.<sup>4)</sup>　　날이 차가워지면 날 머물게 하지 않네.

**주석**

1) 爛漫(난만) : 무성한 모양.

　女蘿(여라) : 기생식물의 일종으로 소나무에 많이 자란다.

2) 結曲(결곡) : 구불구불한 모양을 맺다. 구불구불하게 자란다는 뜻이다.

　繞(요) : 휘감다. 두르다.

3) 三春(삼춘) : 봄 석 달.

4) 處儂(처농) : 나를 머물게 하다. 같이 지낸다는 말이다.

**해설**

　이 시는 여라가 비록 소나무에서 자라며 봄을 함께 지내지만 겨울이 되면 시들어져 사라지는 것을 안타까워하는 내용을 적었다. 이를 통해 임과 함께 지내지 못하는 상황을 비유하였다.

**10-1-6**

黃鵠參天飛,<sup>1)</sup>　　누런 고니가 하늘을 향해 날다가

中道鬱徘徊.<sup>2)</sup>　　도중에 막혀서 배회하네.

腹中車輪轉,<sup>3)</sup>　　뱃속에는 수레바퀴가 도는 듯하지만

歡今定憐誰.<sup>4)</sup>　　내 님은 지금 분명코 누군가를 사랑하겠지.

**주석**

1) 參天(참천) : 하늘 위를 바라보다. 또는 하늘에 닿다.

2) 中道(중도) : 도중에.

　鬱(울) : 길이 막히다.

3) 腹中(복중) 구 : 마음 속이 안달복달하며 근심하는 모습이다. 이와 달리 마음 속에서만
수레바퀴가 돌아간다는 뜻으로 실제로는 가지 못하는 상황을 애달아 하는 모습으로 볼
수도 있다.
4) 歡(환) : 사랑하는 이를 부르는 호칭이다.

**해설**

이 시는 임에게 가고자 하지만 못가는 상황을 비유적으로 묘사한 뒤, 자신은 못가게 되어
안절부절하지만 임은 다른 사람을 사랑할 거라고 의심하는 마음을 표현하였다.

**10-1-7**

| | |
|---|---|
| 揚州蒲鍛環,[1] | 양주의 부들 문양 고리장식은 |
| 百錢兩三叢. | 백 전짜리 두세 꾸러미를 줘야하기에, |
| 不能買將還, | 사서 장차 돌아갈 수 없으니 |
| 空手攬抱儂.[2] | 빈손으로 나를 끌어 안게 하겠구나. |

**주석**

1) 蒲鍛環(포단환) : 부들 문양을 새긴 고리 모양의 장신구.
2) 空手(공수) : 빈손. 여인이 임의 선물을 받지 못한 상황을 말한다.
攬抱(남포) : 끌어안다.

**해설**

이 시는 양주에서 임이 있는 곳으로 돌아가지만 돈이 없어 장신구도 사지 못하는 처량한
신세를 표현하였다.

**10-1-8**

| | |
|---|---|
| 女蘿自微薄,[1] | 여라는 절로 가늘고 얇으니 |
| 寄託長松表.[2] | 긴 소나무 끝에 의지하는데, |
| 何惜負霜死, | 서리 맞아 죽는 것이 무어 아쉽겠는가? |

貴得相纏繞.<sup>3)</sup>　　서로 칭칭 엉길 수 있음을 귀히 여기네.

**주석**

1) 微薄(미박) : 여리고 가늘다.

2) 表(표) : 끄트머리

3) 纏繞(전요) : 휘감다.

**해설**

　이 시는 연약한 여라가 소나무에 엉겨 있는데 서리가 내릴 때 죽을지언정 지금 서로 엉겨 있는 것이 좋은 것이라는 내용이다. 이를 통해 남녀가 서로 같이 지내는 것이 좋은 것임을 비유적으로 표현하였다.

## 10-1-9

惡見多情歡,　　　다정한 내 님 보기 싫으니

罷儂不相語.<sup>1)</sup>　　나를 내버려 두고 말하지 않아서이지.

莫作烏集林,<sup>2)</sup>　　까마귀가 숲에 모일 때

忽如提儂去.<sup>3)</sup>　　갑자기 날 데리고 가지는 마시길.

**주석**

1) 罷(파) : 내버려 두다.

2) 烏集林(오집림) : 까마귀가 숲에 모이다. 하찮은 모임을 비유하는 것으로 보인다.

3) 忽如(홀여) : 갑자기.

**해설**

　이 시는 이런저런 사람들이 모이는 하찮은 모임에 데리고 가서는 자신과는 이야기하지 않고 자기들끼리 말하는 상황을 원망하는 내용을 적었다.

## 10-2 양양악 襄陽樂

장호張祜

| | |
|---|---|
| 大堤花月夜,[1] | 대제에 꽃이 핀 달밤 |
| 長江春水流. | 장강에 봄물이 흘러가네. |
| 東風正上信,[2] | 동풍이 마침 때맞춰 왔기에 |
| 春夜特來遊.[3] | 봄밤에 일부러 나와서 노니네. |

**주석**

1) 대제(大堤) : 지금의 호북성 양양시에 있는 큰 제방이다. 동쪽에는 한수漢水가 있으며, 만산萬山에서 토문土門, 백룡白龍, 동진도東津渡를 거쳐 양양성 북쪽의 노룡제老龍堤를 휘감아 다시 만산에 이르는데 주위가 사십여 리이다.

2) 上信(상신) : 믿음직스럽다. 바람이나 조수가 때에 맞춰서 오는 것을 말한다.

3) 特來遊(특래유) : 특별히 나와서 노닐다. '대랑유待郎遊'로 된 판본도 있는데, '사내와 노닐려고 한다.'는 뜻이다.

**해설**

이 시는 대제에 꽃이 핀 봄이 되자 달밤에 각별하게 나와 노닌다는 내용이다.

(임도현)

# 11. 양양곡 襄陽曲

## 11-1 양양곡 襄陽曲
### 최국보崔國輔

### 11-1-1

| | |
|---|---|
| 蕙草嬌紅萼,[1] | 혜초는 붉은 꽃받침이 아름다운데 |
| 時光舞碧雞.[2] | 때마침 빛나며 벽계를 춤추게 하네. |
| 城中美年少,[3] | 성안의 아름다운 젊은이들 |
| 相見白銅鞮.[4] | 백동 장식 가죽신을 서로 보네. |

**주석**

1) 蕙草(혜초) : 향초의 일종.

　　嬌(교) : 아름답다.

　　萼(악) : 꽃받침. 꽃을 가리킨다.

2) 碧雞(벽계) : 전설에 나오는 신령스러운 동물. 여기서는 혜초의 푸른 잎을 비유하는 것으로 보인다.

3) 年少(연소) : 젊은이.

4) 白銅鞮(백동제) : 백동으로 장식한 가죽신. 고급스러운 신발이다.

**해설**

　이 시는 혜초가 꽃을 피운 봄날 성안의 젊은이들이 화려하게 장식하고 노닌다는 내용이다.

**11-1-2**

| 少年襄陽地, | 양양의 젊은이 |
|---|---|
| 來往襄陽城. | 양양성을 오가네. |
| 城中輕薄子, | 성안의 경박한 이 |
| 知妾解秦箏.[1] | 제가 진쟁 연주할 줄 아는 걸 알아보네요. |

**주석**

1) 妾(첩) : 여인이 자신을 지칭하는 말이다.

解(해) : 할 줄 알다.

秦箏(주쟁) : 진 땅의 쟁. 슬瑟과 비슷한 현악기이다.

**해설**

이 시는 양양성을 오가는 젊은이가 여인의 쟁 연주를 감상한다는 내용이다.

## 11-2 양양곡 襄陽曲

시견오施肩吾

| 大堤女兒郎莫尋, | 대제의 여인을 사내가 아무도 찾지 않으니 |
|---|---|
| 三三五五結同心.[1] | 삼삼오오 동심결을 맺고 있네. |
| 淸晨對鏡冶容色,[2] | 맑은 새벽 거울 보며 용모를 요염하게 꾸미는데 |
| 意欲取郞千萬金.[3] | 사내의 천만금을 가지려는 심산이라네. |

**주석**

1) 結同心(결동심) : 동심결을 맺다. 동심결은 비단 끈으로 둥근 고리나 회문回文 등을 만든 매듭으로 굳은 애정을 상징한다.

2) 冶容色(야용색) : 용모를 요염하게 꾸미다. '야'는 '리理'로 된 판본도 있는데, '꾸민다'는 뜻이다.

3) 意欲(의욕) : 하려고 하다.

이 시는 대제의 여인이 사내들의 돈을 가지려고 유혹하기 위해 동심결을 맺고 용모를 꾸민다는 내용이다.


## 11-3 양양곡 襄陽曲

이단李端

| 襄陽堤路長, | 양양의 제방 길은 긴데 |
|---|---|
| 草碧楊柳黃.[1] | 풀은 푸르고 버들은 누렇네. |
| 誰家女兒臨夜妝,[2] | 어느 집 여인이 밤이 되자 단장하나? |
| 紅羅帳裏有燈光. | 붉은 비단 장막 안에 등불이 켜졌네. |
| 雀釵翠羽動明璫,[3] | 새 장식 비녀와 비취새 깃털에 밝은 옥이 움직이고 |
| 欲出不出脂粉香.[4] | 나가려다 나가지 않았는데 연지와 분이 향기롭네. |
| 同居女伴正衣裳, | 같이 사는 여자 동료는 옷매무새를 바로 하는데 |
| 中庭寒月白如霜. | 정원 안에는 차가운 달이 서리처럼 희네. |
| 賈生十八稱才子,[5] | 가의는 열여덟에 재자라 불리는데 |
| 空得門前一斷腸. | 공연히 문 앞에서 애간장만 끊어지네. |

1) 楊柳黃(양류황) : 버들이 누렇다. 초봄에 싹이 갓 난 것이다.

2) 臨夜(임야) : 밤이 되다.

3) 雀釵(작차) : 새 모양으로 장식한 비녀.

   明璫(명당) : 구슬을 꿰어 만든 귀 장식. 옥을 가리키기도 한다.

4) 欲出不出(욕출불출) : 나가려다가 다시 단장을 다듬으려고 나가지 않는 모습이다.

5) 賈生(가생) : 한나라 가의賈誼를 가리킨다. 어려서 학문과 문장에 뛰어나서 18세에 낙양의

재자才子라 불렸다. 하남군수河南郡守 오공吳公이 가의를 문하에 두었는데 그의 도움으로 하남군이 안정되어 천하제일이라는 평판을 얻었다. 이에 문제文帝가 오공을 정위廷尉로 발탁했으며 오공이 가의를 천거하여 박사博士가 되었다.

才子(재자) : 재주와 덕망이 훌륭한 사람.

**해설**

이 시는 여염집의 여인이 밤에 단장을 하고 가의와 같은 능력 있는 임을 만나기를 원하지만 그러지 못해 근심한다는 내용이다.

(임도현)

# 12. 옹주곡 雍州曲

## 양梁 간문제簡文帝

≪통전≫에서 말하기를, "옹주는 양양이다. ≪서경·우공≫에 따르면 형하주의 남쪽 경계이다. 춘추시대 때는 초나라 땅이었는데 위나라 무제가 처음 양양군을 두었으며 진나라 때는 병합하여 형하주를 두었다. 남조 송나라 문제가 형주를 나눠 옹주를 두었으며 남옹이라고 불렀다. 위진 이래로 항상 요충지였으며 제나라와 양나라 때도 이러한 제도를 따랐다."라고 하였다.

≪通典≫曰, 雍州, 襄陽也. ≪禹貢≫, 荊河州之南境 春秋時楚地, 魏武始置襄陽郡, 晉兼置荊河州. 宋文帝割荊州置雍州, 號南雍. 魏晉以來, 常爲重鎭, 齊梁因之.

## 12-1 남호 南湖

| | |
|---|---|
| 南湖荇葉浮,[1] | 남호에 노랑어리연꽃 잎이 떠 있어 |
| 復有佳期遊.[2] | 또 좋은 시절의 유람을 하네. |
| 銀綸翡翠鈎,[3] | 은빛 실에 비취 낚시 바늘 |
| 玉舳芙蓉舟.[4] | 옥 장식 고물의 부용 배. |
| 荷香亂衣麝,[5] | 연꽃 향이 옷의 사향에 어지러운데 |
| 橈聲送急流.[6] | 노 젓는 소리로 급류를 보내네. |

**주석**

1) 南湖(남호) : 아마도 양양성 남쪽의 호수일 것이다.

　荇(행) : 노랑어리연꽃. 물풀의 일종이다.

2) 佳期遊(가기유) : 계절이나 경관이 좋은 때의 노님.

3) 銀綸(은륜) : 은빛 실. 낚시줄을 가리킨다.

　翡翠鉤(비취구) : 광석의 일종인 비취로 만든 고리. 낚시 바늘을 가리킨다.

4) 玉舳(옥축) : 옥으로 장식한 고물. '축'은 원래 배의 뒤편을 가리키는 말이다.

　芙蓉舟(부용주) : 부용으로 장식한 배. 화려한 배이다.

5) 衣麝(의사) : 옷에 묻힌 사향 냄새. 사향은 사향노루나 사향고양이에서 추출하는 향료이다.

6) 橈聲(요성) : 노 젓는 소리.

**해설**

　이 시는 좋은 계절이 되자 화려한 배를 타고 남쪽 호수에서 낚시하고 뱃놀이하는 장면을 묘사하였다.

## 12-2 북저 北渚

| | |
|---|---|
| 岸陰垂柳葉, | 강둑 그늘에는 버들잎이 드리웠는데 |
| 平江含粉堞.[1] | 너른 강은 하얀 성가퀴를 머금었네. |
| 好值城傍人,[2] | 성 옆에 사는 사람을 마침 만나고 |
| 多逢蕩舟妾.[3] | 배를 젓는 여인을 많이 만났네. |
| 綠水濺長袖,[4] | 푸른 물이 긴 소매에 튕기고 |
| 浮苔染輕楫.[5] | 물에 뜬 이끼가 경쾌한 노에 묻어나네. |

**주석**

1) 平江(평강) : 강에 물이 많이 불어 넓고 잔잔한 것을 말한다.

　粉堞(분첩) : 하얗게 칠한 성가퀴. '첩'은 성 위에 요철 모양으로 쌓은 담을 말한다.

이 구는 강에 성의 그림자가 비친다는 뜻이다.

2) 好値(호치) : 마침 맞닥뜨리다.

3) 蕩舟(탕주) : 배를 젓다.

4) 濺(천) : 물방울이 튀기다.

5) 浮苔(부태) : 물에 뜬 이끼.

　　輕楫(경즙) : 가벼운 노. 경쾌하게 움직이는 배를 가리킨다.

해설

이 시는 양양성의 북쪽 물가에서 물놀이하는 장면을 묘사하였다.

## 12-3 대제 大堤

| | |
|---|---|
| 宜城斷中道,[1] | 의성에서 가던 길을 끊으니 |
| 行旅極留連.[2] | 길 가던 이들이 끝없이 이어지네. |
| 出妻工織素,[3] | 버려진 여인은 흰 천 짜는 데 능하고 |
| 妖姬慣數錢.[4] | 요염한 아가씨는 돈 헤아리는 데 익숙한데, |
| 炊雕留上客,[5] | 줄밥을 안쳐서 귀한 손님을 머물게 하고 |
| 賣酒逐神仙.[6] | 술을 사와서 신선 세계를 구하네. |

주석

1) 宜城(의성) : 지금의 호북성 한수漢水 중류에 있으며 양양시의 직할현이다.

　　斷中道(단중도) : 가던 길을 끊다. 길 가던 이를 머물게 한다는 말이다.

2) 極(극) : 정도가 심한 것을 말한다.

　　留連(유련) : 끊임없이 이어지는 모양. 또는 미련을 가지고 머무는 모양.

3) 出妻(출처) : 남편에게 쫓겨나서 홀로 사는 여인.

　　工(공) : 잘하다.

　　織素(직소) : 흰 천을 짜다.

115

4) 妖姬(요희) : 요염한 아가씨.

慣(관) : 익숙하다.

數錢(수전) : 돈을 헤아리다.

5) 炊雕(취조) : 줄밥을 하다. '조'는 곡식의 일종인 줄이다.

上客(상객) : 귀한 손님.

6) 貰酒(세주) : 술을 사오다.

逐神仙(축신선) : 신선을 좇다. 황홀경을 추구한다는 뜻이다. 이와 달리 신선 같은 손님을 좇는다고 풀이할 수도 있다.

**해설**

이 시는 양양의 긴 제방에 오고가는 나그네가 끊임없이 많은데 이들을 호객하여 돈을 버는 여인들의 모습을 묘사하였다.

(임도현)

# 13. 대제곡 大堤曲

## 13-1 대제곡 大堤曲
당唐 장간지張柬之

| | |
|---|---|
| 南國多佳人, | 남쪽 지방에 아름다운 이가 많지만 |
| 莫若大堤女. | 누구도 대제의 여인 같지는 않네. |
| 玉床翠羽帳, | 옥 침상에 비취깃털 휘장 |
| 寶袜蓮花炬.[1] | 화려한 버선에 연꽃봉오리 같은 발. |
| 魂處自目成,[2] | 마음이 머물러 절로 눈빛이 맞았고 |
| 色授開心許.[3] | 정을 주어서 마음 속 허락을 터놓았는데, |
| 迢迢不可見,[4] | 아득히 보이지 않아 |
| 日暮空愁予. | 저물녘에 공연히 날 근심스럽게 하네. |

### 주석

1) 寶袜(보말) : 화려하게 치장한 버선. 이와 달리 채색 허리띠라는 설도 있다.
   蓮花炬(연화거) : 연꽃봉오리 같이 생긴 발. '거'는 원래 횃불인데, '거㡇'의 잘못으로 보인다.
   여인의 발은 작은 것을 귀하게 여기는데 연꽃봉오리로 작은 여인의 발을 묘사하였다.
2) 魂處(혼처) : 혼이 머물다. 마음이 머문다는 뜻이다.
   目成(목성) : 호감이 가는 남녀사이에 눈빛을 전해 서로 마음을 확인한 것을 말한다.
3) 色授(색수) : 마음을 전해주다.
   開心許(개심허) : 마음 속의 허락을 열어놓다. 서로 좋아한다는 마음을 털어놓는 것을 말한다.
4) 迢迢(초초) : 아득히 먼 모양.

해설

　이 시는 아름다운 대제의 여인과 사랑하기로 언약했지만 멀리 헤어져 만나지 못해 근심한다는 내용을 적었다.

**13-2** 대제곡 大堤曲
　　　양거원楊巨源

| | |
|---|---|
| 二八嬋娟大堤女,<sup>1)</sup> | 열여섯 곱디고운 대제의 여인 |

二八嬋娟大堤女,<sup>1)</sup>　　열여섯 곱디고운 대제의 여인

開壚相對依江渚.<sup>2)</sup>　　강가에 술집 열어 서로 마주보는데,

待客登樓向水看,　　손님 기다리며 누대에 올라 강물을 바라보다가

邀郎卷幔臨花語.<sup>3)</sup>　　사내를 맞이하려고 장막 걷고 꽃 옆에서 말을 하네.

細雨濛濛濕茋荷,<sup>4)</sup>　　가랑비 부슬부슬 마름과 연잎이 젖었을 때

巴東商侶掛帆多.<sup>5)</sup>　　파동의 상인들 돛을 많이 걸었는데,

自傳芳酒涴紅袖,<sup>6)</sup>　　향기로운 술을 스스로 전하다 붉은 소매를 적시노라니

誰調妍妝迴翠娥.<sup>7)</sup>　　누가 고운 화장을 정리해주고 푸른 눈썹을 돌아볼까?

珍簞華燈夕陽後,<sup>8)</sup>　　석양이 진 이후에 화려한 자리에 꽃등 켜놓고는

當壚理瑟矜纖手.<sup>9)</sup>　　술집 앞에서 슬을 타며 섬섬옥수 자랑했지만,

月落星微五鼓聲,<sup>10)</sup>　　달이 지고 별이 희미해져 오경의 북소리 울리니

春風搖蕩窗前柳.<sup>11)</sup>　　봄바람이 창 앞의 버들을 휘날리게 하네.

歲歲逢迎沙岸間,　　해마다 모래 강기슭 사이에서 손님을 맞이하니

北人多識綠雲鬟.<sup>12)</sup>　　북쪽 손님들 대부분 구름 같은 검은 머리를 알아보지만,

無端嫁與五陵少,<sup>13)</sup>　　오릉의 젊은이에게 시집 갈 도리가 없기에

離別煙波傷玉顔.<sup>14)</sup>　　안개 낀 물결 속에 헤어진 뒤 옥 같은 얼굴 상하네.

주석

1) 二八(이팔) : 열여섯 살을 가리킨다.

嬋娟(선연) : 고운 모양.

大堤(대제) : 지금의 호북성 양양시에 있던 긴 제방. 상인이나 나그네의 통행이 많았다.

2) 開爐(개로) : 술집을 열다. '로'는 흙으로 쌓아서 술을 데우거나 올려놓는 조그만 대臺이다.

3) 邀郎(요랑) : 사내를 맞이하다. 손님을 불러들인다는 말이다.

卷幔(권만) : 장막을 걷다.

4) 濛蒙(몽몽) : 비가 부슬부슬 내리는 모양.

芰荷(지하) : 마름과 연.

5) 巴東(파동) : 지금의 호북성 파동현을 가리킨다.

商侶(상려) : 상인 동료.

掛帆(괘범) : 돛을 걸다. 배를 타고 가는 것을 말한다.

6) 芳酒(방주) : 향기로운 술.

浣(완) : 적시다.

7) 調(조) : 정리하다.

姸妝(연장) : 고운 화장.

翠娥(취아) : 푸른 눈썹. 미인의 모습을 상징한다.

이상 두 구는 여인이 술을 일부러 쏟으며 교태를 부리면서 자신의 화장을 고쳐주고 아름다운 모습을 돌아볼 사람을 찾는 상황을 표현한 것으로 보인다.

8) 珍簟(진점) : 진귀한 대자리.

華燈(화등) : 꽃으로 장식한 등불.

9) 理瑟(이슬) : 슬을 조정하다. 슬을 연주하다.

矜纖手(긍섬수) : 섬섬옥수를 자랑하다.

10) 五鼓聲(오고성) : 오경을 알리는 북소리. 오경이 되면 날이 샌다.

11) 搖蕩(요탕) : 흔들다.

12) 北人(북인) : 북방 사람들. 여기서는 북쪽에 있다가 양양으로 장사하러 온 사람들을 가리킨다.

綠雲鬢(녹운환) : 구름 같이 풍성한 검은 머리. 미인의 머리카락을 말하는데, 여기서는 술집 여인을 가리킨다.

13) 無端(무단) : 방도가 없다.

五陵少(오릉소) : 오릉의 젊은이. 오릉은 한나라 다섯 황제의 무덤으로 장안 인근에 있는데 그 이후 권문세가가 이곳에 많이 살았다.

14) 玉顔(옥안) : 옥 같은 얼굴. 여기서는 젊은 여인의 고운 얼굴을 가리킨다.

**해설**

이 시는 대제에서 술집을 운영하는 여인의 모습을 묘사하였다. 파동이나 북쪽에서 온 손님들이 많이 있기에 이들을 접대하기 위해 고운 모습으로 화려한 자리를 준비해서 밤새도록 즐기지만 부잣집 사내와 결혼하지 못하고 결국 헤어져야 하는 안타까운 마음을 표현하였다.

## 13-3 대제곡 大堤曲

이백李白

| | |
|---|---|
| 漢水臨襄陽, | 한수는 양양 옆을 흐르는데 |
| 花開大堤暖. | 꽃이 피고 대제가 따뜻하네. |
| 佳期大堤下,[1] | 대제 아래에서 임을 만나기로 했는데 |
| 淚向南雲滿.[2] | 남쪽 구름을 향해 눈물이 가득해지네. |
| 春風復無情, | 봄바람은 또 무정하게도 |
| 吹我夢魂亂.[3] | 내게 불어와 꿈속의 혼을 어지럽히네. |
| 不見眼中人,[4] | 눈 안의 사람은 보이질 않고 |
| 天長音信斷.[5] | 넓은 하늘에 소식이 끊어졌네. |

**주석**

1) 佳期(가기) : 아름다운 기약. 남녀가 만나는 약속을 말한다.

2) 南雲(남운) : 남쪽으로 흘러가는 구름. 또는 남쪽에 있는 구름. 아마도 당시 임이 남쪽에 있었기 때문에 이를 언급한 것으로 보인다.

3) 夢魂(몽혼) : 꿈속의 혼. 꿈에서라도 만나고자 하는 마음을 가리킨다.
   亂(란) : 어지럽다. '산散'으로 된 판본도 있는데, '흩어지게 하다'는 뜻이다.

4) 眼中人(안중인) : 눈 안에 담겨 있는 사람. 예전에 알고 지내거나 그리워하는 사람.

5) 天長(천장) : 넓은 하늘. 시간이 오래 되었음을 뜻하기도 한다.
　　音信(음신) : 소식.

**해설**

　이 시는 봄날 대제에서 임과 만나기로 약속했으나 소식조차 없어 안타까워하는 마음을 표현하였다.

## 13-4 대제곡 大堤曲
　　　　이하李賀

| | |
|---|---|
| 妾家住橫塘,[1) | 제 집은 횡당에 있는데 |
| 紅紗滿桂香.[2) | 붉은 깁에 계수 향이 가득하네요. |
| 靑雲敎綰頭上髻,[3) | 푸른 구름으로 머리 위에 쪽을 틀게 하고 |
| 明月與作耳邊璫.[4) | 밝은 달로 귓가의 귀걸이를 만들었어요. |
| 蓮風起, | 연잎에 바람이 일고 |
| 江畔春. | 강둑에 봄이 왔는데, |
| 大堤上, | 대제 위에서 |
| 留北人. | 북쪽 사람을 머물게 하였어요. |
| 郞食鯉魚尾, | 낭군은 잉어 꼬리 요리를 먹고 |
| 妾食猩猩脣.[5) | 저는 성성이 입술 요리를 먹어요. |
| 莫指襄陽道,[6) | 양양의 길을 가리키지 말지니 |
| 綠浦歸帆少.[7) | 푸른 포구에 돌아가는 배가 없네요. |
| 今日菖蒲花, | 오늘은 창포의 꽃이지만 |
| 明朝楓樹老.[8) | 내일 아침에는 늙은 단풍나무이겠지요. |

**주석**

1) 妾(첩) : 여인이 자신을 지칭하는 말이다.

　　橫塘(횡당) : 원래는 지금의 남경시 진회하秦淮河 남쪽의 제방을 가리키는데, 여기서는 양양
　　의 대제 인근의 지명으로 보인다.

2) 紅紗(홍사) : 붉은 깁. 여기서는 여인이 머무는 방의 창을 의미하며 규방을 가리킨다.

3) 靑雲(청운) : 푸른 구름. 여인의 풍성하고 검은 머리를 비유한다.

　　綰(관) : 엮다. 여기서는 쪽을 틀어 올리는 것을 말한다.

　　髻(계) : 쪽.

4) 明月(명월) : 밝은 달. 여기서는 명월주와 같은 보석을 가리킨다.

　　璫(당) : 귀걸이.

　　이상 두 구는 아름다운 여인의 주위에 푸른 구름과 밝은 달이 있어 돋보이게 한다는 뜻으로
　　풀이할 수도 있다.

5) 猩猩脣(성성순) : 성성이의 입술. 여덟 가지 귀한 음식 중의 하나이다. '성성'은 오랑우탄이다.

6) 襄陽道(양양도) : 양양의 길. 여기서는 남자가 북쪽으로 다시 돌아가는 길을 말한다.

7) 歸帆(귀범) : 돌아가는 배.

　　이상 두 구는 여인이 북쪽으로 돌아가고자 하는 남자를 만류하는 말로, 포구에 돌아갈
　　배가 없다고 거짓말을 한 것이다.

8) 明朝(명조) : 내일 아침.

**해설**

　　이 시는 횡당에 사는 여인이 아름답게 치장한 뒤 북쪽에서 온 남자와 만나 사이좋게 지내는
모습을 표현하였는데, 만일 헤어진다면 창포꽃처럼 곱던 얼굴이 늙은 단풍나무처럼 변할
것이라고 하여 그가 계속 머물기를 바라는 마음을 드러내었다.

(임도현)

# 14. 대제행 大堤行

### 맹호연 孟浩然

| | |
|---|---|
| 大堤行樂處, | 대제는 즐겁게 노는 곳이라 |
| 車馬相馳突.[1] | 수레와 말이 서로 치달리네. |
| 歲歲春草生, | 해마다 봄풀이 돋으면 |
| 踏靑二三月.[2] | 이삼월에 답청을 하네. |
| 王孫挾珠彈,[3] | 왕손은 구슬 탄환을 끼고 |
| 遊女矜羅襪.[4] | 노니는 여인은 비단 버선을 자랑하네. |
| 攜手今莫同, | 손을 잡고 지금 같이 있지 못한다면 |
| 江花爲誰發. | 강가의 꽃은 누굴 위해 피는 것이겠는가? |

## 주석

1) 馳突(치돌) : 빠르게 달리다.
2) 踏靑(답청) : 청명절 전후로 교외에서 노니는 것으로 전통풍속 중의 하나이다.
3) 王孫(왕손) : 남자에 대한 미칭이다.
   珠彈(주탄) : 구슬로 만든 탄환. 탄환은 새나 짐승을 쏘아 맞히는 것인데, 구슬로 만들었다는
   것은 고급스럽다는 말이다.
4) 遊女(유녀) : 이리저리 노니는 여인.
   羅襪(나말) : 비단 버선.

**해설**

　≪전당시≫에는 제목이 〈대제에 관해 읊어서 만씨에게 부치다大堤行寄萬七〉로 되어 있다. 이 시는 봄날 대제에서 부유한 집의 남녀가 모여 노니는 장면을 묘사하고는 그곳에서 함께 노닐고자 하는 마음을 표현하였다.

(임도현)

# 15. 삼주가 三洲歌

≪당서·악지≫에서 말하기를, "<삼주>는 상인의 노래이다."라고 하였다. ≪고금악록≫에서 말하기를, "<삼주가>에 관해 말하자면, 상인이 자주 파릉의 삼강 입구를 노닐며 왕래하였는데 이로 인해 함께 이 노래를 지었다. 그 옛 가사에서 '울음이 헤어짐과 함께 온다.'라고 하였다. 양나라 천감 11년(511) 무제가 낙수전에서 불경의 뜻에 대해 말했는데, 마침내 불법이 높은 법사 열 명을 머물게 하고 음악을 연주하였다. 사람들마다 의문을 말하면 법사들은 경전에 의거하여 받들어 답하라고 칙령을 내렸다. 그리고는 법운법사에게 묻기를, '법사께서는 음률을 잘 이해한다고 들었는데 이 노래는 어떠합니까?'라고 하였다. 법운이 받들어 답하기를, '궁중의 음악은 절묘하여 비천한 제가 들었던 것이 아닙니다. 하지만 제가 생각하건대 옛 가사는 너무 질박한데 바꿀 수 있을지 잘 모르겠습니다.'라고 하니 칙령으로 말하기를 '법사의 말대로 하라.'고 하였다. 법운이 말하기를, '응당 모여 즐거워야 헤어짐이 있는 법이니 <울음이 헤어짐과 함께>를 <기쁨이 즐거움과 함께>로 바꿉시다.'라고 하니 그렇게 노래하였다. 화성和聲에서 노래하기를, '세 물섬이 강어귀에서 떨어져 있는데 물이 그윽한 곳에서 나와 강이 옆에서 흐른다. 기쁨이 즐거움과 함께 왔다가 오래도록 그리워한다.'라고 하였다. 옛날에는 춤추는 이가 열여섯 명이었고 양나라 때는 여덟 명이었다."라고 하였다.

≪唐書·樂志≫曰, <三洲>, 商人歌也. ≪古今樂錄≫曰, <三洲歌>者, 商客數遊巴陵三江口往還,[1] 因共作此歌. 其舊辭云, 啼將別共來.[2] 梁天監十一年, 武帝於樂壽殿道義, 竟留十大德法師設樂.[3] 勅人人有問, 引經奉答. 次問法雲, 聞法師善解音律, 此歌何如. 法雲奉答, 天樂絕妙,[4] 非膚淺所聞.[5] 愚謂古辭過質, 未審可改以不.[6] 勅云, 如法師語音.[7] 法雲曰, 應歡會而有別離, 啼將別可改爲歡將樂. 故歌. 歌和云,[8]

三洲斷江口, 水從窈窕河傍流.<sup>9)</sup> 歡將樂共來, 長相思. 舊舞十六人, 梁八人.

**주석**

1) 巴陵(파릉) : 군의 이름으로 지금의 호북성 악양이다.

　三江口(삼강구) : 세 강이 모이는 입구라는 뜻으로 여기서는 악양 북쪽에 동정호가 장강으로
　들어가는 곳을 가리킨다.

2) 將(장) : 거느리다. 함께.

3) 大德法師(대덕법사) : 불법이 뛰어난 법사.

　設樂(설악) : 음악을 연주하다.

4) 天樂(천악) : 궁중에서 연주하는 음악. 여기서는 구체적으로 <삼주가>를 가리킨다.

5) 膚淺(부천) : 천박하다. 법사가 자신을 겸손하게 말한 것이다.

6) 未審(미심) : 잘 모르겠다.

7) 如(여) : ~와 같이 하다.

　語音(어음) : 말. 의견.

8) 歌和(가화) : 화성和聲을 부르다. 노래의 각 절마다 동일한 위치에서 반복적으로 부르는
　노래를 말한다. 서곡가에서는 대개 노래의 앞부분에 있다.

9) 窈窕(요조) : 그윽한 모양. 깊숙한 모양. 동정호를 가리키는 것으로 보인다.

## 15-1 삼주가 三洲歌

### 15-1-1

| | |
|---|---|
| 送歡板橋彎,<sup>1)</sup> | 판교 구비에서 임을 보내고는 |
| 相待三山頭.<sup>2)</sup> | 삼산 머리에서 기다리네. |
| 遙見千幅帆,<sup>3)</sup> | 천 개의 돛을 멀리 보노라니 |
| 知是逐風流.<sup>4)</sup> | 바람을 좇아가는 것임을 알겠네. |

1) 歡(환) : 좋아하는 사람을 지칭하는 말이다.

　　板橋彎(판교만) : 판교가 있는 물굽이. 판교는 지금의 강소성 남경시 남쪽 30여 리에 있던 지명이다.

2) 三山(삼산) : 남경시 서남쪽 장강 남쪽 강둑에 있던 산의 이름.

3) 千幅帆(천폭범) : 천 폭의 돛. 많은 배를 뜻한다.

4) 逐風流(축풍류) : 바람의 움직임을 좇아가다. 돛이 바람을 받아 간다는 뜻이다. 이와 달리 '풍류를 따른다'로 풀이할 수 있는데, 상인이 자신의 흥취를 좇아 떠나간다는 의미가 그 이면에 있는 것으로 볼 수도 있다.

해설

이 시는 멀리 떠나가는 임을 전송하고는 금세 그리워하며 기다린다는 내용이다.

## 15-1-2

| | |
|---|---|
| 風流不暫停, | 바람이 잠시도 멈추지 않기에 |
| 三山隱行舟.[1] | 삼산이 떠나가는 배를 감추어버렸네. |
| 原作比目魚,[2] | 원래는 비목어가 되어 |
| 隨歡千里遊. | 임을 따라 천 리를 노닐려고 하였지. |

주석

1) 隱(은) : 감추다.

　　이 구는 배가 떠나간 뒤 줄곧 보이지 않는 상황을 묘사한 것이다. 또는 상인이 자신의 흥취를 좇느라 돌아오지 않음을 말한 것으로 볼 수도 있다.

2) 比目魚(비목어) : 눈이 하나 있는 물고기인데 한 쌍이 되어야 제대로 볼 수 있다고 한다. 연인 사이를 비유한다.

해설

이 시는 임이 탄 배가 떠난 뒤 오래도록 돌아오지 않고 있음을 말한 뒤, 항상 같이 지내려고 했지만 그러지 못하는 탄식을 표현하였다.

**15-1-3**

| 湘東酃醁酒,[1] | 상수 동쪽의 영록주 |
|---|---|
| 廣州龍頭鐺.[2] | 광주의 용머리 솥. |
| 玉樽金鏤碗,[3] | 옥 술동이에 금 장식 주발 |
| 與郎雙杯行.[4] | 낭군과 한 쌍의 잔을 돌리리라. |

주석

1) 湘東(상동) : 상수의 동쪽. 상수는 지금의 광서자치구에서 발원하여 호북성으로 들어가 장강과 합류한다.

   酃醁酒(영록주) : 두 가지 설이 있다. 첫 번째는 영주酃酒로 형주衡州 형양현衡陽縣 동쪽에 있는 영호酃湖의 물로 빚은 술이라는 것이고, 두 번째는 영주와 녹주淥州의 병칭이라는 것이다. 녹주는 예장豫章 강락현康樂縣에 있는 녹수淥水의 물로 빚은 술이다.

2) 龍頭鐺(용두당) : 손잡이를 용 머리 모양으로 장식한 솥으로 주로 술을 데울 때 사용한다.

3) 玉樽(옥준) : 옥으로 만든 술 동이.

   金鏤碗(금루완) : 금으로 상감하여 장식한 주발.

4) 行(행) : 술잔을 돌리다. 술을 마신다는 뜻이다.

해설

이 시는 화려한 기물을 사용하여 임과 좋은 술을 마시고 싶다는 내용이다. 이와 달리 예전에 그렇게 술을 마셨던 일을 회상하는 것으로 볼 수도 있는데, 결국 그렇게 하고 싶다는 뜻이다.

## 15-2 삼주가 三洲歌

　　　　진陳 후주後主

| | |
|---|---|
| 春江聊一望, | 봄날 강에서 잠시 한 번 바라보니 |
| 細草遍長洲. | 긴 물섬에 온통 가느다란 풀이 돋았네. |
| 沙汀時起伏,[1] | 모래톱이 당시 울쑥불쑥했는데 |
| 畫舸屢淹留.[2] | 채색한 배가 자주 머물렀지. |

**주석**

1) 沙汀(사정) : 물섬의 모래사장을 가리킨다.
　　起伏(기복) : 고르지 않게 여기저기 솟은 모양.
2) 畫舸(화가) : 화려하게 채색한 배.
　　淹留(엄류) : 머물다.

**해설**

이 시는 봄날 모래섬이 많은 강에서 뱃놀이했던 것을 회상하며 지금은 그렇게 하지 못하는 것을 서글퍼 하는 장면을 묘사하였다.


## 15-3 삼주가 三洲歌

　　　　당唐 온정균溫庭筠

| | |
|---|---|
| 團圓莫作波中月,[1] | 둥근 것으로는 물결 속의 달이 되지 말 것이며 |
| 潔白莫爲枝上雪. | 깨끗한 것으로는 가지 위의 눈이 되지 말지니, |
| 月隨波動碎潾潾,[2] | 달은 물결의 움직임 따라 반짝이며 부서지고 |
| 雪似梅花不堪折. | 눈은 매화꽃과 비슷하지만 꺾을 수 없기 때문이지. |
| 李娘十六青絲髮,[3] | 이씨 아가씨는 열여섯 살 검푸른 실 같은 머리칼 |
| 畫帶雙花爲君結.[4] | 채색한 허리띠에 꽃 한 쌍을 그대 위해 엮었네. |

門前有路輕離別,[5]　문 앞에 길이 있어 이별을 가벼이 여기는데

惟恐歸來舊香滅.[6]　돌아왔을 때 옛 향기 없어졌을까 그저 두려워하네.

## 주석

1) 團圓(단원) : 둥근 모양. 부부가 함께 지내는 모습을 상징한다.

2) 潾潾(인린) : 반짝이는 모양.

3) 李娘(이낭) : 이씨 성을 가진 아가씨. 상인의 부인이다.

　青絲髮(청사발) : 검푸른 실 같은 머리칼. 젊고 아름다운 여인의 모습을 상징한다.

4) 畫帶(화대) : 채색으로 장식한 허리띠.

　雙花(쌍화) : 한 쌍의 꽃. 남녀간의 애정을 상징한다.

5) 輕離別(경리별) : 이별을 경시하다. 남편이 상인이라 걸핏하면 먼 길을 떠나간다는 말이다.

6) 舊香滅(구향멸) : 옛 향기가 사라지다. 애초에 사랑했던 순수한 마음이 사라지는 것을 말한다.

## 해설

　이 시는 상인의 부인이 남편과 함께 있지 못하고 자주 헤어져 있게 되는 상황을 안타까워하는 내용이다. 제1~4구에서는 물결 속의 쉽게 부서지는 달과 같은 둥근 것은 되지 않겠다고 하여 임과 영원히 함께 하고자 하는 마음을 표현하였으며, 가지 위에서 쉽게 사라지는 눈과 같은 깨끗한 것은 되지 않겠다고 하여 임에 대한 순수한 사랑을 영원히 간직하고자 하는 마음을 표현하였다. 제5~6구에서는 젊었을 때 아름다운 모습으로 낭군과 사랑하게 되었음을 말하였으며 제7~8구에서는 낭군이 걸핏하면 헤어져 있기에 자신의 순수한 사랑이 사라지지나 않을까 걱정하는 마음을 표현하였다. 이를 통해 시의 전반부에서 말한 결심과 바람이 이별의 현실 앞에 사라질 수도 있음을 걱정하였다.

(임도현)

# 16. 양양답동제 襄陽踏銅蹄

≪수서·악지≫에서 말하기를, "양나라 무제가 옹주雍州에 진수하고 있을 때 동요에서 '양양의 백동 말발굽, 뒤로 결박당한 양주의 사내들'이라고 하였다. 식견이 있는 자가 말하기를, '백동제는 쇠발굽으로 말에 사용하는 것이다. <백>은 쇠붙이의 색이다.'라고 하였다. 의로운 군대가 일어났을 때 실제로 철기마병으로 하였으며 양주의 군대는 모두 손을 뒤로 한 채 포박당했으니 과연 동요의 말과 같았다. 그래서 무제가 즉위한 뒤 새로운 소리로 고쳐 만들었으며 황제가 직접 세 곡을 만들었다. 또 심약에게 세 곡을 만들게 하고는 관현악을 입혔다."라고 하였다. ≪고금악록≫에서 말하기를, "<양양답동 제>라는 것은 양나라 무제가 서쪽에서 내려온 뒤 지은 것이다. 심약이 또 지었는데 그 화성和聲에서 말하기를, '양양의 백동 말발굽, 성스러운 덕이 하늘에 감응하여 내려왔 다.'라고 하였다. 천감 연간(502~519) 초에는 춤추는 이가 열여섯 명이었고 후에는 여덟 명이었다."라고 하였다.

≪隋書·樂志≫曰, 梁武帝之在雍鎮,[1] 有童謠云, 襄陽白銅蹄, 反縛揚州兒.[2] 識者言, 白銅蹄, 謂金蹄, 爲馬也. 白, 金色也. 及義師之興,[3] 實以鐵騎. 揚州之士皆面縛,[4] 果如謠言. 故卽位之後, 更造新聲, 帝自爲之詞三曲. 又令沈約爲三曲, 以被管弦. ≪古今樂錄≫曰, <襄陽蹋銅蹄>者, 梁武西下所制也.[5] 沈約又作, 其和云, 襄陽白銅蹄, 聖德應乾來. 天監初, 舞十六人, 後八人.

---

**주석**

1) 雍(옹) : 옹주雍州로 지금의 호북성 양양襄陽이다. 무제는 남조 제나라를 멸망시키고 양나라를 건립하기 전에 수차례 옹주자사를 지냈다.

2) 反縛(반박) : 양손을 뒤로 하여 묶다. 포로로 잡힌 모습이다.

　揚州兒(양주아) : 양주의 사내. 제나라 병사를 가리킨다.

3) 義師(의사) : 의로운 군대. 무제가 제나라를 치기 위해 일으킨 군대를 가리킨다.

4) 面縛(면박) : 양 손을 뒤로 하여 묶고 얼굴은 전면을 향하도록 하다.

5) 西下(서하) : 서쪽에서 내려오다. 무제가 옹주에 있다가 제나라를 치기 위해 건강建康으로
　온 것을 말한다.


## 16-1 양양답동제 襄陽蹋銅蹄<sup>1)</sup>

### 양梁 무제武帝

### 16-1-1

| | |
|---|---|
| 陌頭征人去,<sup>2)</sup> | 길 위에 출정가는 이가 떠나가기에 |
| 閨中女下機.<sup>3)</sup> | 규방에 있던 여인이 베틀에서 내려오네. |
| 含情不能言, | 정을 머금고 말을 할 수 없어 |
| 送別沾羅衣.<sup>4)</sup> | 작별하느라 비단옷을 적시네. |

**주석**

1) 襄陽蹋銅蹄(양양답동제) : ≪문원영화≫에는 제목이 <백동제가白銅蹄歌>로 되어 있다.

2) 陌頭(맥두) : 길 위. 또는 길가.

　征人(정인) : 출정가는 이.

3) 下機(하기) : 베틀에서 내려오다.

4) 沾(첨) : 적시다.

**해설**

이 시는 낭군이 출정을 가기에 길쌈을 멈추고 송별하는 모습을 표현하였다.

## 16-1-2

| | |
|---|---|
| 草樹非一香, | 풀과 나무는 한 가지 향기만이 아니고 |
| 花葉百種色. | 꽃과 잎은 백 가지 색이라네. |
| 寄語故情人,[1] | 오랜 연인에게 말을 부치나니 |
| 知我心相憶. | 내 마음이 기억하고 있음을 알아달라고. |

**주석**

1) 故情人(고정인) : 오래된 정인. 옛 연인.

**해설**

이 시는 온갖 꽃이 피고 향기로운 봄날 오래된 연인을 기억해 달라는 말을 부친다는 내용이다.

## 16-1-3

| | |
|---|---|
| 龍馬紫金鞍,[1] | 용마에 자금 장식 안장 |
| 翠毦白玉羈.[2] | 비취새 깃털 장식과 백옥 굴레. |
| 照耀雙闕下,[3] | 쌍궐 아래에서 번쩍이는데 |
| 知是襄陽兒. | 양양의 사내임을 알겠네. |

**주석**

1) 龍馬(용마) : 키가 큰 말. 말이 8척 이상이면 용이라고 부른다.
　　紫金鞍(자금안) : 자금으로 장식한 안장. 자금은 진귀한 광물의 일종이다.
2) 翠毦(취이) : 비취새 깃털로 만든 장신구. '이'는 대체로 새 깃털이나 짐승 털로 만든 장신구로 개나 말을 장식하거나 모자나 병기 등의 장식에 사용한다.
　　羈(기) : 굴레.
3) 雙闕(쌍궐) : 옛날 궁전 앞에 높이 올린 한 쌍의 누대를 말하는데, 이를 빌려 궁문을 가리킨다.

**해설**

이 시는 양양의 사내들이 궁궐에서 화려하게 장식한 말을 타고 있는 장면을 묘사하였다.

## 16-2 양양답동제 襄陽蹋銅蹄

심약沈約

### 16-2-1

| | |
|---|---|
| 分手桃林岸,[1] | 복숭아나무 숲 기슭에서 헤어지고는 |
| 望別峴山頭.[2] | 현산 머리에서 떠나간 이를 바라보네. |
| 若欲寄音信,[3] | 만약 소식을 부치고자 한다면 |
| 漢水向東流.[4] | 한수가 동쪽으로 흐른다네. |

주석

1) 分手(분수) : 헤어지다.
   桃林(도림) : 복숭아나무 숲. 포구의 이름일 수도 있다. 현산 부근에 도림정桃林亭, 도림관桃林關 등이 있었다고 한다.
2) 望別(망별) : 헤어진 이를 바라보다. '송별送別'로 된 판본도 있다.
   峴山(현산) : 양양襄陽에 있는 산의 이름.
3) 音信(음신) : 소식.
4) 漢水(한수) : 지금의 섬서성에서 발원하여 양양을 지나 무한에서 장강과 합류한다.

해설

이 시는 양양에서 임과 헤어진 뒤 한수를 통해 소식을 전해달라고 부탁하는 내용이다.

### 16-2-2

| | |
|---|---|
| 生長宛水上,[1] | 완수가에서 나고 자라 |
| 從事襄陽城. | 양양성에서 일을 하였네. |
| 一朝遇神武,[2] | 하루아침에 신령한 군대를 만나 |
| 奮翼起先鳴.[3] | 날개 떨쳐 일어나 먼저 우네. |

1) 宛水(완수) : 지금의 하남성 능현凌縣 남서쪽을 흐르는 강의 이름.
2) 神武(신무) : 원래는 길흉화복의 위엄으로 천하를 복종시키는 것을 말하는데, 황제의 위엄을 표현하는 것으로 바뀌었다. 여기서는 황제의 군대를 의미한다.
3) 奮翼(분익) : 날개를 떨치다.

**해설**

이 시는 완수에서 자라 양양에서 일하는 사내가 왕의 군대를 만나 한번 떨쳐 공을 세울 것이라는 내용이다.

## 16-2-3

| 蹀鞚飛塵起,[1] | 말을 달리니 먼지가 날아오르고 |
| 左右自生光. | 좌우에는 절로 빛이 생겨나네. |
| 男兒得富貴, | 남아가 부귀를 얻어야 하니 |
| 何必在歸鄉. | 어찌 반드시 고향으로 돌아오는 데 있겠는가? |

**주석**

1) 蹀鞚(접공) : 말을 빨리 달리다. '공'은 굴레이다.

**해설**

이 시는 남자가 부귀를 이루기 위해서는 고향을 떠나 전쟁에서 큰 공을 세워야 한다는 내용이다.

(임도현)

# 17. 채상도 採桑度

<채상도>는 <채상>이라고도 한다. ≪당서·악지≫에서 말하기를, "<채상>은 <삼주곡>으로 인해 이 소리가 생겼으며, 양나라 때 만들어졌다."라고 하였다. ≪수경≫에서 말하기를, "황하가 굴현 서남쪽을 지나면 채상진이다. ≪춘추·희공 8년≫에 진나라 이극이 채상에서 적족을 패퇴시켰다고 했는데, 바로 이곳이다."라고 하였다. 양나라 간문제의 <오서곡>에서 "채상 나루터가 황하에 가로막히자 낭군이 지금 건너려다 풍파에 두려워한다."라고 하였다. ≪고금악록≫에서 "옛날에는 춤추는 이가 열여섯 명이었고 양나라 때는 여덟 명이었다."라고 하였으니 양나라 때 만들어진 것이 아니다.

<採桑度>, 一曰<採桑>. ≪唐書·樂志≫曰, <採桑>因<三洲曲>而生此聲苑也.[1] <採桑度>, 梁時作.[2] ≪水經≫曰, 河水過屈縣西南爲採桑津.[3] ≪春秋·僖公八年≫, 晉里克敗狄於採桑,[4] 是也. 梁簡文帝<烏棲曲>曰, 採桑渡頭礙黃河, 郎今欲渡畏風波. ≪古今樂錄≫曰, <採桑度>, 舊舞十六人, 梁八人. 卽非梁時作矣.

---

**주석**

1) 苑(원) : 현재 전해지는 ≪구당서·음악지≫에 따르면 이 글자가 없다.

2) 採桑度(채상도) : 현재 전해지는 ≪구당서·음악지≫에는 이 내용이 없다.

3) 屈縣(굴현) : 지금의 산서성 향녕현鄕寧縣 서쪽 황하가에 있었다.

4) 敗狄(패적) : 북방 이민족인 적족을 물리치다.

**17-1**

蠶生春三月,[1]  누에가 봄 삼월에 나는데

春桑正含綠.  봄 뽕나무가 마침 푸르름을 머금었네.

女兒採春桑,  아가씨가 봄 뽕잎을 따니

歌吹當春曲.[2]  노래와 연주는 봄에 맞는 곡이라네.

**주석**

1) 春三月(춘삼월) : 삼월. 또는 봄 석 달.

2) 歌吹(가취) : 노래와 음악.

 當春曲(당춘곡) : 봄에 적당한 곡. 또는 봄노래에 해당하다.

**해설**

이 시는 봄날 여인들이 봄노래를 부르며 뽕잎을 딴다는 내용이다.


**17-2**

冶遊採桑女,[1]  들에서 노니는 뽕 따는 여인

盡有芳春色.  모두 향기로운 봄빛이라네.

姿容應春媚,[2]  자태와 얼굴이 봄에 맞춰 아름다워지니

粉黛不加飾.[3]  분과 눈썹먹을 칠할 필요 없네.

**주석**

1) 冶遊(야유) : 들에서 노닐다.

2) 姿容(자용) : 자태와 얼굴. 여인의 외모를 가리킨다.

 應春媚(응춘미) : 봄기운을 맞이하여 아름답다. 또는 봄의 아름다움에 응하다.

3) 粉黛(분대) : 분과 눈썹먹. 여인의 화장품이다.

해설

이 시는 봄들에서 노니는 여인은 봄 기운에 절로 아름다워 화장으로 꾸밀 필요가 없다는 내용이다.

**17-3**

| 繫條採春桑,[1] | 가지를 묶어 봄 뽕을 따는데 |
|---|---|
| 採葉何紛紛. | 잎을 따는 일이 어찌나 바쁜지. |
| 採桑不裝鉤,[2] | 뽕잎 따는데 갈고리가 없어 |
| 牽壞紫羅裙.[3] | 자줏빛 비단 치마가 걸려 망가졌네. |

주석

1) 繫條(계조) : 뽕나무의 나뭇가지를 끈으로 묶는 것을 말한다.

2) 裝鉤(장구) : 갈고리를 갖추다. 갈고리는 높은 뽕나무 가지를 끌어당기는 용도이다.

3) 牽(견) : 뽕나무 가지에 치마가 걸렸다는 말이다.

　壞(괴) : 망가지다. 여기서는 치마가 찢어진다는 뜻이다.

　紫羅裙(자라군) : 자줏빛 비단 치마.

해설

이 시는 뽕나무 가지를 꺾기 위해 분주히 일하는 여인의 모습을 묘사하였는데, 갈고리 장비가 없이 일하다 보니 치마가 찢어질 정도라고 하였다. 여인이 비단치마를 입고 일하는 것으로 보아 뽕잎을 따는 것보다는 임을 만나는 데 신경을 쓴 것으로 보인다.

**17-4**

| 語歡稍養蠶,[1] | 임에게 누에를 조금만 치라 말했으니 |
|---|---|
| 一頭養百塊.[2] | 한 마리에 백 평 땅을 경작해야 해서이지. |
| 奈當黑瘦盡,[3] | 검게 타고 살이 다 빠져도 어찌하리오 |

桑葉常不周.<sup>4)</sup>　　뽕잎은 항상 넉넉하지 않으니.

**주석**

1) 歡(환) : 사랑하는 이에 대한 호칭이다.
   稍(초) : 조금.
   養蠶(양잠) : 누에를 기르다.
2) 一頭(일두) : 누에 한 마리.
   養百堳(양백우) : 넓은 땅을 경작한다는 말이다. '우'는 밭을 일정한 거리로 구획된 것의 한 부분을 가리킨다.
3) 奈當(내당) : 어찌 하겠는가?
   黑瘦盡(흑수진) : 완전히 검게 타고 수척해지다. 뽕잎 따느라 고생한 모습이다.
4) 不周(부주) : 완전히 다 갖추지 못하다. 부족하다는 말이다.

**해설**

이 시는 누에 먹일 뽕잎 따는 것이 너무 힘드니 누에를 조금만 치자고 여인이 남자에게 투정하는 내용을 적었다.


**17-5**

春月採桑時,　　봄날 뽕잎을 딸 때
林下與歡俱.<sup>1)</sup>　　숲 아래서 임과 함께 있네.
養蠶不滿百,<sup>2)</sup>　　누에 기르는데 백 마리가 안 되니
那得羅繡襦.<sup>3)</sup>　　수 놓은 비단 저고리를 어찌 얻을까?

**주석**

1) 俱(구) : 함께 있다.
2) 不滿百(불만백) : 백 마리를 채우지 못하다.
3) 那(나) : 어찌.

　　羅繡襦(나수유) : 수 놓은 비단 저고리.

**해설**

　　이 시는 봄날 임과 함께 뽕잎을 따는데 비단 저고리를 가지려면 누에를 더 많이 쳐야
된다고 타박하는 내용을 적었다.


## 17-6

| 採桑盛陽月,[1] | 양기가 왕성한 달에 뽕잎을 따는데 |
|---|---|
| 綠葉何翩翩.[2] | 푸른 잎은 어찌나 팔랑이는지. |
| 攀條上樹表,[3] | 가지를 더위잡고 나무 끝에 오르는데 |
| 牽壞紫羅裙. | 자줏빛 비단 치마가 걸려 망가졌네. |


**주석**

1) 盛陽月(성양월) : 양기가 왕성한 달. 만물이 왕성하게 생성하는 봄을 가리킨다.
2) 翩翩(편편) : 바람에 흔들리는 모양.
3) 攀條(반조) : 뽕나무 가지를 잡아당기다.
　　上樹表(상수표) : 나무 끝에 올라가다.


**해설**

　　이 시는 봄날 뽕잎을 따기 위해 나무 위에 오르며 고생하는 여인의 모습을 묘사하였다.


## 17-7

| 僞蠶化作繭,[1] | 야생 누에가 변해 고치가 되었으니 |
|---|---|
| 爛熳不成絲.[2] | 조잡해서 실을 만들 수 없네. |
| 徒勞無所獲, | 헛수고하여 얻은 것이 없으니 |
| 養蠶持底爲.[3] | 누에를 키웠지만 이걸로 무엇을 할 수 있을까? |

**주석**

1) 僞蠶(위잠) : 야생 누에. 집에서 키운 누에가 아니라 들에서 저절로 자란 누에를 말한다.
   繭(견) : 고치.
2) 爛熳(난만) : 조잡한 모양.
3) 底爲(저위) : 무엇을 할까?

**해설**

　이 시는 야생 누에가 섞여 양잠이 제대로 되지 않아 좋은 실을 만들지 못한 상황을 표현하였
다.

(임도현)

# 18. 강릉악 4수 江陵樂四首

≪고금악록≫에 말하기를, "<강릉악>은 옛날에는 춤추는 사람이 열여섯 명이었고 양나라 때는 여덟 명이었다."라고 하였다. ≪통전≫에 말하기를, "강릉은 옛날 형주의 구역으로 춘추시대에는 초나라의 영 땅이었고 진나라 때는 남군을 두었으며 진나라 때에는 형주라 하였고, 동진, 송, 제나라 때에는 요충지로 삼았다. 양나라 원제가 그곳을 도읍으로 삼았는데 기남성이 있고 초나라의 저궁이 그곳에 있었다."라고 하였다.

≪古今樂錄≫曰, <江陵樂>, 舊舞十六人, 梁八人. ≪通典≫曰, 江陵, 古荊州之域, 春秋時楚之郢地, 秦置南郡, 晉爲荊州, 東晉宋齊以爲重鎭. 梁元帝都之, 有紀南城,[1] 楚渚宮在焉.[2]

**주석**

1) 紀南城(기남성) : 동주 시기 초나라의 도성 영도郢都의 옛터이다. 호북성湖北省 형주荊州 고성古城 북쪽 근처에 있다. 기산紀山의 남쪽에 있어 한대漢代 이후 기남성으로 불렸다고 한다.

2) 渚宮(저궁) : 춘추시대 초나라의 도성. 지금의 호북성湖北省 강릉현江陵縣 북쪽에 있다.

## 18-1

| | |
|---|---|
| 不復蹋蹀人,[1] | 더 이상 땅을 구르다 사람을 차지 마시게 |
| 蹀地地欲穿. | 땅을 차니 땅이 뚫릴 듯하네. |
| 盆隘歡繩斷,[2] | 땅이 좁아서 임은 띠가 끊어지고 |
| 蹋壞絳羅裙.[3] | 발을 구르다 진홍색 비단 치마가 찢어졌네. |

1) 蹋(답) : 발로 땅을 구르다. 답청踏靑하는 모습이다.

   蹋人(제인) : 사람을 발로 차다.

2) 盆隘(분애) : 그릇처럼 땅이 좁다. '분'은 입구는 넓고 바닥은 좁은 그릇의 일종이다. 여기서
는 답청을 하기 위해 모여든 사람 때문에 땅이 좁게 느껴짐을 나타낸 것이다.

3) 壞(괴) : 찢어지다.

   絳(강) : 진홍색.

**해설**

  이 시는 답청의 활기찬 모습을 담아내었다. 사람들이 모여 힘차게 발을 구르다 보니 서로
차고 밟히는 일이 다반사로 일어남을 나타내었다.

## 18-2

| | |
|---|---|
| 不復出場戲,[1] | 더 이상 나가서 놀지 마시게 |
| 蹋場生青草.[2] | 답청하는 곳에 풀이 자라니. |
| 試作兩三回.[3] | 시험 삼아 두세 번 하면 |
| 蹋場方就好.[4] | 땅이 곧 좋아질 것이네. |

**주석**

1) 場(장) : 장소. 여기서는 답청踏靑하는 장소를 말한다.

2) 蹋場(제장) : 답청하는 곳.

3) 試作(시작) : 답청을 시도하다.

4) 就(취) : 이뤄지다. 이르다.

**해설**

  이 시는 답청을 앞두고 푸른 풀들이 잘 자라길 기다리는 모습이다.

## 18-3

| | |
|---|---|
| 陽春二三月, | 따뜻한 봄 이삼월이 되면 |
| 相將蹋百草.[1] | 함께 뭇풀을 밟네. |
| 逢人駐步看,[2] | 사람들과 마주치면 걸음을 멈추고 바라보며 |
| 揚聲皆言好.[3] | 소리 높여 모두 좋다고 말하네. |

#### 주석

1) 相將(상장) : 동반하다. 함께 가다.

2) 駐步(주보) : 걸음을 멈추다.

3) 揚聲(양성) : 소리를 높이다.

   言好(언호) : 좋다고 말하네.

#### 해설

이 시는 봄날에 사람들이 모여 답청을 하다가 마주치는 이가 있으면 서로 소리 높여 인사를 나누는 모습을 나타내었다. 경쾌하고 흥겨운 정감이 느껴지는 시이다.

## 18-4

| | |
|---|---|
| 暫出後園看,[1] | 잠시 뒤뜰 정원으로 나와 보는데 |
| 見花多憶子.[2] | 꽃을 바라보니 그대가 너무도 그립네. |
| 烏鳥雙雙飛, | 까마귀도 쌍쌍이 날아가는데 |
| 儂歡今何在. | 내 임은 지금 어디에 계실까? |

#### 주석

1) 暫出(잠출) : 잠시 나오다.

2) 憶子(억자) : 그대를 그리다.

이 시는 봄날에 정원을 거닐며 아름다운 꽃과 짝지어 날아가는 까마귀를 바라보다가 임에 대한 그리움에 힘겨워하는 여인의 심정을 담았다.

(홍혜진)

# 19. 청양도 3수 靑陽度三首<sup>1)</sup>

≪고금악록≫에 말하기를, "<청양도>는 반주에 맞춰 부르는 노래이다. 무릇 노래 반주로
는 모두 방울 달린 북을 사용하였으며 현악기가 없고 피리가 있었다."라고 하였다.
≪古今樂錄≫曰, <靑陽度>, 倚歌.<sup>2)</sup> 凡倚歌悉用鈴鼓,<sup>3)</sup> 無弦有吹.<sup>4)</sup>

**주석**

1) 靑陽度(청양도) : 나루터의 이름. '청양'은 봄을 가리킨다. 지금의 안휘성安徽省 지주시池州市
   할현轄縣에 있다.
2) 倚歌(의가) : 반주에 맞춰 부르는 노래. 주로 현악기 없이 북이나 피리를 사용하였다고
   한다.
3) 悉(실) : 모두.
   鈴鼓(영고) : 방울 달린 북.
4) 吹(취) : 피리, 퉁소 등의 관악기.

## 19-1

| 隱機倚不織,<sup>1)</sup> | 베틀을 가리고 기댄 채 길쌈을 하지 않다가 |
| 尋得爛漫絲.<sup>2)</sup> | 오래지 않아 올이 엉킨 실을 구하였네. |
| 成匹郞莫斷, | 한 필을 만들었으니 그대는 자르지 말고 |
| 憶儂經絞時.<sup>3)</sup> | 내가 베 짜던 때를 기억해주세요. |

1) 隱機(은기) : 베틀을 가리다.

   倚(의) : 기대다.

   不織(부직) : 비단을 짜지 않다. 여기서는 임과 같이 있지 못하는 상황을 가리키는 듯하다.

2) 尋(심) : 오래지 않아.

   爛漫(난만) : 올이 엉키고 조잡한 실 모양. 임과 떨어져 있어 편치 않은 심정을 나타내는 듯하다.

3) 經絞(경교) : 꼬은 실을 날줄로 잇다. 여기서는 임과 서로 사귀던 때를 비유하는 듯하다.

**해설**

이 시는 임을 만나지 못한 여인이 거친 비단 한 필을 만들어 보내며 자신의 정성을 헤아려 달라고 청하며 자신의 사랑이 아직도 변치 않았음을 전하였다.

## 19-2

| 碧玉擣衣砧,[1] | 푸른 옥으로 된 다듬잇돌 |
| --- | --- |
| 七寶金蓮杵.[2] | 일곱 보석과 금제 연꽃으로 장식된 방망이. |
| 高擧徐徐下,[3] | 높이 들었다가 천천히 내리며 |
| 輕擣只爲汝. | 가벼이 두드리니 오직 그대를 위해서라네. |

**주석**

1) 擣衣(도의) : 옷을 두드리다.

   砧(침) : 다듬잇돌.

2) 七寶(칠보) : 일곱 가지 보석. 대체로 금, 은, 유리, 산호, 호박, 거거硨磲, 마노를 가리킨다.

3) 徐徐(서서) : 천천히.

**해설**

옥 다듬잇돌과 화려한 보석이 놓인 방망이가 부딪치며 내는 경쾌한 다듬이질 소리 속에 임의 부재와 그리움의 깊이가 더욱 크게 전해지는 시이다.


**19-3**

| 青荷蓋綠水,[1] | 푸른 연잎은 푸른 연못을 덮었고 |
| 芙蓉披紅鮮.[2] | 연꽃은 붉고 고운 빛을 두르고 있네. |
| 下有並根藕.[3] | 아래에는 뿌리를 나란히 한 연근이 있고 |
| 上生並目蓮.[4] | 위로는 눈을 같이한 연밥이 자라있네. |

**주석**

1) 蓋(개) : 덮다.

2) 芙蓉(부용) : 연꽃. '부용夫容'의 쌍관어로 임을 가리키는 것으로 이해할 수도 있다.
   披(피) : 걸치다. 두르다.

3) 並根藕(병근우) : 뿌리를 같이 한 연근. '우藕'는 '우偶'의 쌍관어로 좋은 짝을 뜻하는 것이다.

4) 並目蓮(병목련) : 눈을 같이 한 연밥. 여기서 '목目'은 연밥 표면에 씨앗들이 튀어나와 있는 것을 가리키는 것이다. '연蓮'은 '연憐'의 쌍관어로 볼 수도 있다.

**해설**

　연잎에 뒤덮인 연못 사이로 붉은 연꽃이 아름답게 피어있는데 물속에서는 뿌리를 같이하고 수면 위로는 연밥으로 온전히 함께 하고 있음을 묘사하여 사랑하는 연인의 모습을 비유하였다. 이 시는 《옥대신영玉臺新詠》권10에 <청양가곡靑陽歌曲>으로 되어 있다.

(홍혜진)

# 20. 청총백마 8수 靑驄白馬八首<sup>1)</sup>

《고금악록》에 말하기를, "<청총백마>는 옛날에 춤추는 사람이 열여섯 명이었다."라고 하였다.

《古今樂錄》曰, <靑驄白馬>, 舊舞十六人

**주석**

1) 靑驄白馬(청총백마) : 청총마와 백마. '청총靑驄'은 털빛에 푸른색과 흰색이 섞여있는 말이다.

## 20-1

| | |
|---|---|
| 靑驄白馬紫絲韁,<sup>1)</sup> | 청총마와 백마는 자색 실 고삐를 지녔고 |
| 可憐石橋根柏梁.<sup>2)</sup> | 아름답게 돌다리는 측백나무 들보를 받치고 있구나. |

**주석**

1) 韁(강) : 고삐.
2) 根(근) : 근간이 되다. 밑에서 받치다.
   柏梁(백량) : 측백나무 들보. 여기서는 누대를 가리킨다.

**해설**

이 시는 청총마와 백마가 누대 주변에 있는 모습을 나타내고 있는데 여기서 청총마와 백마, 돌다리와 측백나무 들보는 모두 사랑하는 남녀의 모습을 비유하는 듯하다.

20-2

汝忽千里去無常,¹⁾     그대가 홀연 천리로 향하니 떠남은 일정치 않은 법이나
願得到頭還故鄉.²⁾     원컨대 고개 돌려 고향으로 돌아오시기를.

**주석**

1) 無常(무상) : 일정함이 없다. 정해진 때가 없음을 말한다.
2) 到頭(도두) : 고개를 돌리다. '도두掉頭'와 같은 의미로 쓰였다.

**해설**

이 시는 멀리 떠나갈 임을 대하며 다시 고향으로 돌아오길 바라는 내용이다.


20-3

繫馬可憐著長松,¹⁾     매인 말은 아름답게 큰 소나무에 붙어 있는데
遊戲徘徊五湖中.²⁾     즐거이 노닐며 태호 안을 배회하는구나.

**주석**

1) 繫馬(계마) : 말을 묶다.
   著(착) : 붙어 있다.
2) 五湖(오호) : 태호太湖를 가리킨다.

**해설**

이 시는 말 주인이 소나무에 말을 묶어 놓고 태호에서 뱃놀이를 즐기는 모습을 나타내었다.


20-4

借問湖中采菱婦,¹⁾     호수 안에서 마름 따는 여인에게 묻노니
蓮子青荷可得否.²⁾     "연밥 있는 푸른 연을 얻을 수 있을까요?"

1) 菱(능) : 마름.
2) 蓮子(연자) : 연밥. '연자憐子'와 발음이 같아 사랑하는 임을 비유한다.
   靑荷(청하) : 푸른 연.

**해설**

이 시는 한 남자가 마름 따는 연인에게 다가가 연밥을 핑계로 구애하는 모습을 나타내었다.


## 20-5

| 可憐白馬高纏騣,[1] | 아름다운 백마는 위로 갈기를 휘감고 |
| 著地躑躅多徘徊.[2] | 땅에 붙어 머뭇거리며 한참을 배회하네. |

**주석**

1) 纏騣(전종) : 갈기를 휘감다.
2) 躑躅(척촉) : 머뭇거리며 앞으로 나아가지 못하다.

**해설**

이 시는 주인은 없고 백마만 남아 있는데 나무에 묶여 있어 앞으로 나가지 못하고 주변을 서성이는 모습을 나타내었다.


## 20-6

| 問君可憐六萌車,[1] | 그대에게 묻노니 "아름답도다 육맹거 |
| 迎取窈窕西曲娘.[2] | 아리따운 서곡랑을 맞이할 건가요?" |

**주석**

1) 六萌車(육맹거) : 고대 여인들이 타던 수레.

2) 迎取(영취) : 맞이하다.

西曲娘(서곡랑) : 가무에 뛰어났던 기녀로 전해진다. 여기서는 수레 탄 여인을 가리킨다.

**해설**

이 시는 자신의 남자가 다른 여인과 만날 것을 걱정하는 것이다.


## 20-7

問君可憐下都去,[1]　　그대에게 묻노니 "서글프게도 도성으로 가시니

何得見君復西歸.[2]　　어찌하면 서쪽으로 다시 돌아오는 그댈 볼 수 있을까요?"

**주석**

1) 下都(하도) : 도성으로 내려가다. 여기서 도성은 남경을 가리킨다.
2) 見(견) : ~로 하여금.

**해설**

이 시는 도성으로 떠나는 남자를 보며 다시 돌아오길 바라는 여인의 심정을 나타내었다.


## 20-8

齊唱可憐使人惑,[1]　　함께 노래 부르다 서글프게도 사람을 미혹시켜

畫夜懷歡何時忘.　　밤낮으로 그대만 생각하니 언제쯤이면 잊을 수 있을까!

**주석**

1) 齊唱(제창) : 다 같이 노래하다.

惑(혹) : 미혹되다.

**해설**

이 시는 한 여인이 남자에게 마음을 빼앗기고 잊지 못해 밤낮으로 그리워하는 것이다.

(홍혜진)

# 21. 공희악 4수 共戲樂四首

≪고금악록≫에 말하기를, "<공희악>은 옛날엔 춤추는 사람이 열여섯 명이었고 양나라 때에는 여덟 명이었다."라고 하였다.

≪古今樂錄≫曰, <共戲樂>, 舊舞十六人, 梁八人.


## 21-1

齊世方昌書軌同,[1]　　세상을 바로잡아 한창 번창하여 문자와 길이 같아졌고

萬宇獻樂列國風.[2]　　천하가 음악을 바치니 각 지역의 노래로다.


**주석**

1) 昌(창) : 번창하다. 흥성하다.

　　書軌同(서궤동) : 나라에서 사용하는 문자와 수레바퀴가 지나가는 길이 같아졌다. 나라가 통일되었음을 뜻한다.

2) 萬宇(만우) : 천하.

　　列國風(열국풍) : 여러 제후국의 노래. 여기서는 통일된 후 각 지역의 노래를 말한다.


**해설**

이 시는 세상이 통일되고 태평성대를 맞게 되니 전국의 각 지역에서 노래를 바치는 것이다.

**21-2**

時泰民康人物盛,　　　시절이 태평하여 백성이 평안하고 사람과 물자가 넉넉하니

腰鼓鈴柈各相競.[1)]　　요고와 영반이 저마다 서로 다투어 울리네.

주석

1) 腰鼓(요고) : 장구의 일종. 허리에 차고 양쪽을 두드리며 소리를 낸다.

　鈴柈(영반) : 방울달린 접시. '반'은 '반盤'과 같다. 악기의 일종으로 보인다.

해설

　이 시는 태평성세를 맞아 사람들이 모두 근심이 없고 즐거우니 음악 또한 흥겹게 연주됨을 나타내었다.

**21-3**

長袖翩翩若鴻驚,[1)]　　긴 소매 휙 나부끼니 기러기가 놀란 듯하고

纖腰裊裊會人情.[2)]　　가는 허리 하늘거리니 사람 마음에 쏙 드네.

주석

1) 翩翩(편편) : 가볍고 빠르게 나부끼는 모양.

　鴻驚(홍경) : 기러기가 놀라 재빨리 날아오르는 것이다. 여기서는 소매 춤사위를 비유한다.

2) 纖腰(섬요) : 가는 허리.

　裊裊(요뇨) : 하늘거리는 모양.

해설

　이 시는 무희가 긴 소매를 빠르게 움직이며 아름답게 춤추는 모습을 묘사하였다.

**21-4**

| | |
|---|---|
| 觀風采樂德化昌,[1] | 풍속을 살피며 음악을 모아 덕화가 창대하니 |
| 聖皇萬壽樂未央.[2] | 황제가 만수무강하여 즐거움이 끝이 없기를. |

**주석**

1) 觀風(관풍) : 민간의 풍속을 살피다.

   采樂(채악) : 음악을 채집하다.

2) 未央(미앙) : 끝나지 않다.

**해설**

　이 시는 황제가 민심을 살피기 위해 음악을 채집하고 덕으로써 다스리니 이로 인해 세상이 오래도록 태평하기를 바라는 것이다.

(홍혜진)

# 22. 안동평 5수 安東平五首

≪고금악록≫에 말하기를, "<안동평>은 옛날에 춤추는 사람이 열여섯 명이고 양나라 때에는 여덟 명이었다."라고 하였다.
≪古今樂錄≫曰, <安東平>, 舊舞十六人, 梁八人.

**22-1**

| 凄凄烈烈,[1] | 춥고 쌀쌀하더니 |
| 北風爲雪. | 겨울바람에 눈이 내려, |
| 船道不通, | 뱃길도 막히고 |
| 步道斷絶. | 육로도 끊어졌네. |

**주석**

1) 凄凄烈烈(처처렬렬) : '처처'와 '열렬' 모두 추위가 매서움을 나타낸다.

**해설**

이 시는 추운 겨울날에 눈까지 내려 뱃길과 인도가 모두 끊기게 되었음을 말하였다.

**22-2**

| 吳中細布,[1] | 오 땅의 고운 천은 |
| 闊幅長度.[2] | 넓은 폭에 긴 기장인데, |

| 我有一端,[3] | 내게 한 단이 있으니 |
|---|---|
| 與郞作袴.[4] | 임에게 주려고 바지를 만드네. |

**주석**

1) 細布(세포) : 올이 가늘고 고운 천.

2) 闊幅長度(활폭장도) : 넓은 너비와 긴 길이.

3) 端(단) : 직물의 길이 단위. 1단은 반 필이다.

4) 袴(고) : 바지.

**해설**

이 시는 임을 위해 좋은 천으로 바지를 만들어주려는 여인의 정성스런 마음을 담았다.


## 22-3

| 微物雖輕,[1] | 사소한 것이라 하찮지만 |
|---|---|
| 拙手所作.[2] | 내 손으로 만드는 것이고, |
| 餘有三丈, | 여분이 석 장이나 있으니 |
| 爲郞別屠.[3] | 임을 위해 따로 두어야지. |

**주석**

1) 微物(미물) : 보잘것없는 물건. 여기서는 여인이 만드는 옷을 가리킨다.

   輕(경) : 천하다. 귀하지 않다.

2) 拙手(졸수) : 서툰 솜씨. 자신을 낮춰 이르는 말.

3) 屠(조) : 방치하다.

**해설**

이 시는 임을 생각하며 옷감을 챙겨두는 여인의 사랑을 나타내었다.

## 22-4

| | |
|---|---|
| 制爲輕巾,<sup>1)</sup> | 가벼운 수건을 만들어 |
| 以奉故人.<sup>2)</sup> | 옛사람을 받드는데, |
| 不持作好, | 이것으로 좋은 것은 못되나 |
| 與郞拭塵.<sup>3)</sup> | 임에게 주며 먼지를 닦으라 하네. |

**주석**

1) 輕巾(경건) : 가벼운 수건.

2) 故人(고인) : 옛사람. 사랑하는 마음이 식은 남편이나 임을 가리키는 듯하다.

3) 拭塵(식진) : 먼지를 닦다.

**해설**

이 시는 옛 임에게 수건을 만들어주며 자신의 여전한 사랑을 전하려는 여인의 애절함을 담았다.

## 22-5

| | |
|---|---|
| 東平劉生,<sup>1)</sup> | 동평의 유생이 |
| 復感人情. | 다시 인정에 감동하여, |
| 與郞相知, | 임과 서로 알게 되었으니 |
| 當解千齡.<sup>2)</sup> | 응당 오랜 세월을 보내리라. |

**주석**

1) 東平(동평) : 동평현東平縣. 지금의 산동성山東省 태안시泰安市에 속하는데 확실하지 않다. 劉生(유생) : 씩씩하고 호방한 남자를 가리킨다. 여기서는 여자의 옛 남자를 가리키는 듯하다. ≪악부시집樂府詩集·횡취곡사4橫吹曲辭四≫에서 <유생劉生>편의 해제에 "≪악부해제≫에 말하기를, '유생은 어느 조대의 사람인지 알 수 없지만 제량이래로 유생에 대해 노래한 것은 모두 의롭고 호방하여 오릉과 삼진 땅을 주유함을 일컬었다. 혹은 검을 품고 정벌에만

힘썼다고 했으며 부절관 이었다고 하나 자세하지 않다.'고 하였다. ≪고금악록≫을 살펴보면 '양나라 <고각횡취곡>에는 <동평유생가>가 있는데 이것이 바로 유생이 아닌가 한다.'고 하였다.(≪樂府解題≫曰, 劉生不知何代人, 齊梁已來爲劉生辭者, 皆稱其任俠豪放, 周遊五陵三秦之地. 或云抱劍專征, 爲符節官所未詳也. 按≪古今樂錄≫曰, 梁鼓角橫吹曲, 有東平劉生歌, 疑卽此劉生也)"라고 하였다.

2) 解(해) : 풀다. 시간을 보낸다는 의미이다.

千齡(천령) : 천년.

해설

이 시는 옛 임이 다시 자신에게 돌아왔으며 이후 오래도록 함께 지내기를 바라는 것이다.

(홍혜진)

# 23. 여아자 2수 女兒子二首

≪고금악록≫에 말하기를, “<여아자>는 반주에 맞춰 부르는 노래이다.”라고 하였다.
≪古今樂錄≫曰, <女兒子>, 倚歌也.

**23-1**

**巴東三峽猿鳴悲,**[1] 파동 삼협에 원숭이 울음소리 구슬픈데
**夜鳴三聲淚沾衣.**[2] 한밤 세 번 울음소리에 눈물이 옷을 적셨네.

**주석**

1) 巴東(파동) : 파동현巴東縣. 호북성湖北省 서남부 장강 중상류 지역.
三峽(삼협) : 세 개의 협곡. 장강 상류의 구당협瞿塘峽, 무협巫峽, 서릉협西陵峽을 말한다.
2) 沾衣(첨의) : 옷을 적시다.

**해설**

이 시는 삼협 사이로 들리는 구슬픈 원숭이 울음소리에 결국 참았던 눈물을 흘리며 서글퍼하는 것이다.

**23-2**

**我欲上蜀蜀水難,**[1] 내가 촉 땅을 올라가려는데 촉 땅 강물이 험난하여
**蹋蹀珂頭腰環環.**[2] 발을 동동거리며 옥 장식의 뱃머리에 있고 사람들은 허리가 휘었네.

1) 上蜀(상촉) : 촉 땅을 거슬러 올라가다.

2) 踏蹀(답접) : 발을 동동 구르다. 안절부절 하는 모습을 나타낸다.

  珂頭(가두) : 백색 옥이 장식된 뱃머리.

  環環(환환) : 굽은 모양. 여기서는 배를 끄느라 사람들의 허리가 휜 모습을 나타낸다.

해설

이 시는 촉 땅으로 가고자 하나 길이 험하여 가기 힘겨운 상황을 나타내었다.

(홍혜진)

# 24. 내라 4수 來羅四首<sup>1)</sup>

≪고금악록≫에 말하기를, "반주에 맞춰 부르는 노래이다."라고 하였다.
≪古今樂錄≫曰, 倚歌也.

### 주석

1) 來羅(내라) : 무슨 뜻인지 알 수 없다. 방언인 듯하다.

### 24-1

| 鬱金黃花標,<sup>1)</sup> | 울금의 노란꽃 끝 |
| 下有同心草. | 아래로 뿌리가 같은 풀이 있네. |
| 草生日已長, | 풀은 돋아서 나날이 벌써 자랐는데 |
| 人生日就老. | 사람은 태어나 나날이 늙어만 가네. |

### 주석

1) 鬱金(울금) : 식물명. 식용, 약용, 염색재로 사용되며 노란꽃이 핀다.

### 해설

　이 시는 노란 꽃을 피운 울금을 바라보다 그 아래 풀은 뿌리를 같이 하며 나날이 자라는데
자신은 늙어만 갈뿐 시간이 지나도 임이 찾아오지 않음을 한탄하고 있다.

## 24-2

| | |
|---|---|
| 君子防未然,[1] | 군자는 미연에 방지하고 |
| 莫近嫌疑邊.[2] | 의심받을 데엔 가까이 하지 않으니, |
| 瓜田不躡履,[3] | 오이밭에서 신발을 고쳐 신지 않고 |
| 李下不正冠. | 자두나무 아래서는 관을 바로 잡지 않는다. |

### 주석

1) 未然(미연) : 일이 그렇게 되지 않다. 아직 일이 일어나지 않다.

2) 嫌疑邊(혐의변) : 의심을 살만한 근처.

3) 瓜田(과전) : 오이밭.
   躡履(섭리) : 신발을 고쳐 신다. '납리納履'와 같은 뜻으로 신발을 다시 잘 신는 것이다.

### 해설

이 시는 행여 다른 여인에게 마음을 줄까 걱정하며 의심을 살 만한 행동을 하지 말아달라고 임에게 부탁하는 것이다.


## 24-3

| | |
|---|---|
| 故人何怨新,[1] | 옛사람이 어찌 새사람을 원망하리 |
| 切少必求多.[2] | 적은 것을 탓하면 필시 많기를 구하는 것이나, |
| 此事何足道, | 이 일을 어찌 말로 할 수 있으리 |
| 聽我歌來羅.[3] | 내가 부르는 <내라>곡을 들어주오. |

### 주석

1) 故人(고인) : 옛사람. 이전의 부인이나 남편을 가리키는 말로 쓰인다.

2) 切少(절소) : 적은 것을 탓하다.

3) 來羅(나래) : 곡조명.

163

**해설**

이 시는 임이 자신 외에 새로운 여인을 들이자 그 슬픔을 노래로 대신하는 것이다.

## 24-4

| | |
|---|---|
| 白頭不忍死, | 백발로 차마 죽지도 못하고 |
| 心愁皆敖然.[1] | 근심에 온통 마음 타들어 가네. |
| 遊戲泰始世,[2] | 즐거이 처음 만나던 시절엔 |
| 一日當千年.[3] | 하루가 천년 같았네. |

**주석**

1) 敖然(오연) : 근심하는 모양.
2) 泰始(태시) : 태초. 천지가 열리고 만물이 만들어지기 시작한 때. 여기서는 남녀가 처음 만나 사랑하던 때를 말한다.
3) 千年(천년) : 천년. 임과의 깊은 정을 비유한다.

**해설**

이 시는 어느새 홀로 늙어가는 자신의 신세를 한탄하다가 임을 처음 만나고 행복하게 지냈던 시절을 떠올리고 있다.

(홍혜진)

# 25. 나가탄 6수 那呵灘六首

≪고금악록≫에 말하기를, "<나가탄>은 옛날에 춤추는 사람이 열여섯 명이었고 양나라 때에는 여덟 명이었다. 그 화성은 '그대 가시면 언제 돌아올까?'라고 하였다. 대부분 강릉과 양주의 일을 서술하였다. '나가'는 아마도 여울의 이름인 듯하다."라고 하였다.
≪古今樂錄≫曰, <那呵灘>, 舊舞十六人, 梁八人. 其和云, 郎去何當還. 多敍江陵及揚州事. 那呵, 蓋灘名也.

## 25-1

| | |
|---|---|
| 我去只如還,[1] | 나는 가더라도 돌아올 듯하여 |
| 終不在道邊,[2] | 끝까지 길에 있지 않았는데, |
| 我若在道邊, | 내가 길에 있었다면 |
| 良信寄書還.[3] | 진실로 편지를 부쳐 보냈을 것이네. |

**주석**

1) 只如(지여) : 마치 ~와 같다.
2) 終不(종불) : 끝내 못하다.
   道邊(도변) : 길 변.
3) 良信(양신) : 진실로.

**해설**

이 시는 배를 타고 떠난 이가 소식을 전하고 싶어 하는 마음을 나타내었다.

**25-2**

| 沿江引百丈,[1] | 강가에서 밧줄을 당기는데 |
| 一濡多一艇.[2] | 한 번 젖음에 배 한 척은 되어야 많다고 여기네. |
| 上水郎擔篙,[3] | 물길을 거슬러가느라 그대가 상앗대를 메었으니 |
| 何時至江陵. | 언제쯤 강릉에 도착할까? |

1) 沿江(연강) : 강가를 따라 이어진 지대.

   百丈(백장) : 배를 끄는 밧줄.

2) 濡(유) : 젖다.

   艇(정) : 작은 배. 거룻배.

3) 上水(상수) : 강물을 거슬러 가다.

   擔篙(담고) : 상앗대를 메다.

**해설**

이 시는 남자가 배를 몰고 힘겹게 가는 것을 생각하며 하루빨리 다시 만나기를 바라는 것이다.

**25-3**

| 江陵三千三, | 강릉까지 삼천 삼백 리 |
| 何足持作遠. | 어찌 이를 멀다 할 수 있겠는가? |
| 書疏數知聞,[1] | 편지로 자주 알릴 것이니 |
| 莫令信使斷.[2] | 우체부를 끊어지지 않게 해주세요. |

**주석**

1) 書疏(서소) : 편지.

   知聞(지문) : 알리다.

2) 信使(신사) : 편지를 전해주는 사람.

**해설**

이 시는 작별한 뒤 자주 편지를 부쳐 그리움을 달래려는 마음을 담았다.


## 25-4

| | |
|---|---|
| 聞歡下揚州,[1] | 그대가 양주로 간다는 걸 듣고 |
| 相送江津彎. | 강가 나루터 굽이에서 전송하니, |
| 願得篙櫓折,[2] | 원컨대 상앗대와 노가 부러져 |
| 交郎到頭還.[3] | 그대를 고개 돌려 돌아오게 했으면. |

**주석**

1) 揚州(양주) : 지금의 강소성 남경南京이다.

2) 篙櫓(고로) : 상앗대와 노.

3) 交(교) : ~ 하게 하다.

   到頭(도두) : 고개를 돌리다. 방향을 바꾸다.


**해설**

이 시는 양주로 떠나는 이를 전송하며 상앗대나 노라도 부러져 중도에 돌아오길 바라는 이별의 슬픔을 전했다.


## 25-5

| | |
|---|---|
| 篙折當更覓,[1] | 상앗대가 부러지면 다시 구해야 하고 |
| 櫓折當更安.[2] | 노가 부러지면 다시 설치해야 하네. |
| 各自是官人,[3] | 저마다가 관리이니 |
| 那得到頭還.[4] | 어찌 고개 돌려 돌아올 수 있겠는가? |

**주석**

1) 篙(고) : 상앗대.

   覓(멱) : 구하다.

2) 櫓(노) : 노.

   安(안) : 설치하다.

3) 各自(각자) : 저마다. 배에 타고 있는 사람들.

4) 到頭(도두) : 고개를 돌리다. 방향을 바꾸다.

**해설**

이 시는 남자가 관리들을 태우고 배를 몰고 떠나니 중도에 되돌아오기 어렵다는 것을 알면서도 내심 그리되길 바라는 여인의 마음을 나타내었다.


**25-6**

| 百思纏中心,[1] | 수많은 그리움이 마음을 휘감으니 |
|---|---|
| 憔悴爲所歡.[2] | 초췌함은 좋아하는 이 때문이라네. |
| 與子結終始, | 그대와 처음과 끝을 약속했으니 |
| 折約在金蘭.[3] | 깨지거나 지켜지는 건 사랑에 달려 있다네. |

**주석**

1) 纏(전) : 휘감다.

2) 所歡(소환) : 사랑하는 사람.

3) 金蘭(금란) : 쇠와 난초 같은 사랑. ≪역易 · 계사상繫辭上≫에 "두 사람이 마음을 함께하면 그 예리함은 쇠도 자를 수 있고, 마음을 같이한 말은 그 향기가 난초와 같다.(二人同心, 其利斷金. 同心之言, 其臭如蘭)"라고 하였다.

**해설**

이 시는 남자를 떠나보낸 여인이 그리움 속에서 함께 맺었던 사랑의 약속이 지켜지길

소원하는 것이다.

(홍혜진)

# 26. 맹주 10수 孟珠十首<sup>1)</sup>

≪단양맹주가≫라고도 한다. ≪고금악록≫에 말하기를, "<맹주> 10곡은 2곡과 반주에
맞춰 부르는 노래 8곡이 있다. 옛날에는 춤추는 이가 열여섯 명이었고 양나라 때에는
여덟 명이었다."라고 하였다.

一曰≪丹陽孟珠歌≫. ≪古今樂錄≫曰, <孟珠>十曲, 二曲, 倚歌八曲. 舊舞十六人,
梁八人.

**주석**

1) 孟珠(맹주) : 여인의 이름인 듯하나 상세하지 않다.

## 26-1 맹주 2수 孟珠二首

### 26-1-1

| | |
|---|---|
| 人言孟珠富, | 사람들이 맹주는 부자라 |
| 信實金滿堂. | 진실로 금이 당에 가득하다 하네. |
| 龍頭銜九花,<sup>1)</sup> | 용머리 장식은 여러 꽃을 품고 있고 |
| 玉釵明月璫.<sup>2)</sup> | 옥비녀와 구슬 귀걸이를 하였네. |

**주석**

1) 龍頭(용두) : 용머리 장식. 여기서는 여인의 머리 장식을 가리키는 듯하다.

   九花(구화) : 여러 꽃 모양의 머리 장식으로 보인다.

2) 玉釵(옥차) : 옥비녀.

明月璫(명월당) : 구슬 귀걸이. 명월주明月珠로 만든 귀걸이로 볼 수도 있는데 대개 구슬을 꿰서 만든 귀걸이를 가리키는 듯하다.

**해설**

이 시는 맹주로 불리는 여인의 부귀한 삶과 화려하게 단장한 모습을 묘사하였다.


## 26-1-2

| 陽春二三月, | 봄 이삼월이면 |
|---|---|
| 草與水同色. | 풀은 강물과 색이 같아지네. |
| 攀條摘香花,[1] | 나뭇가지를 당겨 향기로운 꽃을 따니 |
| 言是歡氣息.[2] | 그대의 숨결 같구나. |

**주석**

1) 攀條(반조) : 가지를 잡아당기다.
2) 言(언) : 어조사로 뜻이 없다.

氣息(기식) : 숨결. 향기.

**해설**

이 시는 싱그러운 봄날에 꽃을 꺾다가 그 향기에 문득 임을 그리게 되는 것이다.


## 26-2 맹주 8수 孟珠八首


## 26-2-1

| 人言春復著,[1] | 사람들은 봄이 다시 갔다고 하나 |
|---|---|
| 我言未渠央.[2] | 나는 느닷없이 끝날 수 없다 하였네. |

暫出後湖看,　　　잠시 뒤편 호수로 나와서 보니

蒲菰如許長.[3]　　부들과 향초가 이렇게나 자랐구나.

**주석**

1) 著(착) : 되돌아가다.

2) 渠央(거앙) : 갑자기 끝나다.

3) 蒲菰(포고) : 부들과 향초. 여름 식물이다.

　　如許(여허) : 이렇게.

**해설**

　이 시는 호수 주변에 자란 부들과 향초를 보고서야 봄이 끝났음을 느끼며 아쉬워하는 것이다.

## 26-2-2

揚州石榴花,[1]　　양주의 석류꽃을

摘揷雙襟中.[2]　　따서 두 옷깃 가운데 꽂았겠지.

葳蕤當憶我,[3]　　꽃이 화려하면 마땅히 나를 떠올려야지

莫持豔他儂.[4]　　이걸로 다른 이를 예쁘다고 하지 마세요.

**주석**

1) 揚州(양주) : 지금의 강소성 남경南京이다.

2) 摘揷(적삽) : 따서 꽂다.

3) 葳蕤(위유) : 초목이 무성하다. 여기서는 꽃이 화려하게 핀 것을 말한다.

4) 艶(염) : 사모하다. 좋아하다.

　　他儂(타농) : 다른 사람.

이 시는 석류꽃이 피는 시절이 되자 양주에 있는 임을 그리다가 혹여 다른 이와 연분을 만들까 걱정하는 마음을 담았다.

**26-2-3**

| 陽春二三月, | 봄 이삼월이면 |
|---|---|
| 草與水同色. | 풀은 강물과 색이 같아지네. |
| 道逢遊冶郎,[1) | 길에서 풍류객을 만나니 |
| 恨不早相識. | 더 일찍 알지 못한 게 한스럽구나. |

**주석**

1) 遊冶郎(유야랑) : 풍류를 즐기는 남자.

**해설**

이 시는 봄날 우연히 길에서 마주친 남자에게 첫눈에 반하고 사랑에 빠져버린 여인의 마음을 나타내었다.

**26-2-4**

| 望歡四五年,[1) | 그대를 기다린 지 사오 년이 되니 |
|---|---|
| 實情將懊惱.[2) | 실제 마음은 이에 괴롭네. |
| 願得無人處, | 원컨대 아무도 없는 곳에서 |
| 回身與郎抱.[3) | 몸을 돌려 그대와 껴안았으면. |

**주석**

1) 望(망) : 기다리다.

四五年(사오년) : 4∼5년.

2) 將(장) : 이에.

懊惱(오뇌) : 괴롭다.

3) 抱(포) : 껴안다. 포옹하다.

**해설**

이 시는 임에 대한 기다림으로 맘고생을 하던 여인이 누구의 방해도 받지 않는 곳에서 임을 향해 다가가고 싶은 의지를 나타내었다. 솔직하고 적극적인 감정 표현이 두드러지는 시이다.

**26-2-5**

| 陽春二三月, | 봄날 이삼월은 |
|---|---|
| 正是養蠶時. | 한창 양잠할 때라네. |
| 那得不相怨, | 어찌 원망함이 없겠는가만 |
| 其再許儂來.[1] | 그대가 오는 걸 재차 허락하겠네. |

**주석**

1) 其(기) : 어조사.

許(허) : 본래는 글자가 빠졌는데 ≪전진시全晉詩≫에 근거하여 보충하였다.

**해설**

이 시는 양잠으로 한창 바쁜 철이지만 그래도 그대가 찾아온다면 언제든 만나겠다며 임에 대한 사랑을 전하였다.

## 26-2-6

將歡期三更,[1]     그대와 삼경을 약속하여
合冥歡如何.[2]     어둑해졌는데 그대는 어떠한지.
走馬放蒼鷹,[3]     말을 달리며 매를 놓아주면
飛馳赴郎期.[4]     쏜살같이 그대와 약속한 곳에 닿겠네.

### 주석

1) 將(장) : ~와.
　 期(기) : 약속하다.
　 三更(삼경) : 한밤중. 밤 11시에서 1시 사이.
2) 合冥(합명) : 어두워지다.
3) 蒼鷹(창응) : 매.
4) 飛馳(비치) : 매우 빠르게.

### 해설

이 시는 한밤중에 만날 것을 약속한 후 해가 저물자 더욱 빨리 만나고 싶어 조급해하는 여인의 마음을 말과 매에 비유하여 나타내었다.


## 26-2-7

適聞梅作花,[1]     금방 매화꽃이 폈다고 들었는데
花落已成子.     꽃이 지고 벌써 매실이 생겼네.
杜鵑繞林啼,     두견새가 숲을 감돌며 울어대니
思從心下起.[2]     그리움이 마음속에서 일어나네.

### 주석

1) 適(적) : 금방.
2) 心下(심하) : 마음속.

해설

이 시는 봄이 다 가고 매실이 달린 시절이 되자 두견새 소리에 결국 참아왔던 그리움이 솟구치게 되었음을 나타내었다.

## 26-2-8

| | |
|---|---|
| 可憐景陽山,[1] | 아름다운 경양산 |
| 苕苕百尺樓.[2] | 높은 백 척 누대여. |
| 上有明天子, | 위에는 현명한 천자가 있고 |
| 麟鳳戲中遊,[3] | 기린과 봉황이 즐기며 노니네. |

주석

1) 景陽山(경양산) : 지금의 강소성江蘇省 남경시南京市 남쪽에 있는 것으로 보인다.
2) 苕苕(초초) : 높은 모양.
　　百尺樓(백척루) : 백 척 누대. 남조南朝 송宋나라 때 경양산에 지어진 경양루景陽樓를 가리키는 것으로 보인다.
3) 麟鳳(인봉) : 기린과 봉황. 재주가 출중한 인재를 가리킨다.
　　戲中遊(희중유) : 즐기며 또 노닐다. ≪시기詩紀≫ 권22에는 '중주中州'로 되어 있다.

해설

이 시는 황제와 그 주위에 있는 인재들이 모여 연회를 벌이는 모습을 나타낸 것이다.

(홍혜진)

# 27. 예악 3수 翳樂三首

≪고금악록≫에 말하기를, "<예악>은 1곡과 반주에 맞춰 부르는 노래 2곡이 있다. 옛날
에는 춤추는 이가 열여섯 명이었고 양나라 때에는 여덟 명이었다."라고 하였다.
≪古今樂錄≫曰, <翳樂>一曲, 倚歌二曲. 舊舞十六人,[1] 梁八人.

**주석**

1) 舊(구) : 본래는 글자가 빠져 있는데 ≪시기詩紀≫권22에 근거하여 보충하였다.


**27-1** 예악 翳樂

| 人生歡愛時,[1] | 인생에서 기쁘고 좋은 시절은 |
| 少年新得意.[2] | 젊어서 막 뜻을 얻었을 때라네. |
| 一旦不相見, | 하루아침에 못 만나게 되면 |
| 輒作煩冤思.[3] | 문득 괴롭고 원통한 생각만 들겠네. |

**주석**

1) 歡愛(환애) : 기쁘고 좋다.
2) 得意(득의) : 뜻을 얻다. 여기서는 연인과 사랑하게 되었음을 나타낸다.
3) 輒(첩) : 문득.
   煩冤思(번원사) : 괴롭고 원통한 생각.

이 시는 사랑하는 연인과의 만남을 젊은 시절 최고의 순간으로 여기며 혹여라도 서로 못 보게 된다면 너무도 고통스러울 것임을 나타내었다.

## 27-2 예악 2수 翳樂二首

### 27-2-1

| 陽春二三月, | 봄 이삼월이면 |
|---|---|
| 相將舞翳樂.[1] | 다 같이 <예악>에 맞춰 춤을 추네요. |
| 曲曲隨時變,[2] | 구불구불 수시로 변하니 |
| 持許豔郞目.[3] | 이걸로 그대의 눈을 현혹하게 해주세요. |

**주석**

1) 相將(상장) : 함께.
   翳樂(예악) : 곡조명.
2) 曲曲(곡곡) : 구불구불. 춤동작을 가리키는 듯하다.
3) 許(허) : 바라다.
   豔(염) : 현혹하다.

**해설**

이 시는 봄날 음악에 맞춰 춤을 추다가 맘에 드는 이가 자신의 모습에 반하기를 바라는 것이다.

### 27-2-2

| 人言揚州樂,[1] | 사람들이 양주야말로 즐겁다 하는데 |
|---|---|
| 揚州信自樂. | 양주는 정말 절로 흥겁다네. |
| 總角諸少年,[2] | 총각 머리의 여러 젊은이가 |

**歌舞自相逐.**　　노래하고 춤추다 절로 서로 뒤쫓아 가네.

**주석**

1) 揚州(양주) : 지금의 강소성 남경南京이다.
2) 總角(총각) : 머리 모양. 머리를 양쪽으로 나눠 빗어 올려 동그랗게 묶은 것으로 결혼하지
   않은 남녀를 가리킨다.

**해설**

　이 시는 양주의 남녀 젊은이들이 음악에 맞춰 춤추고 노래하다 간혹 맘에 드는 이가 있으면
따라다니며 구애하는 모습을 나타내었다.

(홍혜진)

# 28. 야황 夜黃<sup>1)</sup>

《고금악록》에 말하기를, "<야황>은 반주에 맞춰 부르는 노래이다."라고 하였다.
《古今樂錄》曰, <夜黃>, 倚歌也.

**주석**

1) 夜黃(야황) : 오늘밤은 일이 틀어졌다. '황黃'은 속어로 실패하다란 뜻이 있다.


| 湖中百種鳥, | 호수에 백 가지 새가 있는데 |
| 半雌半是雄. | 반은 암컷이고 반은 수컷이네. |
| 鴛鴦逐野鴨, | 원앙이 들오리를 쫓아가니 |
| 恐畏不成雙.<sup>1)</sup> | 한 쌍을 이루지 못할까 두렵구나. |


**주석**

1) 恐畏(공외) : 두렵다. 자기 짝을 잃을까 두려워하는 것이다.
   雙(쌍) : 원앙 쌍.


**해설**

이 시는 같이 있던 원앙 중에 한 마리가 들오리를 쫓아가는 모습에 빗대어 짝을 이루지 못하고 혼자 남게 될 것을 걱정하는 내용이다.

(홍혜진)

# 29. 야도낭 夜度娘

≪고금악록≫에 말하기를, "<야도낭>은 반주에 맞춰 부르는 노래이다."라고 하였다.
≪古今樂錄≫曰, <夜度娘>, 倚歌也.

| | |
|---|---|
| 夜來冒霜雪,[1] | 밤에 올 때는 서리와 눈을 무릅쓰고 |
| 晨去履風波.[2] | 새벽에 갈 때는 바람과 파도를 지나갔네. |
| 雖得敍微情,[3] | 비록 작은 정은 펼칠 수 있었지만 |
| 奈儂身苦何. | 그대 몸이 고달픈 건 어찌하리. |

### 주석

1) 冒(모) : 무릅쓰다.
2) 履(리) : 밟고 가다. 지나가다.
3) 敍微情(서미정) : 작은 정을 펼치다.

### 해설

혹독한 날씨를 무릅쓰고 한밤중에 만났다가 헤어져야하는 연인이 임의 고단함을 걱정하는
애틋한 사랑의 시이다.

(홍혜진)

# 30. 장송표 長松標

≪고금악록≫에 말하기를, "<장송표>는 반주에 맞춰 부르는 노래이다."라고 하였다.
≪古今樂錄≫曰, <長松標>, 倚歌也.

落落千丈松,[1]  홀로 서 있는 소나무
畫夜對長風.  밤낮으로 센 바람을 대하네.
歲暮霜雪時,  세밑 서리와 눈 내릴 때
寒苦與誰雙.  춥고 힘든데 누구와 짝하랴.

## 주석

1) 落落(낙락) : 우뚝 서 있는 모양.

## 해설

큰 소나무가 홀로 바람을 맞으며 서 있는데 세밑의 혹독한 날씨가 되니 더욱 쓸쓸해 보임을
나타낸 것이다.

(홍혜진)

# 31. 쌍행전 2수 雙行纏二首<sup>1)</sup>

≪고금악록≫에 말하기를, "<쌍행전>은 반주에 맞춰 부르는 노래이다."라고 하였다.
≪古今樂錄≫曰, <雙行纏>, 倚歌也.

1) 雙行纏(쌍행전) : 한 켤레 발싸개. 각반의 일종이기도 하다. '행전'은 발이나 종아리를 싸매는
   천으로 옛날에는 남녀 모두 사용했으나 후에는 병사나 멀리 떠나는 사람만 사용했다고
   한다.


## 31-1

| 朱絲繫腕繩,<sup>1)</sup> | 붉은 실을 팔찌로 만들어 |
| 眞如白雪凝.<sup>2)</sup> | 정말 흰 눈이 엉겨 있는 듯하네. |
| 非但我言好, | 나만 좋다고 말하는 게 아니고 |
| 衆情共所稱.<sup>3)</sup> | 뭇사람 마음에도 모두 들어하네. |

1) 繫(계) : 매달다.
   腕繩(완승) : 손목 줄. 팔찌.
2) 白雪(백설) : 흰 눈. 여기서는 여인의 하얀 살결을 나타낸다.
   凝(응) : 엉겨 붙다.
3) 稱(칭) : 마음에 들다. 좋아하다.

**해설**

이 시는 자신이 맘에 품은 이를 다른 사람들도 좋아하고 있음을 말하고 있다.


## 31-2

| | |
|---|---|
| 新羅繡行纏,[1] | 새 비단에 수놓은 발싸개 |
| 足趺如春妍.[2] | 발등이 봄처럼 곱구나. |
| 他人不言好, | 다른 이는 좋다고 말하지 않으나 |
| 獨我知可憐. | 오직 나만 어여쁨을 알아주네. |

**주석**

1) 行纏(행전) : 발을 싸매는 천. 각반의 일종인 듯하다.
2) 足趺(족부) : 맨발의 발등.

**해설**

자신만 알아주는 그녀의 아름다움을 말하며 사랑에 빠진 마음을 나타내고 있다.

(홍혜진)

# 32. 황독 2수 黃督二首[1]

≪고금악록≫에 말하기를, "<황독>은 반주에 맞춰 부르는 노래이다."라고 하였다.
≪古今樂錄≫曰, <黃督>, 倚歌也.

**주석**

1) 黃督(황독) : 황씨 도독都督으로 풀이하기도 한다.

## 32-1

| 喬客他鄕人,[1] | 타향에 머물고 있는 사람은 |
| 三春不得歸.[2] | 늦봄이 되도록 돌아오지 못했네. |
| 願看楊柳樹,[3] | 버드나무를 보고자 했을 뿐인데 |
| 已復藏班騅.[4] | 벌써 다시 반추마를 숨겼나 보다. |

**주석**

1) 喬客(교객) : 타향살이하다. 타향에 머물며 지내다. '교喬'는 '교僑'의 의미로 쓰인 듯하다.

2) 三春(삼춘) : 석 달 봄.

3) 願(원) : '고顧' 자로 보기도 한다.
   楊柳(양류) : 버드나무. 이별을 비유한다. 전송할 때 떠나는 이에게 버드나무 가지를 꺾어
   주며 아쉬움을 달랬다고 한다.

4) 班騅(반추) : 반추마. 청색과 백색 털이 섞인 준마. '반班'은 '반斑'과 통한다.

**해설**

이 시는 타향으로 떠나간 임이 봄이 다 가도록 모습을 드러내지 않아 근심하는 것이다.


## 32-2

| | |
|---|---|
| 籠車度蹋衍,[1] | 덮어 가린 수레가 내리막길을 가는데 |
| 故人求寄載.[2] | 옛 사람이 태워 달라 하네. |
| 催牛閉後戶,[3] | 소를 재촉하며 창문을 닫으니 |
| 無預故人事.[4] | 옛 사람의 일에 참견하지 말아야지. |


**주석**

1) 籠(농) : 덮어 가리다.

　　蹋衍(답연) : 내리막길.

2) 故人(고인) : 이전 남편이나 부인 또는 연인을 가리킨다. 여기서는 마음이 떠난 남자를 뜻한다.

　　寄載(기재) : 배나 수레 등의 교통수단을 얻어 타다.

3) 催牛(최우) : 소를 재촉하다. 수레 끄는 소를 재촉하는 것이다.

4) 預(여) : 간여하다. 참견하다.


**해설**

　이 시는 남자가 다른 여자의 수레에 타는 모습을 본 후 마음에 두지 않으려고 애쓰는 쓸쓸한 심정을 나타내었다.

(홍혜진)

# 33. 평서악 平西樂

≪고금악록≫에 말하기를, "<평서악>은 반주에 맞춰 부르는 노래이다."라고 하였다.
≪古今樂錄≫曰, <平西樂>, 倚歌也.

| | |
|---|---|
| 我情與歡情, | 내 사랑과 그대의 사랑 |
| 二情感蒼天.[1] | 두 사랑이 하늘까지 감동시켰네. |
| 形雖胡越隔,[2] | 몸은 호 땅과 월 땅처럼 떨어져 있지만 |
| 神交中夜間. | 마음을 나누는 건 한밤중이라네. |

### 주석

1) 蒼天(창천) : 하늘.
2) 形(형) : 몸.
  胡越(호월) : 호 땅과 월 땅. 북쪽과 남쪽으로 서로 멀리 떨어져있음을 가리킨다.

### 해설

연인이 비록 몸은 멀리 떨어져 있으나 한밤중에도 서로를 생각하며 변함없이 사랑함을 나타내었다.

(홍혜진)

# 34. 반양지 攀楊枝

≪고금악록≫에 말하기를, "<반양지>는 반주에 맞춰 부르는 노래이다."라고 하였다. ≪악원≫에 말하기를, "<반양지>는 양나라 때에 지은 것이다."라고 하였다.
≪古今樂錄≫曰, <攀楊枝>, 倚歌也. ≪樂苑≫曰, <攀楊枝>, 梁時作.

| | |
|---|---|
| 自從別君來, | 그대와 헤어진 후로 |
| 不復著綾羅.[1] | 더 이상 비단옷을 입지 않았네. |
| 畫眉不注口,[2] | 눈썹은 그렸지만 입술연지는 칠하지 않았으니 |
| 施朱當奈何.[3] | 연지 바르는 건 어찌하랴. |

**주석**

1) 著(착) : 입다.

   綾羅(능라) : 비단옷.

2) 注口(주구) : 입술연지를 칠하다.

3) 施朱(시주) : 붉게 칠하다. 볼에 연지를 펴 바르는 것이다.

**해설**

이 시는 남자와 헤어진 이후 상심한 여인이 비단옷도 버려두고 화장도 손에서 놓은 채 무기력하게 지내고 있음을 나타내었다.

(홍혜진)

# 35. 심양악 尋陽樂

≪고금악록≫에 말하기를, "<심양악>은 반주에 맞춰 부르는 노래이다."라고 하였다.
≪古今樂錄≫曰, <尋陽樂>, 倚歌也.

| | |
|---|---|
| 雞亭故儂去,[1] | 계정으로 옛 사람이 떠나더니 |
| 九里新儂還.[2] | 구리에서 새 사람이 왔네. |
| 送一卻迎兩, | 하나를 보냈는데 오히려 둘을 맞게 되어 |
| 無有暫時閑. | 잠시도 한가로울 틈이 없겠구나. |

**주석**

1) 故儂(고농) : 옛 사람. 전 남편이나 애인을 가리킨다. 사랑이 식은 사람을 가리킨다.
   雞亭(계정) : '계정雞亭'을 가리키는 듯하다. ≪옥대신영玉臺新詠≫권10에 '계격雞磎'로 되어 있다.
   지금의 강서성江西省 구강시九江市 동쪽이다.
   故儂(고농) : 옛 사람. 이전의 남편이나 부인 혹은 연인을 가리킨다. '농儂'은 사람의 뜻이다.
2) 九里(구리) : 지명인 듯하다.
   新儂(신농) : 새 사람. 남자에게 새로 생긴 여자를 말한다.

**해설**

바람둥이 남자가 새로 여자를 집으로 들인 정황을 나타내었다. 더 이상 임의 사랑을 받지
못하는 여인의 쓸쓸하고 서글픈 심경이 행간에서 느껴지는 시이다.

(홍혜진)

# 36. 백부구 白附鳩<sup>1)</sup>

## 양梁 오균吳均

《고금악록》에 말하기를, "<백부구>는 반주에 맞춰 부르는 노래로 또 <백부구白浮鳩>라고도 하는데 본래 총채를 들고 추는 곡이다."라고 하였다.

《古今樂錄》曰, <白附鳩>, 倚歌, 亦曰<白浮鳩>, 本拂舞曲也.<sup>2)</sup>

**주석**

1) 白附鳩(백부구) : 물새의 일종. 흰색 물수리. '백부구白浮鳩'라고도 한다.
2) 拂舞(불무) : 춤의 일종. 삼국시대 강동江東지역에서 총채 같은 것을 들고 춘 춤이다. 강동지역은 지금의 강서성江西省 구강九江부터 강남 동부를 가리킨다.

| | |
|---|---|
| 石頭龍尾彎,<sup>1)</sup> | 석두성에서 용꼬리처럼 길이 굽이져 있고 |
| 新亭送客者.<sup>2)</sup> | 신정에서 객을 전송하겠지. |
| 酤酒不取錢,<sup>3)</sup> | 술을 사는데 돈을 안 받으니 |
| 郎能飮幾許.<sup>4)</sup> | 그대는 얼마나 마실 수 있을까? |

**주석**

1) 石頭(석두) : 석두성石頭城. 강소성江蘇省 남경시南京市 청량산清涼山을 가리키는 듯하다.
   龍尾(용미) : 용꼬리처럼 굽이진 길.
2) 新亭(신정) : 지금의 강소성江蘇省 강령현江寧縣 남쪽이다. 육조시기 수도 남쪽의 중요한 보루였다. 장강에 임해 있어 경치가 아름답다고 한다.

190

者(자) : '저渚'로 된 판본도 있다.

3) 酤酒(고주) : 술을 사다.

4) 幾許(기허) : 얼마쯤.

해설

이 시는 남경으로 떠난 남자가 전별연을 벌이고 있을 일을 그리며 곧 돌아오길 바라는 것이다.

(홍혜진)

# 37. 백부구 白浮鳩

### 양梁 오균 吳均

| | |
|---|---|
| 瑯琊白浮鳩,[1] | 낭야산에 흰 물수리가 있는데 |
| 紫翳飄陌頭.[2] | 자색 가리개가 길가에 흩날리네. |
| 食飮東莞野,[3] | 동완의 들판에서 먹고 마시다가 |
| 棲宿越王樓.[4] | 월왕의 누각에서 묵었네. |

### 주석

1) 瑯琊(낭야) : 산이름. 지금의 산동성山東省 제성현諸城縣 동남쪽에 있다.

   白浮鳩(백부구) : 흰색 물수리. '백부구白附鳩'라고도 한다.

2) 紫翳(자예) : 자색 가리개. 황제나 관직이 높은 이의 행차나 연회를 가리키는 듯하다.

   飄(표) : 흩날리다.

   陌頭(맥두) : 길가.

3) 東莞(동완) : 지금의 산동성山東省 동완진東莞鎭을 가리키는 듯하다.

4) 棲宿(서숙) : 묵다. 머물다.

   越王樓(월왕루) : 월왕의 누각. 현재 사천성四川省 면양시綿陽市의 월왕루는 당대에 지어진 것이므로 이를 가리키는 것은 아니다. 정확히 어떤 곳을 가리키는지 알 수 없다. 월 땅에 있는 왕의 누각 정도로 보면 될 듯하다.

### 해설

　이 시는 흰 물수리가 동완 들판에서 놀다 월왕의 누각에 머물렀음을 나타내고 있는데 여기서 흰 무수리는 탁월한 인재나 빼어난 여인으로 황제에게 발탁되었음을 비유하는 듯하다.

(홍혜진)

# 38. 발포 2수 拔蒲二首

《고금악록》에 말하기를, "<발포>는 반주에 맞춰 부르는 노래이다."라고 하였다.
《古今樂錄》曰, <拔蒲>, 倚歌.

**38-1**

| 靑蒲銜紫茸,[1] | 푸른 부들은 자색 꽃을 머금고 있고 |
| 長葉復從風. | 긴 잎은 다시 바람을 따라가네. |
| 與君同舟去, | 그대와 배를 함께 타고 가다가 |
| 拔蒲五湖中.[2] | 태호에서 부들을 뽑네. |

**주석**

1) 靑蒲(청포) : 푸른 부들.
   紫茸(자용) : 자색 부들 꽃.
2) 拔蒲(발포) : 부들을 뽑다.
   五湖(오호) : 태호太湖를 가리킨다.

**해설**

이 시는 남녀가 함께 배를 타고 부들을 뽑으며 즐거운 시간을 보내는 것이다.

## 38-2

| | |
|---|---|
| 朝發桂蘭渚,[1] | 아침에 계수나무와 난초 있는 물가에서 나와 |
| 晝息桑楡下.[2] | 낮에는 뽕나무와 느릅나무 아래서 쉬네. |
| 與君同拔蒲,[3] | 그대와 함께 부들을 뽑아서 |
| 竟日不成把.[4] | 온종일해도 한 움큼이 안 되네. |

**주석**

1) 桂蘭渚(계란저) : 계수나무와 난초가 있는 물가. '저渚'는 물가 또는 강 가운데 작은 섬이다.

2) 桑楡(상유) : 뽕나무와 느릅나무.

3) 拔蒲(발포) : 부들을 뽑다.

4) 竟日(경일) : 하루 종일.

   把(파) : 한 움큼.

**해설**

이 시는 남녀가 아침부터 부들을 뽑으러 나오긴 했으나 둘이 함께 즐겁고 행복한 시간을 보내느라 일은 뒷전이었음을 나타내었다.

(홍혜진)

# 39. 발포가 拔蒲歌

## 당唐 장호張祜

| | |
|---|---|
| 拔蒲來,[1] | 부들을 뽑으러 와서 |
| 領郎鏡湖邊.[2] | 그대를 경호가로 이끌었네. |
| 郎心在何處, | 그대 마음은 어디에 있는가 |
| 莫趁新蓮去.[3] | 갓 핀 연꽃을 따라가지 마세요. |
| 拔得無心蒲,[4] | 심지 없는 부들을 뽑고 |
| 問郎看好無.[5] | 그대에게 묻노니 잘 봐줄 건가요? |

### 주석

1) 拔蒲(발포) : 부들을 뽑다.
2) 領(영) : 이끌다. 인도하다.
   鏡湖(경호) : 지금의 절강성浙江省 소흥시紹興市에 있다. '감호鑑湖'라고도 한다.
3) 趁(진) : 따라가다.
   新蓮(신련) : 갓 핀 연꽃. 여기서는 새로 만난 다른 여인을 비유한다.
4) 無心蒲(무심포) : 심지가 없는 부들. 사랑이 식었음을 비유한다.
5) 看好(간호) : 좋게 봐주다. 무시하지 않고 잘 대해준다는 뜻으로 보인다.
   無(무) : 문장 끝에서 의문을 나타낸다.

### 해설

이 시는 남녀가 함께 부들을 뽑으러 나왔다가 새로 핀 연꽃에게 마음을 빼앗긴 남자를 보며 재차 사랑을 확인하고 싶어 하는 여인의 마음을 담은 것이다.

(홍혜진)

# 40. 수양악 9수 壽陽樂九首<sup>1)</sup>

《고금악록》에 말하기를, "<수양악>은 송 남평 목왕이 예주를 다스렸을 때 지은 것이다. 옛날에는 춤추는 사람이 열여섯 명이었고 양나라 때에는 여덟 명이었다."라고 하였다. 살펴보건대 그 가사는 이별을 슬퍼하며 돌아오기를 바라는 마음을 나타낸 듯하다. 남평 목왕은 바로 유삭이다.

《古今樂錄》曰, <壽陽樂>者, 宋南平穆王爲豫州所作也.<sup>2)</sup> 舊舞十六人, 梁八人. 按其歌辭, 蓋敍傷別望歸之思. 南平穆王卽劉鑠也.

**주석**

1) 壽陽(수양) : 지금의 안휘성安徽省 회안시淮安市에 있는 수현壽縣으로 중요한 요충지였다. 동진東晉 태원太元 8년(383)에 사현謝玄이 전진前秦의 부견苻堅을 대패시켰던 '비수지전淝水之戰'이 벌어졌던 곳이기도 하다. 당시 부견이 수양성壽陽城에 올라 팔공산 위의 초목을 보고 동진의 병사인 줄 알았다는 이야기가 있다. 수양성은 지금의 수현壽縣 고성古城인 듯하다.
    南平穆王(남평목왕) : 유삭劉鑠. 송宋 문제文帝의 넷째 아들이다. 시호諡號는 목왕穆王이다. 원가元嘉 16년(439)에 남평왕南平王에 봉해졌다. 원가 22년(445)에 남예주자사南豫州刺史에 부임하고 더불어 우장군右將軍에 임명되며 사지절使持節의 관직이 더해져서 남예주, 예주豫州, 사주司州, 옹주雍州, 진주秦州, 병주幷州의 군대를 총괄하게 되었다.
2) 豫州(예주) : 구주九州의 하나. 중심지는 초현譙縣으로 지금의 안휘성 호주亳州이다.

## 40-1

可憐八公山,<sup>1)</sup>　　아름답네 팔공산이

| 在壽陽,<sup>2)</sup> | 수양에 있으니, |
|---|---|
| 別後莫相忘. | 이별 후에도 서로 잊지 맙시다. |

**주석**

1) 八公山(팔공산) : 지금의 안휘성安徽省 회남시淮南市 서쪽이다. 한대漢代 회남왕淮南王 유안劉安이 8명의 문객들과 이 산에 올랐다 하여 지어진 이름이라고 한다.

2) 壽陽(수양) : 앞의 1번 주석 참고.

**해설**

이 시는 헤어짐을 아쉬워하며 서로 잊지 말기를 바라는 것이다.


## 40-2

| 東臺百餘尺, | 동쪽 누대는 백여 척이라 |
|---|---|
| 凌風雲,<sup>1)</sup> | 바람과 구름을 타고 있는 듯한데, |
| 別後不忘君. | 이별 후에도 그대를 잊지 않으리. |

**주석**

1) 凌(능) : 타다. 능가하다.

**해설**

멀리 떠나가는 이를 바라보며 잊지 않겠노라 다짐하는 것이다.


## 40-3

| 梁長曲水流,<sup>1)</sup> | 다리가 길고 강물이 굽이쳐 흐르는데 |
|---|---|
| 明如鏡, | 거울처럼 맑아, |
| 雙林與郎照. | 두 숲이 그대를 비춰주네. |

1) 梁(양) : 다리.

해설

맑은 강물을 따라 떠나가는 임을 바라보는 것이다.


## 40-4

| 辭家遠行去,[1] | 집 떠나 멀리 가니 |
| 空爲君, | 부질없이 그대 때문에, |
| 明知歲月駛.[2] | 시간이 빨리 감을 잘 알게 되었네. |

주석

1) 辭家(사가) : 집을 떠나다.
2) 歲月(세월) : 세월. 임과 같이 보낸 시간을 가리킨다.
  駛(사) : 빨리 가다.

해설

임이 멀리 떠나자 둘이 함께 했던 시간도 순식간에 지나가버린 듯함을 말하였다. 이별로 인한 공허함과 쓸쓸함을 기탁한 시이다.


## 40-5

| 籠窗取涼風,[1] | 가린 창으로 서늘한 바람 부는데 |
| 彈素琴,[2] | 장식 없는 금을 타며, |
| 一歎復一吟. | 한 번 탄식하다 다시 한 번 읊조리네. |

1) 籠(농) : 덮다. 가리다.

2) 素琴(소금) : 장식 없는 금.

해설

홀로 남겨진 여인이 임을 그리며 금을 타다 슬픔에 빠져 있는 모습이다.

## 40-6

| | |
|---|---|
| 夜相思, | 밤에 서로 그리다가 |
| 望不來, | 바라봐도 오지 않으니, |
| 人樂我獨愁.[1] | 남들은 즐거운데 나만 홀로 슬프구나. |

주석

1) 人樂(인락) : 다른 사람이 즐거워하다.

해설

밤늦도록 잠들지 못하고 서성이다 밀려오는 외로움과 그리움에 상심하는 것이다.

## 40-7

| | |
|---|---|
| 長淮何爛漫,[1] | 긴 회수는 어찌 그리 끝없이 펼쳐져 |
| 路悠悠, | 길이 아득하니, |
| 得當樂忘憂.[2] | 즐거움에 근심을 잊을 수 있었으면. |

주석

1) 淮(회) : 회수淮水. 하남성에서 발원하여 안휘성을 거쳐 강소성으로 흘러간다.

　爛漫(난만) : 강물이 끝없이 펼쳐진 모양.

2) 當樂(당락) : 즐거움을 당면하다.

길게 끝없이 펼쳐진 강물만큼이나 임과 떨어진 거리도 멀고 서글픔의 깊이도 커져만 갔다. 즐거운 일이라도 생겨 이 힘겨운 상황에서 벗어나고 싶다는 심정을 나타내었다.

## 40-8

上我長瀨橋,[1]　　　우리의 장뢰교에 올라

望歸路,　　　　　돌아올 길을 바라보니,

秋風停欲度.　　　가을바람이 멈췄다가 부네.

주석

1) 長瀨橋(장뢰교) : 장뢰진長瀨津에 있는 다리 이름. 장뢰진은 지금의 안휘성安徽省 수현壽縣의 동진도東津渡라고 한다.

임과 함께 했던 장뢰교를 거닐며 임이 돌아오길 기다리는 것이다. 멈췄다가 다시 부는 가을바람에 더욱 쓸쓸함이 전해지는 시이다.

## 40-9

銜淚出傷門,[1]　　　눈물을 머금고 동문을 나와

壽陽去,[2]　　　　수양을 떠나니,

必還當幾載.[3]　　　필시 돌아오려면 몇 해가 되어야겠지.

주석

1) 傷門(상문) : 점술상 팔문八門의 하나로 흉한 점괘이고 방향으로는 정동쪽이다. 여기서는

방향을 나타내는 것으로 보인다.

2) 壽陽(수양) : 제목의 1번 주석 참고.

3) 載(재) : 해. 년.

**해설**

임을 떠나보내고 이제 남은 건 기나긴 기다림뿐이란 생각에 시름겨워하는 내용이다.

(홍혜진)

# 41. 작잠사 4수 作蠶絲四首

≪고금악록≫에 말하기를, "<작잠사>는 반주에 맞추어 부르는 노래이다."라고 하였다.
≪古今樂錄≫曰, <作蠶絲>, 倚歌也.

## 41-1

| 柔桑感陽風,<sup>1)</sup> | 부드러운 뽕나무가 따뜻한 바람을 느끼니 |
| 阿娜嬰蘭婦.<sup>2)</sup> | 가볍고 부드럽게 난초 같은 여인을 감싸네. |
| 垂條付綠葉, | 가지를 드리워 푸른 잎 주려 |
| 委體看女手.<sup>3)</sup> | 몸 구부려 여인의 손을 보네. |

**주석**

1) 柔桑(유상) : 부드러운 뽕나무. 잎이 막 자라난 뽕나무를 가리킨다.
   陽風(양풍) : 따뜻한 바람. 봄바람.
2) 阿娜(아나) : 부드럽고 아름다운 모양. 뽕나무의 모습을 가리킨다. '아阿'는 '아婀'와 같다.
   嬰(영) : 감다. 두르다.
3) 委體(위체) : 몸을 구부리다.

**해설**

이 시는 봄이 되어 막 자라난 뽕잎을 따는 여인을 묘사하고 있는데, 뽕나무를 의인화시켜 스스로 푸른 잎이 달린 가지를 드리워 여인의 손에서 따지려 하고 있음을 말하고 있다.

**41-2**

| 春蠶不應老,[1] | 봄 누에는 늙지도 않고 |
|---|---|
| 晝夜常懷絲.[2] | 밤낮으로 늘 실을 품고 있네. |
| 何惜微軀盡, | 미천한 몸 다하는 것이야 무엇이 아까우리? |
| 纏綿自有時.[3] | 끊임없이 이어져 고치가 되는 것은 절로 때가 있다네. |

**주석**

1) 不應(불응) : 응당 ~하지 않다.

2) 懷絲(회사) : 실을 품다. '그리움을 품는다(懷思)'는 뜻의 쌍관어로 사용되었다.

3) 纏綿(전면) : 실이 끊임없이 이어져 나오다. 누에고치가 되는 것을 가리킨다. '누에고치(繭)' 로써 사랑의 '견고함(堅)'을 의미하는 쌍관어로 사용되었다.

**해설**

　이 시는 ≪옥대신영玉臺新詠≫ 권10에 〈잠사가蠶絲歌〉라는 제목으로 실려 있다. 봄 누에가 실을 품고 있는 모습으로 가슴 가득한 그리움을 나타내고, 누에고치로 변하는 모습을 통해 견고한 사랑이 이루어지는 것은 때가 있음을 말하고 있다.

**41-3**

| 績蠶初成繭,[1] | 실 토하는 누에가 막 고치가 되니 |
|---|---|
| 相思條女密.[2] | 그리움이 아름다운 여인에게 가득하네. |
| 投身湯水中, | 누에가 끓는 물에 몸을 던지니 |
| 貴得共成匹.[3] | 함께 베 한 필을 만들어 내는 것을 귀하게 여기기 때문이네. |

**주석**

1) 績蠶(적잠) : 실을 토하는 누에.
　繭(견) : 누에고치.

2) 條女(조녀) : 날씬하고 아름다운 여인. 양잠하는 여인을 가리킨다.

密(밀) : 조밀하다. 빽빽하다.

3) 匹(필) : 베 한 필. 짝을 의미하는 '필匹'의 쌍관어로 사용되었다.

　이 시는 양잠과 길쌈의 과정에 비유하여 임에 대한 그리움과 헌신적인 사랑을 나타내고 있다. 실을 토하는 누에로 임에 대한 그리움을 말하고 누에가 고치로 변한 상황으로 사랑의 견고함을 나타내고 있다. 이어 베를 만들기 위해서는 끓는 물에 고치를 삶아야 하듯, 임과의 고귀한 사랑을 이루기 위해서는 헌신적인 노력이 필요함을 말하고 있다.


## 41-4

| 素絲非常質,[1] | 흰 실은 평범한 재료가 아니니 |
| 屈折成綺羅.[2] | 구부러지고 꺾이어 아름다운 비단이 된답니다. |
| 敢辭機杼勞,[3] | 베 짜는 수고를 어찌 마다하겠는가만 |
| 但恐花色多.[4] | 다만 꽃 색이 많을까 두려울 뿐이랍니다. |

1) 素絲(소사) : 흰 실. 여인의 순수한 사랑의 감정을 비유한다.
　　非常質(비상질) : 평범한 재료가 아니다. 자신의 감정이 매우 특별한 것임을 말한다.
2) 屈折(굴절) : 구부러지고 꺾이다. 실이 베로 짜이는 과정을 가리키는 것으로, 사랑의 고난과 역경을 비유한다.
3) 機杼(기저) : 베틀과 베틀 북. 길쌈을 의미한다.
4) 花色(화색) : 꽃 색. 다른 여인을 비유한다.

　이 시는 사랑을 길쌈의 과정에 비유하며 임에 대한 걱정과 우려를 나타내고 있다. 흰 실로 임을 향한 여인의 순수하고 각별한 사랑을 나타내고, 흰 실이 길쌈의 과정을 거쳐 비단으로 만들어지듯 많은 고난과 역경을 거쳐야 비로소 아름다운 사랑이 이루어질 수 있음을 말하고 있다. 이어 길쌈의 수고야 충분히 감내할 수 있지만, 임이 다른 여인들에게 마음을 빼앗겨 자신의 노력이 헛되이 되어 버릴까 걱정하고 있다.

(주기평)

# 42. 양반아 11수 楊叛兒十一首

≪당서·악지≫에 말하기를, "<양반아>는 본디 동요이다. 남조 제나라 융창 연간에 양민이라고 하는 무녀의 아들이 어렸을 때 모친을 따라 궁에 들어갔다가 장성하여 하태후의 총애를 받았다. 동요에서 말하기를, '양파아가 함께 놀러 와서 사랑을 받았네.'라 하였는데 말이 와전되어 마침내 '양반아'가 되었다."라고 하였다. ≪고금악록≫에 말하기를, "<양반아>는 송성에서 '양반아가 내가 다시 그리워하지 않게 하네.'라 한다."라고 하였다.

≪唐書·樂志≫曰, <楊叛兒>, 本童謠歌也. 齊隆昌時,[1] 女巫之子曰楊旻, 少時隨母入內, 及長爲何后寵.[2] 童謠云, 楊婆兒,[3] 共戱來所歡[4] 語訛, 遂成楊伴兒. ≪古今樂錄≫曰, <楊叛兒>送聲云,[5] 叛兒敎儂不復相思.

## 주석

1) 隆昌(융창) : 남조 제齊 울림왕鬱林王 소소업蕭昭業의 연호(494)이다.
2) 何后(하후) : 하태후. 본명이 하정영何婧英으로, 제齊의 폐제廢帝 소소업蕭昭業의 황후이다.
3) 楊婆兒(양파아) : 양씨 노파의 아이.
4) 所歡(소환) : 사랑을 받다. ≪구당서舊唐書·악지樂志≫ 원문에는 '이가而歌'로 되어 있다. 이 경우 뒤의 '어와語訛'와 연결되어 '노랫말이 와전되어'로 풀이된다.
5) 送聲(송성) : 노래가 끝나고 화답하는 소리.

## 42-1 양반아 8수 楊叛兒八首

### 42-1-1

截玉作手鉤,[1]     옥을 잘라 갈고리 장식을 만들고
七寶光平天.[2]     칠보 장식은 드넓은 하늘에 빛나네.
繡沓織成帶,[3]     겹겹 수를 놓아 허리띠를 짜서 만들고
嚴帳信可憐.[4]     은밀한 휘장은 참으로 사랑스럽네.

주석

1) 手鉤(수구) : 손잡이가 있는 갈고리 모양의 장식. 주로 허리띠에 착용한다.
2) 七寶(칠보) : 불교에서 말하는 7가지 진귀한 보석. 불경에 따라 그 종류가 약간씩 다른데
   ≪법화경法華經≫에서는 금金, 은銀, 유리琉璃, 차거硨磲, 마노瑪瑙, 진주眞珠, 매괴玫瑰라 하였
   다.
   平天(평천) : 드넓은 하늘.
3) 繡沓(수답) : 겹겹으로 놓은 수.
4) 嚴帳(엄장) : 엄밀한 휘장. 빛이 스미지 않은 촘촘한 휘장이나 겹겹의 휘장을 가리킨다.

해설

　옥 갈고리와 칠보석으로 치장하고 겹겹 수놓은 띠를 두르고 있는 임의 화려한 외양을
묘사하고 은밀히 방에서 함께 지내고 있는 모습이 나타나 있다.

### 42-1-2

暫出白門前,[1]     잠시 백문 앞으로 나가니
楊柳可藏烏.[2]     버드나무가 까마귀를 숨겨줄 만하네.
歡作沈水香,[3]     임은 침수향이 되고
儂作博山鑪.[4]     나는 박산향로가 되네.

1) 白門(백문) : 문의 이름. 지금의 강소성江蘇省 남경시南京市 선양문으로 여겨지나, 분명하지 않다.

2) 藏烏(장오) : 까마귀를 품다. 잎이 무성하여 까마귀를 숨겨줄 수 있는 것을 가리킨다. 까마귀는 임을 비유한다.

3) 沈水香(침수향) : 향의 종류. 수침향水沈香이라고도 한다. 수침목水沈木의 진액을 이용해 향을 만들며 결정체를 물에 넣어 향을 피울 수도 있다.

4) 博山鑪(박산로) : 박산博山 모형의 향로. 박산은 전설상 바다 한가운데 있다는 명산으로, 덮개에 박산 모형을 넣어 만들었다.

**해설**

임과 함께하는 기쁨과 즐거움이 나타나 있다. 백문에 나가 봄이 되어 잎이 무성해진 버드나무가 까마귀를 숨겨주는 모습을 보고 임과의 은밀한 사랑을 생각하고, 향로 속에서 타는 향의 비유를 통해 임과 함께하는 사랑의 기쁨을 상상하고 있다.

## 42-1-3

| | |
|---|---|
| 送郎乘艇子,[1] | 거룻배에 오르는 임을 보내니 |
| 不作遭風慮.[2] | 역풍 만날까 걱정하지 않는다네. |
| 橫篙擲去槳,[3] | 삿대 가로하고 상앗대 던져버리고는 |
| 願到逐流去.[4] | 강물 따라 흘러가기를 바란다네. |

**주석**

1) 艇子(정자) : 거룻배. 작은 배.

2) 遭風(조풍) : 바람을 만나다. 역풍을 만나는 것을 말한다.

3) 橫篙(횡고) : 삿대를 가로로 놓다. '고篙'는 배를 지탱하는 대나무 막대를 가리킨다.
   擲去槳(척거장) : 상앗대를 내던지다. 순풍을 따라 편안하게 가는 것을 말한다. '장槳'은 배를 이동할 때 강바닥을 찍어 미는 장대이다.

4) 願到(원도) : 바라다. '도到'는 동사 뒤에 쓰여 동작의 결과를 나타낸다.

**해설**

이 시는 뱃길로 떠나는 임을 전송하며 임의 편안한 여정을 축원하고 있다. 역풍을 걱정하지 않는 마음으로 순풍에 대한 바람을 나타내고, 임이 삿대와 상앗대를 젓는 노고 없이 물결 따라 편안히 목적지에 이르게 되기를 기원하고 있다.

**42-1-4**

| | |
|---|---|
| 七寶珠絡鼓,[1] | 칠보 구슬로 장식한 북을 |
| 敎郞拍復拍. | 임에게 치고 또 치게 하네. |
| 黃牛細犢兒,[2] | 누런 소는 송아지를 세세히 보살피고 |
| 楊柳映松柏.[3] | 버들은 송백을 덮어 감싸네. |

**주석**

1) 七寶(칠보) : 7가지 보석. 앞의 <42-1-1> 주2) 참조.

珠絡鼓(주락고) : 구슬을 연결하여 장식한 북. '주락珠絡'은 구슬을 꿰어 그물 모양으로 만든 장신구.

2) 細(세) : 세세하다. 섬세하게 보살피는 것을 말한다.

犢兒(독아) : 송아지.

3) 映(영) : 덮어 감싸다.

**해설**

이 시는 임과의 사랑을 갈구하며 임의 자상함을 말하고 있다. 칠보 구슬로 장식한 아름다운 북에 자신을 비유하며 이를 임에게 자주 치게 하는 것으로 임의 적극적이고 지속적인 사랑을 바라고 있다. 이어 송아지와 송백을 보살피는 누런 소와 버들에 비유하여 자신에 대한 임의 자상한 사랑을 말하고 있다.

**42-1-5**

| | |
|---|---|
| 歡欲見蓮時,[1] | 임이 연을 보고 싶어 하니 |
| 移湖安屋裏.[2] | 호수에서 옮겨와 방 안에 두었네. |

芙蓉繞床生,<sup>3)</sup> 부용이 침상을 감싸고 자라니
眠臥抱蓮子. 누워 잠자며 연밥을 안고 있네.

**주석**

1) 歡(환) : 좋아하는 사람. 임.

2) 安(안) : 안치하다.

3) 芙蓉(부용) : 부용꽃. '부용夫容'의 쌍관어로 임을 비유한다.

   繞(요) : 에워싸다. 두르다.

**해설**

이 시는 연을 자신에 비유하며 임의 사랑으로 인해 연이 호수에 있다가 방안으로 옮겨오게 되었음을 말하고, 임과 잠자리를 함께하고 있는 상황을 나타내고 있다.

## 42-1-6

聞歡遠行去, 임이 멀리 떠난다는 말 듣고
送歡至新亭.<sup>1)</sup> 임을 보내려 신정에 이르렀네.
津邏無儂名.<sup>2)</sup> 나루터 역졸에게 내 이름이 없네.

**주석**

1) 新亭(신정) : 정자 이름. 지금의 강소성江蘇省 강녕현江寧縣 남쪽에 있었다.

2) 津邏(진라) : 나루터의 역졸.

   儂(농) : 나.

**해설**

이 시는 임과 이별하게 된 상황을 노래하고 있다. 떠나는 임을 전송하며 신정까지 함께 갔음을 말하고, 이어 제3구가 누락되어 있어 정확한 의미는 알 수 없으나 임의 배에 함께 타고자 해도 자신의 이름이 없어 어찌할 수 없음을 안타까워하고 있다.

**42-1-7**

| 落秦中庭生,<sup>1)</sup> | 낙진 풀이 중간 뜰에서 자라니 |
|---|---|

落秦中庭生,<sup>1)</sup>　　낙진 풀이 중간 뜰에서 자라니

誠知非好草.　　진정 좋은 풀이 아님을 알겠네.

龍頭相鉤連,<sup>2)</sup>　　덩굴의 끝이 서로 얽혀 연결되어 있어

見枝如欲繞.　　가지를 보고 얽히려 하네.

**주석**

1) 落秦(낙진) : 풀 이름. 덩굴식물의 일종이다.

2) 龍頭(용두) : 덩굴식물의 끝부분. 용머리처럼 말려 있는 것을 가리킨다.

**해설**

이 시에서는 덩굴풀이 뜰에서 자라나 나뭇가지에 얽히려 하는 모습을 통해 다른 여인이 나타나 자신의 임을 유혹하고 있는 상황을 말하고 있다.

**42-1-8**

楊叛西隨曲,<sup>1)</sup>　　<양반아>는 수현 서쪽의 노래,

柳花經東陰.<sup>2)</sup>　　버들꽃은 동쪽을 지나 무성하네.

風流隨遠近,　　바람에 떠돌며 멀고 가까이 다니다가

飄揚悶儂心.<sup>3)</sup>　　날아 올라가 내 마음 답답하게 하네.

**주석**

1) 楊叛(양반) : 노래 이름. <양반아楊叛兒>를 가리킨다.

　隨(수) : 지명. 고대 진晉 땅에 속했으며, 지금의 호북성 수현隨縣 남쪽 지역이다.

2) 柳花(유화) : 버들꽃. 버들개지를 가리킨다. 여기서는 <양반아> 곡에 대한 비유로 사용되었다.

　經東(경동) : 동쪽을 지나다. 서쪽의 노래가 동쪽으로까지 전해진 것을 말한다.

　陰(음) : 잎이 우거져 그늘지다. '음蔭'과 같다. 여기서는 노래가 널리 유행하는 것을 비유한다.

3) 飄揚(표양) : 버들꽃이 날아 오르다. <양반아> 곡이 널리 유행하는 것을 비유한다.

　悶(민) : 번민하다. 답답하다.

〈양반아〉는 송성에서 "양반아가 내가 다시 그리워하지 않게 하네.(叛兒敎儂不復相思)"라 하며 사랑을 저버린 임에 대한 원망을 나타내는데, 이 시에서는 〈양반아〉 곡이 널리 유행하는 상황을 버들꽃이 무성해지고 널리 퍼져 날아오르는 모습으로 비유하며 임의 변심을 안타까워 하고 있다.

## 42-2 양반아 楊叛兒

양梁 무제武帝

| 桃花初發紅, | 복사꽃 막 붉은 빛을 띠고 |
|---|---|
| 芳草尚抽綠.[1] | 향초는 여전히 초록을 자아내네. |
| 南音多有會,[2] | 남방 노래에는 만남이 많은데 |
| 偏重叛兒曲.[3] | 유독 〈양반아〉 곡을 중시하네. |

**주석**

1) 抽綠(추록) : 초록빛을 뽑아내다.
2) 南音(남음) : 남방의 소리. 남방의 노래를 가리킨다.
   會(회) : 만남. 남녀 간의 만남과 사랑을 말한다.
3) 偏重(편중) : 치우치게 중시하다.

**해설**

붉은 복사꽃과 초록 향초를 통해 아름답고 생기가 넘치는 남방의 풍광을 나타내고, 이로 인해 남방에는 남녀 간의 만남을 노래하는 곡이 많으며 그중에서도 특히 〈양반아〉가 널리 유행하고 있음을 말하고 있다.

## 42-3 양반아 楊叛兒

진陳 후주後主

| 靑春上陽月,[1] | 푸른 봄은 양기가 가장 왕성한 때, |
| 結伴戲京華.[2] | 짝을 지어 도성을 노니네. |
| 龍媒玉珂馬,[3] | 용을 부르는 옥 장식 찬 말이요 |
| 鳳軫繡香車.[4] | 봉황 장식의 아름답게 수놓은 수레로다. |
| 水映臨橋樹, | 물은 다리 가의 나무를 비추고 |
| 風吹夾路花. | 바람은 길 양편의 꽃에 불어오네. |
| 日昏歡宴罷, | 날 저물어 즐거운 연회 끝나니 |
| 相將歸狹斜.[5] | 서로 함께 기루로 돌아가네. |

**주석**

1) 上陽月(상양월) : 양기가 가장 왕성한 때.

2) 京華(경화) : 도성의 미칭美稱.

3) 龍媒(용매) : 용의 짝. 준마駿馬를 가리킨다. ≪한서漢書 · 예악지禮樂志≫에 "천마는 용을 불러오는 매개이다.(天馬徠龍之媒)"라 하였다.
   玉珂馬(옥가마) : 옥 장식을 단 말.

4) 鳳軫(봉진) : 봉황으로 장식한 수레. 화려하고 아름다운 수레를 가리킨다.
   繡香車(수향거) : 아름답게 수놓은 수레.

5) 狹斜(협사) : 좁고 구부러진 길. 주로 기루妓樓를 가리킨다.

**해설**

이 시는 도성에서 봄을 즐기는 환락을 말하고 있다. 제1~2구에서는 양기가 왕성한 봄날을 맞아 무리를 지어 도성을 노닐고 있는 상황을 말하고, 제3~4구에서는 화려한 장식의 말과 수레로 자신들의 높은 신분을 나타내고 있다. 제5~6구에서는 봄은 맞은 도성의 경관을 물과 뭍으로 나누어 묘사하고, 제7~8구에서는 날 저물어 연회가 끝났지만 다시 기루를 찾아가는 모습으로 종일토록 다하지 않는 봄날의 여흥을 나타내고 있다.

**42-4** 양반아 楊叛兒

당唐 이백李白

| | |
|---|---|
| 君歌楊叛兒,<sup>1)</sup> | 그대는 <양반아>를 부르고 |
| 妾勸新豐酒.<sup>2)</sup> | 저는 신풍주를 권합니다. |
| 何許最關人,<sup>3)</sup> | 어디가 가장 마음에 끌리시는지? |
| 烏啼白門柳.<sup>4)</sup> | 까마귀 우는 백문의 버드나무겠지요. |
| 烏啼隱楊花, | 까마귀 울며 버들 꽃에 숨으니 |
| 君醉留妾家. | 그대 취하여 저의 집에 머무시네요. |
| 博山鑪中沈香火,<sup>5)</sup> | 박산향로 속 침수향에 불붙이니 |
| 雙烟一氣凌紫霞.<sup>6)</sup> | 두 줄기 연기 하나 되어 자줏빛 노을을 넘어가네. |

**주석**

1) 楊叛兒(양반아) : 악곡 이름.

2) 新豐酒(신풍주) : 신풍新豐의 술. 맛이 좋은 술로 유명하다. 신풍은 지금의 강소성江蘇省 단도현丹徒縣 지역이며, 당대에 주점과 기루가 많아 가무 소리가 그치지 않았다고 한다.

3) 關人(관인) : 사람의 관심을 끌다.

4) 白門柳(백문류) : 백문의 버드나무. 여인을 비유한다. 백문은 지금의 강소성江蘇省 남경시南京市에 있었던 문으로 여겨지나, 분명하지 않다.

5) 沈香(침향) : 침수향沈水香. 수침목水沈木의 진액을 이용해 만든다.

6) 紫霞(자하) : 자줏빛 노을. 신선 세계를 비유한다.

**해설**

　이 시는 임과 함께 노래와 술로 즐거운 밤을 보내는 여인의 기쁨을 노래하고 있다. 제1~2구에서는 임은 노래하고 자신은 술을 권하고 있는 상황을 말하고, 제3~4구에서는 까마귀가 백문의 버들 속에 있는 상황을 묘사하며 임과 함께하고 싶은 마음을 나타내고 있다. 제5~6구에서는 버들꽃 사이에 들어와 있는 까마귀의 모습을 통해 임이 자신의 집으로 와 함께하게 되었음을 말하고, 제7~8구에서는 두 줄기로 향로 연기가 하나로 합쳐져 신선의 세계로 들어

가는 모습을 통해 임과 동침하는 황홀한 기쁨을 나타내고 있다.

(주기평)

# 43. 서오야비 5수 西烏夜飛五首

《고금악록》에 말하기를, "<서오야비>는 남조 송 원휘 5년(477)에 형주자사 심유지가 지은 것이다. 심유지가 군대를 일으켜 형주를 출발하여 동으로 내려갔는데, 패전하기 전에 도성으로 돌아갈 것을 생각하여 노래를 불렀다. 화성에서 '흰 태양이 서산에 지니, 돌아가자!'라 하고, 송성에서는 '날개 꺾인 까마귀 어디로 날아가나? 탄환 맞고 돌아가네.'라 한다."라고 하였다.

《古今樂錄》曰, <西烏夜飛>者, 宋元徽五年,[1] 荊州刺史沈攸之所作也.[2] 攸之擧兵發荊州, 東下, 未敗之前, 思歸京師, 所以歌. 和云,[3] 白日落西山, 還去來. 送聲云, 折翅烏, 飛何處, 被彈歸.

**주석**

1) 元徽(원휘) : 남조 송宋 후폐제後廢帝 유욱劉昱의 연호(472~477)이다.
2) 沈攸之(심유지) : 남조 송宋의 명장名將. 원휘元徽 5년(477)에 소도성蕭道成이 후폐제를 시해하고 순제順帝를 옹립하였을 때 형주에서 기병하여 소도성에 항거하였으나 영성郢城에서 패전하였고, 이듬해 강릉으로 돌아가 자결하였다.
3) 和(화) : 화성和聲. 노래 시작이나 중간에 화답하는 소리.

## 43-1

| | |
|---|---|
| 日從東方出, | 해가 동쪽에서 나오니 |
| 團團雞子黃.[1] | 동글동글 달걀 노른자 같네. |

夫歸恩情重,[2]     임이 돌아와 사랑의 정 도타우니

憐歡故在傍.     그대를 사랑하여 곁에 있다네.

### 주석

1) 團團(단단) : 둥그런 모양.

　　雞子黃(계자황) : 달걀 노른자.

2) 夫歸(부귀) : 임이 돌아오다. ≪시기詩紀≫ 권55에는 '부부夫婦'로 되어 있다.

### 해설

　임이 돌아와 밤을 보내고 함께 아침을 맞이한 기쁨을 노래하고 있다. 둥근 해와 달걀 노른자의 비유에서 부부 사이의 원만한 관계와 충만한 사랑을 느낄 수 있다.

## 43-2

暫請半日給,[1]     잠시 반나절만 달라 청하여

徒倚娘店前.[2]     여인의 가게 앞에서 배회하네.

目作宴瑱飽,[3]     눈이야 실컷 배부르지만

腹作宛惱饑.[4]     배는 번민으로 굶주리기만 하네.

### 주석

1) 半日(반일) : 하루 반나절. 약간의 시간을 말한다.

　　給(급) : 여가를 주다.

2) 徒倚(사의) : 배회하며 머뭇거리다.

3) 宴瑱(연진) : 배불러 만족하는 모양.

4) 宛惱(완뇌) : 번민하며 안타까워하는 모양.

사랑하는 여인을 그저 바라만 볼 수 있을 뿐 가까이 다가갈 수 없는 괴로움을 말하고 있다. 일부러 잠시 시간을 청하여 여인을 보러 여인의 가게로 찾아갔지만, 정작 여인 앞에 나서지 못하고 배회하며 자신의 용기 없는 사랑에 안타까워하고 있다.

## 43-3

| | |
|---|---|
| 我昨憶歡時, | 내 예전에 임을 그리워하다 |
| 攬刀持自刺.[1] | 칼 쥐어 가져다 나를 찔렀었네. |
| 自刺分應死,[2] | 나를 찔렀으니 응당 죽었어야 마땅하건만 |
| 刀作離褸僻.[3] | 칼이 빗겨나가 잘못되고 말았네. |

주석

1) 攬(람) : 손으로 쥐다.

2) 分(분) : 명분에 맞다. 합당하다.

3) 離褸(이루) : 자신을 찌르는 것에서 벗어나다. '루褸'는 '루摟'의 의미로, 칼을 자기 쪽으로
   향해 찌르는 것을 뜻한다. 여기서는 칼이 빗겨나가 자신을 제대로 찌르지 못한 것을 가리킨다.
   僻(벽) : 치우치다. 편벽되다. 의도에서 빗나간 것을 말한다.

해설

임을 향한 그리움에 한때 자살까지 시도하였으나 칼이 자신의 급소를 찌르지 못한 까닭에 이 또한 뜻대로 이루어지지 않았음을 탄식하고 있다.

## 43-4

| | |
|---|---|
| 陽春二三月, | 양춘 2, 3월 |
| 諸花盡芳盛. | 뭇 꽃 모두가 향기 왕성하네. |
| 持底喚歡來,[1] | 이 꽃 가져다 임 오시라 부르니 |

花笑鶯歌詠.    꽃이 웃고 꾀꼬리가 노래하네.

**주석**

1) 底(저) : 이것. 지시사. 꽃을 가리킨다.

**해설**

봄날 임과 함께 향기로운 꽃을 감상하며 노니는 즐거움을 노래하고 있다.


**43-5**

感郎崎嶇情,[1]    임의 깊고 끝없는 정을 느끼고

不復自顧慮.[2]    다시 스스로 믿어 의심치 않았네.

臂繩雙入結,[3]    팔목의 끈이 쌍으로 묶이니

遂成同心去.    마침내 같은 마음을 이루었네.

**주석**

1) 崎嶇(기구) : 오르락내리락하며 길게 이어지는 모양. 여기서는 곡진한 사랑의 감정이 변함없이 이어지는 것을 말한다.

2) 顧慮(고려) : 고려하다. 헤아리다. 임의 사랑을 의심해보는 것을 말한다.

3) 臂繩(비승) : 팔목에 찬 끈. 언약의 징표를 의미한다.

**해설**

임의 정성스럽고 곡진한 사랑에 자신 또한 믿음을 갖게 되었음을 말하고, 서로 팔목에 동심결을 묶어 영원히 변치 않는 사랑을 언약하였음을 말하고 있다.

(주기평)

# 44. 월절절양류가 13수 月節折楊柳歌十三首

## 44-1 정월가 正月歌

| | |
|---|---|
| 春風尚蕭條,[1] | 봄바람은 아직은 차갑고 쌀쌀한데, |
| 去故來入新, | 옛것을 보내고 새것을 들이니 |
| 苦心非一朝.[2] | 마음고생이 하루만 아니라네. |
| 折楊柳,[3] | 버들가지 꺾네, |
| 愁思滿腹中, | 시름겨운 생각 뱃속에 가득하니 |
| 歷亂不可數.[4] | 혼란하여 헤아릴 수가 없네. |

**주석**

1) 蕭條(소조) : 차갑고 적막한 모양.
2) 苦心(고심) : 고심하다. 애태우며 마음을 쓰다.
3) 折楊柳(절양류) : 버들가지를 꺾다. 곡 중간의 화성和聲으로, 이후 매월 같은 위치에 반복적으로 사용되고 있다.
4) 歷亂(역란) : 어지럽고 혼란한 모양.

**해설**

새로운 한 해가 시작되었지만 옛 것에 대한 미련으로 마음고생이 많아 뱃속에 온갖 시름과 혼란만 가득함을 말하고 있다.

**44-2** 이월가 二月歌

| 翩翩烏入鄕,[1] | 훨훨 까마귀는 마을로 날아들고, |
|---|---|
| 道逢雙燕飛, | 길에서 쌍쌍 나는 제비 만나니 |
| 勞君看三陽.[2] | 그대들의 노고로 봄을 보게 되었네. |
| 折楊柳, | 버들가지 꺾네, |
| 寄言語儂歡, | 나의 임에게 말 부치니 |
| 尋還不復久.[3] | 이내 돌아와 다시 오래 걸리지는 마시길. |

### 주석

1) 翩翩(편편) : 새가 나는 모양.
2) 勞(로) : 수고롭게 하다.
   君(군) : 그대. 여기서는 까마귀와 제비를 가리킨다.
   三陽(삼양) : 봄. 봄의 3개월 또는 정월을 가리킨다.
3) 尋還(심환) : 이내 돌아오다.

### 해설

마을로 날아든 까마귀와 쌍쌍 제비로 인해 봄을 실감하게 되었음을 말하고, 멀리 떠난 임이 하루빨리 돌아오기를 바라고 있다.


**44-3** 삼월가 三月歌

| 泛舟臨曲池, | 배 띄워 굽이진 연못에 이르러 |
|---|---|
| 仰頭看春花, | 고개 들어 봄꽃을 보니 |
| 杜鵑緯林啼.[1] | 두견새는 숲을 가로질러 날며 우네. |
| 折楊柳, | 버들가지 꺾네, |
| 雙下俱徘徊,[2] | 둘이서 내려 함께 노닐며 |

我與歡共取.　　나와 임이 함께 즐긴다네.

**주석**

1) 杜鵑(두견) : 두견새.

　緯(위) : 횡으로 가로지르며 날다.

2) 下(하) : 내리다. 배에서 내리는 것을 가리킨다.

　徘徊(배회) : 노닐다. '유련流連'과 같으며 '머물러 사랑한다'는 의미인 '유련留戀'의 쌍관어로
사용되었다.

**해설**

임과 함께 연못에 배를 띄우고 봄꽃을 구경하며 노니는 상황을 나타내고 있다.

## 44-4 사월가 四月歌

芙蓉始懷蓮,　　부용은 막 연밥을 품는데

何處覓同心,　　어디에서 마음 함께할 사람 찾아

俱生世尊前.[1]　　부처님 전에서 함께 살 수 있을지?

折楊柳,　　　　버들가지 꺾네,

捻香散名花,[2]　향 쥐고 이름난 꽃 뿌리며

志得長相取.[3]　오래도록 함께 지낼 수 있기를 바라네.

**주석**

1) 世尊(세존) : 석가세존. 부처.

2) 捻香(염향) : 향을 손가락으로 쥐다.

　名花(명화) : 이름난 꽃. 귀하고 아름다운 꽃을 가리킨다.

3) 長相取(장상취) : 오래도록 함께 지내다.

**해설**

부용에 연밥이 막 맺히는 상황을 말하며 임과의 사랑이 결실을 이루기를 바라고, 부처님 전에 향 피우고 헌화하며 임과 영원히 함께할 수 있기를 발원하고 있다.

## 44-5 오월가 五月歌

| | |
|---|---|
| 菰生四五尺,<sup>1)</sup> | 줄이 사오 척 크기로 자라니 |
| 素身爲誰珍,<sup>2)</sup> | 흰 몸통은 누구를 위한 좋은 음식인가? |
| 盛年將可惜.<sup>3)</sup> | 번성한 때에 참으로 사랑스럽기만 하네. |
| 折楊柳, | 버들가지 꺾네, |
| 作得九子粽,<sup>4)</sup> | 구자종을 만들며 |
| 思想勞歡手. | 임의 손을 수고롭게 할 것을 생각하네. |

**주석**

1) 菰(고) : 줄. 벼과 식물인 고엽菰葉. 여린 줄기는 '교백茭白'이라 하여 채소로 먹으며, 열매는 쌀과 같아 '고미菰米'라 하며 밥으로 지어 먹는다.
2) 素身(소신) : 하얀 몸통. 교백을 가리키며, 정결한 자신을 비유한다.
   珍(진) : 진수珍羞. 진귀하고 맛좋은 음식.
3) 盛年(성년) : 번성한 때. 고엽이 무성하게 자라있는 것을 가리킨다.
4) 九子粽(구자종) : 종자粽子의 한 종류. 단오절을 대표하는 음식으로, 아홉 개의 종자를 하나로 묶어 연결하였으며 예물로도 널리 사용되었다. 초 지역 사람들은 매년 5월 단오이면 강에 종자를 던져 굴원屈原에 제사를 지냈다.

**해설**

새하얀 맛좋은 교백에 자신을 비유하며 임에 대한 사랑을 나타내고, 정성 들여 구자종을 만들면서 임이 자신의 사랑을 받아주기를 바라고 있다.

## 44-6 유월가 六月歌

| | |
|---|---|
| 三伏熱如火, | 삼복더위가 불과 같으니 |
| 籠窗開北牖.[1] | 창 가리고 북쪽 들창 열고 |
| 與郎對榻坐.[2] | 임과 마주하며 걸상에 앉네. |
| 折楊柳, | 버들가지 꺾네, |
| 銅甌貯蜜漿,[3] | 청동 그릇에 꿀물 담아두니 |
| 不用水洗潃.[4] | 물로 땀 씻을 필요가 없네. |

**주석**

1) 籠(농) : 덮다. 가리다.
   北牖(북유) : 북쪽 벽의 들창. '유牖'는 담벽에 뚫은 창이며, '창窗'은 집에 뚫은 창이다.
2) 榻(탑) : 걸상. 좁고 긴 평상平床을 가리킨다.
3) 銅甌(동우) : 청동 그릇. '우甌'는 '우甌'와 같다.
   蜜漿(밀장) : 꿀물. 임과의 달콤한 사랑을 비유한다.
4) 潃(추) : 땀.

**해설**

  삼복더위에 창을 가려 햇빛을 막고 북쪽 들창을 열어 임과 함께 평상에 앉아 더위를 식히는 상황을 말하고, 둘의 사랑과도 같은 달콤한 꿀물로 인해 더위조차 느낄 수 없음을 말하고 있다.


## 44-7 칠월가 七月歌

| | |
|---|---|
| 織女遊河邊,[1] | 직녀는 은하수 가를 떠돌고 |
| 牽牛顧自歎, | 견우는 돌아보며 스스로 탄식하니 |
| 一會復周年. | 한 번 만나고 다시 일 년을 기다려야 하네. |

| | |
|---|---|
| 折楊柳, | 버들가지 꺾네, |
| 攬結長命草,[2] | 장명초를 끊어 맺으니 |
| 同心不相負. | 마음 함께 하여 서로 저버리지 않기를. |

### 주석

1) 河(하) : 은하銀河.

2) 攬(람) : 끊다. 따다.

　　長命草(장명초) : 풀 이름. 잎이 교대로 나거나 가까이 붙어 자라며 몇 번이고 죽었다가 살아나 '장생불사초長生不死草' 또는 '만세초萬歲草'라고도 한다.

### 해설

　　견우와 직녀가 칠석날 일 년에 한 번 만나고는 다시 일 년을 헤어져 있어야 함을 말하고, 임과는 장명초로 동심결을 맺으며 영원토록 변함없는 사랑을 바라고 있다.

## 44-8 팔월가 八月歌

| | |
|---|---|
| 迎歡裁衣裳,[1] | 임을 맞이하려 옷을 만드니 |
| 日月流如水, | 세월은 물처럼 흘러 |
| 白露凝庭霜. | 흰 이슬이 뜰의 서리로 맺혔네. |
| 折楊柳, | 버들가지 꺾네, |
| 夜聞擣衣聲[2] | 밤에 들려오는 다듬이 소리 |
| 窈窕誰家婦.[3] | 누구의 집 정숙한 부인인가? |

### 주석

1) 裁(재) : 마름질하다.

　　衣裳(의상) : 윗옷과 아래옷.

2) 擣衣(도의) : 옷을 다듬이질하다.

窈窕(요조) : 정숙하고 아름다운 모양.

임을 위해 옷을 만들며 어느새 찾아온 서리 내린 계절로 세월의 빠름을 말하고, 정숙한 여인의 다듬이질 소리로 임에 대한 자신의 마음을 기탁하고 있다.


## 44-9 구월가 九月歌

| 甘菊吐黃花,[1] | 감국이 노란 꽃을 토해내어 |
|---|---|
| 非無杯觴用,[2] | 술잔을 쓰지 않을 수 없는데 |
| 當奈許寒何.[3] | 이러한 추위를 어찌하리? |
| 折楊柳, | 버들가지 꺾네, |
| 授歡羅衣裳, | 임에게 비단옷 드리니 |
| 含笑言不取. | 웃음 머금고 받지 않겠다 말하네. |

**주석**

1) 甘菊(감국) : 감국. 국화의 일종. 임과의 달콤한 사랑을 비유한다.

2) 杯觴(배상) : 술잔.

3) 當奈~何(당내~하) : 응당 어찌해야 하리?

　　許(허) : 이와 같은.


**해설**

달콤한 국화주를 함께 마시며 추위를 이겨내고 사랑을 담아 만든 비단옷을 서로 권하고 사양하는 정겨운 장면이 나타나 있다.

227

## 44-10 시월가 十月歌

| | |
|---|---|
| 大樹轉蕭索,[1] | 큰 나무는 점점 잎 시들어 휑해지고 |
| 天陰不作雨, | 날은 흐려도 비가 내리지 않더니 |
| 嚴霜半夜落.[2] | 무서리가 한밤중에 떨어지네. |
| 折楊柳, | 버들가지 꺾네, |
| 林中與松柏,[3] | 숲속에서 송백과 함께하니 |
| 歲寒不相負. | 날 추워져도 저버리지 않는다네. |

### 주석

1) 蕭索(소삭) : 잎이 시들어 떨어져 휑하고 적막한 모양. '소조蕭條'와 같다.
2) 嚴霜(엄상) : 엄한 서리. 무서리.
3) 松柏(송백) : 소나무와 잣나무. 자신의 변함 없는 사랑과 지조를 비유한다.

### 해설

　큰 나무가 잎이 지면서 점차 휑해지고 흐린 날씨에 한밤중 무서리가 내리는 정경을 말하고, 차가운 날씨에도 변함없는 송백처럼 자신의 사랑 또한 어떠한 시련에도 변함이 없을 것임을 다짐하고 있다.

## 44-11 십일월가 十一月歌

| | |
|---|---|
| 素雪任風流,[1] | 흰 눈은 바람 따라 흐르니 |
| 樹木轉枯悴,[2] | 나무들은 점점 앙상해지건만 |
| 松柏無所憂. | 송백은 걱정하지 않는다네. |
| 折楊柳, | 버들가지 꺾네, |
| 寒衣履薄冰,[3] | 홑겹 옷 입고 얇은 얼음 밟고 있으니 |
| 歡詎知儂否.[4] | 임은 나의 곤경을 어찌 알리? |

주석

1) 任(임) : 맡기다. 따르다.

2) 枯悴(고췌) : 마르고 초췌하다.

3) 寒衣(한의) : 홑겹 옷.

4) 詎(거) : 어찌.

    否(비) : 64괘卦 중의 하나. 천지가 통하지 않고 막혀 있다는 뜻으로, 곤경에 빠져 있는 것을 의미한다.

해설

　눈발이 날리고 나무들은 앙상해져 가지만 송백은 변함없이 푸르름을 지킬 수 있음을 말하며 임을 향한 지조를 나타내고, 추위에 홑겹 옷을 입은 채 얇은 얼음을 밟고 있는 궁벽하고 위태로운 자신의 처지를 말하며 임이 자신의 처지를 이해해 주기를 바라고 있다.


## 44-12 십이월가 十二月歌

| 天寒歲欲暮, | 날 차가워져 한 해는 저물려 하는데 |
|---|---|
| 春秋及冬夏, | 봄 가을과 여름 겨울이 |
| 苦心停欲度.[1] | 머물렀다간 지나가려 하니 고통스럽기만 하네. |
| 折楊柳, | 버들가지 꺾네, |
| 沈亂枕席間,[2] | 잠자리에서 혼란함에 빠져 |
| 纏綿不覺久.[3] | 끝없는 생각에 시간 오래됨을 알지 못하네. |

주석

1) 苦心(고심) : 고심하다. 고통스럽다.

    停(정) : 멈추다. 계절이 잠시 머무는 것을 말한다.

    度(도) : 건너가다. 계절이 잠시 머물렀다 지나가는 것을 말한다.

2) 沈亂(침란) : 혼미하고 어지럽다.

枕席(침석) : 베개와 자리. 잠자리를 가리킨다.

3) 纏綿(전면) : 생각이 끊임없이 이어지는 모양.

**해설**

　계절은 머물지 않고 덧없이 지나가 또다시 한 해가 저물어 가고 있음을 안타까워하며, 끊임없이 이어지는 상념으로 인해 오래도록 잠을 이루지 못함을 말하고 있다.

## 44-13 윤월가 閏月歌

| | |
|---|---|
| 成閏暑與寒,[1) | 더울 때와 추울 때 윤월이 들고 |
| 春秋補小月.[2) | 봄과 가을에 작은 달을 보충하건만 |
| 念子無時閑. | 그대를 생각하느라 한가한 때가 없네. |
| 折楊柳, | 버들가지 꺾네, |
| 陰陽推我去,[3) | 음양이 나를 밀쳐 떠나게 하니 |
| 那得有定主.[4) | 어디에서 정해진 주인을 얻을까? |

**주석**

1) 成閏(성윤) : 윤월이 이루어지다. 양력과 음력은 1년에 11일의 차이가 나 음력에 윤월을 두어 이를 맞추는데 윤월은 19년 7윤법과 무중치윤법無中置閏法에 따라 정해진다. 윤달은 '여월餘月'이라 하여 천지의 신들도 쉬는 때라 여겼다.

2) 補小月(보소월) : 작은 달을 보충하다. 윤달을 넣어 부족한 날을 채우는 것을 말한다. '소월小月'은 한 달이 29일인 달이다.

3) 陰陽(음양) : 음기와 양기. 천지만물을 의미한다.

4) 定主(정주) : 정해진 주인. 자신을 안정시켜 줄 임을 가리킨다.

**해설**

　덥고 추울 때 윤월이 들면 편하게 쉴 수 있고 봄과 가을에 윤월이 들면 즐겁게 노닐 수 있건만, 자신은 윤월에도 임 생각에 한가로울 때가 없음을 안타까워하고 있다. 이어 열두 달 중 어느 곳에 들어갈지 정해진 곳이 없는 윤달의 속성에 자신을 비유하여, 안정되지 못하고 떠돌기만 하는 자신을 임이 붙잡아 주기를 갈망하고 있다.

(주기평)

# 45. 상림환 常林歡

## 당唐 온정균溫庭筠

《당서·악지》에 말하기를, "<상림환>은 송과 양 사이의 곡인 듯하다. 송과 양의 시대에는 형 땅과 옹 땅이 남방의 요충지로서 모두 황제의 아들들이 그곳을 다스렸으며, 강동 지역의 노래 가사에서 그곳을 일러 낙원이라 하지 않음이 없었다. 따라서 수군왕 유탄은 양양의 노래를 지었으며 제 무제는 번 땅과 등 땅을 추억하였다. 양 간문제의 악부가에서 '도림 언덕에서 이별하고 현산 머리에서 송별하네. 만약 소식을 부치고자 한다면, 한수가 동쪽으로 흐른다네.'라 하였다. 또한 '의성의 좋은 술 지금 한창 익었으니, 말안장 멈추어 말 매어두고 잠시 머물러 묵는다네.'라 하였는데, 도림은 한수 가에 있고 의성은 형주 북쪽에 있으며 형주에는 장림현이 있다. 강남에서는 사랑하는 사람을 '환歡'이라 부른다. '상常'과 '장長'이 소리가 비슷하여 아마도 악인이 '장'을 '상'으로 잘못 말한 것이다."라고 하였다. 《통전》에 말하기를, "<상림환>은 아마도 송과 제 사이의 곡이다."라고 하였다.

《唐書·樂志》曰, <常林歡>, 疑宋梁間曲. 宋梁之世, 荊雍爲南方重鎭[1] 皆皇子爲之牧, 江左辭詠, 莫不稱之, 以爲樂土. 故隨王誕作襄陽之歌,[2] 齊武帝追憶樊鄧.[3] 梁簡文帝樂府歌云, 分手桃林岸, 送別峴山頭. 若欲寄音信, 漢水向東流[4] 又曰, 宜城投酒今行熟,[5] 停鞍繫馬暫棲宿.[6] 桃林在漢水上, 宜城在荊州北, 荊州有長林縣. 江南謂情人爲歡. 常長聲相近, 蓋樂人誤謂長爲常. 《通典》曰, <常林歡>, 蓋宋齊間曲.

**주석**

1) 荊雍(형옹) : 형荊 땅과 옹雍 땅. 지금의 호북성 형주시荊州市와 양양시襄陽市 일대이다.
2) 隨王誕(수왕탄) : 남조 송宋의 수군왕隨群王 유탄劉誕. 자가 휴문休文으로 송 문제文帝 유의륭

劉義隆의 여섯 번째 아들이다. 아버지가 살해당하자 병사를 일으켜 효무제孝武帝를 옹립했으며 시중侍中, 양주자사楊州刺史 등을 역임했다.

3) 樊鄧(번등) : 번樊 땅과 등鄧 땅. 지금의 호북성 양양시襄陽市와 하남성 등현鄧縣 일대이다. 여기서는 제나라 무제가 지은 <고객악估客樂>을 가리키는 것으로, ≪고금악록古今樂錄≫에 따르면 무제가 즉위하기 전에 일찍이 번 땅과 등 땅을 떠돌아다녔으며 황제에 즉위한 뒤 지난 일을 추억하면서 이 노래를 지었다고 한다.

4) 인용한 곡은 심약沈約의 <양양답동제襄陽蹋銅蹄>로, ≪당서·악지≫에서 양梁 간문제簡文帝가 지은 것이라 한 것은 오류이다.

5) 投酒(두주) : 두 번 빚은 술. '두投'는 '두酘'와 같으며 좋은 술을 가리킨다.
   行熟(행숙) : 이제 한창 익다. '행行'은 '정正'과 같으며 술이 잘 익은 것을 가리킨다.

6) 인용한 곡은 양梁 간문제簡文帝의 <오서곡烏棲曲>이다.


| | |
|---|---|
| 宜城酒熟花覆橋,[1] | 의성에 술 익으면 꽃은 다리를 뒤덮고 |
| 沙晴綠鴨鳴咬咬,[2] | 청명한 모래톱에 초록 오리 꽥꽥 우네. |
| 穠桑繞舍麥如尾,[3] | 무성한 뽕나무는 집을 감싸고 보리는 꼬리 같으며 |
| 幽軋鳴機雙燕巢.[4] | 삐걱대는 베틀 소리에 쌍쌍 제비 둥지를 트네. |
| 馬聲特特荊門道,[5] | 형문산 길에는 말발굽 소리 또각또각 |
| 蠻水揚光色如草.[6] | 만수에 어린 빛은 풀색과 같네. |
| 錦薦金爐夢正長,[7] | 비단 자리 황금 향로에 꿈은 길기만 한데 |
| 東家呃喔雞鳴早.[8] | 이웃집 꼬꼬댁 닭 울음소리는 이르기만 하네. |


**주석**

1) 宜城(의성) : 지명. 지금의 호북성湖北省 의성시宜城市.

2) 咬咬(교교) : 의성어. 새가 지저귀는 소리.

3) 穠桑(농상) : 잎이 무성한 뽕나무.
   尾(미) : 짐승의 꼬리.

4) 幽軋(유알) : 의성어. 베틀이 움직이는 소리.

5) 特特(특특) : 의성어. 말발굽 소리. 여기서는 시인이 타고 가는 말을 가리킨다.

荊門(형문) : 형문산. 지금의 호북성湖北省 의도현宜都縣 서북쪽 장강 남쪽에 있으며 장강을 사이로 호아산虎牙山과 마주하고 있다.

6) 蠻水(만수) : 물 이름. 호북성 남장현南漳縣 서쪽 강랑산康狼山에서 발원하여 의성현宜城縣 서남쪽을 지나 동으로 한수漢水로 들어간다. '언수鄢水' 또는 '만하蠻河'라고도 한다.

7) 錦薦(금천) : 아름다운 장식의 돗자리.
夢正長(몽정장) : 꿈이 길다. 여인이 아직 깊은 잠에 빠져 있는 것을 말한다.

8) 東家(동가) : 동쪽 이웃집.
呃喔(애악) : 닭울음 소리. '이악伊喔'이라고도 한다.

**해설**

이 시는 말을 타고 형문산을 지나며 봄을 맞은 의성의 아름다운 자연 풍광을 노래한 것으로, 자연 경물에 빗댄 상징과 비유를 통해 남녀 간의 그리움과 사랑을 은밀하면서도 농염하게 나타내고 있다.

(주기평)

# 46. 강남농 7수 江南弄七首

양 梁 무제 武帝

≪고금악록≫에 말하기를, "남조 양 천감 11년(512) 겨울에 무제가 서곡을 바꾸어 <강남농>과 <상운악>의 14곡을 만들었는데, <강남농> 7곡은 첫째는 <강남농>, 둘째는 <용적곡>, 셋째는 <채련곡>, 넷째는 <봉적곡>, 다섯째는 <채릉곡>, 여섯째는 <유녀곡>, 일곱째는 <조운곡>이라 하였다. 또한 심약이 4곡을 만들어 첫째는 <조슬곡>, 둘째는 <진쟁곡>, 셋째는 <양춘곡>, 넷째는 <조운곡>이라 하였는데 이 또한 <강남농>이라 불렀다한다."라고 하였다.

≪古今樂錄≫曰, 梁天監十一年冬,[1] 武帝改西曲, 製<江南上雲樂>十四曲, <江南弄>七曲, 一曰<江南弄>, 二曰<龍笛曲>, 三曰<採蓮曲>, 四曰<鳳笛曲>, 五曰<採菱曲>, 六曰<遊女曲>, 七曰<朝雲曲>. 又沈約作四曲, 一曰<趙瑟曲>, 二曰<秦箏曲>, 三曰<陽春曲>, 四曰<朝雲曲>, 亦謂之<江南弄>云.

**주석**

1) 天監(천감) : 남조 양梁 무제武帝 소연蕭衍의 연호(502~519)이다.

## 46-1 강남농 江南弄

≪고금악록≫에 말하기를, "<강남농>은 삼주의 노래이다. 화성에서 '봄의 길이여, 아름다운 여인이 비단옷을 입고 나왔네.'라 한다."라고 하였다.
≪古今樂錄≫曰, <江南弄>三洲韻.<sup>1)</sup> 和云, 陽春路, 娉婷出綺羅.<sup>2)</sup>

**주석**

1) 三洲韻(삼주운) : 삼주三洲의 노래. 상인들이 파릉巴陵의 세 강 사이를 자주 지나면서 부른 노래를 가리킨다.

2) 娉婷(빙정) : 자태가 곱고 아름다운 모양. 아름다운 여인을 가리킨다.
  綺羅(기라) : 비단옷. 여인이 입은 옷을 가리킨다.

| | |
|---|---|
| 衆花雜色滿上林,<sup>1)</sup> | 온갖 꽃이 갖가지 색으로 상림에 가득하고 |
| 舒芳耀綠垂輕陰.<sup>2)</sup> | 펼쳐진 향초는 초록으로 빛나 옅은 그늘을 드리웠네. |
| 連手蹀躞舞春心.<sup>3)</sup> | 손 이어 잡고 잔걸음 치며 봄날의 마음을 춤추네. |
| 舞春心, | 봄날의 마음을 춤추며 |
| 臨歲腴,<sup>4)</sup> | 만물이 풍성해지는 때를 임하건만, |
| 中人望,<sup>5)</sup> | 궁녀는 바라보며 |
| 獨踟躕.<sup>6)</sup> | 홀로 머뭇거리네. |

**주석**

1) 上林(상림) : 상림원上林園. 천자의 정원을 가리킨다.

2) 舒芳(서방) : 넓게 펼쳐진 향초香草.

3) 連手(연수) : 손을 연결하다. 서로 손을 이어 잡는 것을 말한다.
  蹀躞(섭접) : 잔걸음으로 걷는 모양. 여기서는 율동 하며 춤추는 것을 말한다.

4) 歲腴(세유) : 한 해의 풍성함. 온갖 꽃과 풀들이 가득한 봄을 가리킨다.

5) 中人(중인) : 궁녀宮女.
  望(망) : 바라보다. 궁녀가 무희들을 바라보는 것을 가리킨다.

6) 踟躕(지주) : 머뭇거리다. 주저하다.

이 시에서는 봄을 맞아 온갖 꽃과 향기로운 풀로 가득한 상림원의 경관을 묘사하고, 무희들이 손을 잡고 춤을 추는 모습과 이를 바라보며 홀로 머뭇거리고 있는 궁녀의 모습을 대비하며 황제의 총애를 받지 못하고 있는 궁녀의 회한을 노래하고 있다.


## 46-2 용적곡 龍笛曲

≪고금악록≫에 말하기를, "<용적곡>은 화성에서 '강남의 노래여, 한 번 노래하면 천금의 가치라네.'라 한다. 마융의 <장적부>에 말하기를, '근세의 쌍적은 강족으로부터 시작되었으니, 강족 사람들은 대나무 베는 것이 그치지 않았다. 용은 물속에서 울며 자신을 드러내지 않는데 대나무를 잘라 불면 소리가 비슷하다.'라 하였다. 따라서 <용적곡>은 아마도 소리가 용의 울음과 같아 곡의 이름을 붙인 것이다."라고 하였다.

≪古今樂錄≫曰, <龍笛曲>, 和云, 江南音, 一唱值千金. 馬融<長笛賦>曰, 近世雙笛從羌起,[1] 羌人伐竹未及已. 龍鳴水中不見己, 截竹吹之聲相似. 然則<龍笛曲>蓋因聲如龍鳴而名曲.

1) 雙笛(쌍적) : 피리의 종류. 두 개의 피리를 하나로 묶어 연주한다.
   羌(강) : 고대 변방의 종족 이름. 지금의 감숙성甘肅省, 청해성靑海省, 사천성四川省 일대에 거주하였다.

| | |
|---|---|
| 美人綿眇在雲堂,[1] | 미인은 아득히 운당에 있으며 |
| 雕金鏤竹眠玉床.[2] | 황금 아로새긴 피리 소리에 옥 침상에서 잠드네. |
| 婉愛寥亮繞紅梁[3] | 부드럽고 청량한 소리는 붉은 들보를 감도네. |
| 繞紅梁, | 붉은 들보를 감돌며 |

| 流月臺,[4] | 월대를 흐르다가, |
|---|---|
| 駐狂風,[5] | 광풍에 막혀 |
| 鬱徘徊.[6] | 쌓이어 배회하네. |

**주석**

1) 綿眇(면묘) : 멀리 아득한 모양.

　　雲堂(운당) : 궁궐의 아름다운 전각. 여기서는 미인의 처소를 가리킨다.

2) 雕金鏤竹(조금루죽) : 황금으로 아로새긴 피리.

3) 婉愛寥亮(완애료량) : 부드럽고 아름다우며 맑고 청량하다. 피리 소리를 가리킨다.

4) 月臺(월대) : 달을 감상하기 위해 쌓은 누대.

5) 駐(주) : 막히다. 저지되다.

6) 鬱(울) : 한 곳에 정체되어 쌓이다.

**해설**

　이 시에서는 홀로 운당의 옥 침상에서 피리 소리를 들으며 잠들고 있는 미인의 모습을 말하며, 광풍에 막혀 퍼져 나가지 못하고 배회하고 있는 피리 소리를 통해 궁 안에 갇혀 있는 여인의 비애를 나타내고 있다.

## 46-3 채련곡 採蓮曲

　《고금악록》에 말하기를, "<채련곡>은 화성에서 '연 따는 물가, 단아하게 춤추는 아름다운 사람이여.'라 한다."라고 하였다.

　《古今樂錄》曰, <採蓮曲>, 和云, 採蓮渚, 窈窕舞佳人.

| 遊戲五湖採蓮歸,[1] | 오호에서 노닐다 연 따고 돌아오니 |
|---|---|
| 發花田葉芳襲衣.[2] | 피어난 꽃 무성한 잎에 향기가 옷에 스미네. |
| 爲君儂歌世所希. | 그대를 위한 나의 노래는 세상에 드물다네. |

| | |
|---|---|
| 世所希, | 세상에 드물어 |
| 有如玉. | 옥과 같으니, |
| 江南弄, | 강남의 노래 |
| 採蓮曲. | <채련곡>이라네. |

1) 五湖(오호) : 오吳와 월越 지역의 호수를 두루 가리키며 태호太湖를 의미하기도 한다.
2) 田葉(전엽) : 무성한 잎. '전田'은 잎이 가득하고 무성한 모양을 의미하며, 주로 연잎을 가리키는 말로 사용된다. 한漢 악부樂府 상화가사相和歌辭 <강남江南>에 "강남은 연을 딸 수 있으니, 연잎은 어찌 그리 무성한가?(江南可採蓮, 蓮葉何田田)"라 하였다.

해설

이 시에서는 오호에서 연을 따다 옷 가득히 연의 향기를 담고 돌아오는 상황을 말하고, 채련녀가 부르는 <채련곡>이 임을 사랑하는 심정을 담은 세상에 드문 아름다운 노래임을 말하고 있다.

**46-4** 봉생곡 鳳笙曲

≪고금악록≫에 말하기를, "<봉생곡>은 화성에서 '현 타고 피리 부는 자리여, 긴 소매는 객을 잘 머물게 하네.'라 한다."라고 하였다.
≪古今樂錄≫曰, <鳳笙曲>, 和云, 弦吹席, 長袖善留客.[1]

| | |
|---|---|
| 綠耀尅碧彫瑈笙,[2] | 초록으로 빛나는 푸른 대나무 잘라 아로새긴 옥 생황으로 |
| 朱脣玉指學鳳鳴.[3] | 붉은 입술 옥 손가락이 봉황의 울음소리를 흉내내네. |
| 流速參差飛且停.[4] | 빠르기가 일정치 않아 날아갔다 다시 멈추네. |
| 飛且停, | 날아갔다 다시 멈추어 |

| 在鳳樓,[5] | 봉루에 있으니, |
| 弄嬌響, | 아름다운 소리 내다가 |
| 間淸謳.[6] | 맑은 노랫소리가 섞여드네. |

**주석**

1) 長袖(장수) : 긴 소매. 무희를 가리킨다.

2) 剋碧(극벽) : 벽옥 빛을 자르다. 푸른 대나무를 잘라 만든 것을 말한다.
   琯笙(관생) : 옥으로 장식한 생황笙簧.

3) 鳳鳴(봉명) : 봉황 울음소리. 농옥弄玉이 불렀던 퉁소 소리를 비유한다. ≪열선전列仙傳≫에
   따르면 진秦 목공穆公의 딸 농옥弄玉이 소사簫史와 부부가 되어 살며 그에게서 퉁소를 배웠는
   데 농옥이 퉁소를 불면 그 소리가 봉황의 울음소리와 같아 봉황이 날아와 그 집에 머물렀다
   고 한다.

4) 流速(유속) : 흘러가는 속도. 곡조의 빠르기를 가리킨다.
   參差(참치) : 가지런하지 않고 들쭉날쭉한 모양.

5) 鳳樓(봉루) : 진 목공이 소사 부부를 위해 지어준 누대.

6) 間(간) : 사이에 섞이다. 피리 소리 중간에 노래가 들어가는 것을 말한다.
   謳(구) : 반주 없이 부르는 노래.

**해설**

　이 시에서는 생황을 불고 노래하는 아름다운 궁녀의 모습을 노래하고 있다. 초록빛의 옥
장식 생황과 붉은 입술의 옥 같은 손가락을 대비시키며 궁녀의 아름다운 모습을 나타내고,
봉황의 울음소리와 변화무쌍한 가락을 통해 궁녀의 뛰어나고 능숙한 연주 솜씨를 나타내고
있다. 생황 소리 중간에 들려오는 노래는 생황을 부는 궁녀가 직접 부른 것일 수도 있고
다른 궁녀가 이에 화창한 것으로 볼 수도 있다.

**46-5** 채릉곡 採菱曲

≪고금악록≫에 말하기를, "<채릉곡>은 화성에서 '마름 노래 부르는 여인이여, 패옥 풀고 강 북쪽에서 노니네.'라 한다."라고 하였다.

≪古今樂錄≫曰, <採菱曲>, 和云, 菱歌女, 解佩戲江陽.


| | |
|---|---|
| 江南稚女珠腕繩,[1] | 강남의 어린 처자 구슬 팔찌 차고 |
| 金翠搖首紅顏興.[2] | 황금 비취색 머리 장식에 붉은 얼굴 홍겹네. |
| 桂棹容與歌採菱.[3] | 계수나무 노 천천히 저으며 마름 따는 노래 부르네. |
| 歌採菱, | 마름 따는 노래 부르며 |
| 心未怡,[4] | 마음은 기쁘지 않아, |
| 翳羅袖,[5] | 비단 소매로 햇빛 가리며 |
| 望所思. | 그리운 사람 바라보네. |


**주석**

1) 珠腕(주완) : 구슬로 엮은 팔찌.
   繩(승) : 손에 묶다. 차다.
2) 金翠(금취) : 황금색과 비취색.
   搖首(요수) : 머리 장식.
3) 容與(용여) : 여유롭고 한가로운 모양.
4) 怡(이) : 기쁘다.
5) 翳(예) : 햇빛을 가리다.


**해설**

이 시에서는 마름 따는 어린 여인의 모습과 심경을 나타내고 있다. 마름 따는 여인이 화려한 장신구로 치장을 하고 천천히 노를 젓고 있는 모습에서 마름을 따는 것이 그 본디 목적이 아님을 알 수 있으며, 즐겁지 않은 노랫소리와 소매 들어 먼 곳을 바라보고 있는 모습에서 임을 향한 그리움을 느낄 수 있다.

**46-6** 유녀곡 遊女曲

≪고금악록≫에 말하기를, "<유녀곡>은 화성에서 '젊었을 때 노래하고 춤추며 술잔 들고 웃네.'라 한다."라고 하였다.
≪古今樂錄≫曰, <遊女曲>, 和云, 當年少, 歌舞承酒笑.

| | |
|---|---|
| 氛氳蘭麝體芳滑,[1] | 난향과 사향 가득히 몸은 향기롭고 부드러우며 |
| 容色玉耀眉如月. | 얼굴은 옥처럼 빛나고 눈썹은 달과 같네. |
| 珠佩媒姬戲金闕.[2] | 패옥 차고 아름다운 모습으로 황금 궁궐에서 노네. |
| 戲金闕, | 황금 궁궐에서 놀고 |
| 遊紫庭, | 자색 조정에서 거닐며, |
| 舞飛閣, | 나는 듯한 누각에서 춤추고 |
| 歌長生.[3] | 장생을 노래하네. |

**주석**

1) 氛氳(분온) : 기운이 성한 모양.
   蘭麝(난사) : 난초와 사향노루의 향.
2) 媒姬(와와) : 부드럽고 아름다운 모습.
3) 歌長生(가장생) : 불로장생을 노래하다. 황제에게 축수하는 것을 가리킨다.

**해설**

   이 시는 궁궐에서 춤추고 노래하는 아름다운 여인의 모습을 묘사하고 있다. 후각과 촉각 및 시각을 통해 여인의 화려한 치장과 아름다운 외모를 부각하고, 춤과 노래로 황제에게 축수하는 모습을 나타내고 있다.

## 46-7 조운곡 朝雲曲

≪고금악록≫에 말하기를, "<조운곡>은 화성에서 '배회하며 빛나는 꽃을 꺾네.'라 한다." 라고 하였다. 송옥의 <고당부서>에서 다음과 같이 말하였다. "초 양왕이 송옥과 함께 운몽의 대에서 노닐다가 고당의 누대를 바라보니 유독 구름이 있어 변화가 무궁하였다. 왕이 송옥에게 묻기를 '이것은 무슨 기운인가?'라 하니, 송옥이 말하기를 '이른바 아침구름이라는 것입니다.'라 하였다. 왕이 말하기를 '어찌하여 아침구름이라 하는가?'라 하니, 송옥이 말하기를 '옛날 선왕께서 고당을 노닐다 피곤하여 낮잠을 주무시는데 꿈에 한 여인이 나타나 말하기를 '첩은 무산의 여인으로, 고당에 객으로 있습니다. 임금께서 고당을 유람하신다는 말을 듣고서 잠자리 시중을 들고자 합니다.'라 하였습니다. 이에 왕께서 그녀를 총애하였습니다. 여인이 떠나면서 작별하며 말하기를 '첩은 무산의 남쪽, 고구의 험준한 곳에 사는데, 아침에는 아침구름이 되었다가 저녁에는 내리는 비가 되어 아침저녁으로 양대의 아래에 있습니다.'라 하였습니다. 아침에 그곳을 보니 말한 것과 같아, 그녀를 위해 사당을 세우고 조운이라고 불렀습니다.'라 하였다." 역도원의 ≪수경주≫에 말하기를, "무산은 천제의 딸이 사는 곳이다. 송옥이 말한 천제의 막내딸은 이름이 요희이며 시집을 가지 못하고 죽어 무산의 대에 묻혔다. 혼이 풀이 되었는데 기실 영지를 말한다. 이른바 무산의 여인은 고당의 요희이다."라고 하였다. <조운곡>은 아마도 여기에서 취한 것이다.

≪古今樂錄≫曰, <朝雲曲>, 和云, 徙倚折耀華.[1] 宋玉<高唐賦序>曰, 楚襄王與宋玉遊雲夢之臺,[2] 望高唐之觀[3] 獨有雲氣, 變化無窮. 王問玉曰, 此何氣也. 玉曰, 所謂朝雲也. 王曰, 何謂朝雲也. 玉曰, 昔者先王嘗遊高唐, 怠而晝寢, 夢見一婦人, 曰, 妾巫山之女也, 爲高唐之客. 聞君遊高唐, 願薦枕席.[4] 王因幸之.[5] 去而辭曰, 妾在巫山之陽, 高丘之阻.[6] 旦爲朝雲, 暮爲行雨, 朝朝暮暮, 陽臺之下. 旦朝視之如言, 故爲立廟, 號曰朝雲. 酈道元≪水經注≫曰, 巫山者, 帝女居焉. 宋玉謂帝之季女名曰瑤姬, 未行而亡, 封于巫山之臺. 精魂爲草,[7] 實謂靈芝. 所謂巫山之女, 高唐之姬也. <朝雲曲>蓋取於此.

**주석**

1) 徙倚(사의) : 배회하다.

2) 雲夢(운몽) : 못 이름. 지금의 호북성 경내인 초楚 지역에 있었으며, 일반적으로 전국시기 초왕의 사냥터를 지칭하는 말로 쓰였다.

臺(대) : 높고 평평한 땅.

3) 高唐(고당) : 누대 이름. 운몽택 안에 있었다.

觀(관) : 누대.

4) 薦枕席(천침석) : 베개와 자리를 바치다. 잠자리 시중을 드는 것을 말한다.

5) 幸(행) : 총애하다. 왕이 여인과 잠자리를 함께 하는 것을 가리킨다.

6) 高丘(고구) : 산 이름. 초나라의 산으로, 어디인지는 정확히 알 수 없다.

7) 精魂(정혼) : 정령. 혼.

| | |
|---|---|
| 張樂陽臺歌上謁,[1] | 음악 연주하는 양대에서 신녀를 만난 일 노래하니 |
| 如寢如興芳晻曖.[2] | 잠든 듯 깨어난 듯 향기는 자욱하네. |
| 容光旣豔復還沒.[3] | 빛나는 용모 이미 아름답건만 다시 돌아가 사라져버렸네. |
| 復還沒, | 다시 돌아가 사라져버렸으니 |
| 望不來, | 바래도 오지 않고, |
| 巫山高, | 무산은 높고 |
| 心徘徊. | 마음은 배회하네. |

**주석**

1) 張樂(장악) : 음악을 펼치다. 음악을 연주하는 것을 말한다.

陽臺(양대) : 무산신녀巫山神女가 초楚 회왕懷王과 운우지정雲雨之情을 나눈 곳. 후에 남녀가 만나 사랑을 나누는 장소를 가리킨다.

上謁(상알) : 이름을 올려 황제를 배알하다. 무산신녀가 초 회왕을 알현한 일을 가리킨다.

2) 晻曖(엄애) : 향기가 자욱한 모양. 무산신녀의 향기를 가리킨다.

3) 容光(용광) : 빛나는 용모.

이 시는 무산신녀와의 사랑을 상상하며 그녀를 만날 수 없는 안타까운 심경을 나타내고 있다. 꿈인 듯 생시인 듯 신녀와 만나 사랑을 나누었지만 향기만 남긴 채 신녀는 무산으로 돌아가 버렸음을 말하고, 더 이상 이루어질 수 없는 만남에 상심하며 방황하고 있다.

(주기평)

# 47. 강남농 3수 江南弄三首

## 양梁 간문제簡文帝

### 47-1 강남곡 江南曲

화성에서 "봄의 길이여, 때맞춰 아름다운 사람을 건너가게 하네."라 한다.
和云, 陽春路, 時使佳人度.

| | |
|---|---|
| 枝中水上春倂歸,[1] | 나뭇가지 사이로 물 위로 봄이 함께 돌아가니 |
| 長楊掃地桃花飛. | 기다란 버들 땅을 쓸고 복사꽃 날리네. |
| 清風吹人光照衣.[2] | 맑은 바람은 사람에게 불어오고 햇빛은 옷을 비추네. |
| 光照衣, | 햇빛은 옷을 비추고 |
| 景將夕.[3] | 날은 저물려 하는데, |
| 擲黃金,[4] | 황금 내던져 |
| 留上客. | 귀한 객을 만류하네. |

**주석**

1) 倂(병) : 함께. 나란히.
2) 光(광) : 햇빛.
3) 景(경) : 풍경.
4) 擲(척) : 던지다. 아낌없이 쓰는 것을 말한다.

이 시는 저무는 봄의 경관을 묘사하며 떠나는 객을 붙잡아 두고 싶은 마음을 나타내고 있다. 떠나는 '귀한 객[上客]'이 실제 사람일 수도 있겠으나 저물어 가는 봄을 상징하는 것으로 볼 수도 있겠다.

## 47-2 용적곡 龍笛曲

화성에서 "강남의 노래여, 참으로 하늘 나는 봉황을 내려오게 할 수 있네."라 한다.
和云, 江南弄, 眞能下翔鳳.

| | |
|---|---|
| 金門玉堂臨水居,[1] | 금문과 옥당의 물가에서 사니 |
| 一嚬一笑千萬餘.[2] | 한 번 찡그렸다 한 번 웃는 것이 천만 번이 넘는다네. |
| 遊子去還願莫疏.[3] | 나그네 떠났다가 돌아오더라도 소원하지 않기 바라네. |
| 願莫疏, | 소원하지 않길 바라니 |
| 意何極[4] | 그 뜻 얼마나 지극한가! |
| 雙鴛鴦, | 한 쌍 원앙이 |
| 兩相憶. | 둘 다 서로 그리워한다네. |

### 주석

1) 金門玉堂(금문옥당) : 금으로 장식한 대문과 옥으로 만든 집. 화려하고 아름다운 집을 가리킨다.
2) 嚬(빈) : 찡그리다. 임과 헤어져 시름에 빠지는 것을 말한다.
   笑(소) : 웃다. 임과 재회하여 기뻐하는 것을 말한다.
3) 疏(소) : 소원하다. 둘의 관계가 소원해지는 것을 말한다.
4) 極(극) : 지극하다. 극진하다.

이 시는 잦은 이별과 만남에 매번 희비가 교차하는 상황과 잦은 이별 속에서도 서로의 돈독한 사랑이 변함없기를 바라는 여인의 바람이 나타나 있다.

## 47-3 채련곡 採蓮曲

화성에서 "연 캐고 돌아오니, 맑은 물은 옷을 적시기에 좋네."라 한다.
和云, 採蓮歸, 淥水好沾衣.[1]

| | |
|---|---|
| 桂楫蘭橈浮碧水,[2] | 계수나무 노와 목란 상앗대를 푸른 물에 띄우니 |
| 江花玉面兩相似. | 강의 꽃과 옥 같은 얼굴이 둘이 서로 비슷하네. |
| 蓮疏藕折香風起.[3] | 연을 헤치며 뿌리 자르니 향기로운 바람이 이네. |
| 香風起, | 향기로운 바람이 일고 |
| 白日低, | 흰 해는 지는데, |
| 採蓮曲, | <채련곡>이 |
| 使君迷. | 사람을 미혹시키네. |

주석

1) 淥水(녹수) : 맑은 물.
2) 桂楫(계즙) : 계수나무로 만든 노.
   蘭橈(난요) : 목란으로 만든 상앗대.
3) 蓮疏(연소) : 연을 헤치다. 연 사이로 배가 지나가는 것을 말한다.
   藕折(우절) : 연뿌리를 자르다.

해설

이 시는 연 따는 여인의 아름다운 모습과 매혹적인 노랫소리를 묘사하고 있다. 먼저 계수나무 노와 목란 상앗대로 여인이 탄 배를 비유하고 연꽃의 모습과 향기를 통해 여인의 아름다움을 나타내고 있다. 이어 날이 저물어 노동을 마치고 돌아오며 부르는 채련가 노랫소리가 사람을 미혹시키고 있음을 말하고 있다.

(주기평)

# 48. 강남농 4수 江南弄四首

## 심약 沈約

**48-1** 조슬곡 趙瑟曲[1)]

| | |
|---|---|
| 邯鄲奇弄出文梓,[2)] | <한단>의 빼어난 악곡이 아름다운 가래나무에서 나오니 |
| 縈弦急調切流徵.[3)] | 현을 감아 곡조를 급하게 하니 유치음에 들어맞네. |
| 玄鶴徘徊白雲起.[4)] | 검은 학이 배회하고 흰 구름이 일어나네. |
| 白雲起, | 흰 구름 일어 |
| 鬱披香.[5)] | 가득히 향기 덮이고 |
| 離復合, | 흩어졌다 다시 합쳐지도록 |
| 曲未央. | 곡은 끝나지 않네. |

**주석**

1) 趙瑟(조슬) : 趙조나라의 현악기. 전국 시기 조나라에서 유행한 악기로, 진秦나라의 현악기인 '진쟁秦箏'과 병칭되었다.

2) 邯鄲(한단) : 악곡 이름.
   弄(농) : 악곡. 곡조.
   文梓(문재) : 아름다운 문양의 가래나무. 여기서는 '조슬趙瑟'을 가리킨다.

3) 縈弦(영현) : 현을 감다. 악기의 음을 높은 소리로 조정하는 것을 말한다.
   切(절) : 들어맞다. 합치되다.
   流徵(유치) : 음조 이름. 치음徵音의 변조이다. 여기서는 곡의 기교가 현란하고 곡조가 변화무쌍함을 말한다.

4) 玄鶴(현학) : 검은 학. 상서로운 새를 의미한다. 《고금주古今注·조수鳥獸》에 "학은 천 년이
되면 푸른 빛으로 변하고 또 이천 년이 되면 검은빛으로 변하니, 이른바 현학이다.(鶴千歲則
變蒼, 又二千年變黑, 所謂玄鶴也)"라 하였다.

5) 披香(피향) : 향기가 덮이다. 한漢 무제武帝 때의 후궁인 피향전披香殿으로 볼 수도 있다.
한 무제 때 후궁으로 소양昭陽, 비상飛翔, 증성增城, 합환合歡, 난림蘭林, 피향披香, 봉황鳳凰,
원앙鴛鴦 등의 여덟 궁전이 있었다.

**해설**

이 시는 조슬趙瑟을 연주하고 있는 모습을 묘사하고 있다. 가래나무로 만든 조슬로 연주하
는 〈한단곡〉이 유치음流徵音에 잘 들어맞아 기교가 현란함을 말하고, 검은 학이 하늘을 배회하
고 흰 구름이 피어나 흩어졌다 모이는 모습을 통해 그 빼어나고 변화무쌍한 곡조를 형상화하
고 있다.

## 48-2 진쟁곡 秦箏曲[1]

| | |
|---|---|
| 羅袖飄纚拂雕桐,[2] | 비단 소매 휘날려 이어지며 아로새긴 오동나무를 스치고 |
| 促柱高張散輕宮.[3] | 기러기발 옮겨 현 높이 당기니 가벼운 궁음이 흩어지네. |
| 迎歌度舞遏歸風.[4] | 노래와 춤에 맞추니 돌아가는 바람을 막네. |
| 遏歸風, | 돌아가는 바람을 막고 |
| 止流月. | 흘러가는 달을 멈추게 하니, |
| 壽萬春,[5] | 만 년토록 장수하며 |
| 歡無歇.[6] | 즐거움이 다함이 없기를. |

**주석**

1) 秦箏(진쟁) : 진秦나라의 현악기. 조趙나라의 현악기인 '조슬趙瑟'과 병칭되었다.
2) 飄纚(표리) : 휘날리며 이어지다.

　　雕桐(조동) : 아름답게 새긴 오동나무. '진쟁秦箏'을 가리킨다.

3) 促柱(촉주) : 기러기발을 옮기다. 악기의 음을 높은 소리로 조정하는 것을 말한다.

　　高張(고장) : 현을 팽팽하게 당기다.

　　輕宮(경궁) : 가벼운 궁조宮調의 음.

4) 迎歌度舞(영가도무) : 노래를 맞이하고 춤에 맞추다. '영迎'과 '도度'는 '안按'의 의미로, 진쟁의 곡조에 맞추어 노래하고 춤을 추는 것을 말한다.

　　遏(알) : 막다. 저지하다. 아름다운 노래와 춤으로 인해 지나가는 바람조차 멈추었음을 말한다.

5) 萬春(만춘) : 만년.

6) 歇(헐) : 다하다. 그치다.

<br>

**해설**

　　이 시는 진쟁秦箏을 연주하고 있는 모습을 묘사하고 있다. 오동나무로 만든 진쟁을 여럿이 함께 연주하니 가벼운 궁음이 흩어져 나오고, 그 곡조에 맞춰 노래하고 춤추는 모습에 지나가는 바람조차 멈추었음을 말하고 있다. 이어 흐르는 세월을 붙잡아 두고 천년만년 즐기고 싶은 바람을 나타내고 있다.

<br>

### 48-3 양춘곡 陽春曲

유향의 ≪신서≫에서 송옥이 초 위왕에게 대답하여 말하기를, "객 중에 영 땅에서 노래하는 자가 있어 그 처음에 <하리파인>을 노래하니 나라 안에서 따라서 화창하는 자가 천 명이었습니다. 그가 <양릉>과 <채미>를 노래하니 나라 안에서 따라서 화창하는 자가 수백 명이었습니다. 그가 <양춘>과 <백설>을 노래하니 나라 안에서 따라서 화창하는 자가 수십 명일 따름이었습니다. 상음을 당기고 각음을 새기어 유치의 음조로 섞어 부르니 나라 안에서 따라서 화창하는 자가 몇 사람에 불과하였습니다. 이는 그 곡이 수준이 높아질수록 화창하는 자가 적었기 때문입니다."라고 하였다. 따라서 <양춘곡>의 유래는 또한 오래되었다. ≪악부해제≫에 말하기를, "양춘은 마음 아파하는 것이다."라고 하였다.

劉向《新序》宋玉對楚威王問曰, 客有歌於郢中者,[1] 其始爲<下里巴人>, 國中屬而
和者千人. 其爲<陽陵><採薇>, 國中屬而和者數百人. 其爲<陽春><白雪>, 國中屬
而和者, 數十人而已也. 引商刻角,[2] 雜以流徵[3] 國中屬而和者, 不過數人. 是以其曲
彌高, 其和彌寡. 然則<陽春>所從來亦遠矣. 《樂府解題》曰, 陽春, 傷也.

**주석**

1) 郢(영) : 지명. 춘추전국시기 초楚의 도읍으로, 지금의 호북성 강릉현江陵縣 동북쪽이다.

2) 引商刻角(인상각각) : 상음商音을 당기고 각음角音을 새기다. 음률을 궁구하고 기교를 추구
하는 것을 가리킨다. '인상각우引商刻羽'라고도 한다. '상商'과 '각角'은 오음五音인 '궁상각치
우宮商角徵羽' 중의 하나로, 상의 음이 가장 높았던 까닭에 '인引'이라 하고 각과 우는 음이
비교적 가늘었던 까닭에 '각刻'이라 하였다.

3) 流徵(유치) : 음조 이름. 치음徵音의 변조이다.

| | |
|---|---|
| 楊柳垂地燕差池,[1] | 버들은 땅에 드리우고 제비는 들쑥날쑥 나는데 |
| 緘情忍思落容儀.[2] | 정 묶어두고 그리움 견디니 얼굴과 모습이 쇠락하네. |
| 弦傷曲怨心自知. | 현 슬프고 곡 한스러움을 마음이 절로 아네. |
| 心自知, | 마음은 절로 알건만 |
| 人不見. | 사람은 보이지 않네. |
| 動羅裙, | 비단 치마 움직여 |
| 拂珠殿[3] | 주옥 궁전을 스치네. |

**주석**

1) 差池(치지) : 들쑥날쑥 가지런하지 않은 모양.

2) 緘(함) : 묶다. 봉하다.
   落容儀(낙용의) : 용모와 행동거지가 쇠락하다. 얼굴이 초췌해지고 행동이 무기력해지는
   것을 말한다.

3) 珠殿(주전) : 주옥으로 장식한 궁전. 여인의 처소를 가리킨다.

**해설**

이 시는 봄이 되어 사랑의 시름과 그리움에 빠져 있는 궁녀를 노래하고 있다. 늘어진 버들 사이로 희롱하며 날아다니는 제비의 모습과 사랑의 그리움을 홀로 인내하며 쇠락해져 가고 있는 여인의 모습을 대비시키고, 현악기 곡조에 슬프고 한스러운 심정을 기탁하며 오지 않는 임을 기다리면서 궁전을 서성이고 있는 여인의 모습이 나타나 있다.

## 48-4 조운곡 朝雲曲

| | |
|---|---|
| 陽臺氤氳多異色,[1] | 양대에 기운이 성하여 기이한 빛이 많고 |
| 巫山高高上無極. | 무산은 높고 높아 위로 끝이 없네. |
| 雲來雲去長不息.[2] | 구름은 오고 가며 오래도록 그침이 없네. |
| 長不息, | 오래도록 그침이 없어 |
| 夢來遊. | 꿈에 찾아와 노니나니, |
| 極萬世, | 만세가 다하도록 |
| 度千秋.[3] | 천년이 지나도록. |

**주석**

1) 陽臺(양대) : 무산신녀巫山神女가 초楚 회왕懷王과 운우지정雲雨之情을 나눈 곳. 후에 남녀가 만나 사랑을 나누는 장소를 가리킨다.
   氤氳(인온) : 기운이 성한 모양.

2) 雲來雲去(운래운거) : 구름이 오락가락하다. 송옥의 <고당부서>에서 무산신녀가 "아침에는 아침구름이 되었다가 저녁에는 내리는 비가 되어 아침저녁으로 양대의 아래에 있습니다.(旦爲朝雲, 暮爲行雨, 朝朝暮暮, 陽臺之下)"라 하였으니, 여기서는 무산신녀를 비유한다.

3) 度(도) : 건너다. 지나다.

**해설**

이 시는 무산신녀와의 사랑을 말하며 사랑이 오래도록 지속되기를 바라고 있다. 양대에 피어난 기이한 빛의 성한 기운과 닿을 수 없을 만큼 높이 솟은 무산의 모습을 묘사하고, 쉼 없이 오고 가는 구름으로 신녀와의 지속적인 만남을 말하고 있다. 이어 비록 꿈속에서의 만남일지언정 신녀와의 사랑이 천년만년 지속될 수 있기를 바라고 있다.

(주기평)

# 49. 강남농 2수 江南弄二首

## 49-1 강남농 江南弄
### 당唐 왕발王勃

| | |
|---|---|
| 江南弄, | 강남농 |
| 巫山連楚夢.[1] | 무산에서 초나라 왕의 꿈으로 이어지며, |
| 行雨行雲幾相送.[2] | 내리는 비와 떠가는 구름으로 몇 번이나 전송했던가. |
| 瑤軒金谷上春時,[3] | 옥 집과 황금 계곡은 초봄이지만 |
| 玉童仙女無見期.[4] | 옥동자와 선녀는 만날 기약 없는데, |
| 紫露香烟眇難託,[5] | 자줏빛 이슬과 향긋한 안개는 아득하여 부탁하기 어려우니 |
| 清風明月遙相思. | 맑은 바람과 밝은 달빛 아래 멀리서 그리워하네. |
| 遙相思, | 멀리서 그리워해도 |
| 草徒綠,[6] | 풀은 헛되이 푸를 뿐 |
| 爲聽雙飛鳳皇曲.[7] | 그래서 짝지어 날아갔다는 <봉황곡>을 듣는다. |

**주석**

1) 楚夢(초몽) : 초 왕의 꿈. 전국戰國 송옥宋玉의 <고당부高唐賦>에 의하면, 초 양왕襄王의 선왕
   先王이 양대陽臺에서 노닐 때 꿈속에서 무산巫山 신녀神女를 만나 동침했다고 한다. 이로부터
   남녀 간의 회합會合을 가리키게 되었다.

2) 行雨行雲(행우행운) : 내리는 비와 떠가는 구름. 여기서는 무산신녀巫山神女를 가리킨다.
   송옥의 <고당부>에 의하면, 무산신녀가 초왕에게 자신은 비와 구름이 되어 아침저녁으로

양대 아래에 있다고 말하였다 한다.

3) 瑤軒(요헌) : 옥으로 된 집. 원래는 화려하게 장식한 작은 집을 뜻하지만, 여기서는 신선의 거처를 가리킨다.

金谷(금곡) : 황금 골짜기. 원래는 진晉 석숭石崇이 조성한 호화로운 원림을 뜻하지만, 여기서는 신선의 거처를 가리킨다.

上春(상춘) : 초봄. 음력 정월. 여기서는 신선 세계가 항상 봄인 것을 가리킨다.

4) 玉童仙女(옥동선녀) : 선동仙童과 선녀.

5) 眇(묘) : 아득하다. 이슬과 안개 모두 그 형체가 유지되지 않는 존재들임을 뜻한다.

6) 徒綠(도록) : 헛되이 푸르다. 풀이 무성해지는 봄은 다시 돌아왔지만 떠난 임은 돌아오지 않은 것을 나타낸다. ≪초사楚辭·초은사招隱士≫에 "왕손은 떠돌며 돌아오지 않는데, 봄풀은 돋아나 무성하구나.(王孫遊兮不歸, 春草生兮萋萋)" 라는 구절이 있다.

7) 鳳皇曲(봉황곡) : 고대 악곡의 이름. 한漢 유향劉向의 ≪열선전列仙傳·소사簫史≫에 의하면 소사는 퉁소를 잘 불어 진秦 목공穆公의 딸 농옥弄玉과 부부가 되었다. 그는 농옥에게 봉황 울음을 내도록 가르쳤는데 몇 년 지나자 제법 봉황 소리가 났다. 그 소리에 봉황이 날아와서 그들의 집에 거하게 되자 목공이 그들에게 봉대鳳臺를 지어주었다. 몇 년 안 되어 부부가 모두 봉황을 타고 날아갔다고 한다.

**해설**

이 시는 〈강남농〉 노래가 무산신녀와 초나라 왕의 만남과 이별, 그리고 옥동자와 선녀의 그리움 등을 노래하지만, 노래해도 아무 소용이 없으니 이제는 부부가 함께 봉황을 타고 날아갔다는 내용의 〈봉황곡〉을 듣겠노라 다짐하고 있다.


**49-2** 강남농 江南弄

　　　이하李賀

江中綠霧起涼波,　　강의 초록 안개는 찬 물결을 일으키고
天上疊巘紅嵯峨.[1)]　하늘가의 첩첩 산은 우뚝한 봉우리가 붉네.

| | |
|---|---|
| 水風浦雲生老竹, | 강바람과 포구 구름이 옛 대숲에서 이는데 |
| 渚暝蒲帆如一幅.[2] | 물가 어둑할 때 갈대 배가 한 폭 그림 같다. |
| 鱸魚千頭酒百斛, | 농어 천 마리와 술 일백 곡 |
| 酒中倒臥南山綠. | 술에 취해 거꾸러져 누우니 남산이 푸르구나. |
| 吳歈越吟未終曲,[3] | 오월 노래를 한 곡 다하기도 전에 |
| 江上團團帖寒玉.[4] | 강 위에 둥글둥글 차가운 옥이 달라붙는다. |

**주석**

1) 疊巘(첩헌) : 첩첩의 산 봉우리.

嵯峨(차아) : 산이 높게 솟은 모양. 우뚝하다.

이 구는 하늘가에 붉게 펼쳐진 저녁노을을 표현한 것으로 볼 수도 있다.

2) 蒲帆(포범) : 갈대 배. 부들을 엮어 만든 배.

3) 吳歈(오유) : 춘추春秋 시기 오吳나라의 노래. 여기서는 오 지역의 노래를 가리킨다.

越吟(월음) : 전국戰國 시기 월越나라의 노래. 여기서는 월 지역의 노래를 가리킨다. ≪사기·장의열전張儀列傳≫에 의하면, 월나라 사람 장석莊舃이 초나라에서 벼슬했는데 부귀한 생활을 하면서도 고향을 잊지 못해 병석에서도 월나라 노래를 불러 고향생각을 달랬다고 한다.

4) 團團(단단) : 둥근 모양.

帖(첩) : 달라붙다. '첩貼'으로 된 판본도 있다.

寒玉(한옥) : 차가운 옥. 달을 가리킨다.

이 구는 강 위로 달이 막 떠오르는 모습을 표현하였다.

**해설**

이 시는 강남의 아름다운 풍경을 노래하였다. 앞의 4구는 강남의 저녁 물가 풍경을 그려내었고 뒤의 4구는 술 마시고 노래하는 가운데 달이 떠오르는 유유자적함을 표현하였다.

(김수희)

# 50. 채련곡 26수 採蓮曲二十六首

## 50-1 채련곡 2수 採蓮曲二首
### 양梁 간문제簡文帝

**50-1-1**

| | |
|---|---|
| 晩日照空磯,[1] | 저문 해가 텅 빈 바위산을 비추는데 |
| 採蓮承晩暉.[2] | 연을 따며 저녁 햇살을 받고 있네. |
| 風起湖難度, | 바람 일어 호수는 건너기 어렵지만 |
| 蓮多摘未稀. | 연이 많아 따는 것이 적지 않네. |
| 棹動芙蓉落, | 노 움직이자 부용꽃 떨어지고 |
| 船移白鷺飛. | 배 이동하니 백로가 날아가네. |
| 荷絲傍繞腕,[3] | 연의 실이 곁에서 팔을 감고 |
| 菱角遠牽衣.[4] | 마름 뿔이 멀리서 옷을 당기네. |

**주석**

1) 空磯(공기) : 텅 빈 바위산. '기'는 물가에 돌출된 바위를 가리킨다.

2) 承(승) : 받다. 받아들이다.

   晩暉(만휘) : 저녁 햇살.

3) 荷絲(하사) : 연실. 연 줄기나 연뿌리를 자르면 가는 실이 나오는데 이를 가리킨다.

4) 菱角(능각) : 마름 뿔. 마름모서리.

   牽衣(견의) : 옷을 당기다. 마름 뿔에 옷이 걸려 멀어질수록 점점 당겨지는 것을 가리킨다.

해설

이 시는 저물녘 물가에서 연과 마름을 따는 모습을 그려내었다. 제1~2구는 저물녘에도 돌아가지 않고 여전히 연을 따고 있음을 말하였고, 제3~4구는 호수를 건너기 어려운 상황인데도 꿋꿋이 연이 많은 곳으로 향함을 말하였다. 제5~6구는 배가 이동할 때 주변 경물의 변화를 포착해내었고, 제7~8구는 연과 마름 또한 늦게까지 일한 이에게 정을 품게 되었음을 표현하였다.

50-1-2

| | |
|---|---|
| 常聞藘可愛,[1] | 항상 연꽃이 사랑스럽다 들었기에 |
| 採擷欲爲裙.[2] | 따고 따서 치마를 만들려고 했지만, |
| 葉滑不留綖,[3] | 잎이 미끄러워 실이 남아있지 못하고 |
| 心忙無假薰.[4] | 마음 바빠 훈향할 겨를이 없지요. |
| 千春誰與樂, | 수많은 봄을 뉘와 함께 즐기실까 |
| 唯有妾隨君. | 오직 저만이 당신을 따른답니다. |

주석

1) 藘(거) : 연꽃.
2) 採擷(채힐) : 따고 캐다. ≪초사·이소≫에 "연잎을 재단하여 옷을 만들고, 연꽃을 모아 치마를 만드네.(制芰荷以爲衣兮, 集芙蓉以爲裳)" 라는 구절이 있다.
　　이 구는 연꽃 치마가 군자에게 어울리기에 만들어주려고 했음을 말하였다.
3) 留綖(유선) : 실을 남기다. 바느질하는 것을 가리킨다.
4) 無假(무가) : 겨를이 없다.
　　薰(훈) : 훈향하다. 옷에 향을 쐬는 것을 뜻한다.

해설

이 시는 〈채련부采蓮賦〉의 마지막 '가왈歌曰' 부분에 해당한다. 여성 주인공은 군자인 임에게 어울리는 연꽃 치마를 만들어주려고 하지만, 이보다는 임과 함께 아름다운 봄날을 즐기고 싶다는 바램을 노래하였다.

## 50-2 채련곡 採蓮曲

양梁 원제元帝

| 碧玉小家女,[1] | 벽옥은 한미한 집안 딸 |
|---|---|
| 來嫁汝南王.[2] | 여남왕에게 시집왔다지요. |
| 蓮花亂臉色,[3] | 연꽃이 얼굴색을 어지럽히고 |
| 荷葉雜衣香.[4] | 연잎이 옷 향기에 뒤섞인 채, |
| 因持薦君子,[5] | 이를 들고 당신에게 바치나니 |
| 願襲芙蓉裳.[6] | 원컨대 연꽃 치마 덧입으소서. |

**주석**

1) 碧玉(벽옥) : 동진東晉 여남왕汝南王의 첩 이름. 여남왕은 문인 손작孫綽에게 총애하는 첩 벽옥을 위해 <정인벽옥가이수情人碧玉歌二首>를 짓게 했는데, 이 구는 제1수의 '벽옥소가녀碧玉小家女' 구절을 그대로 인용하였다.

2) 汝南王(여남왕) : 동진東晉 여남왕汝南王 사마량司馬亮.

3) 亂臉色(난검색) : 얼굴색을 어지럽히다.
   이 구는 연꽃의 붉은색이 얼굴에 어른거리며 홍조를 만들어냄을 말하였다.

4) 雜衣香(잡의향) : 옷 향기에 뒤섞이다.
   이 구는 연잎 향이 옷에 밴 것을 가리킨다.
   이상 두 구는 벽옥이 '부용상'을 만드느라 연과 한 몸이 됨을 말하였다.

5) 因持(인지) : 인하여 들다.
   君子(군자) : 당신. 지아비. 첩에 대한 상대적 호칭이다. ≪시·소남召南·초충草蟲≫에서 "당신을 보지 못하니 근심하는 마음 뒤숭숭하네.(未見君子, 憂心忡忡)" 라고 하였다.
   이 구는 '부용상'을 가지고서 임에게 바치는 것을 말하였다.

6) 襲(습) : 옷을 덧대 입다. 여기서 '부용상'은 자신을 대신하는 사물로서, 이를 바친다는
   것은 임에게 헌신하려는 뜻을 나타낸다.

**해설**

이 시는 연꽃 치마를 만들어서 임에게 바치면서 자신 또한 벽옥처럼 왕의 아내가 되기를
바라는 마음을 노래하였다

**50-3** 채련곡 採蓮曲
        유효위劉孝威

| 金槳木蘭船,[1] | 금빛 상앗대와 목란나무 배 |
|---|---|
| 戱採江南蓮.[2] | 유희 삼아 강남의 연을 딴다. |
| 蓮香隔蒲渡, | 연의 향기 부들 너머로 건너가고 |
| 荷葉滿江鮮. | 연잎은 강에 가득 싱싱하다. |
| 房垂易入手,[3] | 연밥 드리워져 손에 쉬이 들어오고 |
| 柄曲自臨盤.[4] | 연 자루 구부러져 쟁반에 절로 놓인다. |
| 露花時濕釧,[5] | 이슬진 꽃은 때때로 팔찌를 적시고 |
| 風莖乍拂鈿.[6] | 바람결의 줄기는 갑자기 비녀에 스친다. |

**주석**

1) 金槳(금장) : 금빛 상앗대
   木蘭船(목란선) : 목란 나무로 만든 배.
   이 구는 화려한 배를 가리킨다.
2) 戱採(희채) : 장난삼아 따다. 연 따기를 노동으로 하는 것이 아님을 뜻한다.
3) 房垂(방수) : 연밥의 알이 차서 그 무게로 처지다.
   이 구는 연밥이 손으로 따기 좋은 위치에 있는 것을 가리킨다.

4) 柄曲(병곡) : 연밥 자루가 구부러지다.

　　이 구는 연밥 자루가 구부러져 쟁반 안에 놓이기 좋은 상태임을 말하였다.

5) 濕釧(습천) : 팔찌를 적시다. 연꽃의 이슬이 팔찌에 떨어지는 것을 말한다.

6) 拂鈿(불전) : 비녀에 스치다. 연꽃 줄기가 바람에 흔들리며 비녀에 스치는 것을 가리킨다.

　　이 시는 배를 타고 나가 연 따는 여인의 모습을 순차적으로 노래하였다. 제1~2구는 배를 타고 장난삼아 연 따는 것을 서술하였고 다음 3~4구는 연꽃이 강에 가득 자라있음을 말하였다. 제5~6구는 연밥과 그 줄기를 손으로 따서 쟁반에 놓는 모습을 썼고, 마지막 두 구는 연 따는 와중에 연꽃 이슬이 여인에게 떨어지고 연의 줄기가 바람결에 머리를 스치는 장면을 묘사하였다.

## 50-4 채련곡 採蓮曲
　　　주초朱超[1]

| 豔色前後發,[2] | 고운 자태로 앞뒤에서 출발하는데 |
| 緩楫去來遲.[3] | 천천히 노질하여 오가는 것이 더디네. |
| 看妝礙荷影,[4] | 단장한 모습 보다가 연 그림자에 방해받고 |
| 洗手畏菱滋.[5] | 손을 씻다가 마름 모여들까 걱정하네. |
| 摘除蓮上葉,[6] | 연 위의 잎을 따내고 |
| 抰出藕中絲.[7] | 연뿌리 속의 실을 뽑아내네. |
| 湖裏人無限, | 호수 안에 사람들 무수한데 |
| 何日滿船時.[8] | 어느 날에 만선이 될까. |

1) 朱超(주초) : 주초도朱超道로 된 판본이 있는데, 그 주에 "주초朱超, 주초도朱超道, 주월朱越로 각 시집에 기재되어 있는데, 아마도 한 사람의 작품인 듯하다."라고 하였다.

2) 豔色(염색) : 고운 자태. 채련녀採蓮女의 모습을 형용한다.

　發(발) : 출발하다.

3) 緩楫(완즙) : 노질을 천천히 하다. '즙'은 배의 노이다.

　去來(거래) : 오가다. 노질에 배가 오가는 것을 가리킨다.

4) 看妝(간장) : 단장한 모습을 보다. 수면에 비친 자기모습을 보는 것이다.

5) 菱滋(능자) : 마름이 불어나다. 마름이 모여들면서 점점 많아지는 것을 가리킨다.

6) 蓮上葉(연상엽) : 연 위로 자란 잎. 다 자란 잎을 가리킨다.

7) 拖出(타출) : 끌어내다. 뽑아내다.

　藕中絲(우중사) : 연뿌리의 실. 연뿌리를 자르면 가는 실이 이어지는데 이를 가리킨다.

8) 滿船(만선) : 만선하다. 배에 가득 연을 따는 것을 가리킨다.

　이상 두 구는 연을 따는 여인들이 많아서 배를 가득 채우기 어려움을 말하였다.

**해설**

　이 시는 연 따는 여인의 모습을 중점적으로 노래하였다. 연 따러 가면서 배를 젓는 모습에서 연 따는 곳에 도착하여 수면에 자기모습을 비춰보고 손을 씻는 모습, 그리고 본격적으로 연을 따는 모습 등등 연 따는 여인에게 묘사의 초점을 맞추고 있다.

**50-5** 채련곡 採蓮曲

　　심군유沈君攸

平川映曉霞,[1]　　드넓은 강에 새벽노을 비칠 무렵

蓮舟泛浪華.[2]　　연 따는 배가 물결 위에 떠 있네.

衣香隨岸遠,　　옷 향기는 언덕 따라 멀어지고

荷影向流斜.[3]　　연 그림자는 물결 향해 비스듬하네.

度手牽長柄,[4]　　손으로 가늠하여 긴 자루를 당기고

轉楫避疏花.[5]　　노를 돌려 꽃 드문 데를 피하네.

還船不畏滿,[6]　　돌아오는 배 채우지 못할까 겁내지 않는데

歸路詎嫌賒.[7]　　　돌아오는 길 멀다고 어찌 싫어하랴.

**주석**

1) 平川(평천) : 드넓은 강. '평'은 평평하게 넓은 것을 뜻한다.

　　曉霞(효하) : 새벽노을. '만하晚霞'로 된 판본도 있다.

2) 浪華(낭화) : 흰 포말이 이는 물결. '낭화浪花'와 같다.

3) 向流(향류) : 물의 흐름을 향해.

　　이 구는 물이 흘러가는 것에 따라 연 그림자 또한 비스듬해지는 것을 가리킨다.

4) 度手(탁수) : 손으로 가늠하다. 연과의 거리를 손으로 가늠하는 것을 가리킨다.

　　長柄(장병) : 긴 연밥 자루. 자루의 키가 커서 따기 어려운 것을 가리킨다.

5) 轉楫(전즙) : 노를 돌리다. 배를 이동하는 것을 가리킨다.

6) 不畏滿(불외만) : 배 채우는 일을 겁내지 않는다. 배를 채우지 못할까 걱정하지 않는다는 말이다.

7) 嫌賒(혐사) : 먼 것을 싫어하다.

　　이상 두 구는 일이 많아지는 것을 겁내지 않고 먼 곳까지 나가 연을 따는 것을 말한다.

**해설**

　이 시는 연 따는 여인의 모습과 심정을 노래하였다. 여인이 새벽부터 먼 데까지 나아가 연 따는 모습을 객관적으로 그려내었는데, 마지막 두 구에서 이러한 여인의 심정까지 담아내었다.


## 50-6 채련곡2수 採蓮曲二首

　　　오균吳均

**5-6-1**

江南當夏淸,[1]　　　강남은 여름 맞아 맑은데

桂楫逐流縈.[2]　　　계수나무 노가 물결 따라 감돈다.

初疑京兆劍,[3]　　처음엔 경조윤의 보검인가 했는데

復似漢冠名.[4]　　또 한나라 관 이름과도 비슷하다.

荷香帶風遠,　　연 향기는 바람결에 멀어지고

蓮影向根生.　　연 그림자 뿌리 쪽에서 생겨난다.

葉卷珠難溜,　　잎이 말려서 물방울 흘러내리기 어렵고

花舒紅易傾.[5]　　꽃이 피어서 붉은 꽃잎 쉽게 기운다.

日暮鳬舟滿,[6]　　날 저물 때 오리 배 채우고서

歸來渡錦城.[7]　　돌아오며 비단 성을 건넌다.

### 주석

1) 江南(강남) : 강남. ‘남’은 ‘풍風’으로 된 판본도 있다.

　　當夏(당하) : 여름이 되다. ‘하’는 ‘야夜’로 된 판본도 있다.

2) 桂楫(계즙) : 계수나무 노. 배를 가리킨다. ‘즙’은 ‘도棹’로 된 판본도 있다.

3) 京兆劍(경조검) : 경조의 보검. 경조는 장안長安(지금의 西安)을 가리킨다.

　　이 구는 연꽃의 긴 줄기가 장안의 협객들이 찼던 검과 비슷함을 나타낸다.

4) 漢冠名(한관명) : 한나라 때의 관모冠帽 이름. 부용관芙蓉冠(연화관蓮花冠이라고도 함)을 가리키는 것으로 추정된다.

5) 易傾(이경) : 쉽게 기운다. 꽃이 활짝 펴서 그 무게로 인해 살짝 기운 것을 가리킨다. ‘경’은 ‘경輕’으로 된 판본도 있다.

6) 鳬舟(부주) : 오리 모양의 배.

　　滿(만) : 가득 차다. 연을 따서 배를 가득 채운 것을 가리킨다.

7) 錦城(금성) : 비단 성. 원래는 사천성四川省 성도成都를 가리키는 말인데 성도를 또 용성蓉城, 부용성芙蓉城이라고도 하므로, 여기서는 연꽃이 많이 피어있는 곳을 가리킨다.

### 해설

　　이 시는 양梁 원제元帝가 지었고 그 제목이 〈부득섭강채부용賦得涉江採芙蓉〉이라고 된 판본도 있다. 연 따는 배를 노래하는 가운데 연의 다양한 모습을 읊었다. 채련배의 출발과 도착

중간에 연에 대한 영물詠物을 결합했는데, 문인시의 한 특징이라고 할 수 있다.


## 50-6-2

| | |
|---|---|
| 錦帶雜花鈿,[1] | 비단 띠는 꽃 머리장식에 섞여 있고 |
| 羅衣垂綠川. | 비단옷은 푸른 물에 드리워졌네. |
| 問子今何去,[2] | 그대 지금 어디 가냐고 물으니 |
| 出採江南蓮. | 강남으로 연 따러 간다고 하네. |
| 遼西三千里, | 요서 땅 삼천리로 |
| 欲寄無因緣.[3] | 부치려 해도 기댈 바가 없으니, |
| 願君早旋返[4] | 원컨대 낭군께서 일찍 돌아오시어 |
| 及此荷花鮮. | 이처럼 연꽃 고울 때 이르시길. |

**주석**

1) 花鈿(화전) : 꽃 모양의 머리 장식.
2) 子(자) : 그대. 채련녀採蓮女를 가리킨다.
3) 因緣(인연) : 기대다. 빙자憑藉하다.
4) 君(군) : 당신. 그대. 요서遼西 땅으로 떠난 임을 가리킨다.
   旋返(선반) : 돌아오다. 회귀하다.


**해설**

이 시는 연 따는 여인의 목소리를 통해 요서 땅으로 떠난 임이 어서 돌아오길 바라는 심정을 노래하였다. 여인은 곱게 단장한 채 연 따러 가면서 연꽃이 이리 고울 때 떠난 임도 돌아와서 자신과 함께하길 염원하고 있다.

**50-7** 채련곡 採蓮曲

진陳 후주後主

| | |
|---|---|
| 相催暗中起, | 재촉하며 어둠 속에 일어났지만 |
| 妝前日已光. | 단장 마치기 전에 해가 이미 빛나네. |
| 隨宜巧注口,[1] | 대충대충 잘도 입술에 바르고 |
| 薄落點花黃.[2] | 연하게 노란 꽃 화장 찍었네. |
| 風住疑衫密,[3] | 바람 멈추니 적삼 올이 촘촘하다 근심하고 |
| 船小畏裾長.[4] | 배가 작으니 옷자락이 길다고 걱정하네. |
| 波文散動楫,[5] | 파문은 휘젓는 노에 흩어지고 |
| 荇花拂度航.[6] | 줄풀 꽃은 지나가는 배에 스치네. |
| 低荷亂翠影,[7] | 아래쪽 연은 비취색 그림자 어른거리고 |
| 采袖新蓮香. | 연 따는 소매는 연꽃 향이 싱그럽네. |
| 歸時會被喚,[8] | 돌아올 때 틀림없이 부름을 받겠지만 |
| 且試入蘭房.[9] | 우선은 규방에 들어가 있으려네. |

**주석**

1) 隨宜(수의) : 대충. 편한 대로.

注口(주구) : 입에 칠하다. 입술에 바르다.

2) 薄落(박락) : 옅고 흐릿한 모양. 당唐 왕건王建의 시 <몽호리화가梦好梨花歌>에 "옅고 흐릿하여 안개와 구분되지 않네(薄薄落落雾不分)" 구절이 있다.

點(점) : 점찍다.

花黃(화황) : 고대 부녀의 얼굴화장. 액황額黃. 금색 가루나 종이를 써서 이마 위에 꽃모양을 바르거나 붙이는 화장의 일종.

3) 風住(풍주) : 바람이 멈추다. 바람이 그친 것을 가리킨다.

衫密(삼밀) : 홑적삼의 천 조직이 빽빽하다.

이 구는 옷이 조밀한 천으로 되어 있어 더울까 근심하는 것이다.

4)  裾長(거장) : 옷자락이 길다.

   이 구는 옷자락은 길어서 물에 옷자락이 젖을까 걱정하는 것이다.

5)  動楫(동즙) : 노를 움직이다. 노 젓는 것을 가리킨다.

6)  菱花(교화) : 줄 풀의 꽃.

   度航(도항) : 배를 건너게 하다. 배가 건너가다.

7)  低荷(저하) : 낮게 자란 연.

   亂翠影(난취영) : 비취빛 그림자 어른대다.

   이 구는 키 작은 연의 연잎이 흔들리는 것을 가리킨다.

8)  被喚(피환) : 부름을 받다. 이성異性의 부름을 받다.

9)  蘭房(난방) : 규방閨房. 여인의 거처.

   이상 두 구는 돌아올 때 이성의 부름을 받겠지만 우선은 자기 규방에 들어가 있겠다는
   말이다.

**해설**

   이 시는 연 따는 여인이 일찍부터 단장하고 배를 타고 나가 연을 딴 후 돌아오는 모습을
순차적으로 노래하였다. 첫 단락은 제1~4구로 어두울 때 일어나 날 밝을 때까지 입술화장이
며 이마화장 등 단장에 공들이는 모습을 서술하였고, 둘째 단락은 제5~8구로 공연한 걱정
속에 배를 타고 호수 안으로 이동하는 모습을 그려내었다. 마지막 단락은 제9~12구로 연을
따고 돌아올 때 자신을 부르는 이가 있겠지만 우선은 자기 방에 들어가 있겠다는 속마음을
서술하였다. 단장에 한껏 공을 들이면서도 섣불리 이성의 부름에 응하지 않으려는 여성의
모순된 심리를 표현하였다.


**50-8** 채련곡 採蓮曲
          수隋 노사도盧思道

曲浦戲妖姬,       굽이진 포구로 놀러 나온 미인

輕盈不自持.[1]     가벼운 몸 스스로 가누지 못하면서,

| | |
|---|---|
| 擎荷愛圓水,[2] | 연꽃을 들어 둥근 물방울 좋아하고 |
| 折藕弄長絲.[3] | 연뿌리 잘라 긴 실을 가지고 노네. |
| 珮動裙風入, | 패대 흔들리도록 치마에 바람 들어오고 |
| 妝銷粉汗滋. | 화장 지워지도록 분단장에 땀이 더해가네. |
| 菱歌惜不唱,[4] | <채릉가> 부르지 못해 아쉬우면 |
| 須待暝歸時.[5] | 저물녘 돌아갈 때를 기다려야 하리. |

주석

1) 輕盈(경영) : 여인의 가볍고 부드러운 행동거지. 위의 '요희'를 가리킨다.

2) 擎荷(경하) : 연꽃을 들어 올리다.

3) 長絲(장사) : 연뿌리를 잘랐을 때 나오는 실.

4) 不唱(불창) : 노래하지 않다.

　　이 구는 여인이 <채릉가>를 불러 구애하지 않은 것을 가리킨다.

5) 暝歸時(명귀시) : 날 저물어 돌아갈 때.

　　이 구는 여인이 돌아갈 때 혹 <채릉가>를 부르지 않을까 하는 기대감을 표현하였다.

해설

　이 시는 물가에 놀러 나와 연꽃을 가지고 노는 미인의 모습을 노래하였다. 이 작품을 통해 연 따기가 여성 노동에서 일종의 유희로 변해가는 과정을 엿볼 수 있다.

## 50-9 채련곡 採蓮曲
　　　은영동殷英童

| | |
|---|---|
| 蕩舟無數伴,[1] | 배 젓는 수많은 친구들 |
| 解纜自相催.[2] | 닻줄 풀고 서로 재촉하는데, |
| 汗粉無庸拭,[3] | 땀으로 분단장은 닦아낼 필요 없어지고 |

| | |
|---|---|
| 風裾隨意開. | 바람결에 옷깃은 멋대로 풀어 헤쳐졌네. |
| 棹移浮荇亂, | 노를 옮기니 떠 있는 마름 흐트러지고 |
| 船進倚荷來.[4] | 배가 나아가니 연꽃이 기대오네. |
| 藕絲牽作縷, | 연뿌리 실은 당겨서 실을 만들고 |
| 蓮葉捧成杯.[5] | 연잎은 받쳐 들어 술잔을 만드네. |

**주석**

1) 蕩舟(탕주) : 배를 젓다.

2) 解纜(해람) : 닻줄을 풀다. 배를 출발시키는 것을 말한다.

   自相(자상) : 서로.

3) 無庸(무용) : ~할 필요 없다.

   拭(식) : 닦다. 여기서는 화장을 지우는 것을 가리킨다.

4) 倚荷來(의하래) : 연꽃이 기대며 다가오다.

   이 구는 배가 나가면서 주변 연꽃이 비스듬히 기우는 모습을 표현하였다.

5) 成杯(성배) : 술잔이 되다. '배'는 연잎 모양의 술잔인 하엽배荷葉杯를 가리킨다.

   이상 두 구는 채련 활동을 통해 임에게 바칠 것을 마련하는 모습을 노래하였다.

**해설**

이 시는 여인들이 무리를 이루며 배를 저어 나아가 연뿌리와 연잎을 따는 모습을 노래하였다. 배를 젓는 바람에 땀을 흘리고 옷깃이 풀어 헤쳐진 것이지만, 여기서는 다소 에로틱한 모습이라고 할 수 있다.

## 50-10 채련곡 採蓮曲

당唐 최국보崔國輔

| | |
|---|---|
| 玉溆花紅發,[1] | 옥색 물가에 꽃은 붉게 피었고 |
| 金塘水碧流.[2] | 금빛 제방에 물은 푸르게 흐르네. |

相逢畏相失,　　서로 만나 서로를 놓칠까 걱정되는지
並著採蓮舟.[3]　연 따는 배를 나란히 붙여놓았네.

### 주석

1) 玉漵(옥서) : 물가.
　紅發(홍발) : 붉게 피다. '홍'은 '쟁爭'으로 된 판본도 있다.
2) 金塘(금당) : 금빛 제방. 견고한 제방을 가리킨다.
　碧流(벽류) : 푸르게 흐르다. 위의 '홍발'과 대장對仗을 이룬다. '벽'은 '난亂'으로 된 판본도
　있다.
3) 並著(병착) : 나란히 붙여 놓다.

### 해설

　이 시는 아름다운 물가를 배경으로 남녀가 서로 만난 후에 연 따는 배를 계속 나란히
붙여놓은 것을 노래하였다.

## 50-11 채련곡 採蓮曲

서언백徐彦伯

妾家越水邊,　　저의 집은 월 땅의 물가
搖艇入江煙.[1]　배를 흔들며 강 안개 속으로 들어가요.
旣覓同心侶,　　이미 마음 맞는 짝도 찾았고
復採同心蓮.[2]　또 한 줄기에 두 송이 연꽃도 땄지요.
折藕絲能脆,[3]　연뿌리 자르니 실은 잘 끊어지고
開花葉正圓.[4]　연꽃 피니 잎은 한창 둥글어요.
春歌弄明月,　　봄노래로 밝은 달을 희롱하면서
歸棹落花前.[5]　꽃 지기 전에 배 타고 돌아가지요.

1) 搖艇(요정) : 배를 흔들다. '정'은 작은 배로 채련 배를 가리킨다.

2) 同心蓮(동심련) : 연의 일종으로 쌍두련雙頭蓮이다. 합환련合歡蓮, 가련嘉蓮이라고도 하는데,
   남녀의 애정을 가리킨다.

3) 能脆(능취) : 잘 끊기다. 연뿌리가 잘 익은 것이다.
   이 구는 임을 만나 그리움[思]이 사라진 것을 가리킨다.

4) 正圓(정원) : 한창 둥글다. 연잎이 다 큰 것이다.
   이상 두 구는 연뿌리도 잘 익고 꽃잎도 둥글어지는 등 연이 한창 때임을 나타내었다.

5) 歸棹(귀도) : 돌아가는 배. '도'는 배를 가리킨다.
   이 구는 임을 만나 즐기더라도 때가 되면 돌아가는 것을 가리킨다.


해설

　이 시는 여인의 목소리를 통해 채련 활동에서 바라는 바, 즉 연도 따고 임도 만나 함께
즐기다가 때가 되면 돌아가는 것을 노래하였다.


## 50-12 채련곡 採蓮曲

이백李白

| | |
|---|---|
| 若耶溪傍採蓮女,[1] | 약야계 곁의 연 따는 여인들 |
| 笑隔荷花共人語.[2] | 연꽃 너머 웃으면서 서로들 이야기하네. |
| 日照新妝水底明,[3] | 해가 새 화장을 비추니 물밑까지 환하고 |
| 風飄香袖空中擧. | 바람이 향기로운 소매에 부니 공중으로 들리네. |
| 岸上誰家遊冶郎,[4] | 언덕 위에 어느 댁의 한량인지 |
| 三三五五映垂楊.[5] | 삼삼오오 수양버들 사이로 비치네. |
| 紫騮嘶入落花去,[6] | 자류마 히힝 거리며 낙화 속으로 들어가니 |
| 見此踟躕空斷腸.[7] | 이 모습 보고 서성이며 부질없이 애끊네. |

**주석**

1) 若耶溪(약야계) : 시내 이름. 절강성浙江省 소흥紹興에 있는데, 전하는 바에 의하면 월越나라 서시西施가 빨래하던 곳이라고 한다.

2) 共人語(공인어) : 사람들과 함께 말하다.

3) 水底(수저) : 물 밑.
   이 구는 여인의 단장한 모습이 물에 환히 비치는 것을 가리킨다.

4) 遊冶郎(유야랑) : 한량. 한가로이 노니는 이들.

5) 映垂楊(영수양) : 수양버들 사이로 비치다.
   이 구는 삼삼오오 무리지은 한량들의 모습이 버들가지 사이로 언뜻언뜻 보이는 것을 가리킨다.

6) 紫騮(자류) : 옛 준마의 이름. 여기서는 자류마를 탄 '유야랑'을 가리킨다.
   嘶(시) : 말 울음소리.

7) 見此(견차) : 이 모습을 보다. 연 따는 여인들이 떠나는 한량의 모습을 보다.
   踟躕(지주) : 서성이다. 주저하다. 망설이는 모습을 형용한다.
   이상 두 구는 연 따는 여인들이 한량들이 떠나가는 것을 보고 아쉬워하는 모습을 표현하였다.

**해설**

이 시는 연 따는 여인을 노래하였다. '약야계'의 지명을 활용하여 연 따는 여인들의 모습에 월나라 서시西施의 미모를 겹쳐놓았다. 한량들이 언덕에서 머뭇거리다 그냥 가버리자 채련녀들이 이를 바라보며 아쉬워하는 모습을 표현하였다. 제4구에서 운자韻字가 바뀌는데, 이에 따라 묘사의 중심도 연 따는 여인들로부터 한량에게로 이동하였다.

## 50-13 채련곡 採蓮曲

하지장賀知章

稽山罷霧鬱嵯峨,[1]　회계산은 안개 가시며 우뚝한 봉우리 빽빽한데
鏡水無風也自波.[2]　경호는 바람이 없는데도 절로 물결치네.

莫言春度芳菲盡,[3]    봄이 가며 꽃이 다했다고 말하지 말라
別有中流採芰荷.[4]    호수 안에 따로 마름과 연 따는 여인들 있다네.

1) 稽山(계산) : 회계산會稽山. 절강성浙江省 소흥紹興 동남쪽에 있다.
   嵯峨(차아) : 산이 높고 가파른 모양.
2) 鏡水(경수) : 경호鏡湖. 회계산의 북쪽 기슭에 있는 호수 이름.
   自波(자파) : 절로 물결이 일어나다.
   이 구는 채련 배의 이동으로 잔잔한 호수에 물결이 절로 이는 것을 가리킨다.
3) 芳菲(방비) : 향기로운 꽃과 풀. 봄의 화초花草를 가리킨다.
4) 別有(별유) : 별도로 존재하다.
   中流(중류) : 물의 흐름 가운데. 경호 가운데를 가리킨다.
   이 구는 봄이 가면서 꽃은 다 졌지만, 강에는 여전히 마름이나 연을 따는 고운 여인들이
   존재한다는 말이다.

   이 시는 회계산 부근 경호에서 마름이나 연을 따는 여인들을 노래하였다. 회계의 산과
호수를 배경으로 여인들이 마름이나 연을 따는 풍경이 봄 풍경과 마찬가지로 아름다움을
말하였다.


## 50-14 채련곡3수 採蓮曲三首[1]

왕창령王昌齡

### 50-14-1

吳姬越豔楚王妃,[2]    오월의 미인과 초 왕의 비빈
爭弄蓮舟水濕衣.    연 따는 배를 앞다투어 젓느라 물이 옷을 적시네.
來時浦口花迎入,[3]    들어갈 때는 포구에서 꽃이 반겨주고

採罷江頭月送歸.　　따고 갈 때는 강가에서 달이 전송한다네.

**주석**

1) 이 시는 ≪전당시全唐詩≫에 두 수로 되어 있고, 제3수는 제목이 <월녀越女>로 되어 있다.

2) 吳姬越豔(오희월염) : 오 땅 여인과 월 땅의 미인.

　　楚王妃(초왕비) : 초 왕의 비.

　　이 구는 연 따는 여인들이 아름답다는 말이다.

3) 花迎入(화영입) : 꽃이 배 타고 들어오는 여인들을 반기다.

　　이 구는 연 따러 들어갈 때 포구에 꽃이 많이 피어있어 마치 반겨주는 것 같은 인상을
　　받은 것을 가리킨다.

4) 月送歸(월송귀) : 달이 일 마치고 돌아가는 여인들을 전송하다.

　　이 구는 연을 따고 돌아갈 때 달이 떠서 이들의 모습을 비춰주는 것을 말하였다.

**해설**

　이 시는 아름다운 여인들이 연을 따는 풍경을 노래하였다. 연을 따러 배를 막 움직이는
모습, 배를 타고 오갈 때의 주변 풍광 등 채련 활동의 시작과 끝을 서술하였다. 제1구의
'오희', '월염', '초왕비'는 연 따는 이들이 바로 강남 지역의 여인들임을 가리키는 말로서 <채련
곡> 특유의 지방색이 나타난다.

**50-14-2**

荷葉羅裙一色裁,[1]　　연잎은 비단 치마와 한 색으로 잘라져있고

芙蓉向臉兩邊開.[2]　　연꽃은 얼굴 향해 양쪽에서 피어있으니,

亂入池中看不見,　　　못 안에 마구 들어가 있어도 분간 안 되더니

聞歌始覺有人來.[3]　　노랫소리 듣고서야 비로소 온 줄 알겠네.

**주석**

1) 一色裁(일색재) : 한 색깔로 재단하다. 치마 색이 연잎과 마찬가지로 초록색임을 말한다.

2) 向臉(향검) : 얼굴 쪽을 향하여.

이 구는 연 따는 여인의 양쪽으로 연꽃이 무성하게 피어있음을 말한다.

3) 聞歌(문가) : 노랫소리를 듣다. 연 따는 여인들이 부르는 노랫소리를 듣다.

有人來(유인래) : 사람이 오다.

이상 두 구는 연 따는 여인이 꽃 같아서 연과 구분되지 않다가 노랫소리를 듣고서야 그들이
와있음을 알게 되었다는 말이다.

**해설**

이 시는 연 따는 여인들이 연처럼 아름다움을 노래하였다. 연 따는 여인들이 연꽃처럼
고운 얼굴에 초록 치마를 입었기에 연과 구분되지 않다가 그들의 노랫소리를 듣고서야 그들
의 존재를 알게 되었음을 말하였다.


## 50-14-3

| 越女作桂舟, | 월 땅의 여인 계수나무 배를 만들고 |
|---|---|
| 還將桂爲楫.1) | 또 계수나무 가지고 노를 만들었기에, |
| 湖上水渺漫,2) | 호수에 물이 드넓어도 |
| 清江初可涉.3) | 맑은 강은 이제 막 건널 만하다네. |
| 摘取芙蓉花, | 부용꽃은 따서 가져가도 |
| 莫摘芙蓉葉. | 부용 잎은 따지 않는데, |
| 將歸問夫婿, | 장차 돌아가서 낭군께 물어보겠지 |
| 顏色何如妾.4) | "꽃빛이 저에 비해 어떤가요?" |

**주석**

1) 將(장) : ~을 가지고서.

2) 渺漫(묘만) : 넓고 아득한 모양.

3) 初(초) : 이제 막. '불不'로 된 판본도 있다.

4) 顏色(안색) : 색깔. 여기서는 부용꽃의 색깔을 가리킨다.

해설

　이 시는 연 따는 여인이 연꽃만을 따고자 하는데, 그 이유가 꽃보다 자신이 더 곱다는 사실을 낭군에게 물어보고 확인하려는 데 있음을 노래하였다. 마지막 구는 연 따는 여인의 목소리로 자기 속마음을 직접 표현하고 있다.


**50-15 채련곡2수 採蓮曲二首**

　　　　융욱戎昱


**50-15-1**

| | |
|---|---|
| 雖聽採蓮曲, | 비록 연 따는 노래를 듣지만 |
| 詎識採蓮心.[1] | 어찌 연 따는 이의 심정을 알리오. |
| 漾楫愛花遠,[2] | 배 띄울 때 꽃이 멀다 좋아하고 |
| 回船愁浪深.[3] | 배 돌릴 때 물결 심해질까 걱정하네. |
| 烟生極浦色,[4] | 안개는 먼 물가 풍경에서 생겨나고 |
| 日落半江陰.[5] | 해는 강의 어둠 속으로 떨어지네. |
| 同侶憐波靜,[6] | 동행들은 물결 고요해졌다 좋아하며 |
| 看妝墮玉簪. | 단장한 모습 보다가 옥비녀를 떨어뜨리네. |


주석

1) 詎識(거식) : 어찌 알랴. 모르겠다는 말이다.

2) 漾楫(양즙) : 노를 젓다. 노를 흔든다. 배를 띄운다는 뜻이다.

3) 愁浪深(수랑심) : 근심스러운 물결이 깊어지다.

4) 極浦(극포) : 요원한 물가. 먼 물가.
　　色(색) : 풍경. 경색景色.

5) 半江(반강) : 강과 하늘이 맞닿은 부분으로 먼 강을 가리킨다.
　　陰(음) : 그늘. 어둡게 그늘진 곳.

6) 同侶(동려) : 동행. 함께 온 무리.

해설

이 시는 연 따는 여인의 수심을 노래하였다. 연 따는 여인이 자기가 좋아하는 연을 따지 못해 돌아오면서 근심하는데 이때 날도 저물어 감을 말하였다. 여인의 근심스러운 마음을 직접 말하지 않고 저물녘 풍경으로 대신 표현하여 운치가 있다. 마지막 두 구는 이런 여인의 심정도 모른 채 다른 여인들은 그저 물에 비친 자기모습을 보느라 비녀가 물에 빠지는 줄도 모르는 것을 말하였다.


## 50-15-2

| 涔陽女兒花滿頭,[1] | 잠양 아가씨는 꽃이 머리에 한가득 |
|---|---|
| 毿毿同泛木蘭舟.[2] | 머리카락 날리며 동시에 목란 배를 띄우네. |
| 秋風日暮南湖裏, | 가을바람 속에 날 저무는 남쪽 호수 안에 |
| 爭唱菱歌不肯休.[3] | 앞다퉈 부르는 채릉가 소리 그치질 않네. |

**주석**

1) 涔陽(잠양) : 전국戰國 시기 초나라의 지명. 지금의 호남성 예현澧縣 동북쪽에 있다. 굴원屈原의 <구가九歌·상군湘君>에 "잠양의 먼 물가를 바라보네.(望涔陽兮極浦)"라는 구절이 있다.
   女兒(여아) : 결혼하지 않은 어린 여자. 아가씨.
   毿毿(삼삼) : 머리카락이 흩날리는 모양. 원래는 새의 머리털을 형용하는 말인데 나중에 머리카락이나 버드나무를 형용하게 되었다.
2) 同泛(동범) : 동시에 띄우다. 연 따는 여인들이 동시에 배를 타고 나가는 것을 가리킨다.
3) 不肯(불긍) : ~하려고 하지 않다.

**해설**

이 시는 잠양의 젊은 처녀들이 마름 따러 나가서 쉬지 않고 채릉가를 부르며 일을 하는 모습을 노래하였다.

**50-16** 채련곡 採蓮曲

저광희儲光羲

| | |
|---|---|
| 淺渚荷花繁,[1] | 얕은 물가에 연꽃은 무성해지고 |
| 深塘菱葉疏.[2] | 깊은 못에 마름 잎은 성겨질 때, |
| 獨往方自得,[3] | 홀로 가며 한창 유유자적 하다가 |
| 恥邀淇上姝.[4] | 수줍어하며 기슷가 여인을 맞네. |
| 廣江無術阡,[5] | 넓은 강에는 길이 없고 |
| 大澤絶方隅.[6] | 큰 못은 사방 모퉁이와 끊겼으며, |
| 浪中海童語,[7] | 물결 속에는 해동이 말해대고 |
| 流下鮫人居.[8] | 강물 아래는 교인이 산다네. |
| 春雁時隱舟,[9] | 봄 기러기가 때때로 배에 숨어들고 |
| 新荷復滿湖.[10] | 새로 핀 연꽃이 또 호수를 채웠는데, |
| 采采乘日暮,[11] | 날 저물도록 따고 따면서 |
| 不思賢與愚.[12] | 좋은지 나쁜지 따져보질 않네. |

**주석**

1) 荷花(하화) : 연꽃. '화'는 '행荇'으로 된 판본도 있다.

2) 深塘(심당) : 깊은 못. '당'은 '담潭'으로 된 판본도 있다.

　菱葉(능엽) : 마름 잎. '능'은 '교茭'로 된 판본도 있다.

3) 自得(자득) : 자득하다. 유유자적 하다.

4) 淇上姝(기상주) : 기수 가의 여인. 기수는 황하의 지류로서 주로 하남성 북부를 흘러간다.

5) 術阡(술천) : 도로. 길.

6) 方隅(방우) : 가장자리 땅이나 모퉁이 땅.

　이상 두 구는 강과 못이 그 주변 지역과 멀리 떨어져 있는 절역絶域임을 나타낸다.

7) 海童(해동) : 전설상 바닷속에 산다는 신동神童. 백마를 타고 물 밖으로 나오면 천하에 큰 홍수가 난다고 한다.

8) 鮫人(교인) : 전설상의 인어人魚.

　　이상 두 구는 강과 못의 흐름이 험한 것을 나타낸다.

9) 春雁(춘안) : 봄 기러기. 형양衡陽에서 겨울을 보내고 봄에 북쪽으로 돌아가는 기러기를 가리킨다. '안'은 '적荻'으로 된 판본도 있다.

10) 新荷(신하) : 새로 핀 연꽃. '하'는 '평萍'으로 된 판본도 있다.

11) 乘日暮(승) : 날 저물 때가 되다. 해 저무는 시기를 틈타다.

12) 賢與愚(현여우) : 어짊과 어리석음.

　　이상 두 구는 연꽃을 많이 따는 데만 신경 쓰고 그 꽃이 좋은지 나쁜지는 따져보지 않는다는 말이다.

해설

　　이 시는 연꽃이 무성해질 때 동료와 함께 연 따러 가는데, 험한 물길에도 아랑곳하지 않고 날 저물 때까지 연꽃을 따는 상황을 노래하였다. 마지막 두 구는 연 따는 여인이 좋고 나쁜 것을 가리지 않고 연을 마구 따는 장면을 노래했는데, 이는 인재를 등용할 때 현명한지의 여부를 따지지 않고 새 사람만 마구 발탁하던 당시의 정치 상황을 기탁한 것이라고 볼 수도 있다.


50-17 채련곡 2수 採蓮曲二首

　　포용鮑溶


50-17-1

| | |
|---|---|
| 弄舟朅來南塘水,[1] | 배를 저어 남당 물을 오가는데 |
| 荷葉映身摘蓮子.[2] | 연잎에 몸이 가려진 채 연밥을 따네. |
| 暑衣清淨鴛鴦喜,[3] | 여름옷이 맑고 깨끗하여 원앙새 즐거운지 |
| 作浪舞花驚不起. | 물결 일어 꽃이 춤추어도 놀라 날아가지 않네. |
| 殷勤護惜纖纖指,[4] | 정성껏 섬섬옥수 조심하며 아끼는데 |
| 水菱初熟多新刺. | 마름이 갓 익어 새 가시가 많아서라네. |

**주석**

1) 竭來(걸래) : 오고 가다.

2) 映身(영신) : 몸을 가리다. '영'은 가리다, 은폐한다는 뜻이다.

3) 暑衣(서의) : 여름옷. 연꽃을 가리키는 것으로 보인다.

　　淸淨(청정) : 맑고 깨끗하다. '청'은 '鮮선'으로 된 판본도 있다.

　　이 구는 연꽃이 산뜻하게 핀 가운데 원앙새가 이를 즐기며 노니는 것을 말하였다.

4) 殷勤(은근) : 정성껏.

　　護惜(호석) : 보호하고 아끼다.

　　纖纖指(섬섬지) : 섬섬옥수. 여성의 부드럽고 가는 손가락.

**해설**

　　이 시는 남당에서 연을 딸 때 원앙새가 자유롭게 노니는 가운데 여인이 손을 조심스럽게 움직여서 마름을 따는 것을 노래하였다.

### 50-17-2

| | |
|---|---|
| 採蓮竭來水無風, | 연 따러 오가는데 물에는 바람도 없고 |
| 蓮潭如鏡松如龍.[1] | 연꽃 못은 거울 같고 소나무는 용 같다. |
| 夏衫短袖交斜紅,[2] | 여름 적삼 짧은 소매에 기운 연꽃이 엇섞이고 |
| 豔歌笑鬪新芙蓉,[3] | 사랑가로 갓 핀 연꽃을 웃으면서 다투는데 |
| 戲魚住聽蓮花東.[4] | 놀던 물고기 연꽃 동쪽에서 가만히 듣는다. |

**주석**

1) 如鏡(여경) : 거울 같다. 연못물이 거울처럼 맑고 고요한 것을 가리킨다. '경'은 '鑑감'으로 된 판본도 있다.

2) 斜紅(사홍) : 기울어진 붉은 꽃. 여기서는 배가 지나가며 연꽃이 기울어서 여인의 소매 가까이 놓이게 된 상황을 말한다.

3) 笑鬪(소투) : 웃으며 다투다.

이 구는 여인이 다른 여인이 따갈까 봐 먼저 연꽃을 따려고 하는 것을 가리킨다.

芙蓉(부용) : 연꽃. '부용夫容'과 발음이 유사하여 정인情人을 비유한다.

4) 魚(어) : 물고기. '우偶'와 발음이 유사하여 짝, 배필을 비유한다.

住聽(주청) : 가만히 듣다. '주'는 '왕往'으로 된 판본도 있다.

蓮花東(연화) : 연꽃의 동쪽. '연화'는 '연엽蓮葉'으로 된 판본도 있다.

이 구는 한漢 악부 <강남江南>의 "물고기가 연잎 동쪽에서 노니네(魚戲蓮葉東)"의 구절을 연상시키는데, 여인이 새로운 정인을 얻기 위해 연 따는 노래를 부르자 짝 될 사람이 찾아온 것을 의미한다.

**해설**

이 시는 아름다운 물가 풍경 속에서 여인이 노래하며 연을 따는 장면을 노래하였다. 마지막 두 구에서 '부용芙蓉'과 '부용夫容', '어魚'와 '우偶' 등의 해음諧音 관계를 통해 여인이 임과 찾고 만난다는 의미를 부여하였는데, 이는 남조南朝 민가民歌의 대표적 예술 수법을 활용한 것이다.

## 50-18 채련곡 採蓮曲

장적張籍

| 秋江岸邊蓮子多, | 가을 강 언덕 가에 연밥이 많아서 |
|---|---|
| 採蓮女兒憑船歌.[1] | 연 따는 아가씨가 배에 기대 노래하네. |
| 青房圓實齊戢戢,[2] | 푸른 씨방의 둥근 열매 가지런히 옹기종기 |
| 爭前競折蕩漾波.[3] | 앞다투어 꺾느라고 물결이 출렁이네. |
| 試牽綠莖下尋藕, | 푸른 줄기 당겨보고 연뿌리를 아래에서 찾는데 |
| 斷處絲多刺傷手.[4] | 잘린 부분에 실도 많고 손도 찔려 다치네. |
| 白練束腰袖半卷, | 흰 비단으로 허리 묶고 소매는 반쯤 걷었으며 |
| 不插玉釵妝梳淺.[5] | 옥비녀 꽂지 않고 화장과 머리 장식도 수수하네. |
| 船中未滿度前洲, | 배 안이 차기도 전에 앞의 섬으로 건너가서 |

借問誰家家住遠.<sup>6)</sup>　　"누구네는 집이 먼가요?" 라고 물어보네.

歸時共待暮潮上,　　돌아올 때 저녁 조수 올라오길 함께 기다리는데

自弄芙蓉還蕩槳.<sup>7)</sup>　자신이 부용을 놀리다가 다시 상앗대를 젓네.

### 주석

1) 憑(빙) : 기대다. '병幷'으로 된 판본도 있다.

2) 戢戢(즙즙) : 모여 있는 모습.

3) 蕩漾波(탕양파) : 물결을 출렁이게 하다. '탕양'은 물결이 약하게 치는 것을 뜻한다. '양미파
漾微波'로 된 판본도 있다.

4) 絲多(사다) : 실이 많다. 연뿌리를 잘랐을 때 실이 많이 나오는 것을 가리킨다.

5) 妝梳淺(장소천) : 화장과 머리 장식 수수하다. '천'은 단장이 진하지 않고 수수한 것을 뜻한다.

6) 誰家(수가) : 누구네. 누구. '아수阿誰'로 된 판본도 있다.

7) 芙蓉(부용) : 부용꽃. 연꽃. 발음상 '부용夫容'과 통하여 '임의 얼굴'을 가리킨다.
    蕩槳(탕장) : 상앗대를 젓다.

### 해설

　이 시는 가을 강가에서 연 따는 아가씨를 노래하였는데, 연을 따며 일하는 모습과 섬에
가서 임을 만나는 모습으로 나눌 수 있다. 제1~6구는 연을 따며 일하는 모습을 노래하였는데,
연밥의 모습과 이를 따느라 물결이 흔들리는 상황, 연뿌리를 찾거나 가시에 찔리는 상황을
세밀하게 묘사하였다. 제7~12구는 앞의 섬으로 가서 임과 만나는 상황을 노래하였다. 여인의
수수한 차림새, 정인의 집을 묻는 말, 임과 하는 행동 등을 연 따는 아가씨의 모습을 사실적으
로 표현하였다. 이 시를 통해 당시 채련과 관련한 민간풍속을 구체적으로 그려볼 수 있다.

**50-19** 채련곡 採蓮曲

백거이白居易

菱葉縈波荷颭風,<sup>1)</sup>    마름 잎은 물결에 감기고 연은 바람에 일렁이는데
荷花深處小船通.    연꽃 깊은 곳에 작은 배가 지나가네.
逢郞欲語低頭笑,<sup>2)</sup>    낭군 만나 말하려고 고개 숙이고 웃으니
碧玉搔頭落水中.<sup>3)</sup>    푸른 옥 머리꽂이가 물속으로 떨어지네.

**주석**

1) 颭(점) : 살랑이다. 바람에 흔들리다.
2) 低頭(저두) : 머리를 낮추다. 고개를 숙이다.
3) 碧玉搔頭(벽옥소두) : 푸른 옥으로 만든 머리꽂이. ≪서경잡기西京雜記≫에 "(한) 무제가 이씨 부인에게 들러 곧 옥비녀를 취해 머리를 긁었다. 이 일 이후로 궁인의 머리꽂이는 모두 옥을 사용하였다.(武帝過李夫人, 就取玉簪搔頭. 自此後, 宮人搔頭皆用玉)"라고 하였다.

**해설**

이 시는 배를 타고 연꽃 깊숙한 곳에 가서 임을 만나는 여인의 모습을 노래하였다. 제3~4구의 "고개 숙이고 웃으니", "옥비녀가 물에 떨어진다." 등의 표현은 임을 만나 수줍어하면서도 좋아하는 여성의 모습을 생생하게 그려내었다.

**50-20** 채련곡 採蓮曲

승僧 제기齊己

越溪女,    월 땅 시내의 여인
越江蓮,    월 땅 강물의 연,
齊菡萏,<sup>1)</sup>    모두가 연꽃이라
雙嬋娟.<sup>2)</sup>    쌍쌍이 곱다네.

| | |
|---|---|
| 嬉遊向何處,[3] | 놀고 즐기려고 어디론가 향하는데 |
| 探摘且同船.[4] | 캐고 따다 또 배를 함께 타네. |
| 浩唱發容與,[5] | 호탕한 노래가 한가함을 펴내고 |
| 淸波生漪漣.[6] | 맑은 물결이 잔물결을 일으키네. |
| 時逢島嶼泊,[7] | 때마침 섬을 만나 정박하고 |
| 幾共鴛鴦眠.[8] | 몇 번이나 원앙 같은 잠을 함께하네. |
| 襟袖旣盈溢,[9] | 마음이 이미 차고 넘치는 데다 |
| 馨香亦相傳.[10] | 향기가 또 서로 전해지네. |
| 薄暮歸去來,[11] | 저물녘에 돌아오는데 |
| 苧羅生碧煙.[12] | 저라 산에 푸른 연기 피어나네. |

**주석**

1) 菡萏(함담) : 연꽃.

2) 嬋娟(선연) : 자태가 아름다운 모습.

3) 嬉遊(희유) : 놀고 즐기다.

4) 同船(동선) : 배를 함께 타다.

5) 容與(용여) : 여유 있고 느긋한 모습.

6) 漪漣(의련) : 잔물결.

7) 時(시) : 때마침.
   島嶼(도서) : 섬.

8) 鴛鴦眠(원앙면) : 원앙 같은 잠. 원앙은 암수의 정이 남다른 새이므로, 이 구는 임과 함께 잠을 잤다는 말이다.

9) 襟袖(금수) : 흉금. 마음. 원래는 옷깃과 옷소매를 가리키는 말인데 마음을 가리키기도 한다.
   盈溢(영일) : 차고 넘치다.

10) 馨香(형향) : 향기.

11) 薄暮(박모) : 저물녘.

12) 苧羅(저라) : 산 이름. 여기서는 서시 같은 여인이 사는 마을을 가리킨다. 절강성浙江省 제기

286

시諸暨市 남쪽에 있는데 서시西施가 이 산에서 땔나무 팔던 이의 딸이라고 한다.

**해설**

이 시는 월 땅 여인이 연과 함께 하는 일상을 노래하였다. 연은 부용芙蓉으로도 불리는데, '부용夫容'과 발음이 유사하여 정인情人을 의미하기도 한다. 특히 '동선同船', '원앙면鴛鴦眠' 등의 시어는 정인과 함께하는 행동으로 이해할 수 있다. 따라서 이 시는 연을 따는 여인의 일상을 노래한 것으로 볼 수도 있고, 정인과 함께 하는 여인의 모습을 노래한 것으로도 볼 수 있다. 그런데 제1구의 '월계녀'와 마지막 구의 '저라'가 서시西施와 연관되는 시어임을 고려할 때, 이 여인은 서시일 수 있으며 이점에서 이 시는 서시가 오왕吳王의 총애를 받기 이전에 소녀 시절 연을 따던 모습을 노래한 것이라고 이해되기도 한다.

(김수희)

## 51. 채련귀 採蓮歸
### 왕발 王勃

| | |
|---|---|
| 採蓮歸, | 연 따고 돌아오는데, |
| 綠水芙蓉衣.[1] | 푸른 물은 부용 옷 입었고 |
| 秋風起浪鳧雁飛.[2] | 가을바람에 물결 일며 큰기러기 날아오네. |
| 桂棹蘭橈下長浦,[3] | 계수나무 노와 목란 상앗대로 긴 포구를 내려오며 |
| 羅裙玉腕搖輕櫓.[4] | 비단 치마 여인은 옥색 팔로 가벼운 노를 젓는다. |
| 葉嶼花潭極望平,[5] | 연잎 섬과 연꽃 못은 저 끝까지 평평해 보이는데 |
| 江謳越吹相思苦.[6] | 장강 노래와 월 피리 소리에 그리움으로 괴롭다. |
| 相思苦, | 그리움으로 괴로워서 |
| 佳期不可駐.[7] | 좋은 시절을 머물게 할 수 없구나. |
| 塞外征夫猶未還,[8] | 변방으로 행역 나간 이는 아직 돌아오지 않는데 |
| 江南採蓮今已暮. | 강남에서 연 따느라 지금 이미 날이 저물었다. |
| 今已暮, | 지금 이미 날이 저물어도 |
| 摘蓮花. | 연꽃을 따는데, |
| 今渠那必盡倡家[9] | 지금 그녀들이 어찌 반드시 다 기녀겠는가. |
| 官道城南把桑葉,[10] | 대로의 성 남쪽에서 뽕잎 따는 일이 |
| 何如江上採蓮花.[11] | 어찌 강가에서 연꽃 따는 일만 하랴. |
| 蓮花復蓮花, | 연꽃에 또 연꽃 |
| 花葉何重疊. | 꽃과 잎이 얼마나 겹쳐있는가. |
| 葉翠本羞眉, | 잎이 비취색이어도 본디 눈썹에 부끄럽고 |

288

| | |
|---|---|
| 花紅强如頬.<sup>12)</sup> | 꽃이 붉어도 간신히 뺨과 같다네. |
| 佳人不在茲, | 좋은 임 여기에 계시지 않으니 |
| 悵望別離時. | 슬퍼하며 이별 당시를 바라보네. |
| 牽花憐共蓮蔕,<sup>13)</sup> | 꽃을 당겨 한 꼭지의 연꽃을 예뻐하고 |
| 折藕愛蓮絲. | 뿌리 잘라 연실을 좋아하였네. |
| 故情何處所,<sup>14)</sup> | 옛정은 어디로 가버리고 |
| 新物徒華滋.<sup>15)</sup> | 새것만 헛되이 곱고 윤나네. |
| 不惜南津交佩解,<sup>16)</sup> | 남쪽 나루에서 패옥 풀어 준 일은 애석하지 않지만 |
| 還羞北海雁書遲.<sup>17)</sup> | 북해에서 기러기 서신 더딘 것은 오히려 부끄럽네. |
| 採蓮歌有節,<sup>18)</sup> | 연 따기는 노래에 단락이 있지만 |
| 採蓮夜未歇.<sup>19)</sup> | 연 따기는 밤에도 그치지 않는구나. |
| 正逢浩蕩江上風,<sup>20)</sup> | 때마침 세찬 강바람을 만나고 |
| 又値徘徊江上月.<sup>21)</sup> | 또다시 서성이는 강의 달을 만난다. |
| 蓮浦夜相逢,<sup>22)</sup> | 연꽃 나루에서 밤에 만나는데 |
| 吳姬越女何豐茸.<sup>23)</sup> | 오월 여인들이 얼마나 많은가. |
| 共問寒江千里外,<sup>24)</sup> | 다들 차가운 강 천 리 밖에 |
| 征客關山更幾重.<sup>25)</sup> | 임 계신 관산은 또 몇 겹 산중인지 묻는구나. |

**주석**

1) 芙蓉衣(부용의) : 부용으로 옷을 입다.
   이 구는 강물 위로 연꽃이 무성한 모습을 나타낸다.
2) 鳧雁(부안) : 야생오리와 큰기러기. 가을이 되어 남쪽으로 날아오는 철새를 가리킨다.
   이상 두 구는 연 따고 돌아올 때의 계절 풍광을 그려내었다.
3) 桂棹(계도) : 계수나무로 만든 노.
   蘭橈(난요) : 목란 나무로 만든 상앗대.
   이 구는 화려한 배들이 연이 무성한 곳으로 이동하는 것을 가리킨다.
4) 羅裙(나군) : 비단 치마. 여기서는 비단 치마를 입은 여인을 가리킨다.

玉腕(옥완) : 옥색 팔. 흰 팔을 가리킨다.

搖輕櫓(요경노) : 가벼운 노를 젓다. '요경'은 '경요輕搖'로 된 판본도 있다.

5) 葉嶼花潭(엽서화담) : 연이 무성하게 자란 물 섬과 못.

極望(극망) : 시선이 다하는 데까지 바라보다.

이 구는 아득히 먼 데까지 연이 펼쳐져 있음을 말한다.

6) 江謳(강구) : 장강長江과 절강浙江 일대의 민간가곡.

越吹(월취) : 월 땅의 관악기管樂器.

7) 佳期(가기) : 만남의 기약.

8) 塞外(새외) : 변방. 주로 중국의 북쪽 변방을 가리킨다.

9) 渠(거) : 그녀들. 연 따는 여인들을 가리킨다. '금거今渠'는 '거금渠今'으로 된 판본도 있다.

倡家(창가) : 기녀.

이 구는 연 따는 여인들이 남자를 꾀려고 온 것은 아니라는 말이다.

10) 官道(관도) : 관청에서 만든 길. 대로大路.

把桑葉(파상엽) : 뽕잎을 따다.

11) 何如(하여) : ~에 비해 어떻겠는가? 연 따는 일이 더 낫다는 말이다.

이상 두 구는 한 악부樂府 <맥상상陌上桑>에서 나부羅敷가 성 남쪽으로 뽕 따러 갔다가 '사군使君'에게 희롱당한 일을 가져와서, 뽕을 따다 행인에게 희롱당하는 것보다 강남에서 연 따는 일이 낫다는 말이다.

12) 强(강) : 간신히. 겨우.

如頰(여협) : 뺨 같다.

이상 두 구는 연이 아무리 아름다워도 여인의 미모만 못함을 말하였다.

13) 共蔕(공체) : 꽃받침. 여러 장의 꽃잎을 한데 모은 꽃받침을 가리킨다.

14) 故情(고정) : 옛정.

15) 華滋(화자) : 초목의 가지와 잎이 무성한 모양.

이상 두 구는 옛정은 잊은 채 새 사람에게 빠진 것을 말하는데, 신구의 대조를 통해 원망의 어기를 표현하였다.

16) 交佩(교패) : 좌우의 패대. 정교보鄭交甫의 패대. ≪열선전列仙傳≫에 의하면, 정교보가 한수가 한고대漢皐臺 아래에서 두 명의 신녀神女를 만났는데 그들에게 장신구를 요구하자 둘이

패대를 풀어 주었다고 한다.

17) 雁書(안서) : 서신. ≪한서·소무전蘇武傳≫에 의하면, 소무는 흉노에 사신 갔다가 억류되었고 투항을 거부하다 끝내 먼 북해北海 땅에 가서 양을 기르게 되었다. 나중에 한나라 사신이 다시 흉노에 이르러 선우에게 "천자께서 상림에서 사냥하다 기러기를 잡았는데, 발에 서신이 매여 있었고 소무 등이 어느 못에 있다고 하였습니다." 라고 꾸짖자 선우가 소무 등이 실제로 살아있다고 하고 그를 풀어 주었다고 한다.

18) 有節(유절) : 단락이 있다.

19) 未歇(미헐) : 그치지 않다.

20) 浩蕩(호탕) : 크고 먼 모양. 여기서는 바람이 세차게 부는 것을 가리킨다.

20) 値(치) : 만나다.
   徘徊(배회) : 배회하다. 서성이다.

20) 蓮浦(연포) : 연꽃 핀 나루.

21) 豐茸(풍용) : 많은 모습. 원래는 초목이 무성한 모양인데, 여기서는 밤에 연 따러 많이 나온 여인들이 많은 것을 가리킨다.

22) 共問(공문) : 다들 묻는다.

23) 關山(관산) : 관문과 산. '정객'이 가서 머무는 곳이다.

---

**해설**

이 시는 연 따는 여인이 변방으로 떠난 남편을 그리워하는 것을 노래하였다. 원래 채련곡은 연을 따면서 부르는 구애求愛의 노래인데, 이 시는 지아비에 대한 그리움을 노래한 것으로 변모시켰다. 총 36구의 장편 칠언시로 운자韻字가 바뀜에 따라 일곱 단락으로 나뉘고, 삼언과 오언이 섞여 있는 장단長短 구식句式을 취하고 있다. 또 '상사고相思苦', '금이모今已暮', '연화蓮花' 등 앞 단락의 끝 구절을 다음 단락 첫 구절에서 반복하여 민가 특유의 리듬감을 살려내었다.

제1단락은 제1~3구로 가을 강물이라는 시공간적 배경을 제시하였고, 제2단락은 제4~11구로 연을 따러 가는데 변방으로 떠난 남편이 그리워서 슬퍼하는 것을 말하였다. 제3단락은 제12~16구로 날이 저물었는데도 여전히 연을 따는 이들이 있는 것을 말하였고, 제4단락은 제17~20구로 연꽃과 연잎보다 여인이 더 아름다운 것을 노래하였다. 제5단락은 제21~28구로 임과 이별하던 당시를 그려보며 지금은 서신조차 드물어진 것을 속상해하였고, 제6단락은 제29~32구로 밤늦도록 연을 따느라 거센 바람을 맞고 달빛을 받는 것을 말하였다. 마지막 7단락은 제33구~36구로 연 따는 여인들이 남편이 가 있는 관산이 얼마나 험한 곳인지 궁금해 하는 모습을 말하였다.

(김수희)

# 52. 채련녀 採蓮女

## 염조은 閻朝隱

| | |
|---|---|
| 採蓮女, | 연 따는 여인 |
| 採蓮舟, | 연 따는 배 |
| 春日春江碧水流. | 봄날 봄 강에 푸른 물 흐르네. |
| 蓮衣承玉釧,[1] | 연잎은 옥팔찌를 떠받치고 |
| 蓮刺罥銀鉤.[2] | 연 가시는 은 갈퀴에 걸리네. |
| 薄暮斂容歌一曲,[3] | 저물녘에 단정한 얼굴로 한 곡조 부르니 |
| 氛氲香氣滿汀洲.[4] | 자욱한 향기가 물 섬에 가득하네. |

**주석**

1) 承玉釧(승옥천) : 옥팔찌를 받들다. 옥팔찌가 소매가 흘러내린 것을 방지한 것을 가리킨다.
2) 蓮衣(연의) : 연잎.
   罥(견): 얽히다. 걸리다.
   銀鉤(은구) : 은 갈퀴. 연을 딸 때 쓰는 도구.
3) 薄暮(박모) : 저물녘. 해 질 무렵.
   斂容(염용) : 단정한 얼굴.
4) 氛氲(분온) : 안개나 향기가 자욱한 모양.

**해설**

이 시는 연 따는 여인이 봄날 연을 따며 노래 부르는 모습을 노래하였다. 제1~3구는 연 따는 여인과 배, 그리고 봄 강을 제시하였고, 제4~5구는 연과 여인을 관련지어 연 따는 장면을 묘사하였으며, 마지막 두 구는 채련가採蓮歌를 부르는 모습을 그려내었다.

(김수희)

# 53. 호변채련부 湖邊採蓮婦

이백 李白

| | |
|---|---|
| 小姑織白紵,[1] | 시누이는 흰모시를 짜면서 |
| 未解將人語.[2] | 사람들과 말할 줄을 아직 모르고, |
| 大嫂採芙蓉,[3] | 큰 올케는 연을 따는데 |
| 溪湖千萬重.[4] | 시내와 호수가 수없이 펼쳐져있네. |
| 長兄行不在,[5] | "큰 오빠가 떠나서 안 계시니 |
| 莫使外人逢.[6] | 외간 남자 만나지 마세요." |
| 願學秋胡婦,[7] | "추호의 부인을 본받아서 |
| 貞心比古松. | 곧은 마음이 오래된 소나무 같기를 바라지요." |

## 주석

1) 小姑(소고) : 시누이

　　白紵(백저) : 흰 모시.

2) 未解(미해) : ~할 줄 모르다.

　　將(장) : ~와.

　　이상 두 구는 시누이는 집안에서 베를 짜며 다른 이들과 어울리지 않는 것을 말하였다.

3) 大嫂(대수) : 큰 올케.

4) 千萬重(천만중) : 천만 겹으로 거듭되다. 시내와 호수가 수없이 이어져 있음을 뜻한다.

　　이상 두 구는 큰 올케는 연을 따며 넓은 호수에서 일하면서 다른 이들을 만날 수 있는
　　상황임을 말하였다.

5) 長兄(장형) : 시누이의 큰 오빠이자 올케의 남편.

6) 外人逢(외인봉) : 외간 남자를 만나다.

　이상 두 구는 시누이가 큰 올케에게 연을 따면서 외간 남자를 만나지 말 것을 당부한 것이다.

7) 秋胡婦(추호부) : 추호의 부인. 추호는 춘추 노魯나라 사람인데, 결혼하자마자 부인을 두고 집을 나가 벼슬살이를 하였다. 몇 년 후 고향으로 돌아오다 뽕 따는 아름다운 부인을 만나서는 황금을 주면서 유혹했지만 알고 보니 그 여인은 자기 부인이었다. 추호의 부인은 그런 남편을 부끄럽게 여겨 강에 몸을 던져 자살하였다. (유향劉向의 ≪고열녀전古列女傳≫참고)

8) 古松(고송) : 절개를 상징한다.

　이상 두 구는 큰 올케가 시누이에게 답한 말이다.

**해설**

　이 시는 베를 짜며 집안에만 있는 시누이가 연을 따며 호수를 누비는 시누이에게 외간 남자 만나지 말 것을 당부하는 내용이다. 제1~4구는 각 두 구씩 시누이와 큰 올케를 소개해주고, 제5~8구는 양자 간의 대화 형식을 취하여 연 따는 여인이 호수에서 외간 남자를 만나지 말 것을 당부하자 이에 추호의 부인처럼 절개를 지킬 것이라는 답을 노래하였다. 등장인물과 그들 간의 대화라는 점에서 상당히 희극적이다.

(김수희)

## 54. 장정완채련곡 張靜婉採蓮曲

### 온정균 溫庭筠

≪양서≫에서 말하기를, "양간은 성품이 호화롭고 사치한 것을 좋아하며 음률에 정통했으며 모시고 늘어선 첩들이 사치함을 다하였다. 그중 무희 장정완은 용모와 자태가 매우 뛰어났고 허리둘레가 한 자 여섯 치라서 당시 사람들이 모두 손 위에서 춤출 수 있다고 인정하였다. 양간은 스스로 <채련>과 <도가> 두 곡을 지은 적이 있는데, 심히 새로운 운치가 있었다."라고 하였다. 악부에서 <장정완채련곡>이라고 하는데, 그 후 전해지는 작품은 원래 의미를 자못 잃었다.

≪梁書≫曰, 羊侃性豪侈,[1] 善音律, 姬妾列侍,[2] 窮極奢侈. 有舞人張靜婉,[3] 容色絶世, 腰圍一尺六寸, 時人咸推能掌上舞.[4] 侃嘗自造<採蓮>, <桌歌>兩曲, 甚有新致.[5] 樂府謂之<張靜婉採蓮曲>, 其後所傳, 頗失故意.[6]

| | |
|---|---|
| 蘭膏墜髮紅玉春,[7] | 난향 기름 머리에 떨어뜨리고 붉은 옥 피부는 봄인데 |
| 燕釵拖頸抛盤雲.[8] | 제비 비녀 목까지 늘어져서 트레머리에서 나와 있네. |
| 城西楊柳向嬌晚,[9] | 성 서쪽의 버드나무가 미인을 향해 있는 저녁 |
| 門前溝水波潾潾.[10] | 문 앞의 수로 물은 물결이 반짝이네. |
| 麒麟公子朝天客,[11] | 뛰어난 귀공자는 천자께 조회 가는 나그네 |
| 珮馬瑲瑲度春陌.[12] | 화려한 말 타고 짤랑짤랑 봄 길을 건너왔는데, |
| 掌中無力舞衣輕,[13] | 손바닥에서 힘없이 춤추는 옷 가벼워서 |
| 翦斷鮫綃破春碧.[14] | 마름질한 교인 비단이 봄의 푸른빛을 깨트린다. |

抱月飄煙一尺腰,<sup>15)</sup>　　달빛 안고 안개 날리는 가운데 한 줌 허리

麝臍龍髓憐嬌饒.<sup>16)</sup>　　사향과 용뇌향 속에서 어여쁜 모습 좋아하였네.

秋羅拂衣碎光動,<sup>17)</sup>　　가을 비단이 옷에 스치며 빛이 부서져 일렁이고

露重花多香不鎖.<sup>18)</sup>　　이슬 무거운 꽃이 많아 향기가 가시질 않네.

鸂鶒膠膠塘水滿,<sup>19)</sup>　　오리원앙 끼룩끼룩 연못물이 가득 차서

綠萍如粟蓮莖短.<sup>20)</sup>　　부평초는 좁쌀 같고 연 줄기는 짧아졌다.

一夜西風送雨來,<sup>21)</sup>　　밤새도록 가을바람이 비를 보내와서

粉痕零落愁紅淺.<sup>22)</sup>　　분 자국 흩어지고 수심으로 붉은빛 엷어졌구나.

船頭折藕絲暗牽,<sup>23)</sup>　　뱃전에서 연뿌리 꺾으니 실이 남몰래 당기는데

藕根蓮子相留連.<sup>24)</sup>　　연뿌리와 연밥처럼 서로 애틋해서라.

郎心似月月易缺,<sup>25)</sup>　　임의 마음 달과 같아 달처럼 쉽게 기울어도

十五十六淸光圓.<sup>26)</sup>　　보름과 그 다음날 되면 맑은 빛이 둥글어지리라.


**주석**

1) 羊侃(양간) : 《남사南史》에 의하면 자는 조흔祖忻이고 태산泰山 양보梁父 사람이다.

2) 姬妾(희첩) : 첩.

3) 靜婉(정완) : 정완淨琬이라고도 한다.

4) 推(추) : 공인公認하다. 인정하다.

5) 《양서梁書》에는 "(양)간은 성품이 호화하고 사치한 것을 좋아했고 음률에 밝아 스스로 <채련>, <도가> 두 곡을 지었는데 심히 새로운 운치가 있었다. 첩들이 모시고 늘어섰는데 화려하고 사치함을 다하였다. 쟁을 타는 육태희는 사슴뿔로 된 인조손톱을 꼈는데 길이가 7촌이었고, 춤을 추는 장정완은 허리둘레가 한 자 여섯 치라서 당시 사람들이 손 위에서 춤출 수 있다고 인정하였다.(侃性豪侈, 善音律, 自造採蓮棹歌兩曲, 甚有新致. 姬妾侍列, 窮極 奢靡. 有彈箏人陸太喜, 著鹿角爪長七寸. 儛人張淨琬, 腰圍一尺六寸, 時人咸推能掌中儛)"로 되어 있다.

6) 故意(고의) : 원래의 뜻. 여기서는 양간의 <장정완채련곡>이 지닌 새로운 운치를 가리킨다. 《온비경시집溫飛卿詩集》의 병서幷敍에는 "정완은 양간의 예인인데 그 용모가 매우 뛰어났

다. 양간은 스스로 채련 두 곡을 지었는데, 지금 악부에 전하는 작품은 그 원래 의미를 잃었기에 그래서 노래하여 악부시 수집가들을 기다린다. 그 일은 모두 양나라 사서에 기재되어 있다.(靜婉, 羊侃伎也, 其容絶世. 侃自爲採蓮二曲, 今樂府所存失其故意, 因歌以俟采詩者. 事具載梁史)"라고 되어 있다.

7) 蘭膏(난고) : 난향기름. 머리카락을 윤택하게 하는 향유香油이다.

紅玉(홍옥) : 붉은 옥. 홍옥 같이 윤기 나고 매끄러운 피부를 가리킨다.

8) 燕釵(연채) : 옥연채玉燕釵. 제비 모양으로 된 옥비녀.

拖頸(타경) : 목까지 늘어지다. '타'는 '하수下垂'의 뜻이다.

抛(포) : 던지다. 비녀가 제대로 꽂혀있지 않고 던져놓은 듯이 삐져나온 것을 가리킨다.

盤雲(반운) : 트레머리. 쪽진 머리.

이상 두 구는 장정완의 단장한 모습과 머리장식을 묘사하였다.

9) 城西(성서) : 성 서쪽. '서'는 '변邊'으로 된 판본도 있다.

向嬌(향교) : 미인을 향하다. '교'는 '교녀嬌女'로 미인을 가리킨다. '향교向橋'로 된 판본도 있다.

10) 波潾潾(파린린) : 물결이 반짝반짝 빛나다. '파린린波粼粼'으로 된 판본도 있다.

11) 麒麟公子(기린공자) : 재능이 뛰어난 귀족가문의 자제.

朝天(조천) : 천자에게 조회하다.

12) 珮馬(패마) : 화려하게 장식한 말. '가마珂馬'로 된 판본도 있다.

瑲瑲(당당) : 방울소리를 형용한 말. '당당堂堂'이나 '당당當當'으로 된 판본도 있다.

春陌(춘맥) : 봄날의 밭두둑 길.

13) 掌中無力(장중무력) : 손바닥 위에서 힘이 없다. ≪비연외전飛燕外傳≫에 의하면 한나라 성제成帝가 조비연趙飛燕을 얻었는데, 그녀의 몸이 너무 가벼워서 바람에 날아갈까 걱정되어 수정 쟁반을 만들고 이를 궁인에게 들게 하여 그 위에서 노래하고 춤추게 하였다 한다. 이 구는 장정완의 춤사위가 조비연처럼 가벼운 것을 말한다.

14) 鮫綃(교초) : 교인鮫人이 짠 비단. ≪박물지博物志≫에 의하면 남해南海 밖에 교인鮫人이 있는데, 그들은 물고기처럼 물속에서 살면서 끊임없이 비단을 짜서, 물 밖으로 나와 인가에 기거하며 연일 비단을 팔았다고 한다. 이 비단은 그 값이 일백 금이 넘었는데 그것으로 옷을 만들면 물에 젖지 않았다고 한다.

春碧(춘벽) : 봄의 푸른빛. 푸르른 봄 풍경을 가리킨다.

이 구는 장정완의 춤사위가 봄 풍경 속에 펼쳐지는 것을 말한다.

15) 抱月飄煙(포월표연) : 달을 안고 안개를 날리다.

이 구는 달처럼 하얗고 안개처럼 가녀리며 허리도 한줌밖에 안 되는 미인의 모습을 말하였다.

16) 麝臍龍髓(사제용수) : 사향노루의 배꼽과 용의 골수. 사향과 용뇌향을 가리킨다. '수'는 '뇌腦'로 된 판본도 있다.

嬌饒(교요) : 미인의 이름. 위의 구에서 묘사한 여인을 가리킨다. 당唐 온정균溫庭筠의 <제류題柳>에서 "향기는 장정완의 노래먼지 따라 일어나고, 그림자는 교요의 춤사위를 짝해 드리운다.(香隨靜婉歌塵起, 影伴嬌饒舞袖垂)"라고 하였다. '교요嬌嬈'로 된 판본도 있다.

17) 秋羅(추라) : 가을비단.

拂衣(불의) : 옷을 스치다. ≪전당시全唐詩≫에 '불수拂水'로 되어 있는데 이를 따른다.

18) 銷(소) : 녹아 없어지다. 다하다.

이상 두 구는 여주인공이 새벽에 일어나 연못에 나와 연 따는 것을 그려내었다.

19) 鸂鶒(계칙) : 비오리와 자원앙. 물새를 가리킨다.

膠膠(교교) : 물새 우는 소리. '교교交交'로 된 판본도 있다.

20) 綠萍如粟(녹평여속) : 초록 부평초가 좁쌀 같다. '녹망금속綠芒金粟'으로 된 판본도 있다.

21) 西風(서풍) : 서풍. 가을바람.

22) 零落(영락) : 흩어지다. 사라지다.

愁紅(수홍) : 비바람에 시든 꽃. 여기서는 여인의 근심스런 얼굴을 비유한다.

23) 折藕(절우) : 연뿌리를 꺾다.

이 구는 연뿌리 끊어지듯이 헤어진다 해도 실(絲, 思그리움의 雙關)이 뒤엉켜있을 것임을 의미한다.

24) 藕根蓮子(연근연자) : 연뿌리와 연밥. 친밀한 관계를 비유한다.

留連(유련) : 연연해 하다. 애틋해 하다.

이 구는 남녀가 서로 애틋해 함을 비유적으로 표현하였다.

25) 易(이) : 쉽다. '미未'로 된 판본도 있다.

26) 十五十六(십오십육) : 보름날과 그 다음 날.

이 시는 한 여인이 봄부터 가을까지 귀공자를 만나 춤 추면서 함께 즐기다가, 밤새 가을비가 내린 다음 날 홀로 연못에 나와 연을 따며 느낀 감회를 노래하였다. 네 구마다 운자韻字를 바꾸었는데, 이에 따라 시의 단락도 다섯 단락으로 나뉜다. 첫째 단락은 제1~4구로 여인의 단장한 모습과 머리 장식 및 버드나무 늘어선 수로를 묘사하여 여성 인물과 그들의 만남 장소를 제시하였다. 둘째 단락은 제5~8구로 말 타고 온 귀공자와 여인의 춤추는 모습을 노래했는데, 이는 남성 인물이 등장한 후 그에게 보여주는 여인의 춤사위를 말한다.

셋째 단락은 제9~12구로 여성 주인공이 한 줌 허리로 임에게 사랑받는 와중에 연못에 나가니 연꽃 또한 이슬을 듬뿍 받아 진한 향기를 풍기고 있음을 말하였다. 자신이 사랑받는 상황을 연꽃으로 표현하였다. 넷째 단락은 제13~16구인데 앞 두 구와 뒤의 두 구를 도치시켰다. 즉 밤새도록 가을바람이 불면서 비가 왔기에 오늘 아침 연못물이 불어나 물 밖으로 나온 연 줄기 부분이 짧아진 것이다. 여기서 불어난 물과 짧아진 연 줄기는 사랑이 커진 것을 뜻하는 동시에 임이 곧 떠날 것이라는 암시를 준다. 마지막 단락은 연뿌리와 연밥이 실로 엉키며 애틋해 하듯이 임이 지금 떠나더라도 반드시 자신에게 돌아올 텐데, 이는 달이 차오르는 것처럼 주기적인 일임을 강조하였다.

(김수희)

# 55 봉생곡 鳳笙曲

심전기 沈佺期

| | |
|---|---|
| 憶昔王子晉,<sup>1)</sup> | 옛날 왕자진을 생각하면 |
| 鳳笙遊雲空.<sup>2)</sup> | 봉황 피리 불며 구름 하늘 노닐면서, |
| 揮手弄白日,<sup>3)</sup> | 손을 저어 밝은 태양 가지고 노니 |
| 安能戀青宮.<sup>4)</sup> | 어찌 태자의 동궁을 그리워할 수 있겠는가. |
| 豈無嬋娟子,<sup>5)</sup> | 어찌 미모의 여인이 |
| 結念羅帳中.<sup>6)</sup> | 비단 휘장 속에서 그리워하는 일 없겠냐만 |
| 憐壽不貴色,<sup>7)</sup> | 장수를 좋아하고 여색을 귀히 여기지 않아 |
| 身世兩無窮.<sup>8)</sup> | 자신과 세상이 둘 다 무궁해졌도다. |

**주석**

1) 王子晉(왕자진) : 왕자교王子喬. 한 유향劉向의 ≪열선전列仙傳≫에 의하면, 왕자교는 주周 영왕靈王의 태자 희진姬晉이다. 그는 생으로 봉황 소리를 잘 냈는데, 도사 부구공浮丘公을 따라 숭산嵩山에서 거하였다. 30여 년이 지난 후 산 위에서 그를 찾았는데, 찾아온 이에게 "7월 7일 구씨산緱氏山 꼭대기에서 나를 기다리라." 라는 말을 가족에게 전하게 하였다. 이날 학을 타고 산꼭대기에 와서는 손을 들어 가족에게 이별을 고하고 떠나갔다고 한다.

2) 鳳笙(봉생) : 악기 이름. 생笙. 한 응소應劭의 ≪풍속통風俗通≫에 의하면, 생은 길이가 4촌에 12황簧이고 봉황의 몸과 비슷하여 봉생이라고 불렀다 한다.

3) 揮手(휘수) : 손을 흔들다. 세속의 사람들과 이별하는 것을 가리킨다.

4) 青宮(청궁) : 태자가 거하는 궁. 동궁東宮. 여기서는 태자인 왕자진의 옛 거처를 가리킨다.

5) 嬋娟子(선연자) : 미모의 여인.

6) 結念(결념) : 그리워하며 잊지 못하다.

7) 憐壽(연수) : 장수를 좋아하다.

8) 身世(신세) : 자신과 세상.

**해설**

이 시는 신선이 되어 학을 타고 날아갔다는 왕자진에 대해 노래하였다. 제1~4구는 왕자진이 신선의 경지에 도달하여 세속적인 태자의 지위에 연연해하지 않음을 말하였고, 제5~8구는 자신을 잊지 못하는 여인도 마다하는 등 색을 멀리하고 장생불사를 이루었음을 노래하였다.

(김수희)

# 56. 봉취생곡 鳳吹笙曲

## 이백 李白

| | |
|---|---|
| 仙人十五愛吹笙, | 선인이 열다섯 살부터 생 불기를 좋아하여 |
| 學得崑丘彩鳳鳴.[1] | 곤륜산의 봉황 소리를 배우게 되었네. |
| 始聞鍊氣餐金液,[2] | 기를 단련하고 단액을 먹었다는 말을 이전에 들었는데 |
| 復道朝天赴玉京.[3] | 천제께 조회하러 옥경에 간다고 또 말하네. |
| 玉京迢迢幾千里,[4] | 옥경의 멀고 먼 수천리 길에 |
| 鳳笙去去無窮已.[5] | 봉생 소리 가도 가도 끝이 없으리니, |
| 欲歎離聲發絳唇,[6] | 탄식하듯이 이별의 소리가 붉은 입술에서 나오고 |
| 更嗟別調流纖指.[7] | 더욱 탄식하듯이 이별 곡조가 가는 손가락에서 흐르네. |
| 此時惜別詎堪聞,[8] | 지금 이 순간 이별을 아쉬워하니 어찌 들을 수 있으랴? |
| 此地相看未忍分. | 여기서 서로 마주 보며 차마 헤어지질 못하네. |
| 重吟眞曲和清吹,[9] | 거듭 참된 곡조를 읊어서 맑은 소리와 어울리게 하고 |
| 却奏仙歌響綠雲. | 다시 신선의 노래 연주하여 푸른 구름까지 울려 퍼지네. |
| 綠雲紫氣向函關,[10] | 푸른 구름과 자줏빛 기운이 함곡관을 향하니 |
| 訪道應尋緱氏山.[11] | 도인을 방문하려고 응당 구씨산을 찾는 거겠지만, |
| 莫學吹笙王子晉,[12] | 생 불던 왕자진은 배우지 마시라 |
| 一遇浮丘斷不還.[13] | 부구공 한번 만난 뒤로는 결코 돌아오지 않았다네. |

### 주석

1) 崑丘(곤구) : 곤륜산崑崙山. 신선들이 산다는 곳이다.

彩鳳(채봉) : 봉황.

2) 餐(찬) : 먹다.

　　金液(금액) : 신선이 되기 위해 복용하는 단액丹液.

3) 朝天(조천) : 천제天帝를 조회하다.

　　玉京(옥경) : 도가道家에서 천제가 사는 곳을 말한다.

　　이상 네 구는 어릴 적부터 신선을 동경해오다 이번에 다시 도인을 찾아 옥경으로 떠나는 것을 말하였다. '천天'을 천자로, '옥경玉京'을 장안長安으로 보고 지금 떠나는 이가 천자를 배알하려고 장안으로 떠나는 것으로 이해할 수도 있다.

4) 迢迢(초초) : 아득한 모습.

5) 鳳笙(봉생) : 봉생 소리. 여기서는 떠나가는 사람을 비유한다.

6) 絳脣(강순) : 붉은 입술.

7) 嗟(차) : 탄식하다.

　　纖指(섬지) : 고운 손가락.

　　이상 두 구는 생을 불어 이별의 슬픔을 표현하는 것을 묘사하였다.

8) 詎(거) : 어찌.

　　堪(감) : ~할 수 있다.

9) 和淸吹(화청취) : 맑은 생 소리와 어울리게 하다.

10) 紫氣(자기) : 자줏빛 기운. 노자老子를 가리킨다. ≪예문유취藝文類聚·관령내전關令內傳≫에 의하면, 함곡관函谷關을 지키던 윤희尹喜가 동쪽 끝에서 자줏빛 기운이 다가오는 것을 보고 성인이 온다고 짐작했는데, 과연 노자가 도착했다고 한다.

11) 緱氏山(구씨산) : 하남성 구씨현緱氏縣 남동쪽에 있는 산. ≪열선전列仙傳≫에 의하면 주周 영왕靈王의 아들인 왕자진王子晉이 생을 잘 불어 봉황소리를 내었는데, 도사 부구공浮丘公과 만나 노닐다가 구씨산緱氏山에서 가족들에게 이별을 고하고 학을 타고 날아갔다고 한다.

12) 王子晉(왕자진) : 신선 왕자교王子喬. ≪열선전列仙傳≫에 의하면 그는 주周 영왕靈王의 태자 희진姬晉인데, 생으로 봉황 소리를 잘 냈다. 도사 부구공浮丘公을 따라 숭산嵩山에서 거했는데, 나중에 자신을 찾아온 이에게 '7월 7일 구씨산緱氏山 꼭대기에서 나를 기다리라.'는 말을 가족에게 전하게 하였다. 이날 학을 타고 와서는 손을 들어 이별을 고하고 떠나갔다고 한다.

이상 두 구는 지금 떠나는 이가 비록 신선의 경지에 도달하더라도 왕자교처럼 아예 떠나가지 말고 다시 자신을 찾아와 줄 것을 당부하였다.

**해설**

　이 시는 도가 수련을 위해 떠나는 이를 전송하는 것으로, 이별의 아쉬움과 더불어 다시 찾아와 줄 것을 노래하였다. ≪전당시全唐詩≫에는 제목이 〈봉생편을 노래하여 송별하다(鳳笙篇送別)〉로 되어 있다. 떠나는 이를 이백과 교유한 도사 원단구元丹丘, 혹은 호자양胡紫陽으로 보는 설이 있다. 네 구마다 운자를 바꾸었는데 이에 따라 시의 단락 또한 나뉜다. 첫 단락은 제1~4구로 생 불기를 좋아하던 이가 다시 천제가 있는 옥경으로 떠난다는 사실을 제시하였고, 둘째단락은 제5~8구로 옥경으로 가는 내내 떠나는 이가 이별로 인해 슬퍼할 것임을 말하였다. 셋째단락은 제9~12구로 지금 여기의 이별자리에서 봉생곡을 짓고 이를 생으로 부는 등 서로서로 이별을 슬퍼하는 모습을 묘사하였고, 마지막 단락은 제13~16구로 함곡관을 나서서 도가 수련을 하더라도 왕자진처럼 아예 떠나가진 말고 자신을 다시 찾아줄 것을 당부하였다.

(김수희)

# 57. 채릉가 7수 採菱歌七首

## 송 宋 포조 鮑照

**57-1**

鶩艗馳桂浦,[1] 빠른 배로 계화 포구를 내달려서
息棹偃椒潭.[2] 노 젓기를 멈추고 산초나무 물가에 누웠네.
簫弄澄湘北,[3] 맑은 상수 북쪽에서 퉁소가 울리니
菱歌淸漢南.[4] 맑은 한수 남쪽에서 채릉가 부르네.

**주석**

1) 鶩艗(무령) : 빠른 속도로 가는 작은 배.
   桂浦(계포) : 계화 나무가 늘어선 포구.
2) 息棹(식도) : 노질을 그치다. 노 젓기를 멈추다.
   椒潭(초담) : 산초나무가 많은 물가.
3) 簫弄(소농) : 퉁소가 연주되다.
4) 菱歌(능가) : 채릉가採菱歌를 부르다. 채릉가는 마름을 따며 부르는 노래이다.
   이상 두 구는 "弄弦瀟湘北, 歌菱淸漢南"으로 된 판본도 있는데, 이 경우 '소상 북쪽에서 현을 연주하니, 맑은 한수 남쪽에서 채릉가를 부르네.'로 풀이된다.

**해설**

이 시는 빠른 배를 타고 나가 물가에 누웠는데, 북쪽에서 퉁소 소리가 나자 남쪽에서 채릉가가 화답하는 모습을 노래하였다.

**57-2**

| | |
|---|---|
| 弭榜搴蕙荑,<sup>1)</sup> | 배를 멈추고 혜초와 띠 싹을 뽑고 |
| 停唱納薫若.<sup>2)</sup> | 노래 멈추고 향초를 걷어 들이네. |
| 含傷拾泉花,<sup>3)</sup> | 아픔 품은 채 마름꽃을 줍고 |
| 縈念探雲萼.<sup>4)</sup> | 근심하면서 흰 꽃송이를 따네. |

주석

1) 弭榜(미방) : 배를 멈추다.

　搴(건) : 뽑다. 빼내다.

　蕙荑(혜이) : 혜초와 띠 싹.

2) 納(납) : 들이다. 넣어 두다. ≪포참군집鮑參軍集≫에는 '인紉'으로 되어 있다.

　薫若(훈약) : 향초 이름으로 추정된다.

3) 拾(습) : 줍다. ≪포참군집鮑參軍集≫에는 '사捨'로 되어 있다.

　泉花(천화) : 마름의 꽃.

4) 縈念(영념) : 근심에 얽히다. 근심하다. '영'은 ≪포참군집鮑參軍集≫에 '영營'으로 되어 있다.

　雲萼(운악) : 흰 꽃송이.

해설

이 시는 향초와 마름꽃 등을 따는 다양한 모습을 노래하였다.

**57-3**

| | |
|---|---|
| 睽闊逢暄新,<sup>1)</sup> | 멀리 떨어진 채 따뜻한 새봄을 만나고 |
| 悽怨值妍華.<sup>2)</sup> | 슬퍼하면서 고운 꽃을 만나니, |
| 秋心殊不那,<sup>3)</sup> | 가을의 마음 특히 어쩔 수 없다지만 |
| 春思亂如麻. | 봄의 생각도 삼실 같이 어지럽구나. |

1) 暌闊(규활) : 멀리 떠나다. 오래전에 이별하다.

   暄新(훤신) : 따듯하고 부드러운 새봄.

2) 悽怨(처원) : 슬퍼하고 원망하다.

   値(치) : 만나다.

   姸華(연화) : 고운 꽃. 봄꽃을 가리킨다.

3) 不那(불나) : 어찌할 수 없다.

   이 구는 ≪포참군집鮑參軍集≫에 '추심불가탕秋心不可蕩'으로 되어 있는데, 이 경우 '가을의
   마음 흔들릴 수 없다' 라고 풀이된다.

**해설**

이 시는 멀리 떠난 이와 임을 떠나보낸 여인이 모두 봄을 만나 슬퍼함을 노래하였다.

**57-4**

| 要豔雙嶼裏,[1] | 두 섬 안에서 고운 이를 찾아보고 |
| 望美兩洲間,[2] | 두 물 섬 사이에서 미인을 바라는데, |
| 裊裊風出浦,[3] | 산들산들 바람은 포구에서 불어오고 |
| 沈沈日向山.[4] | 뉘엿뉘엿 해는 산으로 향하네. |

**주석**

1) 要豔(요염) : 고운 여인을 찾다.

2) 雙嶼(쌍서) : 두 섬.

3) 望美(망미) : 아름다운 이를 바라보다.

4) 裊裊(뇨뇨) : 바람이 약하게 부는 모습.

5) 沈沈(침침) : 깊고 어둑한 모습.

해설

이 시는 물 섬 사이에서 아름다운 이를 찾아 보지만 날은 이미 저물고 있음을 노래했다.


## 57-5

| | |
|---|---|
| 烟噎越嶂深,[1] | 안개 낀 듯이 월 땅의 산은 깊고 |
| 箭迅楚江急. | 화살 빠르듯이 초 땅의 강은 급하네. |
| 空抱琴心悲,[2] | 부질없이 금의 슬픈 마음 안고서 |
| 徒望弦開泣.[3] | 헛되이 현에서 흐느끼는 소리 나길 바라네. |

주석

1) 烟噎(연일) : 안개가 자욱하다. '일'은 모이고 쌓여 흩어지지 않는 것이다.
2) 琴心(금심) : 금의 마음. 금이 내는 뜻. ≪포참군집鮑參軍集≫에는 '금중琴中'으로 되어 있다.
3) 徒望(도망) : 헛되이 바라보다. 제1, 2구의 '월장'과 '초강'을 바라보는 것이다.
   弦開(현개) : 현이 켜지다. ≪포참군집鮑參軍集≫에는 '근관近關'으로 되어 있는데, 이 경우 '헛되이 가까운 관문을 바라보며 흐느낀다.'로 풀이된다.

해설

이 시는 산이 깊고 물이 빠른 곳에서 이를 바라보며 슬퍼하는 심정을 표현하였다.


## 57-6

| | |
|---|---|
| 緘歎凌珠淵,[1] | 탄식을 참고서 옥구슬 못을 건너고 |
| 收慨上金堤.[2] | 슬픔을 거두고 금빛 제방에 오른다. |
| 春芳行歇落,[3] | 봄꽃은 장차 다하려는데 |
| 是人方未齊.[4] | 이 사람은 도리어 그와 같지 못하네. |

1) 緘歎(함탄) : 탄식을 봉하다. 슬픔을 참고 드러내지 않는 것을 가리킨다.

    凌(능) : 건너가다. 넘어가다.

    珠淵(주연) : 물방울이 튀는 연못. 연못을 미화한 표현이다.

2) 收慨(수개) : 슬픔을 거두다. '함탄'과 동일한 의미이다.

    金堤(금제) : 금빛 제방. 제방의 미칭이다.

3) 行(행) : ~하려 하다.

    歇落(헐락) : 쇠락하다. 사라지다.

4) 方(방) : 도리어. 오히려.

    未齊(제) : 나란해지지 못하다. (상황이) 같아지지 않다.

    이 구는 사람이 봄꽃과 비견될 수 없다는 것으로, 봄꽃은 때가 되면 다하지만 자신의 슬픔은
    그렇지 못한 것을 말하였다.

해설

이 시는 슬픔을 지닌 채 연못을 건너 제방에 오르는 모습을 노래하였다.


## 57-7

| | |
|---|---|
| 思今懷近憶,[1] | 지금을 생각하면 요즘 생각하는 이 그리워지고 |
| 望古懷遠識.[2] | 예전을 바라보면 예전 알던 이 그리워진다. |
| 懷古復懷今, | 예전에도 그립고 또 지금도 그리우니 |
| 長懷無終極.[3] | 긴 그리움은 끝이 없구나. |

주석

1) 近憶(근억) : 요즘에 생각나는 이.

2) 遠識(원식) : 예전에 알고지낸 이.

3) 終極(종극) : 끝. 마지막.

해설

　이 시는 예나 지금이나 그리워하기에 자신의 그리움이 다할 날 없음을 노래하였다. 예나 지금이나 아름다운 이를 그리워한다는 것은 그 이면에 자신을 알아주는 사람, 즉 미인을 그리워하는 충정이 담겨있다고 볼 수도 있다. 이 점에서 이 작품은 남녀애정에서 한발 더 나아가 지음知音에 대한 열망을 노래했다고 할 수 있다.

(김수희)

# 58. 채릉곡 8수 採菱曲八首

## 58-1 채릉곡 採菱曲
### 양梁 간문제簡文帝

| | |
|---|---|
| 菱花落復舍,[1] | 마름꽃 지고 또 꽃봉오리 맺는 시절 |
| 桑女罷新蠶.[2] | 뽕 따는 여인은 봄 누에치기를 끝마치고, |
| 桂棹浮星艇,[3] | 계수나무 노 저어 작은 배를 띄워서 |
| 徘徊蓮葉南. | 연잎 남쪽에서 배회하네. |

**주석**

1) 復舍(부함) : 다시 꽃봉오리를 맺다.

2) 新蠶(신잠) : 새로 누에를 치다. 봄누에 치기를 가리킨다.

3) 桂棹(계도) : 계수나무로 만든 노.
   星艇(성정) : 작은 배. 마름 딸 때 사용하는 작은 배를 가리킨다.

**해설**

이 시는 마름 철에 뽕 따는 여인도 봄 누에치기를 마친 후 작은 배를 타고 마름 따러 나왔음을 노래하였다.

**58-2 채릉곡 採菱曲**

육조陸罩

| 參差雜荇枝,1) | 들쑥날쑥 노랑어리연꽃 줄기와 섞여 있고 |
| 田田競荷密.2) | 무성하게 빽빽한 연잎과 다투네. |
| 轉葉任香風,3) | 뒤집힌 잎은 향기로운 바람을 따르고 |
| 舒花影流日.4) | 피어난 꽃은 흐르는 햇빛에 비치네. |
| 戱鳥波中蕩,5) | 장난치는 새는 물결 속에서 첨벙거리고 |
| 游魚菱下出. | 헤엄치는 물고기는 마름 아래서 나오네. |
| 不與文王嗜,6) | 문왕이 즐긴 창포만은 못하지만 |
| 羞持比萍實.7) | 바치자니 평실과 비슷하네. |

**주석**

1) 參差(참치) : 가지런하지 못한 모양.
   荇枝(행지) : 노랑어리연꽃의 줄기.
2) 田田(전전) : 연잎이 무성하고 빽빽한 모양.
3) 任(임) : 내맡기다. 따르다.
4) 流日(유일) : 흐르는 물에 비친 햇빛.
5) 蕩(탕) : 흔들거리다. 요동치다.
6) 文王嗜(문왕기) : 문왕이 즐기다. 문왕이 즐기던 창포 절임을 가리킨다. ≪여씨춘추呂氏春秋·우합遇合≫에서 "문왕이 창포 절임을 즐겼는데, 공자가 듣고서 그것을 복용했다. 이마를 찌푸린 채 먹기를 3년 동안 한 후에야 그것을 좋게 여겼다.(文王嗜菖蒲葅, 孔子聞而服之. 縮額而食之三年, 然後勝之)"라고 하였다.
7) 羞持(수지) : 바치다. '수'는 음식을 바친다는 뜻이다.
   萍實(평실) : 열매 이름. 한 유향劉向의 ≪설원說苑·변물辨物≫에서 "초 소왕이 강을 건너는데 한 말들이 크기의 물건이 곧장 왕의 배에 부딪히며 배 안까지 이르렀다. 소왕이 크게 괴이하게 여겨 공자를 초빙하여 묻게 했다. 공자가 말하기를, '이것은 평실이라고 하는데 갈라서 먹습니다. 패자만이 얻을 수 있으니 이는 길상입니다.'라고 하였다.(楚昭王渡江,

有物大如斗, 直觸王舟, 止於舟中. 昭王大怪之, 使聘問孔子. 孔子曰, 此名萍實, 令剖而食之, 惟霸者能獲之, 此吉祥也)" 라고 하였다.

**해설**

이 시는 마름을 읊은 것으로, 노랑어리 연꽃이나 무성한 연잎과 함께 자라는 생태, 마름의 잎과 꽃, 주변 사물과의 관계 등등을 노래하였다. 마지막 두 구는 주周 문왕文王과 초楚 소왕昭王의 고사를 활용하여 문인 시로서의 면모를 드러내었다.

## 58-3 채릉곡 採菱曲
### 비창費昶

| | |
|---|---|
| 妾家五湖口,[1) ] | 저의 집은 오호 어귀 |
| 採菱五湖側. | 오호 옆에서 마름 캐지요. |
| 玉面不關妝,[2) ] | 옥빛 얼굴은 화장과 상관없고 |
| 雙眉本翠色. | 두 눈썹은 원래 비취색이지요. |
| 日斜天欲暮, | 해 기울면서 날도 저물어가고 |
| 風生浪未息. | 바람 일면서 물결도 그치질 않는데, |
| 宛在水中央,[3) ] | 물 가운데 계신 것만 같아서 |
| 空作兩相憶.[4) ] | 부질없이 둘이 서로 그리워하지요. |

**주석**

1) 五湖(오호) : 태호太湖. 태호 부근의 여러 호수를 가리키는 말로 볼 수도 있다.
2) 不關妝(불관장) : 화장과 상관이 없다. 화장하지 않아도 원래 옥빛 얼굴임을 의미한다.
3) 宛在(완재) : ~에 있는 것 같다. 임이 ~에 있는 것 같다. ≪시·진풍秦風·겸가蒹葭≫에 "거슬러가 따르자니 물 가운데 계신 듯하네.(溯游從之, 宛在水中央)" 라는 구절이 있다.
4) 兩相憶(양상억) : 두 사람이 서로 그리워하다.
   이상 두 구는 임이 물 가운데 계신 것만 같아서 날 저물도록 돌아가지 못하고 여전히 임을 그리워하고 있음을 말하였다.

해설

이 시는 마름 캐는 여인의 목소리를 통해 고운 모습으로 날 저물도록 마름 캐는 이유가 호수의 중앙에 임이 계신 것 같은 그리움 때문임을 노래하였다.

## 58-4 채릉곡 採菱曲

강엄江淹

| 秋日心容與,[1] | 가을날 마음이 안 좋아서 |
| 涉水望碧蓮. | 물 건너가 푸른 연을 바라보는데, |
| 紫菱亦可採, | 자줏빛 마름 또한 캘만하니 |
| 試以緩愁年.[2] | 한번 캐서 근심의 시간을 늦춰보네. |
| 參差萬葉下,[3] | 들쭉날쭉 수많은 이파리 아래 있고 |
| 泛漾百流前.[4] | 흔들흔들 수많은 물결 앞에 있는데, |
| 高彩隘通壑,[5] | 진한 색은 이어진 시내까지 가득하고 |
| 香氣麗廣川.[6] | 향기는 드넓은 강물에 곱다네. |
| 歌出櫂女曲,[7] | 노래는 노 젓는 여인의 악곡에서 나오고 |
| 舞入江南弦. | 춤은 강남의 현 소리에 곁들여지는데, |
| 乘黿非逐俗,[8] | 자라를 타고 속세를 좇는 게 아니고 |
| 駕鯉乃懷仙.[9] | 잉어를 타고 결국 선계를 그리노라. |
| 衆美信如此, | 뭇 아름다움이 진실로 이와 같으니 |
| 無恨在淸泉,[10] | 맑은 샘에 있다고 한하지 않으리라. |

주석

1) 容與(용여) : 주저하다. 망설이다. 마음이 심란함을 의미한다.

2) 緩(완) : 완화시키다. 약화시키다.

愁年(수년) : 근심 속에서 지내는 시간.

이상 두 구는 연꽃 대신 마름을 캐며 근심을 달래보려는 것을 말하였다.

3) 參差(참치) : 가지런하지 않은 모양.

4) 泛漾(범양) : 물의 흐름에 따라 흔들리다.

5) 高彩(고채) : 진한 색채.

隘(애) : 가득하다. 차다. '일溢'과 통한다.

通壑(통학) : 이어져서 통하는 시냇물. 수로水路.

6) 廣川(광천) : 드넓은 강물.

이상 네 구는 마름이 물에 떠서 드넓게 펼쳐진 광경을 묘사하였다.

7) 櫂女(도녀) : 노 젓는 여인. '조녀趙女'로 된 판본도 있다.

8) 乘黿(승원) : 자라를 타다. ≪초사楚辭·구가九歌·하백河伯≫에서 "신령은 어찌하여 물 가운데서 흰 자라를 타고 문어를 따르는가.(靈何爲兮水中, 乘白黿兮逐文魚)"라고 하였다.

9) 駕鯉(가리) : 잉어를 타다. 전국시기 조나라 사람 금고琴高는 금琴을 잘 타서 송宋 강왕康王의 사인舍人이 되었는데, 연자涓子와 팽조彭祖 같은 신선의 방술을 행하며 기주冀州와 탁군涿郡 일대에서 이백여 년 동안 노닐었다. 나중에 그만두고 탁수에 들어가 용의 아들을 취하고 뭇 제자들에게 '깨끗이 재계하고 물가에서 기다리도록 사당을 세우라.'라고 기약했는데, 다음날 과연 붉은 잉어를 타고 나와 사당에 앉아 많은 사람이 그를 보게 하며 한 달 남짓 머물다가 다시 물속으로 들어갔다고 한다.(한漢 유향劉向의 ≪열선전列仙傳·금고琴高≫ 참고)

이상 두 구는 신선세계를 추구하는 것을 가리킨다.

10) 在(재) : 있다. '출出'로 된 판본도 있는데, 이 경우 "맑은 샘을 낸다고 한하지 않으리라."로 풀이된다.


해설

이 시는 가을 수심으로 인해 물에 나갔다가 마름을 캐며 시름을 달래보는데, 마름의 꽃과 향기, 노래와 춤이 한데 어우러진 물가 풍경으로부터 신선의 경지를 문득 느끼고 이로부터 마음의 위안을 얻게 되었음을 노래하였다.

## 58-5 채릉곡 2수 採菱曲二首[1]

강홍江洪

### 58-5-1

| | |
|---|---|
| 風生綠葉聚, | 바람 불어 푸른 잎 모여들고 |
| 波動紫莖開.[2] | 물결 일렁여서 자줏빛 줄기 펼쳐지네. |
| 含花復含實, | 꽃망울 맺고 다시 열매 품으면서 |
| 正待佳人來. | 한창 가인이 오기만을 기다리네. |

**주석**

1) ≪예문유취藝文類聚≫에는 두 작품 모두 강엄江淹의 작품으로 되어있다.

2) 紫莖開(자경개) : 자줏빛 줄기가 펼쳐지다. '개'는 마름 줄기가 펼쳐지는 것을 가리킨다.

**해설**

이 시는 마름이 꽃이 피고 열매가 맺히는 때에 맞춰 가인이 와주길 바라는 심정을 노래하였다.

### 58-5-2

| | |
|---|---|
| 白日和淸風, | 밝은 해가 맑은 바람에 어우러지고 |
| 輕雲雜高樹. | 옅은 구름이 높은 나무에 섞여 있네. |
| 忽然當此時, | 갑자기 이때 |
| 採菱復相遇. | 마름 캐다 다시 서로 만났네. |

**해설**

이 시는 날씨 좋은 날에 마름을 캐다 임과 만난 상황을 노래하였다.

**58-6** 채릉곡 採菱曲

　　　　서면徐勉

| | |
|---|---|
| 相攜及嘉月,[1] | 서로 손잡고 좋은 시절에 맞춰 |
| 採菱渡北渚. | 마름 캐러 북쪽 물가를 건너는데, |
| 微風吹櫂歌,[2] | 산들바람에 뱃노래 들려오더니 |
| 日暮相容與.[3] | 날 저물 때 서로 머뭇거리네. |
| 采采不能歸, | 캐고 캐며 돌아가지 않고서 |
| 望望方延佇.[4] | 바라보며 한창 오래 서 있는데, |
| 儻逢遺佩人,[5] | 혹시 패옥 줄 사람을 만나면 |
| 預以心相許.[6] | 먼저 마음으로 허락하리라. |

**주석**

1) 及嘉月(급가월) : 좋은 시절에 맞추다. '가월'은 아름다운 달로 주로 봄을 가리킨다.
2) 櫂歌(도가) : 뱃노래.
3) 容與(용여) : 주저하다. 머뭇거리며 나아가지 않는 모습이다.
4) 延佇(연저) : 오래 서 있다.
5) 儻(당) : 혹시. 만약.
　遺佩人(유패인) : 패옥을 줄 사람. 패옥은 마음의 정표를 뜻하므로 자기 마음을 줄 사람을 가리킨다. ≪열선전列仙傳·강비이녀江妃二女≫에 의하면 정교보鄭交甫가 한고漢皐에서 두 여인을 만나 담소를 나눴는데 두 여인이 패옥을 풀러 그에게 주었다 한다.
6) 預(예) : 미리. 먼저.

**해설**

　이 시는 동무들과 마름 캐러 나가서 멋진 사람을 만나면 자기가 먼저 마음을 허락하겠다는 다짐을 노래하였다.

**58-7** 채릉곡 採菱曲

　　　당唐 저광희儲光羲

| 濁水菱葉肥, | 탁한 물에도 마름 잎은 살지고 |
|---|---|
| 清水菱葉鮮. | 맑은 물에도 마름 잎은 곱다네. |
| 義不游濁水, | 의로운 이들은 탁한 물에서 노닐지 않고 |
| 志士多苦言.<sup>1)</sup> | 뜻있는 선비는 쓴 말만 많다네. |
| 潮沒具區藪,<sup>2)</sup> | 구구의 택지는 조수의 물에 잠기고 |
| 潦深雲夢田.<sup>3)</sup> | 운몽택의 밭은 장마물이 깊으니, |
| 朝隨北風去, | 아침에 북풍 따라 건너가서 |
| 暮逐南風還.<sup>4)</sup> | 저녁에 남풍 좇아 돌아오네. |
| 浦口多漁家, | 포구에 많은 뱃사람들 |
| 相與邀我船. | 서로 함께 내 배를 맞아주는데, |
| 飯稻以終日,<sup>5)</sup> | 쌀로 밥을 지어 나날을 보내고 |
| 羹蓴將永年.<sup>6)</sup> | 순채로 국을 끓여 세월을 보낸다네. |
| 方冬水物窮, | 한창 겨울이라 수산물이 궁하니 |
| 又欲休山樊.<sup>7)</sup> | 또 산림 속에서 쉬려는데, |
| 盡室相隨從, | 온 집안에서 서로 따라주니 |
| 所貴無憂患. | 근심 걱정 없는 것을 귀히 여겨서라네. |

**주석**

1) 苦言(고언) : 귀에 거슬리는 말.
2) 具區(구구) : 옛 못의 이름으로 태호太湖를 가리킨다.
   藪(수) : 물이 적고 초목이 무성한 소택지沼澤地.
3) 雲夢(운몽) : 옛 못의 이름으로 운몽택雲夢澤을 가리킨다.
4) 南風還(남풍환) : 남풍 따라 돌아오다.
   이상 두 구는 아침저녁으로 물가에 가서 마름 캐는 일을 하는 것을 의미한다.

5) 飯稻(반도) : 쌀로 밥을 짓다. ≪사기史記·화식열전貨殖列傳≫에서 "초나라와 월나라 지역은 땅은 넓고 사람은 적으며 쌀밥에 생선국을 먹는데 간혹 화전火田을 일구어 물 대어 김 맨다.(楚越之地, 地廣人希, 飯稻羹魚, 或火耕而水耨)"라고 하였다.

6) 羹蓴(갱순) : 순채로 국 끓이다. 고향에 돌아와 은거하는 것을 뜻한다. ≪세설신어世說新語·식감識鑒≫에 의하면, 서진西晉 장한張翰이 제왕齊王의 동조연東曹掾이 되었는데 가을바람이 불자 고향 오중吳中의 순챗국과 농어회가 생각나서 바로 벼슬을 그만두고 고향으로 돌아왔다고 한다.

    永年(영년) : 세월을 보내다.

7) 山樊(산번) : 산림. 산중의 숲.


**해설**

이 시는 마름이 탁한 물에서나 맑은 물에서나 모두 잘 성장한다는 점에 착안하여 어디든지 마음 편하게 살면 된다는 생각과 의지를 노래하였다. 제1~4구는 탁한 물에서나 맑은 물에서나 모두 잘 자라는 마름에 대해, 소위 의롭다거나 뜻이 있다는 자들은 신랄하게 비판함을 말하였다. 제5~8구는 물 많은 어촌 마을에서 아침저녁으로 물에 나가 열심히 마름 캐는 것을 말하였다. 제9~12구는 배타고 들어와서 쌀밥과 순챗국을 먹으며 강남 사람들과 화목하게 살아가는 모습을 그려내었고, 제13~15구는 겨울에는 산에 들어가 쉬려고 하는데 근심 걱정 없이 지내려는 자신의 생각에 가족들도 흔쾌히 따라주고 있음을 말하였다.

(김수희)

## 59. 채릉행 採菱行[1)]

### 유우석 劉禹錫

| | |
|---|---|
| 白馬湖平秋日光,[2)] | 백마호 잔잔하고 가을 해가 빛날 때 |
| 紫菱如錦綵鸞翔.[3)] | 자줏빛 마름 비단 같고 채색 난새 날갯짓하네. |
| 盪舟遊女滿中央,[4)] | 배 젓는 여인들이 한가운데 가득한데 |
| 採菱不顧馬上郎. | 마름 캐느라 말 위의 사내를 돌아보지 않네. |
| 爭多逐勝紛相嚮,[5)] | 많이 캐길 다투어 좋은 곳 찾느라 분분히 마주하는데 |
| 時轉蘭橈破輕浪.[6)] | 때로 목란 노를 돌리며 가벼운 물결을 깨뜨리네. |
| 長鬟弱袂動參差,[7)] | 긴 쪽머리와 얇은 옷소매가 이리저리 움직이고 |
| 釵影釧文浮蕩漾.[8)] | 비녀 그림자와 팔찌 무늬가 일렁이며 떠 있네. |
| 笑語哇咬顧晚暉,[9)] | 웃고 떠들며 재잘거리다 저녁노을 돌아보고는 |
| 蓼花綠岸扣舷歸.[10)] | 여뀌꽃 핀 푸른 언덕으로 뱃전 두드리며 돌아오네. |
| 歸來共到市橋步,[11)] | 돌아와서 다 함께 시가 다리의 선착장에 이르러 |
| 野蔓繫船萍滿衣.[12)] | 야생 넝쿨로 배를 묶는데 부평초가 옷에 가득하네. |
| 家家竹樓臨廣陌,[13)] | 집집이 대나무 누대가 대로에 가까운데 |
| 下有連檣多估客.[14)] | 그 아래 배를 잇고 장사하는 이들이 많구나. |
| 攜觴薦菱夜經過,[15)] | 술잔 잡고 마름 안주 올려 밤을 보내는데 |
| 醉踏大堤相應歌.[16)] | 취해서 <대제곡> 추면서 서로 노래를 주고받네. |
| 屈平祠下沅江水,[17)] | 굴원 사당 아래 원강의 강물에 |
| 月照寒波白烟起.[18)] | 달빛이 찬 물결에 비쳐 흰 안개 피어날 무렵, |

一曲南音此地聞,[19] 한 곡의 남방 음악을 여기서 들으면서
長安北望三千里.[20] 북쪽으로 삼천리 장안 땅을 바라보노라.

## 주석

1) 採菱行(채릉행) : 작자의 ≪유빈객문집劉賓客文集≫에 "무릉 사람들은 마름을 즐겨 먹는다. 가을이 되면 여성이 마호에 많이 놀러 나가 마름을 캐고 돌아와서 손님에게 올린다. 예전의 <채릉곡>은 전하는 가사가 드물기 때문에 이 시를 지어 채시자들을 기다린다.(武陵俗嗜芰菱. 歲秋矣, 有女郎盛遊于馬湖, 薄言采之, 歸以饗客. 古有采菱曲, 罕傳其詞, 故賦之, 以俟采詩者)"라는 자주自注가 달려 있다.

2) 白馬湖(백마호) : 무릉의 호수 이름.

3) 綵鸞(채난) : 오색 난새. 신화 전설상 봉황새의 일종이다. '난'은 '원鴛'으로 된 판본도 있다. 이 구는 마름이 드넓게 펼쳐진 호수에 바람이 불면 마름 잎이 일제히 뒤집히면서 그 색깔이 자주색과 녹색이 뒤섞인 다양한 빛을 내는데, 그 모습이 마치 채색 난새가 날갯짓하는 것과 비슷하다고 한 것이다. 실제로 새가 날아오르는 것으로 볼 수도 있다.
이상 두 구는 "백마호추일자광, 자릉여금채원상(白馬湖秋日紫光, 紫菱如錦綵鴛翔)"으로 된 판본도 있는데, 이 경우 "백마호의 가을에 햇살은 자색으로 빛나는데, 자색 마름은 비단 같고 오색 난새는 날아오른다"로 풀이된다.

4) 盪舟(탕주) : 배를 젓다.
游女(유녀) : 놀러 나온 여인들. 기녀로 볼 수도 있다.

5) 爭多(쟁다) : 많이 캐려고 다투다.
逐勝(축승) : 좋은 곳을 좇다. 마름이 많이 나있는 곳을 찾다.
相嚮(상향) : 마주하다. 얼굴을 맞대다.

6) 蘭橈(난요) : 목란 나무로 만든 노. 노의 미칭美稱이다.

7) 長鬟(장환) : 길게 틀어 올린 쪽머리.
弱袂(약몌) : 얇은 비단으로 된 옷소매. '약피弱帔'로 된 판본도 있다.
이 구는 마름 캐는 여인의 모습과 동작을 그려내었다.

8) 釧文(천문) : 팔찌에 새겨진 무늬.
蕩漾(탕양) : 물결 따라 움직이다.

9) 哇咬(와교) : 번다하면서도 가는 소리에 대한 형용. 재잘거리다.

　　晚暉(만휘) : 저녁노을. 석양.

10) 扣舷(구현) : 뱃전을 두드리다. '현'은 '선船'으로 된 판본도 있다.

　　綠岸(녹안) : 녹색 언덕. '연안沿岸'으로 된 판본도 있다.

11) 到市橋步(도시교보) : 시가 다리의 선착장에 이르다. '보'는 강가에 배를 대는 곳이다.

12) 野蔓(야만) : 야생 넝쿨.

　　滿衣(만의) : 옷에 가득하다. '만'은 '야惹'로 된 판본도 있다.

13) 竹樓(죽루) : 술집. 기루妓樓를 가리킨다.

　　臨廣陌(임광맥) : 대로大路에 가깝다.

14) 連檣(연장) : 배를 연결하다.

　　估客(고객) : 장사꾼. 상인.

　　배를 연결해놓고 거기서 마름과 술을 파는 장사꾼을 가리킨다.

15) 攜觴(휴상) : 술잔을 잡다. 술잔을 들다.

　　薦菱(천기) : 마름을 안주로 올리다.

16) 踏(답) : 발로 밟으며 춤 추다. 발로 땅을 밟으며 박자 맞추는 것을 가리킨다.

　　大堤(대제) : 악곡 이름. <대제곡>은 여인과 장사꾼의 사랑과 이별을 주로 노래하였다. ≪악부시집樂府詩集 · 청상곡사淸商曲辭 · 양양악襄陽樂≫에서 나온 <옹주곡雍州曲>(양梁 간문제簡文帝) 가운데 <대제大堤>의 제목을 단 것이 있었다. 이로부터 당唐의 <대제곡大堤曲>과 <대제행大堤行>이 나왔다.

　　相應歌(상응가) : 서로 노래로 호응하다. 노래를 주고받으며 호응하는 것을 가리킨다.

17) 屈平祠(굴평사) : 굴자사屈子祠. 당唐나라 때 전국戰國 시기 굴원屈原을 기리기 위해 멱라汨羅 옥사산玉笥山에 세운 사당이다.

　　沅江(원강) : 호남성湖南省에 있는 물 이름. 원수沅水라고도 한다.

　　이 구는 굴원과 관련하여 버림받은 신하의 슬픔과 더불어 변함없는 충정을 암시하였다.

18) 白烟起(백연기) : 흰 안개가 일어나다.

　　이 구는 달빛으로 인해 찬 물결에 안개가 이는 모습이 보이는 것을 그려내었다.

19) 一曲南音(일곡남음) : 한 곡의 남방 음악. 여기서는 <대제곡>을 가리킨다.

20) 長安北望(장안북망) : 북쪽으로 장안을 바라보다. 장안은 무릉의 북쪽에 위치한다.

324

　이 시는 백마호에서 마름을 캐는 여인들의 모습과 손님상에 올라온 마름 안주에 술을 마시면서 장안 조정을 그리워하는 심정을 노래하였다. 시는 크게 두 단락으로 나뉜다. 제1단락은 제1~12구로 가을날 백마호에서 마름을 캐는 여인들의 모습을 노래하였다. 잔잔한 백마호에 가을 햇살 비칠 때 여인들은 말 탄 풍류남아도 돌아볼 겨를 없이 마름을 캐는데, 마름 많은 곳을 찾느라 배를 저으며 이리저리 움직이는 모습이 수면에 비치기도 하다가 이윽고 저녁 되어 웃고 떠들며 노래하며 돌아와서는 일한 모습 그대로 시가의 다리로 걸어오는 것을 서술하였다. 제2단락은 제13~20구로 손님상에 올라온 마름 안주에 밤새도록 술을 마시면서 초楚 회왕懷王에게 쫓겨난 굴원屈原에게 동병상련의 아픔을 느끼면서도 여전히 장안의 조정을 그리워하는 심정을 표현하였다.

(김수희)

# 60. 양춘가 6수 陽春歌六首

## 60-1 양춘가 陽春歌
### 송宋 오매원吳邁遠

| 百里望咸陽,[1] | 백 리 떨어진 함양을 바라보니 |
|---|---|
| 知是帝京域. | 과연 황제의 도읍임을 알겠다. |
| 綠樹搖雲光, | 푸른 나무엔 구름 틈의 햇살이 일렁이고 |
| 春城起風色.[2] | 봄날 도성엔 바람이 분다. |
| 佳人愛華景,[3] | 미인은 햇빛을 아껴서 |
| 流靡園塘側.[4] | 원림 연못가에 어여쁘게 있네. |
| 妍姿艷月映, | 아리따운 자태는 달빛같이 어여쁘고 |
| 羅衣飄蟬翼. | 비단옷은 매미 날개마냥 나풀대네. |
| 宋玉歌陽春,[5] | 송옥은 <양춘>을 부르지만 |
| 巴人長歎息. | <파인>이 길이 찬탄을 받는다네. |
| 雅鄭不同賞,[6] | 아악과 정성은 함께 감상하지 않는 법인데 |
| 那令君愴惻.[7] | 그대는 어째서 슬퍼하는가. |
| 生重受惠輕,[8] | 삶이 중하지 은혜 받기는 가벼운 일인데 |
| 私自憐何極. | 남몰래 애틋함이 왜 그리 심한가. |

**주석**

1) 咸陽(함양) : 지금의 섬서성 함양시. 진나라의 수도였기에 도읍지를 가리킨다.

2) 風色(풍색) : 바람.

3) 華景(화경) : 햇빛.

4) 流靡(유미) : 어여쁘면서 연약한 모습.

5) 宋玉歌陽春(송옥가양춘) 2구 : 송옥은 <초왕의 물음에 대답하다對楚王問>에서 초나라 수도
영郢에서 <하리下里>와 <파인巴人>을 부르면 수천 명이 화답하지만 <양춘>과 <백설白雪>을
부르면 수십 명만 화답한다고 하였다. 곡의 수준이 높을수록 알아듣는 사람이 적어진다는
비유로 사람들에게 인정받지 못하는 자신의 처지를 해명한 것이다.

6) 雅鄭(아정) : 궁정음악으로 쓰이는 정악正樂과 정나라 소리로 대표되는 속요俗謠. ≪논어
·양화陽貨≫에 "공자가 말하기를, '자주색이 붉은색의 자리를 빼앗는 것이 밉고 정나라
소리가 아악이 쓰일 곳을 어지럽히는 것이 밉다.'라고 하였다.(子曰, 惡紫之奪朱也, 惡鄭聲
之亂雅樂也)"라고 하였다.

7) 愴惻(창측) : 비통한 모습.

8) 生重受惠輕(생중수혜경) : ≪예문유취藝文類聚≫ 권42와 ≪문원영화文苑英華≫ 권193에는
"生重愛惠輕"으로 되어 있다. ≪옥대신영≫ 권4에는 "生平重愛惠"라고 되어 있다. 이 때는
'평소에 사랑과 은혜가 무거웠는데'로 해석된다.

**해설**

이 시는 총애를 받지 못하고 봄날 원림에 홀로 남겨진 미인의 모습을 도성에서 거리를
둔 관찰자의 시점으로 묘사하였다. 이어서 고아한 사람은 외면받고 저속한 사람이 환영받는
세상 이치를 피력하고 있다.

**60-2** 양춘가 陽春歌

양梁 오균吳均

紫苔初泛水,[1]　　자줏빛 이끼가 막 물에 떠서
連綿浮且沒.[2]　　끊임없이 떠올랐다 가라앉았다 하네.
若欲歌陽春,　　양춘가를 부르려거든

先歌靑樓月.<sup>3)</sup>    청루의 달부터 불러야겠네.

**주석**

1) 紫苔(자태) : 자줏빛 이끼. 자줏빛은 간색間色으로서 올바르지 않은 것을 뜻한다.

2) 連綿(연면) : 길게 이어지는 모양.

3) 靑樓(청루) : 기루妓樓. 당시 민간에 유행하던 노래 제목으로 볼 수도 있다.

**해설**

  이 시에서 자줏빛 이끼와 청루의 달노래는 속된 사람을 비유한다. 자줏빛 이끼가 물 위를 차지하고 있는 모습으로써 바르지 못한 이가 환영받는 세태를 제시하였다. 따라서 양춘가 같이 고아한 노래를 부르고 싶다면 먼저 기녀들의 속된 음조의 노래를 불러 사람들의 인정부터 받으라고 권함으로써 세태를 풍자하고 있다.

## 60-3 양춘가 陽春歌
     제齊 단약檀約

靑春獻初歲,<sup>1)</sup>    푸른 봄이라 연초로 들어가는데

白雲映彫梁.<sup>2)</sup>    흰 구름이 화려한 들보를 비추네.

蘭萌猶自短,    난초싹은 여전히 절로 짤따랗고

柳葉未能長.    버드나무잎은 아직 자라지 못했다.

已見紅花發,    벌써 붉은 꽃 핀 모습이 보이고

復聞綠草香.    게다가 싱싱한 풀 내음을 맡네.

乘此試遊衍,<sup>3)</sup>    이참에 한번 마음껏 노닐어 보지만

誰知心獨傷.    혼자 아파하는 이 마음 누가 알아줄까.

**주석**

1) 靑春(청춘) : 초목에 푸른 싹이 돋는 봄.

獻初歲(헌초세) : 초세로 나아가다. '헌'은 '헌세獻歲'의 뜻으로, 새해에 진입한다는 말이다. '초세'는 납일臘日의 다음날이다. 고대에는 납일인 섣달 여드레를 세밑으로 삼아 한 해를 마치는 제사를 지내고, 그 다음날은 초세라고 하여 한 해의 시작으로 여겼다.

2) 彫梁(조량) : 아름다운 무늬를 아로새긴 들보.

3) 遊衍(유연) : 실컷 유람하다.

**해설**

이 시는 봄의 시작과 함께 생동하는 초목의 모습을 묘사하였다. 마지막 구에서는 새해의 봄놀이와 대조되는 슬픔의 감정을 제기하여 돈좌의 느낌을 준다.


## 60-4 양춘가 陽春歌

진陳 고야왕顧野王

| 春草正芳菲,[1) | 봄풀이 한창 무성할 때 |
|---|---|
| 重樓啓曙扉.[2) | 층루는 동틀녘에 문을 열었네. |
| 銀鞍俠客至, | 은장식 안장 탄 협객이 다다르고 |
| 柘彈婉童歸.[3) | 뽕나무 탄궁 찬 미소년이 돌아오네. |
| 池前竹葉滿, | 연못 앞에는 댓잎이 가득하고 |
| 井上桃花飛. | 우물가에는 복사꽃이 날리지만, |
| 薊門寒未歌,[4) | 계문에는 추위가 아직 안 풀렸으니 |
| 爲斷流黃機.[5) | 그들을 위해 누런 비단을 끊는다네. |

**주석**

1) 芳菲(방비) : 화초가 가득 자란 모습.

2) 重樓(중루) : 복층으로 된 성루.

3) 柘彈(자탄) : 꾸지뽕나무로 만든 탄궁彈弓. 꾸지뽕나무 가지는 길고 튼튼하여 활의 재료로 많이 쓰였다.

婉童(완동) : 아름다운 용모의 젊은이.

4) 薊門(계문) : 지금의 북경에 있던 지명. 변방의 군사 요충지였다.

5) 流黃(유황) : 갈황색.

機(기) : 베틀. 여기서는 갈황색의 비단을 가리킨다.

해설

　이 시는 전방을 지키러 나가는 사나이들을 격려하는 내용이다. 멋지게 꾸민 젊은 남자들이 변방을 지키러 나가는가 하면 임무를 마치고 돌아오기도 한다. 때는 바야흐로 봄이 한창이지만 최전방인 계문은 아직 겨울로 추위가 염려된다. 그래서 용사들을 위해 베틀의 비단 천을 끊어서 따뜻한 겨울옷을 지어주는 것이다.


**60-5 양춘가 陽春歌**

　　　　수隋 유고언柳顧言[1]

| | |
|---|---|
| 春鳥一囀有千聲,[2] | 봄 새가 한 번 우니 천 가지 소리 |
| 春花一叢千種名.[3] | 봄 꽃이 한 무더기로 피니 천 가지 이름. |
| 旅人無語坐檐楹,[4] | 나그네는 말없이 처마 기둥에 앉아서 |
| 思鄉懷土志難平. | 고향을 그리니 뜻은 평온하기 어려워라. |
| 唯當文共酒, | 오직 시를 읊으며 술을 함께 할 뿐이니 |
| 暫與興相迎. | 잠시 흥과 더불어 봄을 맞이하네. |

주석

1) 柳顧言(유고언) : ≪시기詩紀≫ 권123에는 '柳䫨(유변)'으로 되어 있다. '고언'은 유변의 자이다.

2) 囀(전) : 새가 울다.

3) 叢(총) : 초목이 무더기로 뭉쳐나는 것.

4) 檐楹(첨영) : 처마를 받치는 기둥.

이 시는 실의한 나그네의 노래이다. 봄날 아름다운 풍경 가운데 낙담한 이를 위로하는 것은 오직 시와 술이다.


## 60-6 양춘가 陽春歌
### 당唐 이백李白

| 長安白日照春空, | 장안의 햇볕 봄 하늘에 내리쬐니 |
|---|---|
| 綠楊結烟桑裊風.[1] | 푸른 버들에는 아지랑이가 맺히고, |
| | 뽕나무는 바람에 산들거리네. |
| 披香殿前花始紅[2] | 피향전 앞 꽃이 붉게 피기 시작할 때 |
| 流芳發色繡戶中.[3] | 수놓은 문 안에서 향기와 고운 빛깔 흘러 나오네. |
| 繡戶中, | 수놓은 문 안에 |
| 相經過, | 들르면 |
| 飛燕皇后輕身舞,[4] | 비연황후가 가냘픈 몸으로 춤추고 |
| 紫宮夫人絶世歌.[5] | 자궁부인이 세상에 다시없을 노래 부르네. |
| 聖君三萬六千日, | 성군께서는 삼만 육천 일 동안 |
| 歲歲年年奈樂何.[6] | 연년세세 즐거움을 어찌하시랴. |

**주석**

1) 裊(뇨) : 부드럽게 흔들리는 모습.
2) 披香殿(피향전) : 한나라 때 후궁이 머물던 전각 이름. 장안 미앙궁未央宮에 있었다.
3) 繡戶(수호) : 수놓은 듯 아름답게 꾸민 문. 여자의 거처를 뜻한다.
4) 飛燕(비연) : 한나라 성제成帝 때의 조황후趙皇后. 평민 출신으로 가무에 뛰어나 총애를 받았는데, 몸이 제비처럼 날렵하여 비연이라 불렸다.
5) 紫宮夫人(자궁부인) : 한무제의 후궁 이부인李夫人. '자궁'은 하늘의 중심인 자미원紫微垣으

로 여기서는 황제의 거처, 즉 미앙궁을 가리킨다. 이부인도 가무에 뛰어나 무제의 총애를
받았다.

6) 奈樂何(내락하) : 즐거움을 어찌할까.

**해설**

이 시는 봄날에 황제가 궁전에서 조비연이나 이부인 같은 비빈의 빼어난 가무를 즐기며
백 년을 이어가리라는 축원의 내용이다.

(이욱진)

# 61. 양춘곡 4수 陽春曲四首

**61-1** 양춘곡 陽春曲
　　　　무명씨無名氏

| | |
|---|---|
| 芣苢生前逕,[1] | 질경이는 앞길에 나 있고 |
| 含桃落小園.[2] | 앵두는 작은 정원에 떨어져 있다. |
| 春心自搖蕩,[3] | 봄마음이 저절로 요동치는데 |
| 百舌更多言.[4] | 검은지빠귀는 한층 말이 많구나. |

**주석**

1) 芣苢(부이) : 질경이. '부이芣苢', '부이莩苢'로 쓰기도 한다. 차전초車前草라고도 하며 길가에 흔히 나는 풀이다.
2) 含桃(함도) : 앵두. 장미과의 낙엽관목이다.
3) 搖蕩(요탕) : 요동치다.
4) 百舌(백설) : 대륙검은지빠귀. 몸빛은 검고 부리는 노랗다. 갖가지 울음소리를 낸다.

**해설**

　이 시는 봄의 설렘을 노래한 것이다. 질경이가 돋아나고 앵두가 지는 봄날에 시의 화자가 한껏 설렐 때 지빠귀도 그 마음을 이해하듯 더욱 큰 소리로 우는 모습이다.

**61-2** 양춘곡 陽春曲

온정균溫庭筠

| | |
|---|---|
| 雲母空窗曉烟薄,[1] | 운모 장식 고요한 창에 새벽안개 엷게 끼고 |
| 香昏龍氣凝輝閣.[2] | 향내 자욱한 용의 기운이 응휘각에 서렸네. |
| 霏霏霧雨杏花天,[3] | 짙은 안개비 살구꽃 피는 날 |
| 簾外春威著羅幕.[4] | 주렴 밖 봄의 위세가 비단 장막에 더하였네. |
| 曲欄伏檻金麒麟,[5] | 우리에서 웅크리고 울타리에 엎드린 금기린 |
| 沙苑芳郊連翠茵.[6] | 사원의 꽃 피는 교외에 이어진 비췻빛 풀밭. |
| 廐馬何能齧芳草,[7] | 마구간의 말이 어떻게 향기로운 풀을 씹는가 |
| 路人不敢隨流塵.[8] | 행인은 감히 날리는 먼지 쫓아가지 못하네. |

**주석**

1) 雲母(운모) : 광물의 일종으로 물고기 비늘모양을 띠며 얇게 쪼개진다. 돌비늘이라고도 하며 백운모, 흑운모 등이 있다.

2) 香昏(향혼) : 향이 어둡다. 여기서 향은 용뇌향龍腦香을 가리킨다.
   龍氣(용기) : 용뇌향의 향기. 용뇌향은 용뇌수龍腦樹의 수지를 굳혀서 만든 향료이다.
   凝輝閣(응휘각) : 장안 태극궁太極宮에 있던 전각. '응휘각凝暉閣'이라고도 한다.

3) 霏霏(비비) : 기세가 성대한 모양.

4) 春威(춘위) : 봄의 꽃샘추위. '위'가 '한寒'으로 된 판본도 있다.
   著(착) : 붙다, 더하다.
   羅幕(나막) : 비단 휘장.

5) 曲欄伏檻(곡란복함) : 우리에서 몸을 구부리고 울타리에서 엎드려 있다.
   金麒麟(금기린) : 금빛의 기린. 기린은 사슴과 비슷하게 생겼다는 전설의 동물이다.

6) 沙苑(사원) : 지금의 섬서성 위남시渭南市 대려현大荔縣 남쪽 위수渭水 가의 목초 지대. 서안시西安市에서 동쪽으로 130km 가량 떨어져 있다.
   茵(인) : 수레의 깔개. 여기서는 갓 돋아난 풀이 자란 목초지를 가리킨다.

7) 廐馬(구마) : 마구간의 말.

齧(설) : 씹다.

8) 路人(노인) : 길 가는 사람.

이 시는 버림받은 사람의 모습을 묘사한 것이다. 봄날 비오는 새벽 궁궐에 한기가 침상의 휘장까지 느껴지는 것은 임금이 찾아주지 않는 궁녀의 모습이다. 마찬가지로 금빛으로 빛나는 기린은 우리에 갇혀 웅크린 채 누워 있을 뿐이다. 반면에 교외의 아름다운 들판에서 풀을 뜯는 것은 마구간의 평범한 말이다. 길 가는 사람은 이 시의 화자로서 이 말들이 달리며 날리는 먼지를 뒤집어쓸 뿐 감히 쫓아갈 엄두를 내지 못한다.


## 61-3 양춘곡 陽春曲

장남걸 莊南傑

| | |
|---|---|
| 紫錦紅囊香滿風,[1] | 자색 비단 붉은 주머니 향기 가득한 바람 |
| 金鸞玉軾搖丁冬.[2] | 금빛 난새가 옥 가로대에서 딸랑딸랑 흔들린다. |
| 沙鷗白羽翦晴碧,[3] | 모래톱 갈매기는 흰 깃으로 갠 하늘을 오리고 |
| 野桃紅豔燒春空.[4] | 들판의 복숭아 붉은 꽃은 봄 하늘을 불사른다. |
| 芳草綿延鎖平地,[5] | 향긋한 풀은 면면히 평지를 잠그고 |
| 塹蝶雙雙舞幽翠.[6] | 언덕의 나비는 쌍쌍이 우거진 수풀에서 춤춘다. |
| 鳳叫龍吟白日長,[7] | 봉새와 용이 기나긴 대낮에 우는데 |
| 落花聲底仙娥醉.[8] | 꽃 지고 소리 그치자 선녀는 취했네. |

1) 紅囊(홍낭) : 붉은 주머니. 귀족의 장신구이다.

2) 金鸞(금란) : 난새 울음소리의 황금빛 수레방울. 난새 모양의 방울이라는 설도 있다. '금란金鑾'이라고도 한다.

軾(식) : 수레 앞쪽에 가로놓인 손잡이.

丁冬(정동) : 의성어로 수레방울 소리를 가리킨다.

3) 翦晴碧(전청벽) : 갠 하늘을 칼로 베어 내다. 새의 날개를 가위날에 비유한 표현이다.

4) 紅豔(홍염) : 붉은 꽃.

5) 綿延(면연) : 끊임없이 이어지는 모양.

鎖(쇄) : 잠그다. 풀이 땅을 빈틈없이 뒤덮은 모습을 비유한 표현이다.

6) 壟蝶(농접) : 언덕 위의 나비.

幽翠(유취) : 짙은 비췻빛. 초목이 무성한 모습이다.

7) 鳳叫龍吟(봉규용음) : 봉생鳳笙이나 용적龍笛 같은 악기 소리.

8) 底(저) : 멋다.

仙娥(선아) : 선녀. 여기서는 미녀를 가리킨다.

해설

이 시는 봄날 교외에서 벌어진 잔치의 흥겨움을 노래하였다. 참석자의 옷차림과 수레의 모습을 비롯하여 현장의 배경을 자세히 묘사했다. 말미에 용과 봉새의 울음에 비유된 아름다운 음악과 함께 잔치가 끝나고 미녀를 비롯한 참석자들이 술에 취한 모습으로 시상을 마무리했다.

## 61-4 양춘곡 陽春曲

승僧 관휴貫休

| | |
|---|---|
| 爲口莫學阮嗣宗,[1] | 입은 완적을 배우지 말라. |
| 不言是非非至公.[2] | 시비를 말하지 않는 것은 지극히 공변된 것이 아니다. |
| 爲手須似朱雲輩,[3] | 손은 주운의 무리와 같아야지. |
| 折檻英風至今在. | 난간 부러뜨린 영웅의 풍격이 지금까지 있다네. |
| 男兒結髮事君親, | 사나이가 상투 틀고 임금과 어버이 모실 때는 |
| 須斅前賢多慷慨.[4] | 강개함 많던 옛 현인을 본받아야지. |
| 歷數雍熙房與杜,[5] | 역대로 태평성대 헤아려보면 방현령, 두여회, |
| 魏公姚公宋開府.[6] | 위징, 요숭, 송경이 있었지. |

盡向天上仙宮閑處坐,   죄다 천상의 신선 궁전 한갓진 곳을 향해 앉아 있는데
何不却辭上帝下下土,[7]  왜 상제께 작별하고 하계로 내려와
忍見蒼生苦苦苦.[8]    세상 모든 이의 괴로움 고달픔 힘겨움 차마 보지 않을까.

**주석**

1) 阮嗣宗(완사종) : 완적(阮籍, 210~263), 자는 사종, 진류陳留 위씨尉氏(지금의 하남 개봉시開封市) 사람. 보병교위步兵校尉를 지내 완보병이라고도 한다. 죽림칠현의 중심인물로 당시 위나라의 실권자인 사마씨 일족의 전횡을 피해 현학玄學의 기풍을 주도했다.

2) 不言是非(불언시비) : 시비를 말하지 않다. 완적은 <달장론達莊論>에서 "선과 악은 나눌 수 없고, 시비는 다툴 것이 없다.(善惡莫之分, 是非無所爭)"라고 했다.

3) 朱雲(주운) : 자는 유游, 노魯(지금의 산동성 일대) 사람, 생졸연대 미상. 전한 성제成帝 때 승상의 직무 태만에 대해 직간하자 황제가 노여워하며 그를 끌어내어 참형에 처하게 했다. 궁전의 난간을 끌어안고 버티자 난간이 분질러지고 말았다. 이에 다른 신하가 황제를 극구 만류하여 목숨을 건졌다. 뒤에 부러진 난간을 수리하게 되자, 황제는 난간을 부러진 채로 놓아두어 강직한 신하를 기리게 했다.

4) 斅(효) : 본받다.

5) 雍熙(옹희) : 태평성대.
   房與杜(방여두) : 방현령(房玄齡, 579~648)과 두여회(杜如晦, 585~630). 두 사람 모두 당태종의 정관지치貞觀之治를 이끌어간 재상으로 손꼽힌다.

6) 魏公姚公宋開府(위공요공송개부) : 위징(魏徵, 580~643), 요숭(姚崇, 650~721), 송경(宋璟, 663~737). 위징은 당태종 때의 으뜸가는 명신이고 요숭과 송경은 당현종 때 개원지치開元之治를 이끌어간 재상으로 손꼽힌다. 개부는 개부의동삼사開府儀同三司를 지낸 송경을 가리킨다.

7) 却辭(각사) : 사직하고 물러나다.
   下土(하토) : 인간 세상.

8) 蒼生(창생) : 백성.

**해설**

관휴의 사후에 편찬된 ≪선월집禪月集≫의 주석에는 "강동에서 광명 초에 지었다.(江東

廣明初作)"라고 되어 있다. 연구에 따르면 황소黃巢의 난이 한창인 광명 원년(880)에 관휴가 절동浙東 무주婺州 난계현蘭溪縣에 있을 때 지은 것으로 추정된다. 이 시에서는 난세에 완적처럼 고아하게 청담淸談과 은거를 일삼기보다 강개어린 충간과 뛰어난 실무능력으로 치세를 만든 옛 현인을 본받아야 한다고 역설하고 있다. 도탄에 빠진 백성을 구제하기 위해 이미 세상을 떠난 현인들에게 하늘나라에서 다시 돌아와 달라고 간구하고 있다.

(이욱진)

## 62. 조운인 朝雲引

### 낭대가송씨 郞大家宋氏

| | |
|---|---|
| 巴西巫峽指巴東,[1] | 파서 무협에서 파동을 가리키는데 |
| 朝雲觸石上朝空.[2] | 아침 구름이 바위를 스쳐 아침 하늘로 오른다. |
| 巫山巫峽高何已,[3] | 무산 무협은 높이가 끝없는데 |
| 行雨行雲一時起.[4] | 비와 구름이 한 번에 일어났네. |
| 一時起, | 한 번에 일어났지만 |
| 三春暮,[5] | 석 달 봄은 저물었네. |
| 若言來, | 만약에 오신다면 |
| 且就陽臺路.[6] | 양대의 길로 오시길. |

### 주석

1) 巴西(파서) : 지금의 사천 낭중시閬中市에 해당하는 지역.

   巫峽(무협) : 무산巫山 일대에 형성된 장강의 협곡.

   指(지) : ≪전당시≫의 주석에는 '연連'이라고도 한다고 하였다. 그 경우에는 '파서 무협에서 파동으로 이어지는데'로 풀이된다.

   巴東(파동) : 지금의 중경重慶 봉절현奉節縣에 해당하는 지역.

2) 朝雲(조운) : 아침 구름. 여기서는 송옥宋玉의 <고당부高唐賦>에 나오는 조운朝雲이라는 여신을 가리킨다.

3) 何已(하이) : 끝이 없다.

4) 行雨行雲(행우행운) : 비가 내리고 구름이 끼다. <고당부>에서 조운은 아침에는 구름이

되었다가 저녁에는 비로 내린다고 하였다.

5) 三春(삼춘) : 맹춘孟春인 음력 정월, 중춘仲春인 이월, 계춘季春인 삼월을 합쳐서 부른 말.

6) 陽臺(양대) : 조운이 아침 저녁으로 있다는 누대. <고당부>에는 무산 남쪽 높은 언덕의 험한 곳이라고 되어 있다.

**해설**

이 시는 송옥의 <고당부>에 나오는 조운이라는 여신을 읊은 것이다. 조운은 무산의 높은 벼랑을 비와 구름으로 오르내리며 초나라 양왕襄王을 기다리다가 봄이 다 가버렸다. 그래도 언젠가 양왕이 양대로 올 것이라는 희망을 드러내며 시상을 마무리했다.

(이욱진)

# 63. 상운악 7수 上雲樂七首[1]

## 양 梁 무제 武帝

≪고금악록≫에 말하기를, "<상운악> 일곱 곡은 양 무제가 지어서 서곡을 대신하도록
한 것이다. 첫째는 <봉대곡>이요, 둘째는 <동백곡>이요, 셋째는 <방장곡>이요, 넷째는
<방제곡>이요, 다섯째는 <옥귀곡>이요, 여섯째는 <금단곡>이요, 일곱째는 <금릉곡>이
다."라고 하였다. 생각건대 <상운악>에는 또한 늙은 호인 문강에 관한 가사가 있었는데
주사의 작품이다. 범운의 작품이라고도 한다. ≪수서·악지≫에 말하기를, "양나라 삼조
음악 공연의 44번째에는 시자가 안식공작, 봉황, 사슴, 호인 춤을 이끌고 등장하고 <상운
악>의 가무로 이어지는 기예를 공연했다."라고 하였다.

≪古今樂錄≫曰, <上雲樂>七曲, 梁武帝製, 以代西曲. 一曰<鳳臺曲>, 二曰<桐柏
曲>, 三曰<方丈曲>, 四曰<方諸曲>, 五曰<玉龜曲>, 六曰<金丹曲>, 七曰<金陵曲>.
按<上雲樂>又有老胡文康[2]辭, 周捨[3]作, 或云范雲.[4] ≪隋書·樂志≫曰, 梁三朝[5]第
四十四, 設寺子導[6]安息孔雀鳳皇文鹿胡舞登, 連<上雲樂>歌舞伎.[7]

---

**주석**

1) 上雲樂(상운악) : 양나라 때 가장 유명했던 가무희로 당나라 때까지 상연되었다. 자수字數와
   운율로 보았을 때 <동백桐柏>, <방장方丈>, <옥귀玉龜>가 표준이고 나머지 네 곡은 누락이나
   오류가 있는 듯하다.

2) 文康(문강) : <상운악>에 등장하는 서역 출신의 예인藝人.

3) 周捨(주사) : <상운악>을 지은 양나라 때의 문인.

4) 范雲(범운, 451~503) : 자는 언룡彦龍, 시호는 문文, 남향군南鄉郡(지금의 하남성 필양현泌陽

縣) 사람이다. 남조 제나라 때 경릉왕竟陵王 소자량蕭子良의 막하에서 경릉팔우竟陵八友로 일컬어졌다. 양나라 때 관직이 상서우복야에 이르렀으며, 소성현후霄城縣侯에 봉해졌다.

5) 三朝(삼조) : 임금이 정무를 보거나 휴식을 취하며 신하를 접견하던 곳. 외조外朝, 내조內朝, 연조燕朝로 구성된다. 정월 초하루에 삼조에서 원회元會가 열리면 의식 절차에 따라 왕공 귀족, 대소 신하 및 각국 사절이 황제에게 세배와 축수를 올리고 아악 및 각종 가무희歌舞戲 를 공연했다.

6) 導(도) : ≪수서·악지≫, ≪오례통고五禮通考≫, ≪악서樂書≫ 등에는 '준遵'으로 되어 있다.

7) 梁三朝(양삼조)~歌舞伎(가무기) : 이 구절의 구두점 표시와 해석은 제가의 해석이 분분하 다. 여기서는 43번째 공연의 "백무의 기예를 공연하여 마친 뒤 백록을 맞이하여 무대에서 내려온다.(設白武伎, 作訖, 將白鹿來迎, 下)"와 상응하여 44번째 공연의 '등登'과 '연連'을 앞뒤로 나누어 해석하는 설에 따랐다.


## 63-1 봉대곡鳳臺曲

≪고금악록≫에 말하기를, "<봉대곡>은 화성에서 '구름 타는 신선은 만 년의 봄을 즐기네.'라고 한다."라고 하였다.

≪古今樂錄≫曰, <鳳臺曲>, 和云, 上雲眞,[1] 樂萬春.

**주석**

1) 眞(진) : 신선.

| | |
|---|---|
| 鳳臺上,[1] | 봉대에서 |
| 兩悠悠.[2] | 둘의 소리가 길게 이어지니, |
| 雲之際, | 구름 끝자락에서 |
| 神光朝天極,[3] | 신령한 빛이 하늘 끝을 향하더니 |
| 華蓋遏延州.[4] | 화려한 수레가 연주에서 멈췄네. |
| 羽衣昱耀,[5] | 깃털 옷이 환히 빛나는데 |

春吹去復留.<sup>6)</sup>   봄에 악기 불며 가려다가 또 멈추네.

1) 鳳臺(봉대) : 춘추시대 진목공秦穆公이 딸 농옥弄玉과 사위 소사簫史에게 지어준 누대. 농옥이 소사에게서 소簫를 배워 봉황 울음소리를 내니 봉황이 와서 머물렀다. 이들 부부는 봉대에서 살다가 훗날 봉황을 따라 하늘로 날아가 신선이 되었다고 한다.
2) 悠悠(유유) : 소리가 가늘고 길게 나는 모습. 여기서는 농옥과 소사가 소를 부는 소리이다.
3) 神光(신광) : 신령한 빛.
   朝(조) : 향하다.
   天極(천극) : 하늘의 남북 양 끝.
4) 華蓋(화개) : 왕공 귀족이 타는 수레의 덮개.
   遏(알) : 막다.
   延州(연주) : 진나라의 땅 이름으로, 지금의 섬서성 연안시延安市 일대를 연주로 칭하였다. 봉대가 있던 곳이다.
5) 羽衣(우의) : 깃털 옷. 신선의 복장이다.
   昱耀(욱요) : 환하게 빛나다.
6) 春吹(춘취) : 봄에 부는 관악기 소리. 농옥과 소사의 소 연주를 가리킨다.

이 시는 소사와 농옥이 봉대에서 소를 연주하니 신령한 빛이 하늘에 가득 비치고 화려한 수레가 그들을 데리러 내려왔는데 정작 신선이 되어 떠나려니 아쉬워 머뭇거리는 모습을 노래한 것이다.

## 63-2 동백곡 桐柏曲

《고금악록》에 말하기를, "<동백곡>은 화성에서 '아름답구나 신선의 노넒이여.'라고 한다."라고 하였다.

≪古今樂錄≫曰, <桐柏曲>, 和云, 可憐眞人遊.

| | |
|---|---|
| 桐柏眞,[1] | 동백산 신선이 |
| 昇帝賓.[2] | 천제의 빈객으로 올랐네. |
| 戲伊谷,[3] | 이수 계곡에서 즐기고 |
| 遊洛濱.[4] | 낙수 물가에서 노니네. |
| 參差列鳳管,[5] | 들쭉날쭉 봉황 소리 피리를 벌여놓고 |
| 容與起梁塵.[6] | 느긋하게 연주하니 들보의 먼지가 들썩이네. |
| 望不可至, | 멀리 바라볼 뿐 닿지 않는 곳에서 |
| 徘徊謝時人.[7] | 천천히 거닐며 세상 사람과 작별하네. |

**주석**

1) 桐柏(동백) : 동백산桐柏山. 지금의 하남성 남양시南陽市 남쪽에 있으며, 당나라 때 도교의 칠십이복지七十二福地로 꼽히기도 하였다.

2) 昇(승) : 오르다. 득도하여 신선이 된 것을 가리킨다.

3) 伊谷(이곡) : 이수伊水 계곡. 이수는 하남성 남양시 복우산伏牛山 북쪽 기슭에서 발원하여 낙양시洛陽市 남쪽에서 낙수洛水와 합류한다.

4) 洛濱(낙빈) : 낙수 물가. 낙수는 섬서성 위남시渭南市 부근에서 발원하여 황하로 흘러든다.

5) 參差(참치) : 길이가 일정치 않은 모습. 생황처럼 길이가 각기 다른 관악기의 모습으로 보인다.

6) 容與(용여) : 여유로운 모습.

7) 徘徊(배회) : 천천히 움직이는 모습.

**해설**

이 시는 동백산 신선의 탈속적인 유락을 노래하고 있다. 한나라 유향劉向의 ≪열선전列仙傳≫에 따르면 왕자교王子喬라는 신선이 생황을 불어 봉황 울음소리 내기를 즐기며 이수와 낙수 일대를 노닐다가 아득히 다다를 수 없는 산꼭대기에서 학을 타고 손을 흔들며 세상 사람들과 헤어졌다고 한다. 동백산의 신선은 바로 이 왕자교의 이야기를 따온 것으로 여겨진다.

## 63-3 방장곡方丈曲

| | |
|---|---|
| 方丈上,[1] | 방장산에 |
| 崚層雲.[2] | 층층이 우뚝한 구름. |
| 挹八玉,[3] | 팔옥란을 뽑아서 |
| 御三雲.[4] | 삼운전으로 수레를 모네. |
| 金書發幽會,[5] | 금니 글씨에는 그윽한 깨침 나타났고 |
| 碧簡吐玄門.[6] | 벽옥 간책에서 현묘한 가르침 쏟아지네. |
| 至道虛凝,[7] | 지극한 도는 청허하니 |
| 冥然共所遵.[8] | 어렴풋이 모두가 따르는 것. |

**주석**

1) 方丈(방장) : 봉래蓬萊, 영주瀛洲와 더불어 바다에 있다고 전해지는 신선의 산이다.
2) 崚層(능층) : 높이 솟아 겹겹으로 쌓인 모습.
3) 挹(읍) : 당기다.
   八玉(팔옥) : 전설의 식물. 반고班固의 ≪한무제내전漢武帝內傳≫에서 서왕모가 한무제에게 불러준 노래에 "새벽에 태하궁에 올라 이 팔옥란을 뽑네.(晨登太霞宮, 挹此八玉蘭)"라고 하였다.
4) 三雲(삼운) : 삼운전三雲殿. 한나라 때 감천궁甘泉宮에 있던 전각의 이름. 진나라 때의 궁전을 한무제가 증축하여 피서지로 활용하였다. 지금의 섬서성 순화현淳化縣 감천산에 있었다.
5) 金書(금서) : 금니金泥로 쓴 책. 도교의 경전.
   幽會(유회) : 묘리妙理.
6) 碧簡(벽간) : 벽옥으로 된 간책簡冊. 역시 도교의 경전을 뜻한다.
   玄門(현문) : 심원한 도로 들어가는 문. 도교를 가리킨다.
7) 虛凝(허응) : 도교의 청허한 경지. '응허凝虛'라고도 한다.
8) 冥然(명연) : 어렴풋하여 형용하기 어려운 모습. 지극한 도를 얻은 상태를 가리킨다.

**해설**

이 시는 신선 사상에 심취했던 한 무제의 고사를 빌려 방장산에서 얻어온 도교의 경전을 읽고 현묘한 도에 귀의하려는 뜻을 읊고 있다.

**63-4** 방제곡方諸曲

≪고금악록≫에 말하기를, "<방제곡>은 삼주가의 운이다. 화성에서 '방제 위에서 아름다운 환락을 늘 그리워하네.'라고 한다."라고 하였다.

≪古今樂錄≫曰, <方諸曲>, 三洲韵.[1] 和云, 方諸上, 可憐歡樂長相思.

**주석**

1) 三洲韵(삼주운) : 삼주가三洲歌의 운. 삼주가는 악부에서 서곡가西曲歌에 속한다. 운은 악곡의 형식 또는 풍격으로 보인다.

| | |
|---|---|
| 方諸上,[1] | 방제 위의 |
| 上雲人. | 구름을 탄 이. |
| 業守仁, | 인 지키기를 업으로 삼다가, |
| 摐金集瑤池,[2] | 징을 두드리며 요지로 가서 |
| 步光禮玉晨.[3] | 보광검으로 옥신께 배례했네. |
| 霞蓋容長肅,[4] | 노을빛 수레 덮개는 위용이 훌륭하고 엄숙하여 |
| 清虛伍列眞.[5] | 하늘에서 신선의 반열에 들었네. |

**주석**

1) 方諸(방제) : 신선이 사는 곳. 도홍경陶弘景의 ≪진고眞誥≫에 따르면 정방형의 지형으로 한 면이 천삼백 리, 높이는 구천 길이라고 하였다.

2) 摐金(종금) : 금속 악기를 쳐서 연주하다.

集(집) : 가다.

瑤池(요지) : 곤륜산崑崙山에 있다는 전설의 못으로 서왕모가 산다고 알려져 있다.

3) 步光(보광) : 춘추시대에 월나라 왕이 주조했다는 명검.

玉晨(옥신) : 도교 최고의 신 가운데 하나인 영보천존靈寶天尊. '옥신玉宸'이라고도 한다.

4) 霞蓋(하개) : 노을빛 수레 덮개. 신선의 수레를 가리킨다.

容長肅(용장숙) : 위용이 훌륭하고 엄숙하다. '용예容裔'의 잘못으로, 바람에 나부낀다는 뜻으로 보는 설도 있다.

5) 淸虛(청허) : 하늘.

伍(오) : 대오. 동렬에 끼다.

**해설**

이 시는 인간 세상에서 인을 지키며 살다가 영보천존을 알현하고 하늘의 구름에 올라 방제의 신선이 된 사람의 이야기이다.

### 63-5 옥귀곡 玉龜曲

≪고금악록≫에 말하기를, "<옥귀곡>은 화성에서 '아름답게 놀아보자.'라고 한다."라고 하였다.

≪古今樂錄≫曰, <玉龜曲>, 和云, 可憐遊戲來.

| | |
|---|---|
| 玉龜山,[1] | 옥귀산의 |
| 眞長仙.[2] | 진장선. |
| 九光耀,[3] | 아홉 줄기 빛이 빛나고 |
| 五雲生. | 오색구름이 생길 때, |
| 交帶要分影,[4] | 엇갈린 띠로 나뉜 모습을 허리에 차고 |
| 大華冠晨纓.[5] | 화산 모양 신선의 관을 썼네. |
| 耆如玄羅,[6] | 검은 비단 같은 얼굴로 |

| 出入遊太淸.[7] | 태청을 드나들며 노니네. |

**주석**

1) 玉龜山(옥귀산) : 신선이 산다고 전해지는 산 이름.
2) 眞長仙(진장선) : 신선의 이름인 듯하다.
3) 九光(구광) : 사방으로 비치는 빛줄기.
4) 交帶要分影(교대요분영) : 정확한 의미를 알 수 없다.
5) 大華(태화) : 오악五嶽 중 서악西嶽에 해당하는 화산華山.
   晨纓(신영) : 신선이 쓰는 관.
6) 耇(구) : 나이 많은 사람. 나이가 많아지면 얼굴에 검버섯이 핀다.
7) 太淸(태청) : 도교의 선경仙境인 삼청三淸 가운데 가장 높은 곳으로 최고의 신인 도덕천존道德天尊이 머문다. 오직 신선만이 들어갈 수 있다고 전해진다.

**해설**

이 시는 장엄한 위의와 옷차림으로 태청의 선계에 오른 옥귀산의 신선을 묘사하였다.

## 63-6 금단곡 金丹曲

≪고금악록≫에 말하기를, "<금단곡>은 화성에서 '금단이 이루어지니 흰 구름 타는 모습이 아름답구나.'라고 한다."라고 하였다.
≪古今樂錄≫曰, <金丹曲>和云,[1] 金丹會, 可憐乘白雲.

**주석**

1) 金丹(금단) : 금속이나 돌로 만든 단약丹藥으로, 복용하면 장생불사의 신선이 된다고 여겨졌다.

| 紫霜耀,[1] | 자줏빛 서리 반짝이고 |
| 絳雪飛.[2] | 진홍색 눈이 날리네. |

| | |
|---|---|
| 追以還, | 쫓아갔다 돌아오고 |
| 轉復飛.[3] | 구르다가 또 날리네. |
| 九眞道方微,[4] | 아홉 신선의 도는 미묘하여 |
| 千年不傳, | 천 년 동안 전하지 않다가 |
| 一傳裔雲衣.[5] | 한 번 전하니 삼색구름 옷이라네. |

**주석**

1) 紫霜(자상) : 자금紫金이라는 금단의 표면에 서리처럼 덮인 부분을 말한다.

2) 絳雪(강설) : 단약의 일종이다.

3) 轉(전) : 변화하다. 단약을 만드는 과정인데 이것을 아홉 번 거친 단약을 최고로 친다.

4) 九眞(구진) : 아홉 부류의 신선. '구선九仙'이라고도 한다.

   道方(도방) : 방도方道. 여기서는 신선이 되는 길을 말한다.

5) 裔雲衣(예운의) : 신선이 입는 옷. 예운은 삼색구름인데, 오색구름인 '경운慶雲'과 함께 신선의 경지를 뜻한다.

**해설**

이 시는 단약을 만드는 데에 성공하여 신선이 된 과정을 비유적으로 노래하였다.

**63-7** 금릉곡 金陵曲

| | |
|---|---|
| 勾曲仙,[1] | 구곡산 신선이 |
| 長樂遊洞天.[2] | 오랫동안 즐거이 동천을 노닐었네. |
| 巡會迹,[3] | 모임의 발자취를 돌아보고 |
| 六門揖,[4] | 육문에서 인사하고 |
| 玉板登金門,[5] | 옥판 들고 금문에 오르니, |
| 鳳泉迴肆,[6] | 봉황새 샘물이 감돌아 흐르고 |

| | |
|---|---|
| 鷺羽降尋雲.[7] | 백로가 내려와 구름을 찾네. |
| 鷺羽一流, | 백로가 한 번 흘러가니 |
| 芳芬鬱氛氳.[8] | 향기가 자욱이 짙네. |

**주석**

1) 勾曲(구곡) : 지금의 강소성 구용현句容縣 동남쪽에 있는 모산茅山이다. 도교에서는 십대 동천洞天 중 하나로 꼽는다. 한나라 때 모영茅盈 세 형제가 약초를 캐며 도를 닦아 신선이 되었고, 양나라 때 도사 도홍경陶弘景이 은거했다고 한다. '구곡句曲'이라고도 한다.

2) 이상의 두 구는 저본에서 화성의 가사로 보고 있다.

3) 會迹(회적) : 모임의 자취. 모영 세 형제의 유적을 가리키는 것으로 보인다.

4) 六門(육문) : 여섯 개의 문. 북주北周 무제武帝의 《무상비요無上秘要》에 따르면 동화방제청 궁東華方諸青宮에는 여섯 개의 문과 세 개의 궁전이 있다고 하였다.

5) 玉板(옥판) : 부적이나 주문을 새긴 옥 조각.
   金門(금문) : 금으로 장식한 문. 신선 세계의 궁궐을 가리킨다.

6) 鳳泉(봉천) : 봉황새가 마시는 샘물.

7) 鷺羽(노우) : 백로의 깃. 백로를 가리킨다.

8) 氛氳(분온) : 향기가 짙은 모양.

**해설**

이 시는 구곡산 신선이 동천을 거닐며 즐기다가 궁궐에 오르니 봉황과 백로가 있는 더 높은 경지가 펼쳐진 모습을 노래하였다.

(이욱진)

# 64. 상운악 3수 上雲樂三首

## 64-1 상운악 上雲樂
### 양 梁 주사 周捨

| 西方老胡, | 서역의 늙은 호인 |
|---|---|
| 厥名文康.[1] | 그 이름은 문강입니다. |
| 遨遊六合,[2] | 천지사방을 돌아다니며 |
| 傲誕三皇.[3] | 삼황에게 방자하게 굴었습죠. |
| 西觀濛汜,[4] | 서쪽으로는 몽사를 구경하고 |
| 東戲扶桑.[5] | 동쪽으로는 부상에서 노닐며, |
| 南泛大蒙之海,[6] | 남쪽으로는 태몽의 바다에 떠있다가 |
| 北至無通之鄉.[7] | 북쪽으로는 무통의 고장까지 갔습니다. |
| 昔與若士爲友,[8] | 예전에 약사와 친구가 되어 |
| 共弄彭祖扶牀.[9] | 걸음마 하던 팽조와 함께 놀아주었고, |
| 往年暫到崑崙, | 왕년에 잠시 곤륜산에 갔다가 |
| 復値瑤池擧觴.[10] | 또 요지에 이르러 술잔을 들었죠. |
| 周帝迎以上席,[11] | 주목왕은 상석으로 맞이했고 |
| 王母贈以玉漿.[12] | 서왕모는 옥장을 주었답니다. |
| 故乃壽如南山, | 그러니 목숨은 남산같이 길고 |
| 志若金剛. | 뜻은 금강석처럼 단단하지요. |
| 青眼眢眢,[13] | 푸른 눈은 흐릿하고 |

| 白髮長長. | 흰 머리는 기다랗고, |
|---|---|
| 蛾眉臨髭,[14] | 눈썹은 콧수염에 닿고 |
| 高鼻垂口. | 높은 코는 입까지 처졌죠. |
| 非直能俳,[15] | 잡기에만 뛰어난 게 아니라 |
| 又善飮酒. | 술도 잘 마십니다. |
| 簫管鳴前,[16] | 관악이 앞에서 울리고 |
| 門徒從後. | 패거리가 뒤에서 따르는데, |
| 濟濟翼翼,[17] | 가지런히 우르르 |
| 各有分部. | 각기 맡은 부분이 있습니다. |
| 鳳皇是老胡家雞, | 봉황은 늙은 호인 집의 닭이요 |
| 師子是老胡家狗. | 사자는 늙은 호인 집의 개랍니다. |
| 陛下撥亂反正,[18] | 폐하께서 난리를 평정하시니 |
| 再朗三光. | 두 번 세 번 밝게 빛이 나고, |
| 澤與雨施, | 은택이 비와 함께 베풀어지고 |
| 化與風翔. | 교화가 바람과 함께 드날렸나이다. |
| 覘雲候呂,[19] | 저는 구름과 율려를 살피고 |
| 志遊大梁. | 양나라에 오기로 뜻을 세웠습니다. |
| 重駟修路,[20] | 네 필 말을 갑절로 하여 먼 길을 달려 |
| 始居帝鄉.[21] | 비로소 천자의 도읍에 도착하고는, |
| 伏拜金闕,[22] | 대궐에 엎드려 절하고 |
| 仰瞻玉堂.[23] | 옥당을 우러렀나이다. |
| 從者小子, | 따르는 제자들이 |
| 羅列成行. | 줄지어 늘어섰는데, |
| 悉知廉節, | 모두 염치와 절조를 알고 |
| 皆識義方. | 다들 의리와 방도를 깨쳤지요. |
| 歌管愔愔,[24] | 노래와 음악 소리 조화롭고 |

| | |
|---|---|
| 鏗鼓鏘鏘.[25] | 북 치는 소리 둥둥 울리니, |
| 響震鈞天,[26] | 울림은 하늘에 진동하고 |
| 聲若鶴皇.[27] | 소리는 원추나 봉황 같지요. |
| 前却中規矩,[28] | 앞뒤로 움직임이 걸음쇠와 곱자에 들어맞고 |
| 進退得宮商.[29] | 나서고 물러남이 궁상의 음률을 터득했습죠. |
| 擧技無不佳, | 온갖 솜씨가 뛰어나지 않은 게 없지만 |
| 胡舞最所長. | 호인 춤을 가장 잘합니다. |
| 老胡寄篋中, | 늙은 호인이 바친 상자 안에는 |
| 復有奇樂章.[30] | 또 신기한 노래 가사가 있는데, |
| 齎持數萬里,[31] | 몇 만 리를 들고 온 것은 |
| 原以奉聖皇. | 원래 임금님께 바치려는 것입죠. |
| 乃欲次第說,[32] | 이것을 차례대로 이야기하려 해도 |
| 老耄多所忘.[33] | 늙은이라 잊어버린 게 많답니다. |
| 但願明陛下, | 다만 영명하신 폐하께서 |
| 壽千萬歲, | 천년 만년 장수하시어 |
| 歡樂未渠央.[34] | 기쁨과 즐거움이 끝나지 않으시길! |

**주석**

1) 文康(문강) : 전설의 호인 신선. 태고 때 태어나 장생불사하며 가무에 능했다.
2) 遨遊(오유) : 곳곳을 널리 돌아다니다.
   六合(육합) : 동서남북과 천지 등 여섯 방위의 세계.
3) 傲誕(오탄) : 오만하게 행동하다.
   三皇(삼황) : 전설의 세 임금. 일반적으로 복희伏羲, 신농神農, 황제黃帝를 드는 경우가 많다.
4) 濛汜(몽시) : 서쪽의 해기 잠긴다고 전해지는 장소.
5) 扶桑(부상) : 동쪽의 해가 떠오른다고 전해지는 장소.
6) 大蒙(태몽) : '태몽太蒙'이라고도 하며, 몽사와 마찬가지로 서쪽에 해가 진다고 전해지는
   곳이다.

353

7) 無通(무통) : 구주九州 바깥에 있다는 큰 못 이름.

8) 若士(약사) : 그 사람. ≪회남자淮南子·도응훈道應訓≫에 노오盧敖가 몽곡蒙穀에서 한 사람(一士)을 만나 이야기를 나누다가 친구가 되기를 청했는데 '그 사람(若士)'은 구해九垓 바깥의 친구를 만나러 가겠다며 몸을 솟구쳐 구름 속에 들어가 버렸다는 이야기가 나온다.

9) 彭祖(팽조) : 팽 땅에 봉해졌다는 전설의 인물로, 양생과 도인導引에 뛰어나 팔백 살까지 살았다고 한다.

扶牀(부상) : 침상을 짚다. 아기가 걸음마를 배울 때 하는 동작이다.

10) 瑤池(요지) : 곤륜산에 있었다는 전설의 못으로 서왕모西王母가 살았다고 한다.

11) 周帝(주제) : 주나라 천자. 목왕穆王을 가리키며, ≪목천자전穆天子傳≫에 따르면 목왕이 요지에 가서 서왕모에게 술을 대접했다고 한다.

12) 玉漿(옥장) : 신선이 마시는 음료.

13) 睧睧(원원) : 눈이 보이지 않는 모양.

14) 蛾眉(아미) : 누에나방 더듬이 모양의 눈썹.

髭(자) : 콧수염.

15) 俳(배) : 잡희雜戲. 여러 가지 놀이 재주.

16) 簫管(소관) : 소와 관. 소는 길이가 다른 죽관을 한데 묶어서 부는 악기이고 관은 하나의 죽관에 여섯 구멍을 낸 피리이다.

17) 濟濟翼翼(제제익익) : 질서정연하고 성대한 모습.

18) 撥亂反正(발란반정) : 난세를 다스려 정상으로 되돌림.

19) 覘雲候呂(점운후려) : '점覘'과 '후候'는 모두 살핀다는 뜻이다. '려呂'는 율려律呂로 음정을 바로잡는 도구이자 악률을 가리킨다. 구름의 기운을 살펴 길흉을 점치고 음악을 살펴 정치의 선악을 파악한 것이다.

20) 重駟(중사) : 수레 끄는 네 필의 말을 두 배로 늘리다.

修(수) : 길다.

21) 屆(계) : 도착하다.

帝鄉(제향) : 임금의 고향. 임금이 사는 곳인 수도를 뜻하기도 하며, 양나라의 수도는 건강建康(지금의 강소성 남경시)이었다.

22) 金闕(금궐) : 천자가 머무는 궁궐.

23) 玉堂(옥당) : 옥으로 장식한 전각.

24) 愔愔(음음) : 부드러운 모습. 소리가 조화로운 모습.

25) 鏗(갱) : 치다. 두드리다.

　　鏘鏘(쟁쟁) : 악기가 울리는 소리.

26) 鈞天(균천) : 전설에서 천제天帝가 머문다는 하늘의 중앙.

27) 鵷皇(원황) : 원추鵷雛와 봉황鳳皇. 모두 상상의 새이다.

28) 規矩(규구) : 걸음쇠와 곱자. 법도와 규칙을 가리킨다.

29) 宮商(궁상) : 오음五音 가운데 궁음과 상음에 해당하며 음률을 가리키기도 한다.

30) 樂章(악장) : 음악으로 연주하는 노래 가사.

31) 齎持(재지) : 휴대하다.

32) 次第(차제) : 순서에 따르다.

33) 老耄(노모) : 칠십 세 이상의 노인.

34) 渠央(거앙) : 갑자기 끝남.

해설

　이 시는 서역 출신의 예인藝人 문강이 양무제를 뵙고 축수 공연을 한마당 펼친다는 내용의 노래이다. 출연 인원수나 배역 및 자부하는 호인 춤과 신기한 노래 가사라는 말로 미루어볼 때 이 작품은 천자에게 헌정하는 대규모 악무 공연으로 성대하게 기획, 연출되었음을 짐작할 수 있다.


**64-2** 상운악 上雲樂
　　당 唐 이백 李白


金天之西,[1]　　　　서쪽 하늘에서도 서쪽은

白日所没.　　　　　환한 태양이 지는 곳.

康老胡雛,[2]　　　　늙은 저는 호인으로

生彼月窟.[3]　　　　저쪽의 달이 지는 굴에서 태어났지요.

嶾巖容儀,<sup>4)</sup>　껑충한 생김새에

戌削風骨.<sup>5)</sup>　깡마른 풍채.

碧玉炅炅雙目瞳,<sup>6)</sup>　벽옥이 반짝이는 두 눈동자

黃金拳拳兩鬢紅.<sup>7)</sup>　황금이 고불거리는 양쪽 붉은 귀밑털.

華蓋垂下睫,<sup>8)</sup>　일산이 아랫눈썹에 드리우고

嵩岳臨上脣.<sup>9)</sup>　숭산이 윗입술에 다가섰네요.

不睹譎詭貌,<sup>10)</sup>　기이한 용모를 보지 않으면

豈知造化神.　어떻게 조화옹의 신묘함을 알겠나요.

大道是文康之嚴父,　대도는 저희 아버지

元氣乃文康之老親,　원기는 저희 어머니.

撫頂弄盤古,<sup>11)</sup>　정수리 쓰다듬으며 반고와 놀아주고

推車轉天輪.<sup>12)</sup>　하늘의 수레를 밀며 바퀴를 굴렸지요.

云見日月初生時,　말씀드리자면 저는 보았지요. 해와 달이 처음 생길 때

鑄冶火精與水銀.<sup>13)</sup>　불의 정기와 물의 원기를 녹이느라,

陽烏未出谷,<sup>14)</sup>　태양의 까마귀는 아직 골짜기에서 안 나오고

顧兔半藏身.<sup>15)</sup>　달의 토끼는 반쯤 몸을 감추고 있었는데,

女媧戱黃土,<sup>16)</sup>　여왜가 황토를 주물러

團作愚下人.<sup>17)</sup>　동글동글 어리석은 인간을 빚어놓고,

散在六合間,<sup>18)</sup>　이 세상에 흩어놓으니

濛濛若沙塵.<sup>19)</sup>　자욱한 것이 모래 먼지 같은 것을요.

生死了不盡,<sup>20)</sup>　삶과 죽음이 도무지 끝나지 않으니

誰明此胡是仙眞.　이 호인이 신선인지 누가 알까요.

西海栽若木,<sup>21)</sup>　서해에는 약목을 심고

東溟植扶桑.<sup>22)</sup>　동해에는 부상을 심었는데,

別來幾多時,　떠나온 지 얼마나 되었나

枝葉萬里長.　가지와 잎이 만리나 자랐겠지요.

| | |
|---|---|
| 中國有七聖,[23] | 중원에 일곱 성인이 계셨는데 |
| 半路頹鴻荒.[24] | 중간에 퇴락하여 혼돈에 빠졌지만, |
| 陛下應運起,[25] | 폐하께서 천운을 맞이하여 일어나시니 |
| 龍飛入咸陽.[26] | 용이 날아 함양에 들어갔습니다. |
| 赤眉立盆子,[27] | 적미군이 유분자를 옹립했지만 |
| 白水興漢光.[28] | 백수에서 광무제가 흥성하여, |
| 叱咤四海動, | 질타하니 사해가 요동쳐서 |
| 洪濤爲簸揚. | 큰 파도가 키질하듯 출렁이고, |
| 擧足蹋紫微,[29] | 발을 들어 자미원을 밟으시니 |
| 天關自開張.[30] | 하늘의 관문이 저절로 열렸습니다. |
| 老胡感至德, | 늙은 호인이 지극한 성덕에 감동하여 |
| 東來進仙倡.[31] | 동쪽으로 와 신선놀이를 진상하옵니다. |
| 五色師子, | 다섯 빛깔의 사자와 |
| 九苞鳳皇,[32] | 아홉 특색의 봉황은, |
| 是老胡雞犬, | 늙은 호인의 닭과 개로서 |
| 鳴舞飛帝鄉. | 소리 내고 춤추며 황제의 수도를 날아다닙니다. |
| 淋灕颯沓,[33] | 우르르르 빙글빙글 |
| 進退成行, | 나왔다 들어갔다 줄을 짓습니다. |
| 能胡歌, | 호인 노래를 잘 부른 뒤 |
| 獻漢酒, | 한나라 술을 바치면서, |
| 跪雙膝, | 두 무릎을 꿇고 |
| 並兩肘,[34] | 팔꿈치를 나란히 하옵니다. |
| 散花指天 | 꽃을 뿌리려 하늘을 가리키며 |
| 擧素手. | 흰 손 들어 올리고는, |
| 拜龍顏, | 용안에 절 올리고 |
| 獻聖壽, | 성군의 장수 비는 술잔 올리옵니다. |

北斗庚,<sup>35)</sup>      북두성이 휘어지고

南山摧,<sup>36)</sup>      남산이 무너지도록,

天子九九八十一萬歲,      천자께서 구구 팔십일만세토록

長傾萬歲杯.      길이 만세주를 기울이소서.

**주석**

1) 金天(금천) : 서쪽 하늘. 오행에서 '금'은 서방에 해당한다.

2) 胡雛(호추) : 호인. '추'는 어린 새로 사람을 낮춰 부르는 말이다.

3) 月窟(월굴) : 서쪽의 달이 진 뒤 머문다는 곳.

4) 巉巖(참암) : 산악의 험준한 모습. 문강의 키가 우뚝하게 큰 모습을 비유한 것이다.

5) 戌削(술삭) : 야윈 모습.

6) 炅炅(경경) : 환하게 빛나는 모습.

7) 拳拳(권권) : 곱슬거리는 모습. 이 구는 누르붉은 빛으로 곱슬거리는 귀밑털을 묘사한 것이다.

8) 華蓋(화개) : 임금의 수레에서 햇빛을 가리는 덮개. 눈썹을 비유한다.

    睫(첩) : 눈시울에 난 털.

9) 嵩岳(숭악) : 숭산. 오악에서 중악에 해당한다. 문강의 높은 콧대를 비유한다.

10) 譎詭(휼궤) : 유별나다.

11) 弄盤古(농반고) : 반고와 놀아주다. '반고'는 중국 신화에서 천지가 개벽할 때 처음 태어났다는 인물. 죽은 뒤 눈은 해와 달, 사지는 산맥, 피는 하천이 되었다고 한다. 문강이 반고보다도 먼저 태어났다는 뜻이다.

12) 天輪(천륜) : 하늘의 수레바퀴. 천지자연의 운행을 비유한 것으로, 이것은 문강이 계절의 변화나 사물의 생장소멸을 춤사위로 보여준 것으로 이해된다.

13) 鑄冶(주야) : 광석을 용광로에 녹여 금속으로 뽑아내는 일.

    火精(화정) : 불의 정기. 해를 비유한다.

    水銀(수은) : 물의 정기. 달을 비유한다.

14) 陽烏(양오) : 삼족오. 태양 속에 있다는 전설의 까마귀.

    谷(곡) : 양곡陽谷. 해가 뜰 때 나오는 골짜기이다.

15) 顧兔(고토) : 달에 있다는 전설의 토끼. 돌아선 채 뭔가를 바라보는 모습으로 달에 나타나

있다고 한다.

16) 女媧(여왜) : 중국 신화에서 인류의 시조로 일컬어지는 인물. 오색돌을 달구어 하늘을 때우고 자라 다리를 잘라 사방의 끝을 받쳐 사람들이 편하게 살도록 했다고 한다.

17) 愚下(우하) : 우매하고 수준이 낮다.

18) 六合(육합) : 천지사방.

19) 濛濛(몽몽) : 안개가 뿌옇게 낀 모습. 여기서는 사람 수가 많음을 뜻한다.

20) 生死(생사) : 삶과 죽음. 여왜가 빚은 어리석은 인간들의 반복되는 삶을 뜻한다.
    了(료) : 모두, 완전히.

21) 西海(서해) : 해가 지는 서쪽 땅.
    若木(약목) : 곤륜산崑崙山에 있다는 전설의 나무. 일몰을 상징한다.

22) 東溟(동명) : 동쪽 바다.
    扶桑(부상) : 해 뜨는 곳에 있다는 전설의 나무. 일출을 상징한다.

23) 七聖(칠성) : 당나라의 일곱 성군. 고조高祖, 태종太宗, 고종高宗, 중종中宗, 측천무후則天武后, 예종睿宗, 현종玄宗이다. 이백은 <송 중승을 대신하여 금릉을 도읍으로 정하기를 청하는 표문爲宋中丞請都金陵表>에서 "엎드려 생각건대 폐하(숙종肅宗)께서 여섯 성인의 빛나는 가르침을 공경하여(伏惟陛下欽六聖之光勳)"이라고 하였는데, 이를 고려하면 측천무후 대신에 숙종을 포함시킬 수도 있다.

24) 頹(퇴) : 쇠퇴하여 허물어지다.
    鴻荒(홍황) : 태고의 혼돈. 안녹산의 난으로 개원의 성세가 파멸된 것을 뜻한다.

25) 陛下(폐하) : 현종의 아들 숙종을 가리킨다. 숙종은 756년 현종과 촉으로 피난하던 중 길을 나누어 영무靈武에서 스스로 즉위했다.

26) 咸陽(함양) : 당나라의 수도 장안을 가리킨다. 757년 겨울에 곽자의郭子儀가 장안을 탈환하자 숙종은 장안으로 돌아올 수 있었다.

27) 赤眉(적미) : 왕망의 신나라 때 번숭樊崇이 이끌던 농민 반란군. 신나라가 망한 뒤 한때 장안을 점령할 정도로 위세가 컸지만 결국 광무제에게 평정되었다.
    盆子(분자) : 한나라 황실의 후예로 몰락하여 평민으로 있다가 적미의 반란 때 황제로 추대되었다. 적미군이 광무제에게 패하자 투항했다.

28) 白水(백수) : 호북 조양시棗陽市 동쪽의 대부산大阜山에서 발원하는 물이름. 광무제의 고향이다.

漢光(한광) : 후한의 광무제. 한고조의 9세손으로 남양南陽 지역의 호족이었는데 신라
말에 적미군 등 경쟁 세력을 물리치고 천하를 통일했다. <송 중승을 대신하여 금릉을 도읍
으로 정하기를 청하는 표문>에서는 "한나라가 210년이 되자 왕망이 또한 재앙을 일으켰으
나 적복부(광무제)가 다시 일어나 대업이 끝내 빛났습니다.(漢當三七, 莽亦爲災, 赤伏再起,
丕業終光)"라고 하였다.

29) 蹋紫微(답자미) : 자미원紫微垣을 밟다. '자미'는 하늘의 중심인 자미원으로, 천자의 궁궐을
비유한다.

30) 天關(천관) : 하늘의 관문. 궁궐의 문을 가리킨다. 이상 여섯 구는 숙종이 안녹산의 반란군을
제압한 것을 비유한다.

31) 仙倡(선창) : 신선을 연기하는 배우. '창'은 놀이패, 예인이다.

32) 九苞(구포) : 봉황의 아홉 가지 신체 부위별 특징. ≪초학기初學記≫에 따르면, 입은 천명을
머금고, 가슴은 법도에 들어맞고, 귀는 듣는 것이 통달하고, 혀는 말았다 폈다 하며, 무늬는
빛나고, 발톱은 예리한 갈고리이고, 소리는 거세게 울리며, 배는 문짝무늬가 있다.

33) 淋灕(임리) : 성대한 모습.
颯沓(삽답) : 원을 이루어 도는 모습.

34) 並兩肘(병량주) : 두 팔꿈치를 나란히 하다. 술을 바칠 때의 자세이다.

35) 北斗戾(북두려) : 북두성이 굽다. 국자 모양을 한 북두성의 일곱 별이 위치를 옮겨 대형이
찌그러진다는 뜻으로, 오지 않을 먼 미래를 가리킨다.

36) 南山(남산) : 장안 남쪽의 종남산終南山.

**해설**

이 시의 창작 배경은 설이 분분하나 대체로 숙종의 즉위와 환도를 경하하는 내용이다.
반란군을 물리치고 장안에 돌아온 천자를 경하하고 축수하기 위해 서역의 신선인 문강이
가무 공연과 축배를 올리는 내용으로 되어 있다.

**64-3** 상운악 上雲樂

　　당 唐 이하 李賀

| | |
|---|---|
| 飛香走紅滿天春, | 날리는 향기 달리는 붉은 빛으로 온 하늘이 봄 같은데 |
| 花龍盤盤上紫雲.[1] | 꽃으로 꾸민 용은 꿈틀꿈틀 자줏빛 구름 위에 오르네. |
| 三千宮女列金屋, | 삼천 궁녀가 황금 궁전에 늘어섰고 |
| 五十弦瑟海上聞.[2] | 오십 줄 슬이 바닷가에서도 들리네. |
| 大江碎碎銀沙路,[3] | 큰 강은 자잘한 은빛 모랫길이요 |
| 嬴女機中斷烟素.[4] | 진나라 여자는 베틀에서 하얀 비단 끊었네. |
| 斷烟素, | 하얀 비단 끊어서 |
| 縫舞衣, | 춤옷을 꿰매고 |
| 八月一日君前舞.[5] | 팔월 초하루에 임금님 앞에서 춤을 춘다네. |

**주석**

1) 盤盤(반반) : 구불구불한 모양.

2) 五十弦(오십현) : 오십 개의 현으로 된 악기. 복희씨가 소녀素女라는 여신에게 오십현의 악기를 타도록 했다가 음색이 너무나 슬퍼서 악기를 깨뜨려 이십오현 짜리로 만들었다고 한다.

3) 大江(대강) : '천강天江'으로 된 판본도 있다. 천강은 은하수이다.
　　碎碎(쇄쇄) : 작은 모습.

4) 嬴女(영녀) : 영씨의 딸. 진秦나라의 성이 영씨였다. 여기서는 당나라의 궁녀를 가리킨다.
　　斷烟素(단연소) : 옷을 만들기 위해 연기처럼 하얀 비단을 끊다.

5) 八月一日(팔월일일) : 당나라 현종 때 황제의 생일인 8월 5일을 천추절千秋節로 삼아 기렸는데, 궁중의 사람들이 팔월 초하루에 미리 생일을 경하한 것으로 보기도 하고, '일一'이 '오五'의 잘못이라고 보기도 한다.

**해설**

　이 시는 가을에 임금 앞에서 악기 연주와 무용 공연을 펼치는 궁녀들의 모습을 노래한 것이다. 삼천 궁녀가 붉고 향기로운 봄꽃으로 용 모양의 대형이 구름에 올라가는 성대한 무용 공연을 펼쳤다. 그들은 일찌감치 흰 비단으로 춤옷을 지어서 임금을 축하하는 공연을 준비하고 있었던 것이다.

(이욱진)

# 65. 봉대곡 鳳臺曲

## 65-1 봉대곡 鳳臺曲
### 왕무경 王無競

| | |
|---|---|
| 鳳臺何逶迤,[1] | 봉대는 어찌나 여유로운가 |
| 嬴女管參差.[2] | 농옥이 불던 관은 들쭉날쭉하네. |
| 一旦綵雲至, | 하루아침에 채색 구름이 오자 |
| 身去無還期. | 몸은 떠나 돌아올 기약 없네. |
| 遺曲此臺上, | 이 누대에 곡을 남기니 |
| 世人多學吹. | 부는 법 배우는 사람이 많구나. |
| 一吹一落淚, | 한 번 불면 눈물 한 번 흐르니 |
| 至今憐玉姿. | 지금까지 옥 같은 자태 그립네. |

**주석**

1) 鳳臺(봉대) : 춘추시대 진목공秦穆公이 딸 농옥弄玉과 사위 소사蕭史에게 지어준 누대. 이곳에서 농옥은 소사에게서 소라는 관악기를 익혔으며, 훗날 이들은 봉황을 따라 하늘로 날아가 신선이 되었다고 한다.
   逶迤(위이) : 유유자적한 모습.

2) 嬴女(영녀) : 영씨의 딸. 진나라의 성이 영이고, 여기서는 목공의 딸 농옥을 가리킨다.
   參差(참치) : 길이가 일정치 않은 모습. 생황처럼 길이가 각기 다른 관악기의 모습으로 보인다.

해설

이 시는 농옥이 떠나고 없는 봉대에서 소와 곡조만 남아 있는 상황을 아쉬워하며 당시 농옥의 모습을 떠올리는 노래이다.

## 65-2 봉대곡 鳳臺曲

### 이백 李白

| | |
|---|---|
| 當聞秦帝女,[1] | 전에 들었지 진나라 임금의 딸은 |
| 傳得鳳皇聲. | 봉황 소리를 전수받았다고. |
| 是日逢仙子,[2] | 그날 신선을 만났는데 |
| 當時別有情. | 당시에 유난히 다정했지. |
| 人吹彩簫去, | 사람이 빛깔 고운 소 불며 떠나니 |
| 天借綠雲迎.[3] | 하늘이 푸른 구름으로 맞이했네. |
| 曲在身不返,[4] | 곡은 있어도 몸은 돌아오지 않으니 |
| 空餘弄玉名. | 덧없이 농옥이란 이름만 남았네. |

주석

1) 秦帝女(진제녀) : 춘추시대 진목공秦穆公의 딸 농옥弄玉. 소簫를 잘 부는 소사簫史라는 이에게 시집가서 소를 배워 봉황 울음소리를 내니 봉황이 와서 머물렀다. 목공이 이들 부부에게 봉대鳳臺를 지어주었는데, 훗날 이들은 봉황을 따라 하늘로 날아가 신선이 되었다고 한다.

2) 仙子(선자) : 신선. 소사를 가리킨다.

3) 綠雲(녹운) : 푸른 구름. 신선을 감도는 상서로운 구름이다.

4) 曲(곡) : 소사와 농옥이 봉황소리를 흉내낸 소곡.

해설

이 시는 ≪열선전列仙傳≫의 농옥과 소사의 고사를 노래로 꾸민 것으로, 부부의 금실과 신선이 승천할 때의 상서로운 분위기를 묘사하고 있다.

(이욱진)

# 66. 봉황곡 鳳皇曲

이백 李白


嬴女吹玉簫,[1]     진나라 공주가 옥소를 불어

吟弄天上春.     천상의 봄을 노래하였다.

青鸞不獨去,[2]     푸른 난새는 혼자 가지 않고

更有攜手人.[3]     손 잡은 사람이 또 있었다.

影滅綵雲斷,     그림자는 사라지고 빛깔 고운 구름도 끊긴 채

遺聲落西秦.     여운만 서쪽 진나라에 떨어져 있다.


**주석**

1) 嬴女(영녀) : 영씨의 딸. '영'은 진秦나라의 성으로, 여기서는 진 목공穆公의 딸 농옥이다.

2) 青鸞(청란) : 봉황의 일종. 붉은 빛이 많은 것을 '봉鳳', 푸른 빛이 많은 것을 '난鸞'이라고 한다. 여기서는 농옥과 소사가 함께 하늘로 올라간 봉황을 가리킨다.

3) 攜手人(휴수인) : 손 잡은 사람. 농옥과 소사를 가리킨다.


**해설**

   이 시도 상운악의 일종으로 봉대곡과 마찬가지로 농옥과 소사의 고사를 활용하였다. 농옥 부부는 흔적도 없이 사라지고 소로 연주한 봄노래만 남아있다는 내용이다.

(이욱진)

# 67. 소사곡 簫史曲

**67-1** 소사곡 簫史曲
    송 宋 포조 鮑照

| | |
|---|---|
| 簫史愛少年,[1] | 소사는 젊은 시절을 사랑했고 |
| 嬴女玄童顏.[2] | 농옥은 앳된 얼굴이 아까웠네. |
| 火粒原排棄,[3] | 익힌 곡식일랑 원래부터 밀쳐버렸고 |
| 霞好忽登攀.[4] | 노을이 좋아 훌쩍 잡고 올랐네. |
| 龍飛逸天路,[5] | 용이 날아 하늘길을 내닫고 |
| 鳳起出秦關.[6] | 봉황이 일어나 진나라 관문을 나섰네. |
| 身去長不返, | 몸은 떠나 오래도록 돌아오지 않는데 |
| 簫聲時往還. | 소 소리만 늘 오간다네. |

**주석**

1) 少年(소년) : 《포참군집鮑參軍集》에는 '장년長年'이라고 되어 있는데, 이때는 장수의 뜻이다.
2) 玄(린) : 아까워하다. '린吝'과 같다.
3) 火粒(화립) : 불에 익힌 곡식. 신선은 익힌 음식을 먹지 않는다.
4) 霞(하) : 노을. 신선 세계를 가리킨다. 신선은 노을을 먹고 산다고 전해진다.
5) 逸(일) : 내달리다.
6) 秦關(진관) : 진나라의 관문. 소사와 농옥이 있던 함양을 가리킨다. 이상 두 구는 소사와 농옥이 신선 세계에 들어간 것을 비유한다.

이 시는 소사와 농옥 부부가 인간 세상을 떠나 신선이 된 까닭을 설명하고 있다. 소사는 장생長生을, 농옥은 불로不老를 추구하여 익힌 음식을 끊고 노을을 먹는 신선 세계로 떠났다. 소사와 농옥은 떠났지만 후세 사람들이 그들을 따라 소를 계속 불고 있다고 하여 여운을 남기고 있다.

**67-2** 소사곡 簫史曲
　　제 齊 장융 張融

| 引響猶天外, | 하늘 바깥에서 울림을 당기는 듯 |
| 吟聲似地中. | 땅속에서 소리를 내는 듯. |
| 戴勝噪落景,<sup>1)</sup> | 후투티가 해거름에 지저귀는가 |
| 龍歕清霄風.<sup>2)</sup> | 용이 하늘에서 바람을 내뿜는가. |

1) 戴勝(대승) : 후투티. 끝이 검은 도가머리를 하고 있는데 방승方勝이란 머리장식을 얹은 것 같다고 하여 이름이 붙여졌다.
　　落景(낙경) : 석양.
2) 歕(분) : 불다.
　　淸霄(청소) : 하늘.

이 시는 소사의 소 소리를 묘사한 노래이다. 인간 세계에 있지 않으므로 하늘 위나 땅속의 소리인 듯하고, 형상은 마치 새 울음소리나 용이 내뿜는 바람 소리와도 같다고 비유하였다.

**67-3** 소사곡 簫史曲

　　진 陳 강총 江總

| | |
|---|---|
| 弄玉秦家女, | 농옥은 진나라 공주 |
| 簫史仙處童. | 소사는 신선 세계의 동자. |
| 來時兔月照,[1] | 올 때는 달이 비치더니 |
| 去後鳳樓空. | 가고 나니 봉대가 비었네. |
| 密笑開還斂, | 은밀한 웃음 터졌다가 그치고 |
| 浮聲咽更通.[2] | 가벼운 소리 막혔다가 통했네. |
| 相期紅粉色,[3] | 화장한 낯빛을 기약하여 |
| 飛向紫烟中.[4] | 자줏빛 연기 속으로 날아갔네. |

**주석**

1) 兔月(토월) : 달.
2) 浮聲(부성) : 떠다니는 소리. 소 소리를 가리킨다.
　　咽(열) : 목메다. 소 소리가 흐느끼듯 막힌 모습을 가리킨다.
3) 紅粉(홍분) : 붉은 연지와 하얀 분. 화장품으로 젊고 아름다운 모습을 뜻한다.
4) 紫烟(자연) : 자줏빛 구름. 신선 세계의 상서로운 기운.

**해설**

　이 시는 소사와 농옥이 봉대에서 즐겁게 보낸 시간을 상상한 노래이다. 달밤에 소사가 하늘에서 내려와 농옥과 소를 연주하며 즐거운 시간을 보내다가, 영원히 젊은 모습을 간직하고자 신선 세계로 떠났다는 설명으로 시상을 펼치고 있다.

(이욱진)

# 68. 방제곡 方諸曲

## 사섭 謝爕

| | |
|---|---|
| 望仙室,[1] | 신선의 집을 바라보고 |
| 仰雲光,[2] | 구름 틈의 햇빛을 우러르네, |
| 繩河裏,[3] | 은하 속에 |
| 扇月傍.[4] | 둥근 달 곁에. |
| 井公能六著,[5] | 정공은 육저를 잘하고 |
| 玉女善投壺.[6] | 옥녀는 투호에 뛰어났다지. |
| 瓊醴和金液,[7] | 경례와 금액을 섞어서 |
| 還將天地俱.[8] | 또한 천지와 함께하려네. |

### 주석

1) 仙室(선실) : 신선이 사는 집.

2) 雲光(운광) : 구름 틈새로 비치는 햇빛.

3) 繩河(승하) : 은하.

4) 扇月(선월) : 부채같이 둥근 달.

5) 井公(정공) : 고대의 은자. ≪목천자전穆天子傳≫에 목왕이 정공과 장기를 두어 사흘 만에 승부가 났다는 기록이 있다.

   六著(육저) : '육저六箸'와 통하며, 노름의 도구를 일컫는다.

6) 玉女(옥녀) : 선녀. ≪신이경神異經≫에 동왕공東王公이 늘 옥녀와 투호를 했다는 기록이 있다.

7) 瓊醴(경례)·金液(금액) : 액체로 된 선약仙藥의 일종.

　　和(화) : 섞다.

8) 將(장) : ～와 함께.

해설

　방제곡은 삼주가三洲歌의 노래로, 양 무제의 상운악 일곱 수 가운데 하나이기도 하다. 방제는 신선이 사는 곳이다. 이 시는 연단술로 신선이 되어 놀이를 즐기며 천지와 더불어 장구히 살려는 바람을 노래하였다.

(이욱진)

# 69. 양아가 梁雅歌[1]

≪고금악록≫에 말하기를, "양나라에 아가 다섯 곡이 있는데, 첫째는 <응왕수도곡>, 둘째는 <신도곡>, 셋째는 <적악편>, 넷째는 <적선편>, 다섯째는 <연주편>이라고 한다. 삼조 음악에서 열다섯 번째로 연주한다."라고 하였다.

≪古今樂錄≫曰, 梁有雅歌五曲,[2] 一曰<應王受圖曲>, 二曰<臣道曲>, 三曰<積惡篇>, 四曰<積善篇>, 五曰<宴酒篇>. 三朝樂第十五奏之.[3]

**주석**

1) 梁雅歌(양아가) : ≪시기詩紀≫에는 ≪양아악가梁雅樂歌≫로 되어있다.
2) 雅歌(아가) : 국가의 제사나 조정의 의례에서 아악을 반주로 하여 부르는 노래. 본디 ≪시경≫의 대아大雅, 소아小雅에서 비롯되어 후대의 조정에서도 그 내용과 형식을 본따 계승하였다.
3) 三朝(삼조) : 임금이 정무를 보거나 휴식을 취하며 신하를 접견하던 곳. 외조外朝, 내조內朝, 연조燕朝로 구성된다. 정월 초하루에 삼조에서 원회元會가 열리면 의식 절차에 따라 왕공 귀족, 대소 신하 및 각국 사절이 황제에게 세배와 축수를 올리고 아악 및 각종 가무희歌舞戲를 공연했다.

## 69-1 응왕수도곡 應王受圖曲

| | |
|---|---|
| 應王受圖,[1] | 왕기에 부응하여 하도를 받으시고 |
| 荷天革命.[2] | 하늘을 짊어지고 천명을 바꾸셨네. |
| 樂曰功成,[3] | 음악은 공업이 이뤄졌음을 말하고 |

| 禮云治定. | 예법은 치세가 정해졌음을 일컫네. |
|---|---|
| 恩弘庇臣,[4] | 은혜가 넓어 신하를 덮어주시고 |
| 念昭率性.[5] | 생각이 밝아 본성을 이끌어주시네. |
| 乃眷三才,[6] | 이에 삼재를 돌보시어 |
| 以宣八政.[7] | 팔정을 펼치시네. |
| 愧無則哲,[8] | 사람을 알아보는 명철함이 없음을 부끄러워하시고 |
| 臨淵自鏡[9] | 못에 다가가듯 스스로를 거울로 비추시네. |
| 或戒面從,[10] | 겉으로만 따르는 이를 늘 경계하시어 |
| 永隆福慶. | 길이 복록과 경사가 융성하시길. |

### 주석

1) 應王(응왕) : 왕기王氣에 응하다.

受圖(수도) : 하도河圖를 받다. 하도는 전설의 우 임금이 하백河伯에게서 받았다는 그림으로, 황제가 받은 천명을 뜻한다.

2) 荷天(하천) : 하늘을 메다. 천하를 다스리라는 하늘의 뜻을 받든 것이다.

革命(혁명) : 천명을 바꾸다. 상나라 탕왕과 주나라 무왕이 각각 천명을 새롭게 받아 하나라 걸왕과 상나라 주왕을 몰아낸 사실에서 비롯되었다. 이상 두 구는 양 무제가 제나라를 멸망시키고 새 왕조를 개창한 것을 가리킨다.

3) 樂曰(악왈) 2구 : 공업이 이루어진 결과가 음악이요, 치세가 정해진 결과가 예법이라는 말이다. ≪예기·악기樂記≫에 "임금이 공을 이루면 음악을 짓고, 다스림이 안정되면 예법을 제정한다.(王者功成作樂, 治定制禮)"라는 말이 있다.

4) 庇(비) : 감싸다, 보호하다.

5) 率性(솔성) : 본성을 이끌다. 천하의 만물이 본성대로 살아가도록 법도에 맞게 다스린다는 뜻이다.

6) 三才(삼재) : 천, 지, 인의 삼요소.

7) 八政(팔정) : 여덟 가지 정무. 구체적인 항목에는 여러 가지 설이 있다. 이 구는 모든 방면에서 훌륭한 정치를 펼쳤다는 뜻이다.

8) 則哲(즉철) : '지인즉철知人則哲'의 준말. ≪상서·고요모皐陶謨≫에 "사람을 아는 것이 명철
   함이니 사람을 관리로 쓸 수 있습니다.(知人則哲, 能官人)"이라는 말이 있다.

9) 臨淵(임연) : '여림심연如臨深淵'의 준말. ≪시경·소민小旻≫에 "전전긍긍하여 깊은 못에 다
   가선 듯, 얇은 얼음 딛듯이 하소서.(戰戰兢兢,  如臨深淵,  如履薄氷)"라는 말이 있다. 늘
   조심하고 단속한다는 말이다.

   自鏡(자경) : 자신의 모습을 거울에 비추다. 스스로를 성찰하여 경계로 삼는다는 뜻이다.

10) 或(혹) : 늘, 언제나.

   面從(면종) : 면전에서만 따르다. 신하가 뒤에서는 다른 언행으로 임금의 믿음을 저버리는
   것을 말한다. ≪상서·익직益稷≫에 "내가 어긋나면 그대들이 보필해야 하니, 그대들은 면전
   에서만 따르고 물러나서 뒷말을 하는 일이 없도록 하시오.(予違汝弼, 汝無面從, 退有後言)"
   라는 말이 있다.

해설

   이 시는 양 무제가 창업 군주로서 치세를 이끌어가는 것에 화답하고 칭송과 아울러 권계를
   올리는 노래이다.


69-2 신도곡臣道曲

| 孝義相化, | 효도와 의리로 서로를 교화시키고 |
| 禮讓爲風. | 예절과 사양으로 풍속을 이루네. |
| 當官無媚, | 관리가 되면 아첨하지 말고 |
| 嗣民必公.[1] | 백성을 다스릴 때는 반드시 공정해야지. |
| 謙謙君子,[2] | 겸손한 군자는 |
| 謇謇匪躬.[3] | 꼬장꼬장하니 제 한 몸 돌보지 않는다네. |
| 諒而不訐,[4] | 성실하되 남의 잘못을 들추지 않고 |
| 和而不同. | 화합하되 동일함을 추구하지 않네. |

| 誡之誡之, | 경계하고 경계하라 |
|---|---|
| 去驕思沖.5) | 교만함을 없애고 겸손함을 생각하라. |
| 弘茲大雅,6) | 이 위대한 노래를 드넓히면 |
| 是曰至忠. | 그것이 바로 지극한 충성이라네. |

**주석**

1) 嗣(사) : 다스리다. '사司'와 같은 뜻이다.

2) 謙謙君子(겸겸군자) : 겸손한 군자. 《주역》 겸謙괘에 "겸손한 군자는 낮춤으로써 자신을 기른다.(謙謙君子, 卑以自牧)"이라는 말이 있다.

3) 謇謇(건건) : 끊임없이 간언하는 모습.
   匪躬(비궁) : 제 한 몸 때문이 아님. 《주역》 건蹇괘에 "임금의 신하가 꼬장꼬장한 것은 자신의 사사로운 일 때문이 아니다.(王臣蹇蹇, 匪躬之故)"라는 말이 있다.

4) 訐(알) : 남의 잘못을 들추다.

5) 沖(충) : 담박함. 겸손과 조화를 뜻한다.

6) 大雅(대아) : 위대한 아의 노래. 양나라의 아가雅歌인 <신도곡>을 가리킨다.

**해설**

이 시는 신하의 도리를 열거한 노래이다.

## 69-3 적악편 積惡篇

| 積惡在人, | 악을 쌓는 것이 사람에게 있는 것은 |
|---|---|
| 猶酖處腹.1) | 마치 짐독이 뱃속에 있는 듯하네. |
| 酖成形亡, | 짐독이 생기면 몸이 죽어버리고 |
| 惡積身覆. | 악이 쌓이면 신세를 망치네. |
| 殷辛再離,2) | 주왕은 두 번 죽었고 |

| | |
|---|---|
| 温舒五族.[3] | 왕온서는 오족이 멸했네. |
| 責必及嗣, | 책임이 반드시 후손까지 미치는데 |
| 財豈潤屋. | 재물인들 어찌 집을 윤택하게 하리. |
| 斯川旣往,[4] | 이 냇물이 이미 흘러갔듯이 |
| 逝命不復.[5] | 떠난 목숨은 돌아올 수 없다네. |
| 鏡玆餘殃,[6] | 이 후환을 거울로 삼아 |
| 幸修多福.[7] | 많은 복을 닦기를. |

### 주석

1) 酖(짐) : 짐새의 깃을 넣어 만든 독주.

2) 殷辛(은신) : 상나라 마지막 임금 제신帝辛. '주紂'라는 시호로 잘 알려져 있다.

   再離(재리) : 두 번 맞닥뜨리다. 리離는 '罹(리)'와 같이 재앙을 입는다는 뜻이다. 상나라 주왕은 주나라 무왕에게 패배한 뒤 녹대에서 불길에 뛰어들어 죽었고, 주 무왕에게 다시 목을 베였다.

3) 溫舒(온서) : 왕온서王溫舒(?~기원전 104), 전한 무제 때의 혹리酷吏. 범법자를 잔혹하게 다스려 황제의 총애를 받았으나 자신도 비리가 발견되어 고발당하자 자결하고 오족의 형벌을 받았다.

   五族(오족) : 삼족에 두 집안을 더한 일족의 형벌. 왕온서는 자신의 비리로 부모, 형제, 처자식의 삼족뿐만 아니라, 두 아우의 처가쪽 비리까지 적발되어 오족이 처형당하였다.

4) 斯川(사천) : 이 냇물. ≪논어·자한子罕≫에 공자가 냇가에서 "흘러가는 것이 이와 같구나, 밤낮으로 그치지 않으니.(逝者如斯夫, 不舍晝夜)"라고 한 말이 있다.

5) 逝命(서명) : 죽은 목숨. 서逝는 죽음을 뜻한다.

6) 餘殃(여앙) : 남은 재앙. ≪주역≫ 곤坤괘에 "나쁜 일을 쌓는 집안은 반드시 남은 재앙이 있다.(積不善之家, 必有餘殃)"라고 하였다.

7) 幸(행) : 다행으로 여기다, 바라다.

   修(수) : 추구하다, 행하다.

해설

이 시는 짐독의 비유와 악인의 예시를 들어 나쁜 일을 멈추기를 권하는 노래이다.

## 69-4 적선편 積善篇

| 惟德是輔,[1] | 오직 덕 있는 이를 돕나니 |
| 皇天無親. | 하늘은 사사로이 친함이 없기 때문이네. |
| 抱獄歸舜,[2] | 옥송을 당하면 순 임금께 귀순하고 |
| 捨財去邠.[3] | 재물을 버리고 빈을 떠났네. |
| 豚魚懷信,[4] | 돼지나 물고기도 믿음을 품고 |
| 行葦留仁.[5] | 길가의 갈대도 인함을 남기네. |
| 先世有作,[6] | 선조가 지은 복이 있어 |
| 餘慶方因. | 남은 경사가 이에 따르네. |
| 鳴玉承家,[7] | 패옥을 울려 가문을 잇고 |
| 錫珪于民.[8] | 신하에게 홀을 내리네. |
| 連城非重,[9] | 값진 벽도 이보다 중하지 않으니 |
| 積善爲珍. | 선을 쌓는 것이 보배라네. |

주석

1) 惟德是輔(유덕시보) : 오직 덕 있는 이를 돕다. 이하 2구는 ≪상서·채중지명蔡仲之命≫의 구절 순서를 바꾼 것이다.

2) 抱獄(포옥) : 송사에 걸리다.
歸舜(귀순) : 순임금을 찾다. ≪맹자·만장상萬章上≫에 "옥송을 벌이는 자는 요임금의 아들에게 가지 않고 순임금에게 갔다.(訟獄者, 不之堯之子而之舜)"라고 하였다.

3) 捨財去邠(거빈) : 재물을 버리고 빈을 떠나다. '빈'은 지금의 섬서성 빈주시彬州市로 주나라의 발상지이다. ≪맹자·양혜왕하梁惠王下≫에 따르면, 태왕 고공단보古公亶父 때 적인狄人이

침략하자 태왕은 처음에 온갖 재물을 바쳤지만 침략이 그치지 않자, 토지 때문에 백성을 다치게 할 수 없다며 빈을 떠나 기산岐山 기슭으로 떠났다. 그러자 빈의 주민들도 그를 따라 이주했다고 한다.

4) 豚魚(돈어) : 돼지와 물고기. 지극히 미천한 동물. ≪주역≫ 중부中孚괘에 "돼지와 물고기가 길한 것은 믿음이 돼지와 물고기에까지 미쳤기 때문이다.(豚魚吉, 信及豚魚也)라고 하였다. 다투고 빼앗는 일이 없어 사소한 물건조차도 함부로 하지 않는다는 믿음이 있기에 길하다고 한 것이다.

5) 行葦(항위) : 길가의 갈대. ≪시경·항위行葦≫에 "빽빽한 길가의 갈대, 소와 양이 밟지 않으니 무성히 형체를 이뤄 잎이 수북하구나.(敦彼行葦, 牛羊勿踐履. 方苞方體, 維葉泥泥)라고 하였다. 소나 양을 치는 목동이 길가의 갈대를 다치지 않게 하듯이 주나라의 선왕이 충후하여 사람들을 사랑으로 대한 것으로 풀이된다.

6) 有作(유작) : 지은 것이 있다. 작作은 시작하다, 짓다의 뜻으로 선을 쌓음을 가리킨다.

7) 鳴玉(명옥) : 옥을 울리다. 옥은 허리춤에 차는 장식으로 귀족의 상징이다.

8) 錫珪(석규) : 규를 하사하다. 규는 옥으로 만든 홀 모양의 도구로, 임금이 작위와 토지를 내릴 때 신하에게 주는 신표이다.
   民(민) : 임금의 신하. 적선을 한 조상 덕에 귀한 신분이 되어 벼슬을 받은 후손을 가리킨다.

9) 連城(연성) : 연접해 있는 성읍. 여기서는 이른바 연성벽連城璧으로, 전국시대 때 진나라 소왕昭王이 열다섯 개의 성읍으로 조나라의 화씨和氏의 벽璧을 바꾸려 하였다.

해설

이 시는 덕, 믿음, 인함의 선을 쌓으면 후손이 복을 받으리라는 권선의 내용이다.


## 69-5 연주편 宴酒篇

| 記稱成禮,[1] | 기록에는 예의를 이루었다 하였고 |
| 詩詠飽德,[2] | 시에서는 덕으로 배부르다 읊었네. |
| 卜晝有典,[3] | 낮의 술자리만 점쳤으니 법도가 있고 |

| | |
|---|---|
| 厭夜不忒.[4] | 편안한 밤의 모임은 미혹됨이 없어라. |
| 彝酒作民,[5] | 술을 늘 마시면 민란을 일으키고 |
| 樂飮虧則. | 마시기를 즐기면 원칙을 무너뜨리네. |
| 腐腹遺喪,[6] | 속이 상하면 잃는 것이 있고 |
| 濡首亡國.[7] | 머리를 적시면 나라를 망치네. |
| 誓彼六馬,[8] | 여섯 마리 말을 조심스레 다루고 |
| 去玆三惑.[9] | 세 가지 미혹을 멀리해야 하네. |
| 占言孔昭,[10] | 점괘가 매우 분명하니 |
| 以求溫克.[11] | 온화하여 절제하도록 해야 하네. |

## 주석

1) 成禮(성례) : 예의를 이루다. ≪좌전·장공莊公22년≫에 "술로 예의를 이루되 지나치도록 이어가지 않은 것은 의이다.(酒以成禮, 不繼以淫, 義也)"라고 하였다.

2) 飽德(포덕) : 덕으로 배부르다. ≪시경·기취旣醉≫에 "술에 취했고 덕으로 배부르네.(既醉以酒, 旣飽以德)"라고 하였다.

3) 卜晝(복주) : 낮의 일을 점치다. ≪좌전·장공莊公22년≫에 경중敬仲이 제 환공을 술잔치로 접대하니 환공이 즐거워서 횃불을 밝혀 밤까지 계속하자고 하였다. 이에 경중은 낮에 모실 일은 점을 쳤으나 밤까지 이어질 일은 점을 치지 않았으므로 명령대로 하지 못하겠다고 하였다.

4) 厭夜(염야) : 편안한 밤. ≪시경·담로湛露≫에 "편안한 밤 술자리, 취하지 않고는 돌아가지 못하리.(厭厭夜飮, 不醉無歸)", "훌륭한 군자들은 거동이 아름답지 않은 이 없네.(顯允君子, 莫不令儀)"라고 하였다.
　　不忒(불특) : 어긋나지 않다. ≪시경·시구鳲鳩≫에 "훌륭한 군자들은 거동이 어긋나지 않네.(淑人君子, 其儀不忒)"라고 하였다.

5) 彝酒(이주) : 술을 늘 마시다. ≪상서·주고酒誥≫에 "문왕이 자제들과 여러 관리에게 훈시하기를, '술을 늘 끼고 있지 말라'라고 하였다.(文王誥教小子有正有事, 無彝酒)"라고 하였다. ≪한비자·설림說林≫에 "'이주'란 술을 늘 마시는 것이다. 술을 늘 마시면, 천자는 천하를

잃고 필부는 자기 몸을 망친다.(彝酒, 常酒也. 常酒者, 天子失天下, 匹夫失其身)"라고 하였다.
作民(작민) : 백성을 일으키다. 음주에 빠지면 정사를 망쳐서 민란이 일어남을 가리키는
듯하다.

6) 腐腹(부복) : 뱃속이 썩다. 술을 많이 마셔 건강을 해침을 뜻한다.

7) 濡首(유수) : 머리를 적시다. 술을 많이 마신 모습을 가리킨다. ≪주역≫ 미제未濟괘에 "술을
마셔 머리를 적시는 것은 역시 절제를 모르는 것이다.(飮酒濡首, 亦不知節也)"라고 하였다.

8) 誓彼六馬(서피육마) : 여섯 마리 말을 조심스레 다루다. 서誓는 삼가다, 육마六馬는 천자가
타는 수레의 마필의 수로, 많음을 나타낸다. ≪상서·오자지가五子之歌≫에 "내가 백성을
대할 때는 썩은 새끼줄로 여섯 마리 말을 몰 듯 두려우니, 윗사람이 되어서 어찌 공경스럽지
않으랴.(予臨兆民, 懍乎若朽索之馭六馬, 爲人上者, 奈何不敬)"라고 하였다.

9) 三惑(삼혹) : 술, 여색, 재물의 세 가지 미혹. ≪후한서·양진전楊震傳≫에 "양진은 하늘이
알고, 귀신이 알고, 내가 알고, 네가 아는 이치를 두려워했고, 양병은 술, 여색, 재물의 미혹을
멀리했다.(震畏四知, 秉去三惑)"라고 하였다.

10) 占言(점언) : 점괘에 나타난 말. 여기서는 술에 관한 예언을 가리키는 듯하다.

11) 溫克(온극) : 온유하여 흐트러짐을 이기다. ≪시경·소완小宛≫에 "바르고 총명한 사람은
술을 마셔도 온화하고 절제한다.(人之齊聖, 飮酒溫克)"라고 하였다.

**해설**

이 시는 잔치에서 술을 마시되 절도를 잃지 않아 후환이 없도록 경계한 노래이다.

(이욱진)

# 70. 양아가 梁雅歌 군도곡 君道曲

## 이백 李白

당나라 이백이 말하기를, "양나라의 아가는 다섯 편이 있는데 이에 한 수 짓는다"라고
하였다. 생각건대 양나라 아가에는 <군도곡>이 없으니, 아마 <응왕수도곡>일 것이다.
唐李白曰, 梁之雅歌有五篇, 今作一章. 按梁雅歌無<君道曲>, 疑<應王受圖曲>是也.

| | |
|---|---|
| 大君若天覆,[1] | 위대하신 임금은 하늘과 같아서 |
| 廣運無不至.[2] | 사방으로 이르지 않는 곳 없다. |
| 軒后爪牙,[3] | 헌후의 용사는 |
| 常先太山稽.[4] | 상선과 태산계로 |
| 如心之使臂. | 마음이 팔뚝 부리듯 하였고, |
| 小白鴻翼於夷吾,[5] | 소백은 이오를 기러기 날개로 여겼고, |
| 劉葛魚水本無二. | 유비와 제갈공명은 물고기와 물처럼 본디 둘이 아니었지. |
| 土扶可成牆,[6] | 흙을 북돋우면 담장을 이루나니 |
| 積德爲厚地.[7] | 덕을 쌓은 이를 대지로 삼는다. |

### 주석

1) 天覆(천부) : 하늘이 세상을 덮다. 임금의 은혜가 널리 베풀어짐을 비유한다.

2) 廣運(광운) : 사방의 넓이. '광'은 동서이고 '운'은 남북이다.

3) 軒后(헌후) : 황제黃帝 헌원씨軒轅氏. 중국 전설상의 임금인 삼황오제三皇五帝의 하나이다.
   爪牙(조아) : 발톱과 어금니. 용맹한 무사를 비유한다. ≪시경·기보祈父≫에 "기보시여,

저는 왕의 무사입니다.(祈父, 予王之爪牙)"라고 하였다.

4) 常先太山稽(상선태산계) : 상선과 태산계. 황제를 보필한 신하이다.

5) 小白(소백) : 제환공齊桓公. 춘추시대에 패자가 되어 천하를 호령했다.

   夷吾(이오) : 관중管仲. 제환공의 재상으로 제나라를 부강하게 만들었다.

6) 土扶可成牆(토부가성장) : 흙을 쌓으면 담장을 이룰 수 있다. 신하들이 서로 도와 왕업을
   이룸을 가리킨다. ≪북제서北齊書·위경전尉景傳≫에 "흙을 다지면 담장이 되고, 사람들이
   도우면 임금이 된다.(土相扶爲牆, 人相扶爲王)"라고 하였다.

7) 積德爲厚地(적덕위후지) : 덕을 쌓은 이를 대지로 삼는다. 적덕積德은 덕행이 뛰어난 인재를
   말한다. 대지의 흙을 쌓아 집의 담장을 짓듯이 훌륭한 인재를 신하로 뽑아 임금을 보필하게
   하는 것을 뜻한다.


**해설**

   역대로 천하에 덕을 쌓은 임금에게는 훌륭한 신하가 있었다는 예를 들면서 시인 자신도
흙이 담장을 받치듯 임금을 보필하려는 포부를 드러내고 있다.

(이욱진)

# 작자소개

## 강엄(江淹, 444~505)

남조의 정치가이자 문학가. 자는 문통文通이고 송주宋州 제양濟陽 고성考城(지금의 하남성 상구시商丘市 민권현民權縣) 사람이다. 6세 때부터 시에 능하였다. 13세 때 부친을 여의어 집안이 가난해도 학문에 힘썼다. 26세 즈음 신안왕新安王 유자란劉子鸞의 막부에서 관직 생활을 시작하였다. 남조 송宋과 제齊 나라에서 모두 관직을 역임하였다. 양梁 천감天監 원년(502) 산기상시散騎常侍, 좌위장군左衛將軍에 임명되었고 임저현개국백臨沮縣開國伯에 봉해졌다 곧바로 다시 예릉후醴陵侯로 봉해졌다. 천감 4년(505) 62세의 나이로 생을 마치는데, 양 무제가 그를 위해 예를 갖췄다 한다. 시호는 헌백憲伯이다. ≪수서隋書·경적지經籍志≫에 의하면 ≪강엄집江淹集≫ 9권, ≪강엄후집江淹後集≫ 10권이 있다고 한다. 명대 호지기胡之驥가 ≪강문통집휘주江文通集彙注≫를 편찬하였다.

## 강총(江總, 519~594)

남조의 대신이자 문인으로 자는 총지總持이고 제양군濟陽郡 고성현考城縣(지금의 하남성 상구시商丘市의 민권현民權縣) 사람이다. 어려서부터 뛰어난 재주로 이름이 났으며 양무제梁武帝가 그의 시를 보고 감탄하여 그를 중하게 썼고 그 뒤에도 여러 벼슬을 역임하다가 진陳나라 때는 재상이 되었다. 그는 정무를 보지 않고 진후주陳後主와 후궁에서 연회와 오락을 즐겨서 당시 사람들이 압완지객狎玩之客(줄여서 압객)이라고 불렀다한다. 진나라가 수나라에 의해 망한 뒤에는 수나라에서 상개부上開府를 했다. 그는 남조의 궁체시 계열 문학 풍조의 대표적인 작가이며 통치계급의 음란한 오락에 부합했다는 평을 듣는다. 현재 ≪강령군집江令君集≫이 1권 전한다.

## 강홍(江洪, 502년 전후)

남조 문인으로 제양濟陽 고성考城(지금의 하남성 상구商丘 민권현民權縣) 사람이다. 양나라 천감天監 말기 건양령建陽令을 지냈으나 일에 연루되어 죽었다. ≪수서隋書·경적지經籍志≫에 따르면 문집 2권이 있었다고 한다.

## 고야왕(顧野王, 519~581)

자는 희풍希馮이고 오군吳郡 오현吳縣(지금의 강소성 소주시蘇州市) 사람이다. 남조 양나라 때 태학박사, 진나라 때 국자박사, 황문시랑黃門侍郞 등의 관직에 있었다. ≪설문해자≫를 계승,

발전시킨 자서字書인 ≪옥편玉篇≫ 30권을 지은 것으로 유명하다.

## 고황(顧況, ?~?)

당나라의 문인으로 자字는 포옹逋翁이고 호號는 화양진일華陽眞逸이며 숙종肅宗 때(757년)에 처음 진사가 되었다. 시가와 그림에 능하였는데 권력자의 미움을 받아 덕종德宗 때(789년)에 탄핵을 받자 모산茅山에 은거하였다. 그의 시는 평범하고 통속적인 언어로 일반 백성의 생활상을 내용에 담으려 했다고 평가받는다. 시문집으로 ≪화양집華陽集≫이 일부 전한다.

## 관휴(貫休, 832~912)

속성俗姓은 강姜이고 자는 덕은德隱, 호는 선월禪月이다. 난계蘭溪(지금의 절강성 금화시金華市) 사람으로, 당말에서 오대五代 사이에 활동한 승려이다. 오월吳越, 전촉前蜀 등지를 주유했다. 시와 그림에 두루 능했으며, ≪서악집西岳集≫, 〈십륙나한도十六羅漢圖〉등의 작품이 전한다.

## 낭대가송씨(郎大家宋氏, ?~?)

당나라의 시인으로 생평에 대해 알려진 것이 없다. ≪전당시≫에 시 5수가 전한다.

## 노사도(盧思道, 535~586)

수나라의 문인으로 은사 노도량盧道亮의 아들이다. 자는 자행子行이고 범양范陽 탁현涿縣(지금의 하북성河北省 탁주시涿州市) 사람이다. 북제北齊 때 급사황문시랑給事黃門侍郎을 담당하였다. 문선제 文宣帝 고양高洋(526-559)이 서거하자 만가挽歌를 지었는데, 다른 문인들이 각 10편씩 지은 것과 달리 홀로 8편을 지어 '팔미노랑八米盧郎'으로 불렸다. 북제가 망한 뒤 북주北周에 투항하였고, 수나라 건국 초기에는 무양태수武陽太守, 산기시랑散騎侍郎 등을 역임하였다. 문집으로 ≪노무양집 盧武陽集≫이 전한다.

## 단약(檀約, ?~?)

남조 제나라 때 수재秀才로 있었다는 기록 외에 전해지는 것이 없다.

## 맹호연(孟浩然, 689~740)

당나라 문인으로 호연浩然은 자이며 이름은 알려져 있지 않다. 일설에는 이름이 호浩라고 한다. 양주襄州 양양襄陽(지금의 호북성 양양) 사람이다. 어려서 관직에 오를 뜻을 지니고 있었으나 성공하지 못하고 고향의 녹문산鹿門山에 은거하였다. 40세에 장안을 노닐다가 진사에 응시했으나 낙방하였다. 당시 태학太學에서 시를 읊었는데 좌중을 놀라게 하였다는 일화가 있다. 49세에 장구령張九齡의 막부에 있다가 다시 은거하였다. 시는 오언단편이 많으며 대부분 산수 전원과 은거의 흥취를 읊은 것이다. ≪맹호연집≫ 3권이 전한다.

### 백거이(白居易, 772~846)

당나라 문인으로 자는 낙천樂天이고 낙양洛陽 출신이다. 덕종德宗 때(800년) 처음 진사가 되어 여러 관직을 거치다가 헌종憲宗 때(815)에 강주사마江州司馬로 폄적된다. 그 뒤 목종穆宗과 문종文宗 때에 다시 장안長安으로 돌아와 여러 벼슬을 역임하였고 스스로 외직으로 나가기도 했다. 젊었을 때는 정치, 사회적 투쟁에 깊숙이 참여하였으나 정치적 좌절을 겪은 중년 이후에는 당쟁을 피했고 자주 병을 핑계로 벼슬을 그만두었다. 전반기에는 시가의 사회적 기능을 강조하며 보편적이며 통속적이고 사실적인 시를 창작하길 주장하였고 후반기에는 개인적인 감상시나 한적시 위주의 시를 지었다. ≪백씨장경집白氏長慶集≫이 전한다.

### 보월(寶月, ?~?)

남조 제나라 때의 승려로 시를 잘 지었다. 세속에서의 성은 강康인데 일설에는 성이 유庾라고도 한다. 서역 사람의 후예로 음률에 해박했다.

### 비창(費昶, 510년 전후)

남조 양梁나라의 시인이다. 자는 미상이고 강하江夏(지금의 호북성 무한武漢) 사람이다. 악부시를 잘 지었고 고취곡鼓吹曲도 있다. ≪수서隋書·경적지經籍志≫에 따르면 문집 3권이 있었다고 한다.

### 사섭(謝燮, 525~589)

건강建康(지금의 강소성 남경시南京市) 사람이다. 진陳나라 때 이부시랑을 지냈다.

### 서면(徐勉, 466~535)

자는 수인修仁이고 동해군東海郡 담현郯縣(지금의 산동성 담성현郯城縣) 사람이다. 남조 양나라때 재상을 지낸 문학가로서 남창상南昌相 서융徐融의 아들이다. 양나라 건국 이후 중서시랑中書侍郞에 배수되었고 상서좌승尙書左丞으로 옮겼다. 태자첨사太子詹事가 되어 태자 소통蕭統을 보좌하였다.

주사周舍와 함께 국정을 다스렸는데 현상賢相으로 불리었다. 대동大同 원년(535) 70세의 나이로 세상을 떠났으며, 시호는 간숙簡肅이다. 기거주起居注를 정리하여 ≪유별기거주類別起居注≫ 6백 권을 만들고 또 ≪좌승탄사左丞彈事≫, ≪선품選品≫, ≪회림會林≫ 등의 서책이 있다 하나 대부분 실전되었다.

### 서릉(徐陵, 507~583)

남조의 문인으로 자는 효목孝穆이고 동해군東海郡 담현郯縣(지금의 산동성 담성郯城) 사람이다. 양梁 간문제簡文帝가 태자일 때 간문제의 명으로 ≪옥대신영玉臺新詠≫을 편찬하였다. 양무제梁武帝 때 북조北朝의 동위東魏로 사신갔다가 억류되어 벼슬을 하다가 몇 년 뒤 양나라로 돌아온 다음에 진나라에서도 높은 벼슬을 하였다. 화려하고 아름다운 궁체시宮體詩의 대표적인 인물로 유신庾信과 함께 서유체徐庾體로 불렸다.

### 서언백(徐彦伯, ?~714)

당나라 문인 서홍徐洪인데 이름 대신 자字로 세상에 알려졌다. 연주兗州 하구瑕丘(지금의 산동성 山東省 연주시兗州市) 사람이다. 문장에 뛰어났는데, 당시 송사를 잘 판단하던 사호司戶 위호韋暠, 서예에 뛰어난 사사司士 이긍李亙과 더불어 '하동삼절河東三絶'로 불렸다. ≪삼교주영三教珠英≫의 편찬에 참여하였다.

### 섭이중(聶夷中, 837~?)

당나라의 문인으로 하남河南(지금의 하남성 낙양시洛陽市) 사람이라고 한다. 자字는 탄지坦之이고 당나라 말기에 관리가 되어 화음위華陰尉가 되었는데 매우 검소하였다고 한다. 당나라 말기의 대표적인 현실주의 시인의 한 사람이다. 그의 시에는 당나라 말기의 백성들의 어려운 삶의 내용이 많이 실렸으며 특히 농촌의 농민에 대한 깊은 관심과 동정이 들어있다.

### 소자현(蕭子顯, 489~537)

남조 양나라의 저명한 사학자로 자는 경양景陽이고 남난릉南蘭陵(지금의 강소성江蘇省 상주시常州市 무진현武進縣 서북쪽)사람이다. 제齊나라 고제高帝 소도성蕭道成의 손자이다. 제나라에서 영도현 후寧都縣侯에 봉해졌으나 양梁나라에서 영도현자寧都縣子로 강등되었고 이부상서吏部尚書 등의 벼슬을 역임하였다. 박학하고 글을 잘 지었으며 음주와 산수를 좋아하고 호방한 성격이었다. ≪남제서南齊書≫ 60권 등이 전한다.

## 시견오(施肩吾, 780~861)

당나라 문인으로 자는 동재東齋이고 호는 서진자棲眞子이며, 목주睦州 분수分水(지금의 절강성 항주시 부양富陽) 사람이다. 원화元和 15년(820) 진사에 급제하였지만 관직을 받지 않고 귀향하였다. 당시 장적 등의 문인이 그를 송별하며 시를 지어주었다. 고향에서 연단을 수련하였고 만년에는 가족을 이끌고 바다 건너 팽호열도澎湖列島로 이주하였다.

## 심군유(沈君攸, ?~573)

오대五代 후량後梁의 문인으로 심군유沈君游라고도 한다. 자는 알려지지 않았고 오흥吳興(지금의 절강성浙江省 호주시湖州市) 사람이다. 《수서隋書 · 경적지經籍志》에 의하면 문집 13권이 있다고 한다.

## 심약(沈約, 441~513)

남조 문인으로 자는 휴문休文이며, 무강武康(지금의 절강성 덕청현德淸縣) 사람이다. 송宋, 제齊, 양梁에서 저작랑著作郎, 상서복야尙書僕射, 태자소부太子少傅 등의 관직을 두루 지냈다. 박식하고 음률에 정통하여 시에 있어 사성팔병설四聲八病說을 제창하였으며, 남조 영명체永明體의 대표로서 당대 근체시 발전의 토대가 되었다. 저서로 《진서晉書》, 《송서宋書》, 《제기齊紀》 등의 역사서가 있다.

## 심유지(沈攸之, ?~478)

남조 송宋의 명장名將으로 자는 중달仲達이며, 무강武康(지금의 절강성 덕청현德淸縣) 사람이다. 원휘元徽 5년(477)에 소도성蕭道成이 후폐제를 시해하고 순제順帝를 옹립하였을 때 형주에서 기병하여 소도성에 항거하였으나 영성郢城에서 패전하였고, 이듬해 강릉으로 돌아가 자결하였다.

## 심전기(沈佺期, 656~714?)

당나라 문인으로 내황內黃(지금의 하남성 내황) 사람이며 자가 운경雲卿이다. 상원上元 2년(675) 진사에 급제하여 급사중給事中, 고공낭중考功郎中을 역임하였다. 장역지張易之를 추종하다가 그가 죽은 뒤 환주驩州로 유배되었다. 궁중으로 돌아와 수문관직학사修文館直學士, 중서사인中書舍人, 태자첨사太子詹事를 역임하였다. 송지문과 더불어 심송沈宋으로 병칭되며 응제시應制詩를 많이 지었다. 형식적인 면에 치중하였으며 율시의 형성에 큰 공헌을 하였다. 《전당시全唐詩》에 시 3권이 전한다.

## 양 간문제(梁 簡文帝, 503~551, 재위 549~551)

이름은 소강蕭綱이고 자는 세찬世贊이며, 건강建康(지금의 강소성 남경시南京市) 사람이다. 남조南朝 양梁나라 제2대 황제로, 무제武帝 소연蕭衍의 제3자이자 소명태자昭明太子의 동생이다. 소명태자 사후에 황태자로 책봉되었으며, 후경侯景의 난으로 무제가 옥사한 후 황제로 즉위하였다. 후에 후경에 의해 진안왕晉安王으로 폐출되었다가 피살되었다.

## 양거원(楊巨源, 755?~?)

당나라 문인으로 자는 경산景山이며 하중河中(지금의 산서성 영제永濟) 사람이다. 후에 이름을 양거제楊巨濟로 바꾸었다. 정원貞元 5년(789)에 진사에 급제하였으며, 장홍정張弘靖의 막부에서 일을 하다가 비서랑秘書郎, 태상박사太常博士, 우부원외랑虞部員外郎, 국자사업國子司業 등을 역임했다. 후에 관직을 사직하고 고향인 하중의 소윤少尹이 되어 생을 마쳤다. 백거이, 원진, 유우석, 왕건 등과 교유하였으며, 시의 격률이 매우 엄정했다. ≪전당시≫에 1권이 남아있다.

## 양 무제(梁 武帝, 464~569, 재위 502~549)

이름은 소연蕭衍이고 자字는 숙달叔達이며 남란릉南蘭陵(지금의 강소성 단양시丹陽市 지역)사람이다. 남조南朝 양梁나라의 초대황제로, 501년 남제南齊의 황제 동혼후東昏侯를 타도하고, 다음 해인 502년 4월 제위에 올랐다. 경릉팔우竟陵八友 중 한 사람으로 문무 재간이 뛰어났다. 저서로는 ≪주역강소周易講疏≫, ≪모시대의毛詩大義≫ 등 주석 200여 권이 있다.

## 양 원제(梁 元帝, 508~555)

남조 양 무제武帝 소연蕭衍의 일곱째 아들 소역蕭繹이다. 천감天監 13년(514) 상동군왕湘東郡王에 책봉되었는데 병으로 인해 한쪽 눈을 실명하였다. 나중에 후경侯景의 난을 평정하고 승성承聖 원년(552) 강릉江陵에서 즉위하였다. 서위西魏와 연합하여 익주益州를 공격하여 무릉왕武陵王 소기蕭紀를 없앴지만 결국 익주가 적의 수중으로 넘어간다. 승성 3년 서위의 공격을 받고 성문을 열고 투항하여 죽임을 당했다. 작품으로 <금루자金樓子>가 있다.

## 염조은(閻朝隱, ?~?)

당나라 전기 시인으로 자는 우천友倩이고 조주趙州 난성欒城(지금의 하북성河北省 난성현欒城縣) 사람이다. 문사가 뛰어나 무후武后의 칭찬을 받았으며, ≪삼교주영三敎珠英≫의 편찬에 참여하였다. 선천先天 연간(712-713)에 비서소감秘書少監을 제수받았다가 나중에 통주별가通州別駕로 폄적되었다. 시 13수가 전한다.

## 오균(吳均, 469~520)

남조 양나라 오흥吳興 고장故鄣(지금의 절강성 안길현安吉縣) 사람으로 자는 숙상叔庠이다. 무제武帝 천감天監 초에 주부主簿를 맡았고 이후 기실記室, 봉조청奉朝請을 지냈다. 시문과 사학에 뛰어났다. 시는 청신淸新하고 사회현실을 많이 반영하였다. 문체는 청아하고 옛 기운이 있으며 경물 묘사에 뛰어났는데 이를 가리켜 '오균체吳均體'라 불렀다. 《후한서주後漢書注》, 《오균집吳均集》 이 있었으나 유실되었지만 후대에 《오균집교주吳均集校注》가 지어졌다. 이외에 《속제해기續齊 諧記》가 전한다.

## 오매원(吳邁遠, ?~474)

남조 송나라 때 강주종사江州從事, 봉조청奉朝請 등의 관직을 역임했다. 계양왕桂陽王 유휴범劉休範의 반란에 가담했다가 실패하고 주살되었다. 종영의 《시품》에는 하품下品에 수록되어 있으며, 《옥대신영》에 의악부擬樂府 시가 4수 실려 있다.

## 온정균(溫庭筠, 812~870)

당나라 문인으로 자는 비경飛卿이고 본명은 기岐이며, 병주幷州(지금의 산서성 태원太原) 사람이다. 재주가 뛰어났으나 과거시험에는 누차 낙방하였으며, 수현위隋縣尉, 국자조교國子助敎 등을 역임했다. 시와 사에서 모두 뛰어나 시에서는 이상은李商隱과 더불어 온이溫李라고 병칭되었고, 사에서는 위장韋莊과 더불어 온위溫韋라고 병칭되었다. 저서로 《온비경시집溫飛卿詩集》 7권이 있다.

## 왕건(王建, 767~831?)

당나라의 문인으로 자는 중초仲初이고 영천潁川(지금의 하남성 우주시禹州市 부근) 사람이다. 헌종 때 처음 벼슬을 하였고 여러 한직을 거치다가 문종 때 섬주사마陝州司馬를 해서 왕사마王司馬라 고도 불린다. 백거이의 문학 주장에 동조하였고 장적張籍과 함께 악부시를 잘 지어서 장왕악부張王 樂府라고 불렸다. 하층민의 생활을 많이 시로 썼으며 <궁사宮詞> 1백 수가 유명하다. 문집으로는 《왕사마집王司馬集》이 전한다.

## 왕무경(王無競, 652~706)

당나라 문인으로 자는 중렬仲烈이고 동래東萊(지금의 산동성 연대시煙臺市) 사람이다. 전중승殿中丞

을 역임하였다. 당나라 중종 복위 후 권력 교체의 소용돌이 속에 광주廣州로 유배되었다가 정적에게 암살되었다. 〈북사장성北使長城〉, 〈동작대銅雀臺〉 등 5수의 시가 전한다.

## 왕발(王勃, 650?~676?)

당나라 문인으로 자는 자안子安이고 강주絳州 용문현龍門縣(지금의 산서성山西省 하진시河津市) 사람이다. 어릴 때부터 총명하여 신동이라 불렸고 16세 때 진사급제하였다. <투계격鬪雞檄>을 써서 면직되었고, 이에 파촉巴蜀 일대를 유람하며 많은 시문을 지었다. 장안長安으로 돌아온 후 괵주참군虢州參軍이 되었지만 관노를 죽인 탓에 폄적되었다. 상원上元 3년(676) 교지交趾에 부친을 찾아뵙고 돌아오다 물에 빠져 그로 인해 죽었다. 양형楊炯, 노조린盧照鄰, 낙빈왕駱賓王과 함께 '초당사걸初唐四傑'이라 불린다. 문집으로 《왕자안집王子安集》이 전한다.

## 왕창령(王昌齡, 698~757)

당나라 문인으로 장안長安(지금의 섬서성 서안西安) 사람이며 자가 소백少伯이다. 개원開元 15년 (727) 진사에 급제하여 사수위汜水尉가 되었으며 교서랑校書郎을 역임하였다. 강녕승江寧丞으로 폄적되었다가 용표위龍標尉로 좌천되었다. 안록산의 난이 일어나 고향으로 돌아던 중 피살되었다. 칠언절구를 잘 지었으며 변새, 규원, 송별 등을 소재로 시를 지었다. 《왕창령시집王昌齡詩集》 4권이 남아있다.

## 원진(元稹, 779~831)

당나라 문인으로 자는 미지微之이며 낙양洛陽 사람이다. 정원 9년(793) 명경과에 급제하여 좌습유 左拾遺가 되었고 하중河中의 막부로 가서 교서랑校書郎, 감찰어사監察禦史 등을 역임하였다. 동주자 사同州刺史, 상서우승尚書右丞, 무창군절도사武昌軍節度使를 지냈다. 백거이와 같이 급제하여 평생 교유하였으며 원백元白이라 불렸다. 신악부운동을 주창했으며 원화체元和體라는 문풍을 형성하였다. 현재 830여 수의 시가 남아있다.

## 유가(劉駕, 822~?)

당나라 문인으로 자는 사남司南이며 강동江東 사람이다. 조업曹鄴과 친하면서 오언고시에 능해 '조류曹劉'로 병칭되었다. 진사에 낙방하고 장안에 머물다가 당 왕조가 하황河湟 지역을 수복하였을 때 악부시 10수를 지어 바쳤다. 이후 진사에 급제하여 국사박사國子博士 등을 역임하였다. 관료들의 부패한 모습을 비판하고 백성들의 고통을 반영한 시를 많이 지었다. 68수의 시가

≪전당시≫에 수록되어 있다.

### 유고언(柳顧言, 542~610)

수나라 시인. 이름은 유변柳辯으로, 고언은 자이다. 하동河東(지금의 산서성 운성시運城市) 사람이다. 시부에 능해 수나라 양제煬帝의 총애를 받았다. 비서감 등의 관직에 있었다. 저서로 ≪진왕북벌기晉王北伐記≫, ≪법화현종法華玄宗≫ 등이 있다.

### 유방평(劉方平, ?~758?)

당나라 현종玄宗 천보天寶 연간의 시인으로 낙양 사람이나 생평과 사적이 남아있지 않고 자나 호도 모른다. 진사 시험에 실패하고 종군도 좌절하자 은거해 살다가 죽었다. 황보염皇甫冉 등과 시로 교유하였고 그의 시는 대체로 규정閨情이나 향수와 같은 섬세한 주제를 다뤘다. ≪전당시≫에 시가 전한다.

### 유신(庾信, 513~581)

남조 문인으로 자는 자산子山이며 남양南陽 신야新野(지금의 하남성 신야) 사람이다. 어려서 아버지 유견오庾肩吾를 따라 양나라 소강蕭綱(간문제)의 궁을 출입하였으며 후에 서릉徐陵과 함께 소강의 동궁학사東宮學士가 되어 궁체문학의 대표작가가 되었다. 우위장군右衛將軍 등을 역임하다가 양나라가 서위西魏에 멸망한 뒤 북방으로 옮겨 거기대장군車騎大將軍, 개부의동삼사開府儀同三司를 역임했다. 북주北周가 들어서자 표기대장군驃騎大將軍, 개부의동삼사開府儀同三司가 되었기에 그를 유개부庾開府라고 불렀다. 남조 진陳나라가 북주와 화친하였지만 적국에서 벼슬한 것을 부끄러워하며 결국 고향으로 돌아가지 못했다. 남북조 문학을 융합하는 경향을 보여주고 있다.

### 유우석(劉禹錫, 772~842)

당나라 문인으로 자는 몽득夢得이며 하남河南 낙양洛陽 사람이다. 유종원柳宗元, 진간陳諫, 한엽韓曄, 왕숙문王叔文과 교유하면서 영정혁신을 일으켰으나 실패하고 좌천되었으며 이들과 함께 팔사마八司馬로 불린다. 만년에는 배도裴度, 백거이白居易와 교유하였는데 이후 "유백劉白"이라는 명칭으로 불리기도 한다. 주요 작품으로는 <오의항烏衣巷>, <죽지사竹枝詞>가 있으며 문집으로는 ≪유몽득문집劉夢得文集≫과 ≪유빈객문집劉賓客文集≫이 전한다.

## 유효위(劉孝威, ?~548)

남조南朝 양梁나라의 시인이자 변문가駢文家이다. 이름은 알려지지 않고 자 효위孝威로 알려져 있다. 팽성彭城(지금의 강소성江蘇省 서주徐州) 사람이다. 후경侯景의 난으로 인해 포위되었다가 탈출하여 사주자사司州刺史 유중례柳仲禮를 따라 서쪽으로 올라가다 안륙安陸에 이르러 병사하였다. ≪수서隋書·경적지經籍志≫에 저서에 ≪유효위집劉孝威集≫ 10권이 있다고 하나 실전되었고, 명明 장부張溥의 ≪한위육조백삼명가집漢魏六朝百三名家集≫에 ≪유효의효위집劉孝儀孝威集≫이 수록되어 있는데, 전하는 시가 대략 60수이다.

## 유효작(劉孝綽, 481~539)

남조南朝 양梁나라 문인으로 서주徐州 팽성彭城(지금의 강소성江蘇省 서주시徐州市) 사람이며 이름은 유염劉冉이고 효작은 그의 자字이다. 어려서부터 신동이라는 말을 들었고 문장에 매우 뛰어났다. 여러 중요 관직을 역임하고 비서감秘書監이 되었고 양 고조高祖의 총애를 받았다. 직언을 잘하는 성격이었으며 시문은 화려했다는 평이다.

## 육조(陸罩, 527년 전후)

남조 양梁나라의 시인이다. 자는 동원洞元이고 오군吳郡 오현吳縣(지금의 강소성 소주蘇州) 사람이다. 간문제簡文帝에게 문학적 재능을 인정을 받고 문집 편찬에 참여하였다. 지금 시 4수가 전하는데 궁체시宮體詩에 속한다.

## 융욱(戎昱, 740?~800?)

당나라 시인으로, 형주荊州(지금의 호북성湖北省 강릉江陵) 사람이다. 젊을 때 낙제하여 산천을 유람하였고 나중에 진사가 되었다. 숙종肅宗 상원上元 연간부터 대종代宗 영태永泰 연간 사이에 (대략 760-766) 장안長安과 낙양洛陽을 비롯하여 여러 지방을 돌아다녔는데, 화음華陰을 지나다 왕계우王季友를 만나 함께 <고재행苦哉行>을 지었다. 대력大曆 원년(766)에 촉 지방에 가서 성도成都에서 잠참岑參을 만났다. 만년에 호남湖南 영릉零陵에서 관직살이를 하였고 계주桂州에서 지내다 죽었다. 명대 사람이 편찬한 ≪융욱시집戎昱詩集≫이 전한다.

## 은영동(殷英童, ?~?)

북제北齊의 문인으로, 예서隸書를 잘 썼으며 회화에도 뛰어났다.

## 이군옥(李羣玉, ?~?)

당나라의 문인으로 자字는 문산文山이고 예주澧州(지금의 호남성 상덕시常德市에 속한다) 사람이다. 어려서부터 시문과 예술로 이름이 높았으나 은거하며 유유자적하였다. 선종善宗 때에 잠시 홍문관교서랑弘文館校書郞 벼슬을 하였다. 화려하면서도 힘이 있는 시문을 지은 것으로 평가받았고 그 당시에 그의 시를 높이 평가한 사람이 많았다.

## 이단(李端, 743~782)

당나라 문인으로 자는 정이正己이며 조주趙州(지금의 하북성 조현) 사람이다. 어려서 여산廬山에 살았으며 시승詩僧 교연皎然에게 수학하였다. 대력大曆 5년(77) 진사에 급제하였으며 비서성秘書省 교서랑校書郞, 항주사마杭州司馬를 역임하였다. 만년에 관직을 그만 두고 호남湖南의 형산衡山에서 은거하였다. ≪이단시집李端詩集≫ 3권이 남아있는데 응수한 시가 대부분이다. 세속을 피해 사는 흥취를 노래한 작품이 많으며 규원의 정을 노래한 것도 있다. 시풍은 사공서司空曙와 유사하고 대력십재자大曆十才子 중의 한 명이다.

## 이백(李白, 701~762)

당나라 문인으로 자는 태백太白이고 호號는 청련거사靑蓮居士이다. 한림공봉翰林供奉을 역임했다. 안록산의 난이 일어난 뒤 영왕永王의 토벌군에 합류하였다가 반역죄로 유배되었으나 도중에 사면되었다. 자유로운 시풍을 선호하여 가행체歌行體의 시가와 고체시古體詩 및 장편 악부시樂府詩에 능하였다. 그는 수백여 수의 악부시를 직접 지었고 그가 처음 창작한 신제악부新題樂府도 다수 포함되었다.

## 이하(李賀, 790~816)

당나라 문인으로 자字는 장길長吉이며 당나라 황실의 후예이다. 재능이 출중하여 한유韓愈와 황보식皇甫湜의 인정을 받았지만, 부친의 휘諱가 문제가 되어 진사시進士試를 치르지 못하였다. 독특하고 기괴한 시를 많이 지어 시귀詩鬼라 불린다.

## 잠지경(岑之敬, 519~579)

남조의 문인으로 자는 사예思禮로 남양南陽 극양棘陽(지금의 하남 당하현唐河縣) 사람이다. 경사經史를 섭렵하고 계책에도 밝아 학사와 현령 등을 역임하고 후경侯景의 난을 평정하는 데에도 참여하였다. 양나라와 진나라에서 모두 고관을 역임하였고 진후주陳後主가 태자일 때 그를 모셨다.

## 장간지(張柬之, 625~706)

당나라 문인으로 자는 맹장孟將이며 양주襄州 양양襄陽(지금의 호북성 양양) 사람이다. 진사에 급제하여 청원현승淸源縣丞이 되었고 현량방정과賢良方正科를 통과하여 감찰어사監察御史, 중서사인中書舍人등을 역임했다. 무측천武則天의 미움을 받아 촉주자사蜀州刺史로 쫓겨났다가 적인걸狄仁傑의 추천으로 낙주사마洛州司馬로 옮겼다가 형부시랑刑部侍郎이 되었다. 신룡정변神龍政變을 일으켜 중종中宗을 복위시켰으며, 무삼사武三思의 경계로 인해 상주瀧州(지금의 광동성 나정羅定)로 유배되었다가 분을 못 이기고 죽었다.

## 장남걸(莊南傑, ?~?)

당나라 문인으로 자는 영재英才로 추정된다. 월越(지금의 절강성 일대) 사람이다. 당나라 문종文宗 태화太和(827~835) 초기에 활동했다고 전해진다. 진사에 급제했고 가도賈島(779~843)에게서 배웠으며, 악부시에 뛰어났다. 이하李賀와 시풍이 비슷하다는 평이 있으며, ≪전당시≫에 시 5수가 전한다.

## 장융(張融, 444~497)

남조의 문인으로 자는 사광思光이고 오군吳郡(지금의 강소성 소주시蘇州市) 사람이다. 남조 송나라 때 중서랑中書郎을 지내다가 제나라 때 사도좌장사司徒左長史를 역임했다. 문집으로 《장장사집張長史集》이 전한다. 종영鐘嶸의 《시품詩品》에서는 하품下品에 자리매김하였다.

## 장적(張籍, 766?~830?)

당나라 문인으로 자는 문창文昌이며 화주和州 오강烏江(지금의 안휘성 오강) 사람이다. 한유의 추천으로 진사에 급제하였으며 태상시太常寺 태축太祝, 국자감國子監 박사博士, 비서랑祕書郎, 수부원외랑水部員外郎, 국자사업國子司業 등을 역임하였다. 장수부張水部, 장사업張司業이라고 불린다. 한유의 문하에 있으면서 그의 영향을 많이 받았으며 악부시는 왕건王建과 이름을 나란히 하였다. 이신李紳, 원진元稹, 백거이白居易와 교유하면서 신악부운동의 주창자가 되었다.

## 장호(張祜, 785?~849?)

당나라 문인으로 자는 승길承吉이며 청하淸河 사람이다. 원화元和 연간, 장경長慶 연간에 영호초令狐

楚의 눈에 들어 그가 직접 장호의 시 300여수를 조정에 바쳤다. 장호는 오랜 세월 동안 강호에서 떠돌다가 조정에 와서 황제에게 자신을 써 줄 것을 청하였지만 원진元稹이 장호를 폄하하여 결국 회남淮南에서 지내게 되었다. ≪전당시全唐詩≫에 총 349수가 실려 있고, 대표적인 작품으로는 <제금릉도題金陵渡>, <안문태수행雁門太守行>이 있다.

### 저광희(儲光羲, 706?~763)

당나라 산수시파 시인으로 윤주潤州 연릉延陵 사람이다. 개원開元 14년(726) 진사에 급제하여 풍익馮翊 현위를 제수받았다. 벼슬길이 풀리지 않아 종남산終南山에서 은거했다가 나중에 다시 관직을 받고 감찰어사까지 지냈다. 안사安史의 난이 일어났을 때 포로가 되어 관직을 받았는데, 이 일로 인해 하옥되었고 나중에 영남으로 폄적되었다.

### 제기(齊己, 860?~937?)

당나라의 시승詩僧으로, 본래 성은 호胡이고 이름은 득생得生이며 담주潭州 익양益陽(지금의 호남성 영향寧鄕) 사람이다. 형주荊州에 있던 기간에 많은 시를 썼으며, 76세의 나이로 강릉江陵에서 입적하였다. 사후에 ≪백련집白蓮集≫이 출간되어 전한다.

### 제 무제(齊 武帝, 440~493, 재위 482~493)

이름은 소색蕭賾이고 자는 선원宣遠이며 남조 제나라의 두 번째 황제이다. 북위와 화친하여 변경이 안정되었고 강남의 경제가 번영하였다.

### 주사(周捨, 469~524)

남조의 문인으로 자는 승일升逸이고 여남汝南(지금의 하남성 여남현) 사람이다. 양나라 때 중서시랑, 산기상시 등의 관직을 역임했다. 사후 시중侍中을 추증받았다. 〈상운악上雲樂〉을 비롯하여 〈고향집에 돌아와還田舍〉, 〈양비무가梁鞞舞歌〉3수 등의 시가 전한다.

### 주초(朱超, ?~?)

남조南朝 양梁의 문인이다. 원래 문집이 있었으나 소실되었고 지금은 시 10여 수만 전한다.

### 진 후주(陳 後主, 553~604, 재위 582~589)

진숙보陳叔寶. 자는 원수元秀이고 소자小字는 황노黃奴이며 남조南朝 진陳의 마지막 군주이다.

주색에 빠져 사치향락을 즐기며 정치를 등한시하였다가 588년 수隋 문제文帝가 진陳의 수도 건강建康을 함락시켜 체포되었다. 장안長安으로 압송되었는데 문제의 극진한 예우로 석방되어 삼품관三品官의 신분으로 있었다. 인수仁壽 4년(604)에 낙양洛陽에서 병사하였다. 강총江總 등의 문인들과 염사艷詞를 짓고 <춘강화월야春江花月夜>, <옥수후정화玉樹後庭花>, <임춘락臨春樂> 등과 같은 곡을 지었다. 저서로 ≪진후주집陳後主集≫이 있다.

## 최국보(崔國輔, ?~?)
당나라 문인으로 개원開元 14년(726)에 진사에 급제했다. 산음위山陰尉, 예부원외랑禮部員外郎 등에 역임하였다. 남조 악부 민가의 정수를 터득하여 5언절구가 뛰어나다는 평을 받는다.

## 포용(鮑溶, ?~?)
중당 시기의 시인으로 자字는 덕원德源이다. 생졸년이나 관적貫籍이 알려지지 않았다. 원화元和 4년(809) 진사에 급제하였다. ≪전당시全唐詩≫에 시집 3권이 전한다.

## 포조(鮑照, 416?~466)
남조南朝 송宋 동해東海(지금의 강소성 연수현漣水縣 북쪽) 사람으로 자가 명원明遠이다. 빈한한 서족庶族 출신으로 임천왕臨川王 유의경劉義慶에게 헌시하여 국시랑國侍郎에 발탁되었으며 해우海 虞, 영가永嘉의 현령과 중서사인中書舍人 등을 역임하였다. 임해왕臨海王 유자욱劉子頊의 전군참군前 軍參軍을 지내어 포참군鮑參軍이라 불리며, 임해왕이 모반에 실패하여 피살되었을 때 함께 죽었다. 시에 능하였으며 특히 악부시에 뛰어나 북조北朝의 유신庾信과 더불어 '포유鮑庾'라 병칭되고 안연지顔延之, 사령운謝靈運와 더불어 '원가삼대가元嘉三代家'라 칭해진다. 문집으로 ≪포참군집鮑參 軍集≫이 전하며, 악부시로는 <의행로난擬行路難> 18수, <동무음東武吟>, <계의 북문을 나서며出自薊北 門行> 등이 유명하다.

## 하지장(賀知章, 659~744)
당나라 문인으로 영흥永興(지금의 절강성 소흥紹興) 사람이며 자가 계진季眞이고 호가 사명광객四 明狂客이다. 증성證聖 원년(695) 진사에 급제하여 태상박사太常博士, 예부시랑禮部侍郎, 태자빈객太子 賓客, 비서감祕書監을 역임하였다. 천보天寶 3년(744) 병을 핑계로 고향으로 돌아갔으며 이듬해 죽었다. 절구를 잘 지었으며 서예에도 능하였다. ≪전당시全唐詩≫에 19수의 시가 남아있다.

## 편자소개

### 곽무천(郭茂倩, 1041~1099)

북송北宋 수성須城(지금의 산동성 동평현東平縣) 사람으로 자가 덕찬德灒이다. 내주통판萊州通判을 지낸 곽권郭勸의 손자이자 태상박사太常博士를 지낸 곽원명郭源明의 아들로, 신종神宗 원풍元豐 7년(1084)에 하남부河南府 법조참군法曹參軍을 역임하였다. ≪악부시집樂府詩集≫ 100권을 편찬하여 한위漢魏 이래 당唐, 오대五代에 이르기까지의 역대 악부시들을 수집 정리하고, 치밀한 고증과 상세한 해제를 통해 후대 악부시 연구에 많은 자료를 제공하였다.

## 역해자소개

### 주기평(朱基平)

호號는 벽송碧松이다. 서울대학교 중어중문학과를 졸업하고 동 대학원에서 문학박사 학위를 취득하였다. 서울대학교 규장각한국학연구원의 책임연구원과 서울대학교 인문학연구원의 객원 연구원을 지냈으며, 현재 서울대·서울시립대 등에서 강의하고 있다.

저역서로 ≪육유시가연구≫, ≪육유사≫, ≪육유시선≫, ≪고적시선≫, ≪잠삼시선≫, ≪역주 숙종춘방일기≫, ≪당시삼백수≫(공역), ≪송시화고≫(공역), ≪협주명현십초시≫(공역), ≪사 령운·사혜련 시≫(공역), ≪진자앙시≫(공역), ≪악부시집 청상곡사1≫(공역) 등이 있으며, 주요 논문으로 <중국 만가시의 형성과 변화과정에 대한 일고찰>, <진자앙 감우시의 용사 연구>, <중국 역대 도망시가의 사회문화적 배경과 문학예술적 특징 연구> 등이 있다.

### 서용준(徐榕浚)

서울대학교 중어중문학과를 졸업하고 동 대학원에서 문학박사 학위를 취득하였다. 현재 서울대 등에서 강의하고 있다.

저역서로 ≪사시전원잡흥≫, ≪협주명현십초시≫(공역), ≪사령운·사혜련 시≫(공역), ≪진자 앙시≫(공역), ≪악부시집 청상곡사1≫(공역) 등이 있으며, 악부시 관련 논문으로 <이백 악부시 '오서곡' 연구-시의 화자를 중심으로>, <고악부 '오야제'와 '오서곡'의 기원과 계승 연구-육조시기 악부시를 중심으로>, <악부시 '오야제'와 '오서곡'의 계승과 변화에 대한 연구-당대부터를 중심으로> 등이 있다.

김수희(金秀姬)

이화여자대학교 중어중문학과를 졸업하고 서울대학교 대학원에서 문학박사 학위를 취득하였다. 이화여자대학교 전임연구원을 지내며 명대 여성 작가에 대한 연구를 수행하였다. 현재 서울대·이화여대 등에서 강의하고 있다.

저역서로 ≪풍연사사선≫, ≪명대여성작가총서-이인시선≫, ≪명대여성작가총서-명대여성산곡선≫, ≪협주명현십초시≫(공역), ≪이제현 사선≫(공역), ≪사령운·사혜련 시≫(공역), ≪진자앙시≫(공역), ≪악부시집 청상곡사1≫(공역) 등이 있으며, 주요논문으로 <남당사의 아속공존 양상 연구>, <명대 기녀사에 나타난 기녀 모습과 그 의미>, <'동귀기사'로 본 명대 여성여행과 여행의식> 등이 있다.


홍혜진(洪惠珍)

숙명여자대학교 중어중문학과를 졸업하고 서울대학교 대학원에서 문학박사 학위를 취득하였다. 단국대 자유교양대학 초빙교수를 지냈고 현재 서울대·동국대 등에서 강의하고 있다.

저역서로 ≪진자앙시≫(공역), ≪악부시집 청상곡사1≫(공역)이 있으며, 주요논문으로 <시학 전문서 ≪수원시화≫의 기능>, <강남도시와 원매 전기류 작품의 상관성>, <계보에서 취향으로-袁枚의 <不飲酒二十首>를 중심으로>, <袁枚의 시가창작의 활성화를 위한 방법 고찰> 등이 있다.


임도현(林道鉉)

서울대학교 금속공학과와 영남대학교 중어중문학과를 졸업하고 서울대학교 대학원에서 문학박사 학위를 취득하였다. 이화여대 중문과에서 박사후연구원을 지냈으며, 현재 서울대에서 강의하고 있다. 저역서로 ≪건재 한시집-오리는 잘못이 없다≫, ≪시의 신선 이백 글을 짓다-이태백문집≫(공역), ≪이태백시집 1-7≫(공역), ≪쫓겨난 신선 이백의 눈물≫, ≪완역 한유시전집(上下)≫(공역), ≪한유시선-고래와 붕새를 타고 돌아오리라≫, ≪하늘이 내린 내 재주 반드시 쓰일 것이니-이백의 시와 해설≫, ≪두보전집 초기시역해 1≫(공역), ≪두보전집 기주시기시역해 1, 2≫(공역), ≪협주명현십초시≫(공역), ≪사령운·사혜련 시≫(공역), ≪진자앙시≫(공역), ≪악부시집 청상곡사1≫(공역) 등이 있다.

이욱진(李旭鎭)

서울대학교 중어중문학과를 졸업하고 동 대학원에서 문학박사 학위를 취득하였다. 해군사관학교 중국어교관을 지냈으며, 현재 서울대학교 자유전공학부 전문위원으로 있으면서 백석예술대학교, 한국방송통신대학교에서 강의하고 있다.

역서로 《시언지변》, 《협주명현십초시》(공역), 《악부시집 청상곡사 1》(공역)이 있으며, 주요논문으로 <시경 의복 수여 모티프와 주 왕실의 빈례>, 『시경』의 애송이 모티프>, 《시경》의 버려진 아내 노래와 동물 우언시의 재인식> 등이 있다.

# 악부시집·청상곡사 2

초판 인쇄  2021년  11월  1일
초판 발행  2021년  11월 10일

지　　음 | 곽무천
역　　해 | 주기평·서용준·김수희
　　　　　홍혜진·임도현·이욱진
펴 낸 이 | 하운근
펴 낸 곳 | 學古房

주　　소 | 경기도 고양시 덕양구 통일로 140 삼송테크노밸리 A동 B224
전　　화 | (02)353-9908　편집부(02)356-9903
팩　　스 | (02)6959-8234
홈페이지 | http://hakgobang.co.kr/
전자우편 | hakgobang@naver.com, hakgobang@chol.com
등록번호 | 제311-1994-000001호

ISBN  979-11-6586-426-2  94820
　　　 979-11-6586-428-6  (세트)

값 : 28,000원